Milchschaumschläger

MORITZ NETENJAKOB

Milchschaum-schläger

Roman

Kiepenheuer & Witsch

Verlag Kiepenheuer & Witsch, FSC® N001512

1. Auflage 2017

© 2017, Verlag Kiepenheuer & Witsch, Köln
Alle Rechte vorbehalten. Kein Teil des Werkes darf in irgendeiner
Form (durch Fotografie, Mikrofilm oder ein anderes Verfahren)
ohne schriftliche Genehmigung des Verlages reproduziert
oder unter Verwendung elektronischer Systeme verarbeitet,
vervielfältigt oder verbreitet werden.
Umschlaggestaltung: Rudolf Linn, Köln
Umschlagmotiv: © Oliver Weiss/oweiss.com
Autorenfoto: © Britta Schüßling
Gesetzt aus der ITC Legacy
Satz: Buch-Werkstatt GmbH, Bad Aibling
Druck und Bindung: CPI books GmbH, Leck
ISBN 978-3-462-04881-0

*Für Hülya, die den Mut hatte,
mit mir ein Café zu eröffnen.
Und für alle tapferen Gastronomen,
die sich jeden Tag abrackern,
damit wir undankbaren Schnösel
nicht rummäkeln.*

ERSTER TEIL

1

Ein Holztisch mit weißer Decke, flackernden Kerzen und zwei gefüllten Champagnergläsern; dazu ein Frühsommerlüftchen sowie der Duft der Rosen, die zusammen mit dem Efeu sämtliche Backsteinwände des Innenhofs bedecken – romantischer könnte ich meinen fünften Hochzeitstag nicht feiern. Außer vielleicht, wenn meine Frau dabei wäre.

Aber Aylin hat das Thema Pünktlichkeit schon immer recht orientalisch interpretiert, und als ich vor einer knappen Stunde die SMS »Bin in ein paar Minuten da« erhielt, wusste ich, dass mir viel Zeit bleiben würde, noch schnell ein paar sinnvolle Dinge zu erledigen. Wie zum Beispiel mich vor den Bienen, Hummeln und Wespen zu fürchten, die die zweihundertsiebenundachtzig Rosenblüten umkreisen. (Ja, ich habe nachgezählt.)

Ich finde Rosen auf Tapeten, Tellern und Servietten romantischer als in der Natur, weil sie kein Ungeziefer anlocken. Romantik und Insekten schließen sich gegenseitig aus, vor allem für Allergiker.

»Hey, wat soll dat – hier is jeschlossene Jesellschaft.«

Gisela, die urkölsche Besitzerin des Kneipenrestaurants *Mr. Creosote's*, versucht vergeblich, einen Mann mit italienischer Geige und russischem Akzent vom Betreten des Hinterhofs abzuhalten.

»Wo Geseeellschaft? Siiiitzt da nur eine Mann.«

»Ja, aber der will hier unjestört seinen Hochzeitstag feiern.«

»Ungestört wovooon – von seine Frau? Hahaha ...«

»Nein, die Frau kommt gleich, also zieh Leine!«

»Aber kann ich spiele schönä Lied, ist perfekch für Chokzeitag.«

Der Mann ist schätzungsweise Mitte siebzig. Seine wenigen pechschwarz gefärbten Haare sind mit viel Gel über eine sehr breite Glatze gekämmt; der ebenso pechschwarze Walrossschnäuzer verdeckt die schiefen Zähne nur so lange, bis er lacht. Vermutlich hat sein Gesicht schon einige Hersteller von Karnevalsmasken inspiriert.

»Entschuldijung, aber die Walrossfütterung findet im Zoo statt.«

Gisela packt den Mann am Arm und will ihn hinausziehen, aber mit seinen großen dunklen traurigen Augen schaut er mich an wie ein Hundewelpe, der gerade von seinem Wurf getrennt wird.

»Lass mal, Gisela. Bei Livemusik kriegt Aylin Gänsehaut.«

»Klar. Der Typ sieht nach Horrorfilm aus.«

Gisela hat vergangene Woche ihren 59. Geburtstag gefeiert und ist im ganzen Viertel berühmt für ihre große Klappe. Ihr Umgangston würde besser nach Guantánamo passen als in die Gastronomie. Aber trotzdem hat sie die halbe Kölner Südstadt als Stammkundschaft. Ihre direkte, ein wenig distanzlose Art sowie ihre barocke Körperform brachten ihr den Spitznamen »Die Mutti« ein. Keiner sagt: »Wir gehen im *Mr. Creosote's* essen.« Es heißt immer: »Wir treffen uns bei der Mutti.« Ihren Spitznamen hat sie sich redlich verdient. Wer sonst würde an seinem freien Tag öffnen, damit zwei Stammgäste ungestört ihren Hochzeitstag feiern können? Und wer sonst hätte mir zu diesem Anlass augenzwinkernd das Buch *Guter Sex trotz Ehe* überreicht?

Ich lache leicht panisch über Giselas Horrorfilm-Bemerkung, denn auch wenn sich ihre Stammgäste mit einer gewissen Freude von ihr beleidigen lassen, hat es in diesem Fall doch einen rassistischen Beigeschmack. So versuche ich, eine diplomatische Brücke zu schlagen:

»Haha, typisch Mutti. Wenn sie jemanden mag, versucht sie immer erst, ihn zu provozieren.«

»Wie, isch mag den? Der soll zurück in die Jeisterbahn, wo er herjekommen is.«

Ich unterdrücke meinen Impuls, laut loszulachen, und kriege stattdessen einen Hustenanfall. Gisela schickt mir einen mitleidigen Blick, lässt dann mit ihren kräuterschnaps- und zigarettengegerbten Stimmbändern einen tiefen Seufzer hören, zuckt mit den Schultern und verschwindet im Gastraum. Der Musiker schaut mich irritiert an:

»Jeistärbahn? Waaas ist Jeistärbahn?«

»Ach, das, äh ... Nicht so wichtig. Sie spielen also Geige?«

Ich beglückwünsche mich innerlich für meinen herausragenden Intellekt. Einen Geigenspieler zu fragen, ob er Geige spielt. Hut ab, Daniel Hagenberger!

»Ich bin Wasily und kann spiel aalles. Muss nur sage Wuunsch, dann ich spiel, wenn kommt dein Frau.«

»Dann wünsche ich mir ... *Wind of Change*.«

Wasily schaut mich irritiert an. Ich schäme mich ein wenig.

»Ja, ich weiß, das ist 'ne Schnulze, aber – lustige Geschichte – das lief in einer Panflötenversion bei meinem ersten Rendezvous mit Aylin. Und deshalb löst es bei mir romantische Gefühle ... Egal. Also *Wind of Change*.«

Wasily starrt ausdruckslos ins Nichts. Ich ergänze:

»Von den *Scorpions*.«

»Ah. Dein Frau Scooorpions. Mein Frau Waaassermann.«

»Nein, ich ... Hier, den Anfang kennen Sie doch.«

Ich pfeife den Anfang von *Wind of Change*. Wasily hört aufmerksam zu und nickt:

»Oh ja. Ist sehr gute Lied. Sehr gut Melodie. Chörrt sich an sehr schön.«

»Also können Sie das spielen?«

»Nein. Andere Lied.«

»Hmm ... *Time after Time* von Cindy Lauper.«

»Aaaaaaaaaaaah.«

»Das kennen Sie?«

»Nein.«

Mir kommt langsam der Verdacht, dass dieser Mann seine Geige höchstens ab und zu als Eierschneider benutzt. Und ob-

wohl ich die Reaktion ahne, singe ich den Refrain von *Time after Time*. Wasily strahlt:
»Aaaaaaaaaaah.«
»Aber *jetzt* haben Sie's erkannt.«
»Nein.«
»Was können Sie denn spielen?«
»Sage einfach, und ich spiele.«
»Das haben wir ja schon versucht.«
Eine peinliche Pause entsteht. Dann nimmt Wasily seine Geige unters Kinn:
»Spiele ich Schostakooowitsch.«
Noch ehe er das »witsch« ausgesprochen hat, beginnt er, extrem virtuos zu geigen. Gefühlvoll, dynamisch, ein absoluter Könner. Ich war nicht mehr so positiv überrascht seit dem spektakulären Fallrückziehertor von Roda Antar im März 2008 beim Spiel 1. FC Köln gegen Wehen Wiesbaden.

In diesem Augenblick erscheint Aylin. Offenbar ist ihre Verspätung dem Versuch geschuldet, jedes Detail ihres Aussehens bezaubernd wirken zu lassen. Ein äußerst gelungener Versuch: Alle Strähnen der langen braunen Haare liegen perfekt, die Haut schimmert in samtigem Bronzeton, die Augen hätten Hollywoods Top-Make-up-Artists nicht besser hinbekommen, und das cremefarbene Minikleid in Kombination mit gleichfarbigen Stiefeletten würden jedes Bond-Girl alt aussehen lassen. Und dann erst das Lächeln ... Wasily klappt die Kinnlade so weit nach unten, dass er sich beim Weitergeigen fast den Bogen in den Mund schiebt. Dann lässt er das Instrument sinken und schaut mich mit einem Wie-kommt-dieser-Typ-an-so-eine-Frau-Blick an.

Aylin dreht sich modelmäßig-elegant um die eigene Achse und schaut mich erwartungsvoll an. Okay, jetzt wird es Zeit für ein Kompliment, das genauso schön ist wie Aylin. Eine Wortgirlande voller Eleganz, Anmut und Wohlklang. Lyrisch, aber gleichzeitig von erfrischender Direktheit.

»Du ... äh ... W...wow.«

2

Nach fünf Jahren Ehe weiß Aylin, dass ich nicht so der spontane Typ bin. Als ich nach zwanzig Sekunden immer noch kein passendes Wort gefunden habe, lächelt sie:
»Du bist sprachlos. Das reicht mir.«
»Nein, Moment. Ich war noch nicht fertig. Was ich sagen wollte war: Du siehst ... absolut ... total ... hinrei...«
Weiter komme ich nicht, denn in diesem Moment hat sich mein russischer Freund entschlossen, Schostakowitschs Violinkonzert mit einem herzhaften Presto fortzusetzen. Nun bin ich kein Experte, was die Interpretation von Schostakowitschs Musik betrifft – aber für mich klingt das weniger nach Hochzeitstag als nach Hexenverbrennung. Dennoch versuche ich, die romantische Stimmung aufrechtzuhalten, und küsse Aylin zärtlich auf den Mund. Ganz Gentleman, rücke ich ihr den Stuhl zurecht. Dann schauen wir einander still in die Augen und bemühen uns vergeblich, Schostakowitsch romantisch zu finden.
Aylin lächelt gequält, und ich bin hin- und hergerissen zwischen meiner Bewunderung für das musikalische Talent des Geigers und meinem Bedauern, dass er keinen Ausknopf hat. Nach einigen quälenden Minuten kommt endlich ein ruhigerer Part, und ich bin erleichtert, dass Schostakowitsch nicht nur Hexenverbrennung draufhat, sondern auch Depression. Quälend ziehen sich einzelne Töne in die Länge. Das Stück sollte ich mir merken, falls das Ende meiner Ehe, der Tod meiner Mutter und der Abstieg des 1. FC Köln auf einen Tag fallen sollten. Als Musik-

experte wäre ich jetzt sicher begeistert. Aber tatsächlich klingt es für mich eher so:
Mittellanger schwerer Toooooon.
Sehr langer schwermütiger Tooooooooooooon.
Extrem düsterer und langer Tooooooooooooooooooon.
Kurzer trauriger Toon.
Tonloser Toooooooooooooooooooooooooooooooooooon.
In diesem musikalisch bestimmt höchst anspruchsvollen Moment, als der Bogen wie in Superzeitlupe hauchzart über eine einzelne Saite gleitet, hält Aylin es nicht mehr aus und applaudiert. Ich klatsche begeistert mit:
»Bravo! Sensationell! Ganz große Kunst!«
Woraufhin wir uns einen extrem beleidigten Blick des Russen einfangen. Ich weiß, dass es eine Todsünde ist, bei klassischen Konzerten an der falschen Stelle zu klatschen - war mir aber nicht darüber im Klaren, dass das auch für Straßenmusik gilt. Aylin beißt sich mit gespielter Peinlichkeit auf die Lippe und muss ein Lachen unterdrücken. Der Russe seufzt tief, schließt die Augen und setzt wieder ein. Nach zwei weiteren endlosen Minuten quälender Depression scheint das Finale endlich gekommen zu sein. Aylin und ich sind bereit zum Applaudieren, warten aber sicherheitshalber die Verbeugung des Geigers ab. Doch stattdessen kommt ein erneutes Presto, wobei dem Russen seine sauber über die Glatze gekämmten Strähnen ins Gesicht rutschen. Mit im Rhythmus der Musik zuckenden Kopfbewegungen versucht er, sie zurück über die Stirn zu schleudern - was ihm aber misslingt, weil der Schnäuzer wie ein Klettverschluss wirkt.

Ich wende mich vom Russen ab, denn ich weiß, dass ich in einen hysterischen Lachanfall ausbrechen werde, wenn ich ihn auch nur eine halbe Sekunde länger anschaue. Dass Aylin sich mittlerweile die ersten Lachtränen aus den Augen wischt, macht die Situation nicht leichter. Ich versuche mich auf meine Angst vor den Wespen zu konzentrieren, kriege dann aber im Augenwinkel mit, wie der Geiger beim Einatmen eine seiner Haarsträhnen in die Nase zieht - und anschließend wieder ausniest. Jetzt ist es um mich geschehen - ich pruste los. Im Geiste sehe ich schon die *Express*-Schlagzeile vor mir: »Russischer Musiker: verspottet und in den Selbstmord getrieben«.

Zum Glück hat der Russe seine Augen geschlossen und ist so in seiner Musik versunken, dass er nichts mitzubekommen scheint. Als die Musik abrupt endet und Wasily sich pathetisch verbeugt, schaffe ich es mit letzter Kraft, die Lach- in Jubel- und Klatschenergie umzuwandeln.

»Bravo! Bravissimo! Wuhuuuuuuuu!«

Der Russe scheint es mir abzukaufen. Ich habe dennoch ein schlechtes Gewissen und drücke ihm einen Zehneuroschein in die Hand.

»Daaaanke. Du säähr grrooößziegig. Daaruum ich auch grrooößziegig: Spiele ich noch eine Liiieeed.«

Während ich noch darüber nachdenke, ob er mit »großziegig« »großzügig« meint, oder ob es in der russischen Mythologie eventuell eine große Ziege gibt, die als Schutzpatronin für Kammermusik oder buschige Schnurrbärte fungiert, schaut Aylin mich mit hochgezogenen Augenbrauen an und schüttelt energisch den Kopf. Die Botschaft ist klar: Rette mich – noch ein Lied ertrage ich nicht! Und was wäre ich für ein Ehemann, wenn ich in dieser kritischen Situation nicht das Heft des Handelns in die Hand nehmen und mich schützend vor meine Frau stellen würde:

»Noch ein Lied? Natürlich, sehr gern. Das freut uns total.«

Meine Therapeutin sagt immer, ich hätte Probleme mit Konflikten. Da würde ich ihr nicht widersprechen. Allein schon, um dem Konflikt aus dem Weg zu gehen. Allerdings verraten mir Aylins Augen, dass ich mit meiner Antwort durchaus nicht *jeden* Konflikt vermieden habe. Aber man muss auch mal einen Ehestreit in Kauf nehmen, wenn man russische Straßenmusiker glücklich machen kann.

»Spiiieele ich jetzt: Prokooofjew.«

3

Zwölfeinhalb Minuten später ist der russische Geiger endlich verschwunden. Während der gesamten Sonate versuchte ich mich pantomimisch mit meiner Frau zu versöhnen. Aber selbst mein Ich-bin-ein-Hundewelpe-bitte-adoptiere-mich-Blick hat nicht funktioniert, da Aylin überraschenderweise Prokofjew auch nicht sehr viel romantischer fand als Schostakowitsch.

Wenn Aylin länger als zehn Sekunden sauer auf mich ist, löst das bei mir automatisch die Angst aus, dass sie innerhalb der *nächsten* zehn Sekunden Schluss macht. Sicher, rational betrachtet scheint es eher unwahrscheinlich, dass Aylin eine fünfjährige Ehe beendet, nur weil ich einem Straßenmusiker gestatte, Prokofjew zu spielen. Aber Aylin ist bei Männern extrem beliebt, und deshalb habe ich immer das Gefühl: Wenn ich ihre Nummer eins bleiben will, muss ich eine perfekte Performance abliefern. Als wäre ich der mittelmäßige Stammtorwart in einem Verein, der sich problemlos Manuel Neuer leisten könnte.

Ich geriet also in Panik, und in Panik bin ich zu erstaunlichen Kreativleistungen fähig. In diesem Fall malte ich Aylin mit Edding ein paar Herzen sowie Blumen, Schmetterlinge, Sternchen und ein verschnörkeltes »seni seviyorum« (ich liebe dich) auf die Serviette. Was nicht nur Aylins Lächeln zurückbrachte, sondern auch die romantische Stimmung. Zumindest bis zu dem Moment, als ich feststellte, dass Gisela zur Feier des Tages Stoffservietten gebracht hatte.

Jetzt ist Aylin, nachdem wir angestoßen haben, seit einigen Minuten auf der Toilette, um das durch die Lachtränen verwischte Make-up zu korrigieren. Lediglich eine kleine weitere Verzögerung – wir feiern unseren Hochzeitstag ohnehin mit vier Monaten Verspätung. Zwei Tage vor dem eigentlichen Hochzeitstag starb Mustafa Enişte (Enişte = Schwager), einer der vielen angeheirateten Onkel von Aylin, und die ganze türkische Familie brach hastig nach Trabzon auf. Es wäre nämlich einer Familienschande gleichgekommen, der Beerdigung fernzubleiben. Obwohl Mustafa Enişte von allen stets mit dem Namenszusatz »Hurensohn« tituliert wurde, um ihn sprachlich vom anderen Mustafa Enişte zu unterscheiden, der in Istanbul wohnt. Und natürlich von dem echten Onkel Mustafa sowie den vier Cousins Mustafa, von denen einer allerdings auch Hurensohn genannt wird.

Bisher mussten wir alle Hochzeitstage, bis auf den dritten, aufgrund von Familienereignissen verlegen:

Hochzeit: Herzinfarkt Tante Emine.

Erster Jahrestag: Schlaganfall Mustafa Enişte Hurensohn (der Schlaganfall, der jetzt zum Tod führte, war bereits der dritte).

Zweiter Jahrestag: Autounfall Cousine Emine (die Tochter von Emine).

Dritter Jahrestag: Blinddarm-OP bei Tante Emine (die andere Tante Emine), aber nach kurzem Besuch im Krankenhaus trotzdem im *Mr. Creosote's* gefeiert.

Vierter Jahrestag: Wasserschaden in der Wohnung von Onkel Kemal.

Fünfter Jahrestag: Tod von Mustafa Enişte Hurensohn.

Aylin kehrt an den Tisch zurück, und ich bin Mustafa Enişte Hurensohn dankbar, denn ohne seinen Tod hätten wir unseren Hochzeitstag nicht vom Februar in den Mai verschoben, und ich würde jetzt nicht diesen wunderbaren Moment erleben. Endlich ungestört, streichele ich Aylin sanft über die Wange. Dann küssen wir uns, und mehrere Gedanken kommen mir parallel in den Sinn:

1. Sex.
2. Sex.
3. Sex.
4. Sex.
5. Ein Foto machen.

Die Punkte 1 bis 4 verschiebe ich spontan auf später.* Bleibt also Punkt 5. Sicher, ich habe schon über 10 000 Fotos von Aylin. Aber in meinem Kopf höre ich, wie mein Smartphone nach mir ruft:

»Na los, Daniel, hol mich raus! Hol mich, hol mich, hol mich! Aylin sieht besser aus als je zuvor – wenn du das nicht festhältst, bereust du das bis an dein Lebensende! Und dann am Himmelstor sagt Petrus: ›Du hast dein ganzes Leben eindrucksvoll dokumentiert – aber es fehlt leider ein Bild vom fünften Hochzeitstag ... Zack, ab in die Hölle‹! Also los, mach das Foto! Mach es! Mach es! Mach es! Mach es! Mach es!«

Aylin reißt mich aus den Gedanken:

»Woran denkst du?«

»Nichts. Nur, äh ... du siehst einfach so toll aus ...«

Ich bin ein wenig vorsichtig geworden, weil Aylin meine Freude am Fotografieren nur sehr eingeschränkt teilt. Hier die drei bisherigen Konflikthöhepunkte:

Mai 2012: In der Nähe von Antalya stürze ich beim Versuch, das perfekte Bild von Aylin vor einem Canyon zu machen, um ein Haar in die Schlucht. Mein Hinweis, dass schon viele berühmte Fotografen für ein besonders grandioses Bild ihr Leben riskiert hätten, macht Aylin länger als zehn Sekunden wütend. In Panik verspreche ich voreilig, für den Rest des Urlaubs keine Fotos mehr

---

* Ich kann nicht nachvollziehen, dass manche Leute von der Vorstellung von Sex an öffentlichen Orten erregt werden. Erotik erfordert doch Intimität. Es hat mich schon gestört, dass meine erste Freundin eine Katze hatte – nicht nur wegen der Allergie. Aber allein im unwahrscheinlichen Fall, dass die Katze der wiedergeborene Klaus Kinski gewesen wäre: Wer kann sich denn in der Gegenwart eines Cholerikers auf die erogenen Zonen seiner Partnerin konzentrieren?

zu machen. Aylin erwischt mich, als ich sie am Strand heimlich im Schlaf fotografiere, und schmeißt meine Kamera ins Meer.

August 2014: Bei einem dreitägigen Paristrip postiere ich Aylin auf der Treppe vor Sacré Cœur für das perfekte Bild mit der atemberaubenden Aussicht auf die gesamte Stadt. Dann stelle ich fest, dass die Speicherkarte voll ist, weil ich bereits über 400 Fotos gemacht habe. Aylin muss zunächst einige Minuten warten, weil ich mich nicht entscheiden kann, welche Aufnahmen ich löschen soll. Als ich endlich fertig bin, schiebt sich eine Wolke vor die Sonne, und ich bitte Aylin, kurz auf den nächsten sonnigen Moment zu warten. Nach weiteren siebeneinhalb Minuten ist alles perfekt – bis auf Aylins Mimik. Als ich sie höflich darauf hinweise, dass ihr aktueller Gesichtsausdruck nicht mehr zum traumhaften Bildhintergrund passt, stiefelt Aylin wütend den Montmartre hinunter. Leider kriegt sie anschließend mit, dass ich unseren Konflikt als Sketchidee in die Diktiergerätfunktion meines Smartphones spreche. Über zwei Stunden Funkstille – Beziehungsrekord.

April 2015: Im *Phantasialand* weigert sich Aylin beim Besuch der Themenwelt *Wuze Town,* für ein Foto mit der Kriegergöttin Winja zu posieren. Kurz darauf versuche ich, während der Fahrt in der *Black-Mamba*-Achterbahn ein Selfie von uns zu schießen. Dabei fliegt mir die Kamera an den Kopf, und wir müssen zur Krankenstation, um die Platzwunde zu versorgen. Ich gestehe Aylin zähneknirschend ein, dass ich ein Problem habe.

Meine Therapeutin glaubt, ich würde zwanghaft versuchen, etwas festzuhalten, was man nicht festhalten kann – nämlich die Liebe –, und Fotobücher seien kein Ersatz für die Magie des gegenwärtigen Augenblicks. Bla, bla, bla. Nur ein einziges klitzekleines Foto vom fünften Hochzeitstag – das sollte doch wohl drin sein.

4

»Hast du mir überhaupt zugehört?«

Aylin schaut mich vorwurfsvoll an. Habe ich zugehört? Nun ja, mir ist aufgefallen, dass sie ihre Lippen bewegt hat. Das kann man im weitesten Sinne schon irgendwie als Zuhören bezeichnen. Ich nicke:

»Ja. Natürlich. Klar.«

»Na gut. Was habe ich denn gerade gesagt?«

Das ist jetzt peinlich – besonders zur Feier des Hochzeitstags. Aber mein Gehirn arbeitet seit einigen Minuten fieberhaft an einem Plan, das sensible Thema »Erinnerungsfoto« elegant einzubringen.

»Du hast keine Ahnung, was ich gesagt habe – gib's zu, Daniel!«

Ein Adrenalinstoß fährt durch meinen Körper. Erinnerungsfetzen an Aylins Worte kommen mir in den Sinn: Ihre Mutter, ihr Bruder, irgendeine Tante und der Begriff »Sommerhaus«. Ich rate:

»Äh, es ging um die ... Urlaubsplanung.«

»Glück gehabt.«

Puh. Unter Druck arbeitet mein Verstand einfach am besten. Aylin ist zwar nicht überzeugt, aber ich bin erst mal aus der Sache raus. Denn bevor meine Frau mich mit Detailfragen entlarven kann, werde ich von der Mutti gerettet, die uns Fish & Chips bringt. Definitiv die besten Fish & Chips in Köln – und auch das einzige Gericht, das man bei ihr bestellen sollte. Das Rezept stammt von Giselas verstorbenem Mann Harvey, einem Engländer, dem sie außerdem ihren Nachnamen Gallagher verdankt sowie die seltsame Idee, eine Kneipe nach *Mr. Creosote* zu benennen, dem Gentleman aus dem *Monty-Python*-Film *Der Sinn des Lebens*, der in einem Nobelrestaurant den Inhalt seines gigantischen Magens mit Hochdruck auf Speisekarten und Kellner entleert und schließlich – nachdem er sich quer durch die Speisekarte gefressen hat – beim Verzehr eines winzigen Minzplätzchens zum Nachtisch explodiert.

Die Mutti knallt die Teller mit ihrer leicht grobmotorischen Art auf den Tisch und beweist anschließend Sinn für Romantik, indem sie die Plastikflasche mit Mayonnaise nimmt und jedem ein Herz auf die Pommes spritzt. Dass ein Teil der Mayonnaise auf meinem Hemd landet, lasse ich als künstlerische Freiheit durchgehen. Gisela scheint gerührt, denn ihre Augen werden ein wenig feucht:

»Also, ihr Lieben, lasst et euch schmecken – und möge eure Ehe der Teig sein, der dat Fischfilet eures Lebens jeden Tag zusammenschweißt.«

Ich bin ein Fan von Giselas schiefen Metaphern, die sie bei jeder Art von feierlichem Anlass von sich gibt. Allein das wäre Grund genug, Stammgast im *Mr. Creosote's* zu sein.

»Und isch wünsche eusch, dat ihr bald viele kleine Pommes bekommt, die ihr großziehen könnt. Denn eine Fritte aufwachsen zu sehen, dat is einfach dat Schönste auf der janzen Welt. Juten Appetit.«

Ich brauche einen Moment, das unschöne Bild loszuwerden, wie Aylin eine Schale Pommes entbindet. Dann sehe ich meine Chance gekommen:

»Wow, Gisela, das Essen sieht sensationell aus – heute hast du dich selbst übertroffen. Ich denke, diesen historischen Moment sollten wir festhalten.«

Aylin schaut mich missbilligend an. Mit meinem dem *Gestiefelten Kater* von Disney entlehnten Bitte-tu-mir-nichts-Blick (der sich vom Ich-bin-ein-Hundewelpe-bitte-adoptiere-mich-Blick durch noch weiter aufgerissene Augen und Zähnezeigen unter-

scheidet) präsentiere ich Aylin die bemalte Stoffserviette – woraufhin sie gegen ihren Willen kichern muss. Gisela sieht ihr mit Edding verunstaltetes Eigentum und seufzt:
»Dat Tuch setze isch auf die Reschnung. Und jetzt jib mir den Fotoapparat.«

Ich reiche ihr mein Smartphone. Gisela nimmt es mit der Verachtung, die sie für jede Form von technischer Errungenschaft aufbringt:

»Wenn isch meiner Mutter jesagt hätte, man kann mit dem Telefon Fotos machen, dann hätte die jeantwortet: ›Ja klar, und mit der Kloschüssel fliegen wir nach Spanien.‹«

Gisela hält das Smartphone hoch und erschrickt:
»Huch, dat bin isch ja selbst ... Also, ehrlich, Fotos von mir hänge isch nur in die Küche, um Unjeziefer zu vertreiben, hahaha ...«

Giselas ausgesprochen dreckige Lache kann man bei günstigem Wind auch drei Häuserblocks entfernt noch hören. Ich stelle schnell vom Selfie- in den Normalmodus. Die Mutti hält das Smartphone mit ausgestreckten Armen gut einen halben Meter von sich weg:

»So, bitte rescht freundlisch ... Und wo muss isch jetzt draufdrücken?«

»Der rote Punkt. Unten im Display.«
»Moment, da sind janz viele rote Punkte ... Ach nee, dat sind die Rosen.«

Gisela nimmt ihre Lesebrille, die in ihrer rotbraun gefärbten Dauerwelle steckt, und setzt sie auf:

»Ah, da. Alles klar. Also ... gleisch kommt dat Vögelchen ... wobei ... halt, Moment! Früher, dat Kameraobjektiv, dat sah immer so aus wie ein Astloch. Und da hat man halt jesagt: Gleisch kommt dat Vögelchen. Aber bei so 'nem Handy ist dat Loch so klein, da passt doch kein Vogel mehr durch.«

»Dann sag doch einfach: Gleich kommt die Fliege.«
»Hahaha. Der war jut. Gleisch kommt die Fliege. Hahahaha.«

Da erklingt sie wieder, die Lache, die schon zweimal dafür gesorgt hat, dass die Polizei wegen nächtlicher Ruhestörung angerückt kam. Die Mutti schaut irritiert:

»Leck misch am Arsch – jetzt is dat Bild weg.«
»Kein Problem. Drück einfach auf das Kamerasymbol.«

Gisela hämmert wild auf dem Display herum, und ich ahne Böses – zumal Gisela nicht mehr hundert Prozent nüchtern zu sein scheint. Sie hält sich das Smartphone ans Ohr:

»Hä? Die Kamera is am Piepen. Wat soll dat denn?«

Kurz darauf meldet sich eine Stimme:

»Hallo? Wer ist da?«

Ich merke sofort: Es ist meine Oma Berta. 97 Jahre und je nach Tagesform leicht- bis mittelverwirrt. Gisela ist irritiert:

»Isch werd bekloppt – die Kamera redet mit mir!«

Schnell nehme ich das Smartphone wieder an mich.

»Hallo, Berta, Daniel hier. Es tut mir leid, aber ich wollte dich nicht anrufen, wir wollten nur ein Foto machen, und dabei sind wir ins falsche Menü gerutscht.«

»Du willst mit dem Telefon ein Foto machen? Hast du was getrunken?«

»Nein, du weißt doch, dass Telefone heutzutage ...«

»Und selbst schuld, wenn dir dein Telefon ins Menü rutscht! Beim Essen telefoniert man nicht.«

»Genau. Aber was ich sagen wollte ...«

»Wer war denn die Frau da? Da war doch eine Frauenstimme.«

»Das war die Mutti, aber ...«

»Gib sie mir mal. Ich habe mit deiner Mutter noch etwas zu besprechen.«

»Nein. Das ist nicht Erika. Die Mutti heißt eigentlich Gisela. Ich nenne sie nur Mutti, weil ...«

»Ach. Und wie nennst du deine Mutter?«

»Erika.«

»Du nennst eine fremde Frau Mutti, aber deine Mutter nennst du Erika ... Bist du sicher, dass du nichts getrunken hast?«

Aylin und Gisela werden langsam ungeduldig. Das Essen wird kalt. Und ich hebe entschuldigend die Arme. Oma Berta vollzieht nun einen ebenso abrupten wie interessanten Themenwechsel:

»Weißt du was? Eben war im Fernsehen eine Ansprache vom Führer. Also, der hat so ein dummes Zeug von sich gegeben – ich glaube, mit dem stimmt was nicht.«

»Hat der Führer auch mit einer großen Weltkugel getanzt?«

»Ja. Genau. Also, ich weiß ja, dass ein bisschen Show heute zum Wahlkampf dazugehört, aber ...«

»Berta, du hast einen Film mit Charlie Chaplin gesehen.«

»Trotzdem. Bei der nächsten Reichstagswahl wähle ich wieder den Adenauer. Dem kann man wenigstens vertrauen. Also entweder Adenauer oder Howard Carpendale. Den mag ich auch. Aber beim Führer hab ich so ein Gefühl, das nimmt kein gutes Ende. Nur, auf mich hört ja keiner.«

»Du weißt gar nicht, wie recht du hast, Oma Berta. Aber ich lege jetzt auf. Hab dich lieb. Tschüss!«

Ich stelle den Fotomodus wieder ein und reiche das Smartphone der Mutti. Nach fünf verwackelten Bildern, zwei Versionen mit Giselas Daumen im Vordergrund, einem Aus-Versehen-Selfie von Giselas Dekolleté, einem weiteren Anruf bei Oma Berta sowie der Aktivierung der Diktiergerätfunktion und einem kurzen Ausflug auf meine Facebook-Seite hat Gisela endlich ein passables Hochzeitstagsfoto von Aylin und mir gemacht, das abgesehen von unseren leicht angestrengten Gesichtszügen romantisch wirkt.

Ein wenig später haben wir den Beweis erlebt, dass Giselas Fish & Chips auch kalt noch passabel schmecken, und die Mutti kommt – inzwischen leicht schwankend – mit zwei Glasschälchen zu unserem Tisch, in denen jeweils eine Erdbeere auf einer undefinierbaren braunen Masse thront. Ich verkneife mir aufgrund des feierlichen Anlasses jegliche Fäkalscherze:

»Mmmm ... das sieht ja ... lecker aus!«

»Dat is eine janz besondere Kreation, zum Abschluss: ein ›Spezialpudding à la Mutti‹. Isch habe einfach jeguckt, wat noch so da is, und dann hab isch improvisiert.«

Aylin und ich tauschen ahnungsvolle Blicke. Wenn Gisela improvisiert, liegt die Gefahr eines kulinarischen Desasters bei weit über neunzig Prozent. Gisela serviert meine Schale, geht dann zu Aylin und zögert. Ich bin überrascht, denn Gisela und Zögern schließen sich normalerweise gegenseitig aus. Nach einigen Sekunden wendet sich Gisela an mich:

»Äh, also, Daniel ... kannst du vielleischt von mir ein Foto machen, wie isch Aylin den Pudding serviere?«

Jetzt bin ich endgültig irritiert: Gisela bittet um ein Foto? Normalerweise ist sie schwerer vor die Linse zu kriegen als ein Berggorilla in freier Wildbahn. Ich zücke erneut mein Smartphone.

»Kein Problem. Achtung, gleich kommt die Fliege!«

Ich mache eine kurze Pause, in der ich vergeblich auf Giselas dröhnende Lache warte.

»Moment, der Pudding verdeckt jetzt Aylins Gesicht ... Ja, besser ... Fertig.«

Ich mache ein paar Bilder, dann platziert Gisela Aylins Pudding überraschend sanft auf dem Tisch – und bekommt erneut wässrige Augen:

»Also dann, juten Appetit ... Lasst et eusch schmecken ... Jetzt kann isch et ja sagen: Ihr zwei habt zu meinen absoluten Lieblingsjästen jehört.«

Aylin schaut entsetzt:

»Warum redest du in der Vergangenheit?«

5

Gisela steht seit einer halben Minute vor uns und sucht nach Worten, was nun wirklich nicht ihre Art ist. Verglichen mit ihr wirkt sogar Reiner Calmund wie ein bedächtiger Lyrikprofessor.

»Also ... isch ... nä. Also ... et is so ... Dieser Spezialpudding war dat Letzte, wat isch hier serviert habe. Morgen mache isch discht.«

Urplötzlich fängt Gisela bitterlich an zu weinen. Ich bin erschüttert. Gisela war immer ein Fels in der Brandung. Ich habe sie in den Jahren, seit ich hier Stammgast bin, nur ein einziges Mal weinen sehen: bei der Trauerfeier für ihren Mann Harvey. Aber selbst da hat sie sich nur ein paar vereinzelte Tränen aus den Augen gewischt und anschließend Kölsch aus Harveys Urne ausgeschenkt, in die Jupp, ein befreundeter Schlosser, auf Harveys Wunsch hin einen Zapfhahn geschweißt hatte. Die Asche hatte Gisela in einem Päckchen mit freundlichen Grüßen zum Buckingham Palace geschickt. Sein Leib gehöre schließlich immer noch der Queen, hatte Harvey kurz vor seinem Tod gesagt.

Als später der Pfarrer zur Trauergemeinde trat, um die Beisetzung vorzunehmen, schaute er völlig konsterniert auf den Zapfhahn und die leeren Kölschgläser, fragte aber nicht weiter nach und setzte die Urne schließlich leicht widerwillig ins Grab. »Also wenn et gleich regnet, dann is dat Harvey, der sisch im Himmel vor Lachen bepisst«, flüsterte Gisela mir damals ins Ohr. Und beendete dann auch beim anschließenden Leichenschmaus im *Mr. Creosote's* die sentimentale Grundstimmung mit den Worten

»Wenn hier nicht in einer Minute die Post abjeht, dann hüpft der Harvey von seiner Wolke und tritt eusch alle in die Weischteile.« Dann legte sie Harveys Lieblingslied *Always look on the bright side of life* auf, das passenderweise auch die Zeile »Always look on the bright side of *death*« enthält, und staunende Passanten konnten mitansehen, wie sich eine Trauerpolonaise aus der Kneipe einmal um den nahe gelegenen Kreisverkehr bewegte.

Doch heute schafft Gisela es nicht, ihre Tränendrüsen zu kontrollieren. Aylin steht auf und nimmt sie tröstend in den Arm. Ich bin schockiert. Das *Mr. Creosote's* war seit Jahren mein Zufluchtsort vor dem Wahnsinn unserer Zeit. Moderne Registrierkassen, EC-Cash, Wireless-Lan – nicht bei der Mutti. Bierdeckel und Bares tun's schließlich auch. Selbst Tauschhandel war bei Gisela nicht ausgeschlossen. Und wenn mal ein neuer Gast den Fehler machte, nach dem WLAN-Passwort zu fragen, erhielt er stets zur Antwort: »Isch bin ein Sackjeseech – ohne Leerzeichen.« Dann hatte sie immer eine diebische Freude, dem Gast erst die kölsche Schreibweise von »Sackgesicht« zu buchstabieren und anschließend den verzweifelten Zugangsversuch in ein fremdes Netzwerk zu beobachten.

Und das soll jetzt vorbei sein? Für immer? Seufzend schiebe ich mir einen Löffel von Muttis Spezialpudding in den Mund. Er schmeckt in der Tat so schlecht, dass der Brechreiz mich kurz von der traurigen Nachricht ablenkt.

Aylin hat die Mutti inzwischen auf einen Stuhl platziert und mit ihrer Stoffserviette versorgt, in die Gisela herzhaft den Inhalt ihrer Nase entleert. Wenn es Guinnessbucheinträge für das lauteste und längste Schnäuzen geben sollte – Gisela hätte gute Chancen. Es klingt, als hörte man einen Waldhornbläser durch eine sehr dünne Rigipswand die Tonleiter üben.

Ich kann das alles immer noch nicht wahrhaben. Ich sollte jetzt eine Rede halten – emotional, aufrüttelnd, Mut machend. Eine Mischung aus Bergpredigt, Martin Luther King und der Trauerrede von Frank Underwood in der ersten Staffel von *House of Cards*. Eine Rede, nach der Gisela keine Wahl hat, als zu sagen: »Danke, Daniel. Das war das Ergreifendste, das ich in meinem Leben je gehört habe. Du hast mein Herz berührt, und deshalb mache ich weiter.« Da ich mich selbst inzwischen etwas besser kenne, weiß ich, dass ich für einen ergreifenden Monolog eine gute Woche konzentrierter Arbeit am Schreibtisch brauchte – und dann noch mal zwei bis drei Tage zum Auswendiglernen. Also sage ich lieber etwas Kurzes und Prägnantes:

»Aber ... du ... aber ... w...warum?«

Okay, *kurz* war es. Und *prägnant* ist ja Definitionssache. Gisela schließt ihre Schnäuzsinfonie mit einem finalen Dreiklang in d-Moll ab, und plötzlich, als hätte sie ihren gesamten Schmerz in die Serviette entsorgt, steht Gisela auf, klatscht in die Hände und ist wieder die Alte:

»Warum? Jetzt tu nit so, als wär jemand jestorben. Die Mutti will einfach mal ihr Leben jenießen – Feierabend.«

Sie steht abrupt auf und klopft Aylin so liebevoll auf die Schulter, dass diese schmerzhaft ihr Gesicht verzieht.

»So, isch brauche jetzt meinen Schönheitsschlaf. Aufräumen tu isch morgen ... Zieht einfach die Tür zu, wenn ihr jeht.«

Und damit verschwindet sie. Sentimentalität steigt in mir hoch. *Zieht einfach die Tür zu, wenn ihr jeht.* Die letzten Worte einer großen Ära ... Halt, Moment – Gisela kommt noch einmal zurück, mit einer Flasche Kräuterschnaps in der Hand:

»'tschuldijung, isch wollte eusch nit den Hochzeitstag versauen. Also noch mal: auf eusch. Möge Aylins Arsch zur Silberhochzeit noch jenauso knackisch sein wie heute.«

Sie nimmt einen großen Schluck und muss aufstoßen:

»Hoppala ... Der Rülpser ist ein Magenwind, der nit den Weg zum Arschloch find.«

Gisela verschwindet. Sentimentalität steigt in mir hoch. *Der Rülpser ist ein Magenwind, der nit den Weg zum Arschloch find.* Die letzten Worte einer großen Ära ... Halt, Moment – Gisela ist wieder da, mit nachdenklicher Miene. Sie seufzt:

»Dat is jetzt blöd, aber isch glaube, isch habe aus Versehen Remoulade in den Pudding jerührt.«

Und wieder weg. Ich stoppe die aufsteigende Sentimentalität, denn ich habe das Gefühl, da kommt noch was. Doch die erdbebengleichen Erschütterungen, die Giselas Schritte auf der Holztreppe zu ihrer Wohnung im ersten Stock auslösen, sowie das

Geräusch einer ins Schloss fallenden Tür überzeugen mich vom Gegenteil. Sentimentalität steigt in mir hoch. *Isch habe aus Versehen Remoulade in den Pudding jerührt.* Die endgültig letzten Worte einer großen Ära.

Aylin und ich schweigen ein paar Minuten. Ich rühre lustlos in ›Muttis Spezialpudding‹ herum. Remoulade, Kakaopulver und ... ist das eine Kaper? Plötzlich kommt mir eine Idee:
»Warum übernehmen wir nicht das *Mr. Creosote's* und machen ein Café daraus? Wir haben doch schon oft gesagt: Irgendwann eröffnen wir mal eins. Warum nicht jetzt?«
Aylin überlegt kurz, dann leuchten ihre Augen:
»Genau. Und die Mutti wird unsere Chefkellnerin.«
Wir lächeln uns an. Ich weiß, dass ich es nicht ernst gemeint habe. Weiß Aylin das auch? Klar, wir haben oft gesagt: Wir machen mal ein Café auf; aber genauso, wie man sagt: Irgendwann ziehen wir nach Kanada und züchten Rentiere. Oder: Morgen melde ich mich im Fitnessstudio an. Absurde Ideen halt, die man schnell wieder verwirft. Aber das Schöne an Luftschlössern ist nun einmal, dass sie vom harten Boden der Tatsachen unberührt bleiben. Also lache ich:
»Vergiss es, war 'ne blöde Idee.«
Irgendetwas in Aylins Augen verrät mir, dass sie die Idee gar nicht sooo blöd findet.

6

Am nächsten Morgen passiere ich mit meinem Fahrrad den Barbarossaplatz und bin mal wieder beeindruckt vom Ausmaß seiner Hässlichkeit. Selbst Müllhalden haben eine gewisse Ästhetik, aber der Barbarossaplatz ... Er sieht aus, als hätte eine Selbsthilfegruppe depressiver Architekturstudenten rund um das Autobahnkreuz Chemnitz ihre Selbstmordgedanken in Beton visualisiert.[*]

Ich schalte einen Gang höher, um diesen Tiefpunkt der menschlichen Kulturgeschichte möglichst schnell zu verlassen, und muss kurz kichern, weil die Reh-Apotheke zur Verschönerung Blumenkübel auf den Bürgersteig gestellt hat – was ungefähr den gleichen Effekt hat wie Botox bei einem chinesischen Faltenhund.

Als ich zehn Minuten später im hippen Belgischen Viertel mein Fahrrad an ein Halteverbotsschild kette, kommt ein dunkelhäutiger Teenager mit leidendem Gesichtsausdruck und unverständlichen Jammerlauten auf mich zu und hält mir ein Schild unter die Nase: »Kann nicht sprechen Deutsch. Haben Hunger. Du helfen oder du nicht mögen Ausländer?«

Zufällig erinnere ich mich sehr genau daran, wie er sich drei Tage zuvor in perfektem Deutsch mit dem iranischen Besit-

---

[*] Glauben Sie mir: Egal, wo Sie gerade sind, Sie befinden sich an einem schöneren Ort. Es sei denn natürlich, Sie lesen dieses Buch am Barbarossaplatz. In diesem Fall: herzliches Beileid!

zer des Eckkiosks darüber unterhielt, wie uncool Zigarettenpackungen mit den fetten Warnhinweisen aussehen. Woraufhin ich ihn darauf hinwies, wie uncool erst mal seine Lunge mit fetten Teerflecken aussehen würde. Ich gehöre weiß Gott nicht zu den Nichtrauchernazis, die einen demonstrativen Hustenanfall bekommen, wenn sich jemand in einem weitläufigen Biergarten vier Tische entfernt verschämt eine Fluppe anzündet; aber wenn man mitansieht, wie ein Teenager mit nikotingelben Fingern und Raucherhusten eine Stange Roth-Händle kauft, kann man ja mal ein pädagogisch wertvolles Statement abgeben.

Der Junge scheint mich auch wiederzuerkennen und schaltet in einer Sekunde vom Jammer- in den Konversationsmodus:

»Oh, hi, wie geht's – alles klar?«

»Ja, alles bestens. Und selbst?«

»Super. Seit ich kein Deutsch mehr kann, hat sich mein Umsatz verdreifacht.«

Pünktlich um zehn Uhr betrete ich meinen Arbeitsplatz, die Werbeagentur *Creative Brains Unit*. Eigentlich machen wir hier das Gleiche wie der Teenager: Wir erzählen Lügen, damit Menschen ihr Geld hergeben.

Wie jeden Montagmorgen treffen wir uns mit minimaler Motivation im Besprechungsraum, damit uns Agenturchef Rüdiger Kleinmüller darüber informieren kann, für welches Objekt der bunten Glitzerwelt wir diesmal unser kreatives Talent missbrauchen dürfen.

Karl saugt schlaftrunken an seiner E-Zigarette, auf die er vor drei Jahren aufgrund des Rauchverbots in der Firma umgestiegen ist; Ulli twittert in seinen Hypochonder-Blog, dass sein Gefühl der Kraftlosigkeit höchstwahrscheinlich von multiresistenten Killerbakterien verursacht wird, die gerade in seinen Nieren eine Jam-Session veranstalten; und Lysa kommentiert die Meldung *Ich hasse Montage* einer Facebook-»Freundin«: *Ich hasse Menschen, die jeden Montag posten, dass sie Montage hassen.*

Ich dagegen tue etwas Nützliches: Ich bestelle auf der Homepage des 1. FC Köln den Toaster »Hennes«, der in jede Scheibe Toast die Silhouette des Geißbocks brennt.

Rüdiger Kleinmüller betritt den Raum. Wenn ein Mann Mitte

fünfzig in Levi's-Fetzenjeans und rosafarbenem Diesel-T-Shirt aufläuft, könnte er sich auch gleich einen Sack mit der Aufschrift »Midlife-Crisis« überstülpen. Seine blendende Laune passt so gar nicht zur Lethargie seiner Untergebenen:

»Hey, Leute, ich habe nicht nur *eine* good news, nein, ich habe *zwei* good news.«

Karl stößt gelangweilt einige Rauchkringel aus:

»Ich rate einfach mal drauflos: Dieter Bohlen ist tot, und Wichsen wird zum Schulfach.«

Kleinmüller schaut kurz angewidert, ringt sich aber zu einem künstlichen Lachen durch, um nicht uncool rüberzukommen:

»Hahaha, unser Karl wieder! Nein. Erste good News: Die Firma *Coloriora* ist von unserer Campaign für *Coloriora Hair Colour* be-gei-stert. Die Idee mit den »Vier Haareszeiten« hat die total geflasht. Obwohl es wohl schon einen Friseur in Bad Bevensen gibt, der so heißt. Aber don't worry, das klären die Juristen. Also congrats an euch alle und natürlich an Daniel als Chef. Good job, guys – and girl.«

Vor einigen Monaten las Kleinmüller in einer Marktforschung, Anglizismen in der Werbung seien inzwischen out, weil sie totally old-school-mäßig rüberkommen. Daraufhin versuchte er krampfhaft, sich die englischen Begriffe abzugewöhnen – und scheiterte damit ebenso wie bei Zigaretten, Alkohol und Koks:

»Zweite good news: Ein amerikanischer Großkonzern will in den nächsten Jahren 250 Filialen von *Zachary's Burger Lounges* in Germany eröffnen – im Prinzip 'ne Art Mc Donald's mit 'n bisschen Bio-Image und tiefergelegten Sitzen.«

Jetzt kann ich mir eine Bemerkung nicht verkneifen:

»Wow, das ist mal 'ne gute Nachricht. Endlich geht es den individuellen Bio-Burger-Läden an den Kragen!«

Das hört sich jetzt ein wenig zynisch an – als hätte ich ein gespaltenes Verhältnis zu meinem Beruf; doch in Wirklichkeit ... Okay, ich *habe* ein gespaltenes Verhältnis zu meinem Beruf. Aber bin ich ein Zyniker geworden? Hm ... tja. Also, wenn das so sein sollte, dann wären *Crubble's Crunchies* schuld daran – eine fies schmeckende Kombination aus Fett und ... Fett. Ach ja, plus diverse Chemikalien. Angeblich sind auch Rückstände von Kartoffeln als Trägermasse enthalten, wobei ich vom Geschmack her eher auf Klopapier tippen würde. Präsentiert wird dieser kulinarische Albtraum von Crubble, einer missratenen Comicfigur, die entweder ein Hamster ist oder ein Hundehaufen mit Augen.

Rüdiger Kleinmüller hatte mir den Auftrag erteilt, für Crubble's Crunchies ein Wort wie »knusperknabberknackigfrisch« zu erfinden. Dabei sollte die Aussage, das Produkt sei eine knackig-knusprige Knabberei ohne die Worte *knackig, knusprig* und *Knabberei* rüberkommen. Nach vier verzweifelten Stunden und einer Flasche Rotwein mailte ich ihm eine Liste mit zehn Vorschlägen:

1. crubblecrunchigkracherköstlich
2. das Crubblekrachercruncharoma
3. der Crubbleleckercrunchpunch
4. die Crubblekracherleckerkultkomposition
5. kräckerschleckerschlabberlecker
6. crispycrunchigkrachercool
7. Lalaleckerschmeckerkräcker
8. kräckerschmeckercrunchkracherkultig
9. kultcrunchigkräckerkracherklasse
10. die Kackdiewandankräckerkotzkatastrophe

Zugegeben, bei Punkt 10 war ich mit den Nerven am Ende und kurz davor, meinen Laptop aus dem Fenster zu werfen. Kleinmüller ignorierte die Provokation elegant, und es kam zu folgender absurder Konversation:
»Good job, Daniel. Ich mag die number two. Ich würde nur *kracher* durch *crispy* ersetzen.«
»Hmm...«
»Also Crubble*crispy*cruncharoma.«
»Okay.«
Kleinmüller lehnte sich in seinem Designer-Schreibtischsessel zurück, nahm die Hand ans Kinn und wurde nachdenklich. Als würde er über Sokrates sinnieren und nicht über Salzgebäck:
»Ich meine, natürlich ist die Knusprigkeit in crunch impliziert,

aber crispy – ich weiß nicht. Crispy, das hat für mich eher so eine zarte, weibliche Knusprigkeit. Und crunch – das klingt mehr so wwwwuschh ratattattattatta bummm.«

»Klar. Crispy und crunch sind bekanntlich das Yin und Yang der Knusprigkeit.«

Damit wollte ich meinen Chef eigentlich verarschen. Doch Ironie gehört nicht zu seinen Kernkompetenzen:

»Exactly. Du hast es verstanden, Daniel.«

Daraufhin klopfte er mir euphorisch auf die Schulter und bot mir die Hand zum High-five an. Und in diesem Moment, als ich Rüdiger Kleinmüller mit der Kraft einer paralysierten Süßwasserqualle abklatschte, ist es passiert: Plötzlich, unaufgefordert und zu meiner eigenen Überraschung stand eine Frage mitten in meinen Kopf: Was zum Teufel mache ich hier eigentlich?

7

Den Tag vor dem Crubblecrispycruncharoma hatte ich mit Aylin in der Frauenklinik verbracht. In ihrer linken Brust war ein Knubbel festgestellt worden, und wir warteten voller Angst auf das Ergebnis der Biopsie. Das Gewebe hatte sich Gott sei Dank als gutartig erwiesen, und ich hätte vor Freude und Erleichterung die ganze Welt umarmen können.

An dem Abend, vor fast genau vier Jahren, gingen wir zum ersten Mal ins *Mr. Creosote's*. Als die Mutti hörte, was wir zu feiern hatten, öffnete sie spontan ihre Bluse und zeigte Aylin eine OP-Narbe auf ihrer linken Brust. Woraufhin Harvey kopfschüttelnd anmerkte, wir sollten dankbar sein – denn wenn wir Stammgäste wären, hätte seine Frau auch primäre Geschlechtsmerkmale präsentiert.

Es wurde einer der schönsten Abende meines Lebens. Gisela und Harvey liefen zu großer Form auf: Geschichten darüber, wie Harvey aus seinen Nierensteinen den Big Ben nachgebaut hatte, wurden abgelöst von Giselas bildhafter Schilderung ihrer letzten Mammografie: »Die haben mir die Titten so platt jedrückt – mit 'ner Zitrone drauf hätt isch die als Scholle verkaufen können.« Es wurde erzählt, gelacht und getrunken bis weit nach Mitternacht. Aylin und ich tranken uns einen ordentlichen Schwips an, und es mündete in einen zehnminütigen gemeinsamen Lachkrampf, bei dem alle Schwere des Lebens von uns abfiel. Es war ein Abend wie im Rausch – und der Grund dafür, dass das *Mr. Creosote's* für uns fortan ein besonderer Ort war. Der Ort, an dem wir alle weiteren Hochzeitstage feiern würden.

Am nächsten Tag konnte ich meinem Gehirn nicht mehr erklären, warum ich ein Abklatschritual mit einem Menschen veranstalten soll, für den die Worte Liebe und Knusprigkeit emotional die gleiche Bedeutung haben.

Meine Frau war gesund! Wir würden ein langes, glückliches Leben führen können und vielleicht irgendwann Kinder haben. Was zum Henker interessierte mich der Unterschied zwischen crispy und crunchy?

In den Jahren danach grübelte ich endlose Stunden, Tage, Wochen und Monate über die federleichte Fluffigkeit von Flanellphantasien, den beispiellos betörenden Blumenduft von Badreinigern, die schwärmerisch-schillernde Schwermut der schönsten Schlagerschnulzen, die sahnig-sinnliche saure Soße zu Salz- und Süßkartoffeln, die traumhaften Top-Ten-Tarife der tollsten Telefonanbieter, den lockend-lasziven Lack-Look-Lipgloss aus der lässig-luderigen Lady-Life-Luxus-Linie – und was weiß ich noch alles.

Aber seit jenen Tagen – die Angst um Aylin, das bange Warten in der Klinik, dann die Erlösung und schließlich der rauschhafte Abend mit Gisela und Harvey – kommt mir selbst das Ausdrücken der Noppen von Verpackungsfolie sinnvoller vor als mein Beruf.

Allerdings versöhnt mich an jedem Ersten der Anblick meines Kontoauszugs. Und, um die Frage aus dem letzten Kapitel zu beantworten: Ja, exakt so wird man zum Zyniker – für Geld tut man etwas, was man eigentlich nicht will, und verpackt die unangenehme Wahrheit in Humor, weil sie dann weniger bitter schmeckt.

So sitze ich also an einem herrlich wohltemperierten Frühsommertag in dieser verfluchten Werbeagentur und lausche mit angemessener zynischer Grundhaltung, wie mein Chef an der Expansion eines amerikanischen Großkonzerns partizipieren will:

»Für die Markteinführung von *Zachary's Burger Lounges* werden auf Stufe eins vier Testfilialen eröffnet: Berlin, Hamburg, München und Köln. Jede Testfiliale wird von einer anderen Werbefirma betreut. Wer sich am besten schlägt, erhält den Auftrag für ganz Germany. Ich muss ja nicht erst sagen, was das bedeuten würde!«

Ich denke: »dass gleichzeitig dein Bankkonto, dein Ego und dein Penis auf Rekordgröße anschwellen«, entscheide mich dann aber für einen weniger provokanten Gag:
»Champagner, Koks und Nutten.«
»Haha, ja klar, das bedeutet es für *mich*. Und für euch heißt das: Ihr habt für die nächsten Jahre einen sicheren Job.«
Ein sicherer Job für die nächsten Jahre ... Eigentlich sollte ich jetzt aufspringen und »Hurra!« schreien – tue ich aber nicht. Bezahlt man finanzielle Sicherheit zwangsläufig mit dem Verzicht auf Lebensfreude? Kann man sein Geld nicht auch mit einer Tätigkeit verdienen, für die man brennt? Die man mit Leidenschaft ausübt? Die man liebt?

Früher habe ich mich selbst ständig zum Kichern gebracht. Das Kichern war immer das Zeichen dafür, dass mein kreativer Motor läuft – wie damals, als ich mit meinem besten Freund Mark die *Udoisten* gründete, eine religiöse Sekte, die Udo Lindenberg als höchstes Wesen des Universums verehrt und deren Mitglieder ausschließlich mit der Stimme ihres Meisters sprechen dürfen. Beim Verfassen der zehn Panikgebote (»Du sollst keinen Likör haben neben dem Eierlikör«, »Du sollst nuscheln«, »Liebe deinen Hut wie dich selbst« et cetera) haben wir ebenso hysterisch gelacht wie bei der Vorstellung, dass ein *Udoist*, der die Gebote missachtet, in der Hölle auf ewig das Lied »Eiszeit« von Peter Maffay hören muss. Nach dem rituellen Verzehr von zwei Flaschen Eierlikör gründeten wir eine weitere Sekte: Die *Daisyaner* – eine Glaubensgemeinschaft, die den Yorkshire-Terrier von Rudolf Mooshammer als Erlöser betrachtet und keine Schrift anerkennt außer *Ich, Daisy – Bekenntnisse einer Hundedame*.

Mit Ideen wie diesen bin ich in die Werbebranche gegangen – und in den ersten Wochen habe ich an meinem Schreibtisch vor mich hin gekichert. Die Kollegen verpassten mir den Spitznamen »Mr. Giggle«. Aber die Anfangseuphorie verflog schnell – mit wirklich originellen Ideen kam ich praktisch nie durch. Ich bekam Rückmeldungen wie zum Beispiel »Ja, ich habe gelacht – aber da hatte ich noch nicht drüber nachgedacht« oder »Ich find's großartig – aber vergiss nicht: Die Konsumenten sind dumm«.

Irgendwann kam ich zu dem Schluss: Wenn ich kichern muss, kann ich's sofort wegschmeißen. So habe ich gelernt, meinem Instinkt zu misstrauen, und aus kreativem Übermut wurde das Crubblecrispycruncharoma.

Was würde ich für das Gefühl geben, morgens mit einem vorfreudigen Kribbeln aufzuwachen und zu denken: »Geil, ich kann jetzt zur Arbeit! Gleich wird wieder um die Wette gekichert.«

Aber heute kommt mir bei den Worten »sicherer Job« nur eine einzige Assoziation: »Sicherheitsverwahrung«. Kleinmüller reißt mich aus meinen Gedanken:

»Anyway, Daniel, du hast um drei ein Kick-off-Meeting mit dem Deutschland-Chef von *Zachary's Burger Lounges* – der fliegt extra ein, um den Pachtvertrag unter Dach und Fach zu bringen. Ich hab ihn schon kennengelernt, echt netter Buddy-Typ. Hat mir sein halbes Leben erzählt. Der hat Germanistik studiert oder Geschichte oder Kunst oder so was. Und dann war er erst mal jahrelang ... äh ... nee, hab eigentlich gar nicht zugehört, ist 'n totaler Langweiler. Na ja, Hauptsache, kein Arschloch. Wobei, eigentlich muss er ja ein Arschloch sein, sonst hätte er diesen Job nicht. Egal. Also – make me happy, Daniel.«

Kleinmüller klopft mir auf die Schulter und überreicht mir eine Visitenkarte, auf der ich den Namen Bernd Breller lese sowie den Firmennamen *Zachary's Burger Lounges Germany Inc.* und die Bezeichnung *Head of department*.

»Meeting-Location ist die Köln-Filiale. Adresse steht auf der Rückseite.«

Ich drehe die Karte um und bin verwirrt:

»Aber, Moment – das ... das ist doch die Adresse von *Mr. Creosote's*.«

»Das *war* die Adresse von *Mr. Creosote's*. Jetzt ist es die Adresse von *Zachary's Burger Lounge*.«

8

»Ja, wat soll isch machen, wenn der Amerikaner ankommt und die doppelte Pacht bezahlt? Dat Damenklo zum Stundenhotel umfunktionieren?«

Hilflos sehe ich mit an, wie Gisela das von allen Spielern signierte Doublegewinner-Mannschaftsfoto des 1. FC Köln von 1978 abhängt und es in einen Umzugskarton zur signierten Autogrammkarte von Willy Millowitsch packt – *Für dat Leckerchen Gisela, von Willy.*

»Aber, Gisela, du hast doch gestern gesagt, du machst zu, um mehr Zeit für dich zu haben.«

»Ja, hab isch dann ja auch.«

»Aber nicht freiwillig.«

»Ja, wat macht man schon freiwillisch? Isch pisse nit mal freiwillisch.«

»Aber ... Du bist die Seele des Viertels. Der Verpächter ... der kann doch nicht wollen, dass ...«

»Herr Jramisch? Der is doch der größte Ähzezäller*, der in Köln rumläuft. Seit wir 1985 aufjemacht haben, wat meinst du, wie oft der hier ein Kölsch bezahlt hat?«

»Äh, ich gehe davon aus, das war eine rhetorische Frage.«

»Nie. Dat Sackjeseech kam immer nur, wenn et Freibier gab. Beim letzten Mal hab isch jesagt: ›So, mein lieber Herr Jramisch, dat mit dem Freibier, dat gilt für alle im Raum außer für Sie.

---

* Ähzezäller = Erbsenzähler, Geizhals

Jenauso wie isch alle hier duze außer Sie. Also zwei Euro, bitte, *Sie* Sackjeseech.‹ ... Und dann ...«

Gisela hält inne, als sie das Porträt ihres verstorbenen Mannes von der Wand nimmt, auf dem Harvey mit verknotetem Taschentuch auf dem Kopf, Nickelbrille und dümmlichem Gesichtsausdruck als Monty-Python-Fan posiert. Die Mutti zögert kurz, dann wickelt sie das goldgerahmte Foto in ein Spültuch ein und legt es sanfter als die anderen Bilder in den Umzugskarton.

»... Wo war isch ... Also, isch sage: ›Zwei Euro bitte, *Sie* Sackjeseesch.‹ Und wat meinst du – hat der bezahlt?«

»Ich nehme an, das war auch eine rhetorische Frage.«

»Nä. Der hat nit bezahlt. Der meinte, die zwei Euro könnte isch ja dann von der Pacht abziehen. Da sag isch: ›Aha, isch soll also zur Bank jehen, ein Formular ausfüllen und meinen Dauerauftrag für April zwei Euro runtersetzen, damit isch im Mai noch mal zur Bank jehen darf, um den Driss wieder zwei Euro hochzusetzen? Und dat nur, weil Sie Knieskopp* Ihr Portemonnaie so selten aus der Hose holen, dat et schon am Hintern festjewachsen is? Wissense wat, Sie haben ab heute Lokalverbot.‹ Dat war dat letzte Mal, dat isch den hier in der Kneipe jesehen habe, den Mömmesfresser.** Jedenfalls bis im Februar, als diese Pissnelke mir am Aschermittwoch grinsend die Kündijung auf den Tresen legt.«

In diesem Moment betritt ein Mann den Raum, dessen grauer Anzug ebenso unauffällig ist wie seine kurzen graubraunen Haare, sein schwarzer Aktenkoffer und seine Gesichtszüge. Er könnte 45 oder auch 65 sein und sollte eigentlich Max Mustermann heißen.

»Bernd Breller, *Zachary's Burger Lounges*, guten Tag. Sie müssen Daniel Hagenberger sein.«

»Ja, äh ... freut mich.«

Ich schüttle peinlich berührt seine Hand, weil ich Gisela noch

---

* Knieskopp = Geizhals
** Mömmesfresser = Popelfresser, Geizhals

nicht erklärt habe, dass ich ausgerechnet für die Firma arbeiten werde, der sie das Ende ihrer Kneipe zu verdanken hat. Ja, sicher, ich hätte es besser sofort gesagt.* Die Mutti schaut mich mit hochgezogenen Augenbrauen an:

»Woher kennst du denn den avjeleckte Herringsstetz** da?«

»Nun, tja, es ist so, also, heute Morgen hat mir mein Chef erklärt, dass wir für äh ... also ... na ja ... *Zachary's* ... also, diese Burger-Dinger da ... Tja. Dass ich da also ... Nicht, dass ich das wollte, aber ...«

In diesem Moment kommt ein gepflegter Herr Mitte sechzig mit Halbglatze, Brille, Jeans und Leinenjacke herein. Ein Wohlstandsbauch spannt die Knöpfe seines hellblauen Hemdes so stark, dass ich an eine geladene Steinschleuder denken muss.

»Guten Tag, Hartmut Gramich. Ich bin der Verpächter.«

»Freut mich. Bernd Breller von *Zachary's Burger Lounges Germany*. Wir haben telefoniert. Und das ist Daniel Hagenberger. Er wird sich um die Werbung kümmern.«

Die Mutti schaut den Verpächter verächtlich an, der offenbar nicht Jramisch heißt, sondern Gramich. Dann schickt sie mir einen Blick, der mich mitten ins Herz trifft. Er beinhaltet weder Wut noch Hass. Einfach nur tiefe moralische Enttäuschung. Ich möchte am liebsten im Boden versinken. Den letzten Blick dieser Art habe ich mit 17 Jahren von meiner Mutter bekommen, als sie mich erwischte, wie ich bei WDR 4 das Lied *Santa Maria* von Roland Kaiser hörte.

In den Augen meiner Mutter sah ich den Gedanken: *Hilfe, ich habe ein Monster zur Welt gebracht.* Roland Kaiser stand für alles, was meine Eltern schon immer gehasst hatten: Spießigkeit, Schmierlappigkeit, Kulturlosigkeit. Er war der personifizierte Verrat an modernem Denken und moderner Kunst. Roland Kaiser zu hören, war also quasi meine pubertäre Rebellion. Allerdings konnte ich den Triumph, meine Mutter schockiert

---

* Sie haben es doch in Kapitel 2 selbst gelesen: Ich bin konfliktscheu – und das bin ich nicht schuld, sondern meine Kindheit. Also keine Vorwürfe bitte!

** abgeleckter Heringsschwanz (charakterlich fragwürdige Person)

zu haben, nur kurz genießen. Schnell gewann meine Harmoniesucht wieder die Oberhand, und ich wünschte mir eine Wolf-Biermann-Platte zum Geburtstag.

Wie gern würde ich jetzt etwas sagen, was Gisela versöhnt, aber ich fürchte, hier und heute kann ich nichts tun. Diese Profitgeier haben der Mutti ihre Existenz weggenommen, und ich gehöre zu ihnen, ob mir das nun passt oder nicht.

Als Bernd Breller anfängt, das angeblich ökologisch nachhaltige Konzept von *Zachary's Burger Lounges* zu erläutern, wird er von Verpächter Gramich jäh unterbrochen:

»Tut mir leid, aber mir ist ziemlich egal, ob Ihr Fleisch von glücklichen oder psychisch labilen Kühen kommt, ob der Salat die Waldorfschule besucht hat oder die Mayonnaise vom Dalai Lama gesegnet wurde.«

Bernd Breller wechselt zu einem weniger brisanten Thema:

»Oh. Äh ... Sind Sie Fan vom 1. FC Köln?«

Der Verpächter schnaubt verächtlich:

»Ich bin in Leverkusen geboren. Da ist man kein Fan vom 1. FC Köln.«

Gisela lacht höhnisch auf:

»Ha! Dat war ja klar. So fügt sich dat letzte Puzzleteil in ein Bild des Grauens.«

Der Verpächter schickt Gisela einen verächtlichen Blick, sucht einen Moment vergeblich nach einer angemessenen Antwort, und wendet sich dann wieder dem *Burger-Lounges*-Lakaien zu:

»Wissen Sie, Small Talk gehört nicht gerade zu meinen Stärken. Insofern können wir auch einfach nur den Pachtvertrag unterzeichnen.«

»Umso besser. Ich mag eigentlich auch keinen Small Talk. Neulich zum Beispiel, da war ich auf einer Party eingeladen ...«

»Ich unterbreche Sie nur ungern, aber Sätze, die mit ›neulich zum Beispiel‹ anfangen, *sind* Small Talk.«

»Haha. Erwischt. Haha. Ich wollte nur sagen ... Egal, ich hole die Verträge.«

Bernd Breller nimmt zwei zusammengetackerte Stapel Blätter aus seinem Aktenkoffer:

»So, Herr Gramich, das sind unsere Standard-Pachtverträge,

die wir für alle Filialen verwenden. Unsere Juristen haben jeden Paragrafen überprüft und ...«

Gisela schnaubt verächtlich:

»Früher haben wir so wat noch per Handschlag jeklärt. Heute sitzt da eine Horde von Sesselpupsern wochenlang an einem Pamphlet, dat dicker is als dat Alte Testament und wo dann so wischtige Fragen jeregelt werden wie: ›Im Falle von Fremdflatulenzen wird der Pups zum Eigentum des Pächters‹.«

Herr Gramich verkneift sich ein Grinsen:

»Tja, ich habe den Vertrag natürlich auch überprüfen lassen, von meinem ... Sesselpupser. Alles in Ordnung. Also – wo soll ich unterschreiben?«

Bernd Breller zeigt auf die entsprechenden Stellen und reicht dem Verpächter einen Kugelschreiber. Gisela schnappt sich den Karton und trägt ihn wortlos ins Nebenzimmer. Sie will es einfach nicht mitansehen. Und ich? Nein, ich kann nichts tun. Gar nichts.

Als der Verpächter den Kugelschreiber an sich nimmt, sagt irgendetwas in mir, dass ich einschreiten sollte. Aber wie? Vielleicht ist das ja einer dieser Momente, in denen Männer zu Helden werden. Die Sekunde, in denen sie sich vom Bösen weg dem Licht zuwenden. Der Moment, in dem Saulus zu Paulus wurde. Die Sekunde, als sich Luke Skywalker entschied, Darth Vader nicht zu töten. Der Augenblick, in dem Harry Potter ... okay, Harry Potter hat knapp 500 solcher Szenen.

Vielleicht besteht die Heldentat meines Lebens ja darin, diese Unterschrift zu verhindern. Ich spüre, dass ich genau jetzt etwas tun kann, wovon ich meinen Enkeln erzählen werde: *Damals in dieser Kneipe, als der Pachtvertrag unterschrieben werden sollte, da hat euer Opa mit einem Hechtsprung einen Kugelschreiber in seine Gewalt gebracht und dadurch sein Leben und das seiner Umgebung für immer verändert. Von diesem Moment an wusste er, dass selbst ein amerikanischer Großkonzern nichts ausrichten kann gegen die Willensstärke eines einzigen Mannes.*

Vor meinem geistigen Auge werde ich bereits in einer Sänfte durch die Kölner Südstadt getragen – vorbei an jubelnden Massen, die sich beim Anblick des Mutti-Retters verneigen; ich gebe

Interviews bei Lanz, Will und Plasberg – und erhalte schließlich den Friedensnobelpreis, weil mein mutiges Einschreiten viele Tausende, ja Millionen Nachahmer gefunden hat und damit zum Ende des Turbokapitalismus geführt hat. So was geht vor meinem geistigen Auge immer recht schnell und unkompliziert – nur leider sehe ich gerade vor meinem *materiellen* Auge, dass Verpächter Gramich sich anschickt, die Verträge zu unterschreiben.

Das Unpraktische am Heldentum ist, dass man vor dem Erhalt des Friedensnobelpreises seine Ängste überwinden muss. Und das ist nicht gerade meine Spezialdisziplin. Wie auch? Mut muss genauso erlernt werden wie melodisches Rülpsen oder Zumba.

In archaischen Kulturen wurden die Jungen mit 15 oder 16 Jahren als Initiationsritus von Männern mit gruseligen Masken brutal aus dem Dorf entführt und dann in den Waldboden bis zum Hals eingebuddelt. Sie verbrachten eine ganze Nacht in Todesangst, den Elementen und der Tierwelt hilflos ausgeliefert. Am nächsten Morgen wurden sie wieder ausgegraben und waren von Insekten gestochen oder von Kojoten angepinkelt worden, und ihre Ohrläppchen lagen vielleicht als Sonntagsbraten auf dem Tisch einer Eidechsenfamilie. Aber sie waren erwachsen. Sie waren Männer geworden. Ganze Kerle, die sich fortan vor nichts mehr fürchteten.

Der Initiationsritus meiner Pubertät bestand darin, dass meine Mutter, als ich 16 wurde, die knappe Hälfte meiner 37 Kuscheltiere an ein russisches Kinderheim spendete. Sicher, das war auch beängstigend, und ich hatte das Gefühl, dass mein Leben danach nicht mehr dasselbe war. Vor allem, weil ich mit dem karierten Stoffkänguru Hüpftibüpfti einen treuen Lebensgefährten verloren hatte. Aber ein Krieger im engeren Sinne wurde ich dadurch nicht.

So dehnt sich gerade die Zeit, und ich sehe vor Angst paralysiert zu, während Herr Gramich den Kugelschreiber wie in Zeitlupe auf den Pachtvertrag zubewegt. Ich will etwas sagen, aber die Worte bleiben zwischen Kehlkopf und Gaumenzäpfchen in meinem trockenen Hals kleben.

Oh Mann, ich war doch schon so weit – und das ist nur ein paar Jahre her: Vor meiner Hochzeit hatte ich eine kurze Phase, in der ich mir den türkischen Machismo zum Vorbild nahm und mich zum ersten Mal in meinem Leben als Mann fühlte. Aber bald musste ich mir eingestehen, dass das nicht authentisch war. Der wahre Daniel Hagenberger fürchtet sich vor Konflikten, Haarausfall, Wespen, Mitgliedern der Unterschicht mit Alkoholpegel über 1,5 Promille, dem Tod, Spinnen ab acht Zentimetern Durchmesser, der Dunkelheit; davor, dass der 1. FC Köln in der Nachspielzeit einen Sieg verspielt, vor Erektionen in unpassenden Momenten, dem Schwimmen in trüben Gewässern und, wenn Aylin länger als zehn Sekunden sauer ist.

Der Kugelschreiber ist mittlerweile fast auf dem Papier angekommen. Schweißperlen treten auf meine Stirn. Meine letzte Chance, zum Helden zu werden, ist jetzt. Nein, jetzt. So, jetzt aber! Das H von Hartmut steht schon auf dem Papier. Da kommt auch noch das a – na los, Daniel!

9

»Halt!«

War ich das? Bernd Breller und Hartmut Gramich blicken mich verwirrt an. Dann war ich es wohl. Bin ich tot? Ich habe nämlich das mulmige Gefühl, neben mir zu stehen und mich selbst zu beobachten. Vielleicht hatte ich ja vor lauter Aufregung einen Herzinfarkt. Viele Berichte von Nahtoderfahrungen fangen doch so ähnlich an. Hmmm, nein, mein Herz schlägt mir bis zum Hals. Dadurch wird mein Gehirn mit Blut versorgt, und ich höre mich selbst auf den Verpächter einreden:

»Herr Gramich, ich bitte Sie! Das können Sie nicht tun. Die Mutti ... Gisela ... Sie ist eine Institution. Sie ist die Seele des Viertels. Sie ...«

»Sie hat das hässlichste Lachen, das ich je gehört habe.«

»Was? Aber Giselas Lache ... die ... die ist doch ansteckend.«

»Syphilis und Cholera sind ansteckend. Giselas Lache ist einfach nur grauenvoll. Der schrecklichste Lärm in Köln seit der Bombardierung 1945. Ich bin sicher, irgendwann wird man bei der Aufklärung des U-Bahn-Einsturzes feststellen, dass die Ursache Schallwellen aus diesem Gebäude waren! Zweimal habe ich schon die Polizei gerufen, weil ich trotz Ohropax und Valium kein Auge zugekriegt habe, und mindestens hundertmal *wollte* ich die Polizei rufen und habe es nicht getan – und wollen Sie wissen, warum? Weil ich Angst hatte, dass diese Psychopathin dann meine Wohnungstür eintritt und meinen Wellensittich in einem Kölschglas ertränkt.«

Wie es scheint, hat sich Herr Gramich nun doch spontan zu Small Talk entschlossen. Noch ehe ich etwas erwidern kann, stampft die Mutti aus dem Nachbarzimmer zurück:

»Dat Einzige, wat Ihren Wellensittisch umbringen kann, is, dat der verhungert, weil Sie die Miete für seinen Käfig erhöhen.«

Damit verschwindet sie wieder. Ein Blick in Herrn Gramichs ungerührtes Gesicht lässt das Appellieren an seine Gutherzigkeit in der Liste meiner Handlungsoptionen relativ weit nach hinten rutschen. Ich wende mich nun an Bernd Breller:

»Dann versprechen Sie mir wenigstens, dass Sie Gisela als Chefkellnerin bei *Zachary's Burger Lounges* einstellen.«

»Hmm. Wenn sie fünfzig Kilo schlanker, dreißig Jahre jünger und charakterlich ihr exaktes Gegenteil wäre ... könnten wir ins Geschäft kommen.«

So. Das reicht. Derart respektlos darf niemand über die Mutti reden. Jetzt mache ich ihn verbal fertig:

»Also, das ... Also echt jetzt.«

Tja. Das war eine erste Fassung, als Diskussionsgrundlage. Während sich die zweite viel zu langsam in meinem Kopf formt, taucht Gisela erneut auf:

»Bevor isch für so einen Tuppes arbeite, tät isch mir freiwillisch dat Stadtwappen von Düsseldorf auf die Stirn tätowieren.«

Damit stiefelt Gisela wieder aus dem Gastraum. Der fruchtbare Austausch von Argumenten scheint abgeschlossen, und Bernd Breller kommt zum Fazit:

»Tja, ich denke, dann können wir jetzt unterschreiben.«

Erneut nähert sich der Kugelschreiber von Hartmut Gramich dem Pachtvertrag. Ich hab's versucht. Aber ganz offensichtlich bin ich nicht zum Helden geboren. In der Bibel wäre ich nicht Jesus, sondern irgendein Typ, der sich mit dem Wein besäuft, in den Jesus das Wasser verwandelt hat.

Oder ist *das* jetzt der alles entscheidende Moment meines Lebens? Als Hartmut Gramich beim r seines Vornamens angekommen ist, spüre ich einen plötzlichen Adrenalinstoß. Ich werde von einer unerklärlichen Euphorie gepackt und ich höre mich sagen:

»Halt! Was ist denn, wenn *ich* den Pachtvertrag übernehme?«

Herr Gramich ist irritiert:
»Tut mir leid. Ich habe eine Verabredung mit *Zachary's Burger Lounge*. Daran bin ich gebunden.«
»Ich zahle 50 Euro mehr.«
»Wir sind im Geschäft.«
Ich weiß auch nicht, aus welchem Universum der Satz ›Ich zahle 50 Euro mehr‹ in meinen Mund geflogen kam. Tatsache ist: Ich habe ihn gesagt. Während Bernd Breller hektisch an seinem Smartphone hantiert, kommt die Mutti zurück:
»Daniel, mach disch nit unglücklisch.«
»Keine Sorge, Gisela. Nur eine Frage: Könnten Aylin und ich dich als Chefkellnerin gewinnen, wenn wir hier eine ... äh ...«
Das geht gerade alles etwas zu schnell. Ich weiß nicht mal, was wir hier machen wollen. Aus meinem Mund kommen trotzdem Worte heraus:
»... ein Restaurant ... Café ... Kneipe ... wenn wir hier ein Cafékneipenrestaurant eröffnen?«
Nun erlebe ich einen der seltenen Momente, in denen Gisela perplex ist.
»Ja ... Isch meine ... klar. Aber ... äh ...«
Hartmut Gramich seufzt:
»Wenn *sie* dabei ist, 100 Euro mehr.«
»Einverstanden.«
Warum habe ich ›einverstanden‹ gesagt? Sollte ich nicht härter verhandeln? Hmmm. Nö. Ich bin im Adrenalinrausch und habe das Gefühl, dass ich alles schaffen kann. Alles. In diesem Moment reicht mir Bernd Breller sein Smartphone. Es ist mein Chef. Auf einer Wutskala von 1 bis 10 ist Kleinmüller bei 42:
»Bist du von allen guten Geistern verlassen, Daniel?«
Er ist so wütend, dass er sogar vergisst, englische Vokabeln einzubauen. Und ich bin bemerkenswert ruhig und klar.
»Nein, ich habe eher das Gefühl, ich bin von allen *bösen* Geistern befreit. Vielleicht tue ich gerade zum ersten Mal im Leben etwas Sinnvolles und höre auf mein Herz.«
Ich kann durch die Leitung hören, wie sich Rüdiger Kleinmüller mit der Atemtechnik beruhigt, die ihm vor einigen Jahren ir-

gendein buddhistischer Yogi auf einem Wochenendseminar in Erftstadt-Lechenich beigebracht hat.

»Ich verstehe dich, Daniel. Wir haben alle mal eine Phase, wo wir die Welt verbessern wollen. Nächstenliebe und das ganze Gedöns, das hab ich auch durchgemacht. Aber der Dalai Lama sagt ›Wir sollen mit dem Strom schwimmen‹, oder so ähnlich. Vielleicht war's auch Buddha. Egal. Zumindest nicht *gegen* den Strom ...«

Kleinmüller hat vor Jahren den Buddhismus als Gegenentwurf zur hektischen Werbewelt entdeckt. Und ist mit Sicherheit einer der ganz wenigen, die sich kompetent zum Thema »Meditieren mit Koks« äußern können. Aber die Lehre Buddhas hat er ungefähr so gut umgesetzt wie Kaiser Nero die römische Brandschutzverordnung.

»... weil ... also, Daniel, das hat was mit dem Ego zu tun, man soll sich einfach nicht so aufregen, weil ... äh ... manche Scheiße soll halt einfach passieren, da muss man dann nicht in der Kloake rumwühlen. Oder so ähnlich. Das hat auch irgendein weiser Typ gesagt, Yogi, Lama oder Rinpoche oder ... egal. Was ich meine, ist ... Sorg gefälligst dafür, dass der verdammte Pachtvertrag unterschrieben wird!«

»Tut mir leid, das kann ich nicht. Weißt du, die Mutti ... sie ist einfach eine Institution in der Südstadt.«

»Na und? Meine Jacht ist eine Institution im Hafen von Monaco. Und damit das auch so bleibt, brauchen wir diesen Deal. Aber wenn du meinst, du musst hier einen auf Martin Luther King machen, dann kannst du hier sofort deine Sachen packen, kapiert?«

Mein Adrenalinpegel ist inzwischen so weit oben, dass ich euphorisch lache:

»Haha, perfekt. Ich wollte sowieso kündigen. Ich habe nämlich ein Caféhkneipenrestaurant ... äh ... ein Café zu führen.«

Damit lege ich auf. Gisela schaut mich mit offenem Mund an. Sie hat jetzt seit über zwei Minuten nichts mehr gesagt und damit ihren persönlichen Rekord verdreifacht. Hartmut Gramich wendet sich an Bernd Breller:

»Tja, wie es aussieht, ist Ihre Firma überboten worden. Wollen Sie eventuell noch was drauflegen?«

Bernd Breller schüttelt fassungslos den Kopf:
»Herr Gramich, denken Sie doch mal eine Sekunde nach. Sie haben die Wahl zwischen einem hochprofessionell geführten amerikanischen Großkonzern und einem dilettantischen Spinner.«

Der Verpächter gibt sich unbeeindruckt:
»Einem dilettantischen Spinner, der hundert Euro mehr geboten hat.«

»Jetzt lassen Sie mich Ihnen mal eins sagen ...«

Weiter kommt Bernd Breller nicht, denn plötzlich öffnet sich die Tür, und Wasily, der russische Geiger, tritt ein:

»Challo, ich bin Wasily und kann spiel aalles. Muss nur sage Wuunsch.«

Der Anblick von Wasily, dessen unterste Strähne diesmal nur knapp über den Augenbrauen klebt und in dessen Schnurrbart deutlich sichtbar eine Krabbe an einem Rest Mayonnaise festhängt, überrascht Breller und Gramich derart, dass es ihnen einen Moment lang die Sprache verschlägt.

»Keine Wuunsch? Dann ich spiele Schostakooowitsch.«

Nun legt Wasily ebenso gekonnt mit Presto los wie gestern. Eine weitere Unterhaltung ist aufgrund der Lautstärke nicht möglich. Bernd Breller schaut verdattert. An der ersten etwas ruhigeren Stelle nähert er sich dem Geiger.

»Entschuldigung, aber wir sind in einer wichtigen Verhandlung und ...«

Bernd Breller hat Pech, dass es nur eine äußerst kurze ruhige Passage ist, und Wasily, der von Schostakowitsch beseelt in die Hocke gegangen war, springt – völlig in der Musik versunken – auf und trifft Breller dabei mit dem Bogen an der Brust. Breller greift sich getroffen ans Herz. Sein entsetzter Blick bringt den Verpächter zum Lachen – wodurch sich sein Wohlstandsbauch aufbläht und mit einem leisen Rrrrk zwei Knöpfe seines Hemdes abfeuert, von denen einer mit deutlich vernehmbaren Plick an Wasilys Geige abprallt. Wasily lässt kopfschüttelnd sein Instrument sinken:

»Sie chaben zerstört schööönste Moment in diese Violinkonzert. Ich nix spiele für Kultuuurbanaaasen.«

Während ich überlege, ob *Kulturbanasen* ein guter Titel für eine

Neuverfilmung der *Supernasen* auf *Arte* wäre, marschiert Wasily beleidigt ab und knallt die Tür zu. Hartmut Gramich nimmt den Faden wieder auf:

»Also, Herr Breller, dieser Mann hat hundert Euro mehr geboten. Ist *Zachary's Burger Lounge* noch dabei oder sind Sie raus?«

Breller schaut mich eindringlich an – wohl in der Hoffnung, ich käme wieder zur Besinnung. Seine Augen erinnern mich an tote Makrelen in der Auslage eines Fischladens. Als ich nicht reagiere, nimmt er die Verträge vom Tisch, packt sie zurück in den Aktenkoffer und verlässt entnervt den Raum. In der Tür bleibt er noch einmal stehen und wendet sich an den Verpächter:

»Ich dachte, Sie sind ein seriöser Geschäftspartner und kein Möchtegern-Auktionator. Das ist doch Kindergarten hier. Wir finden auch eine andere Location. Und eine andere Werbeagentur.«

Darauf knallt er die Tür sogar noch ein wenig heftiger zu als davor Wasily.

Gisela hat ihren Nichtsprechrekord mittlerweile auf über vier Minuten ausgedehnt. Der Verpächter wird ein wenig nervös:

»Also, Sie übernehmen den Pachtvertrag anstelle von *Zachary's Burger Lounges*, Herr Hagenberger, zu den gleichen Konditionen, zuzüglich 100 Euro.«

Die Mutti schüttelt heftig mit dem Kopf. Und findet nach exakt vier Minuten 56 Sekunden die Sprache wieder:

»Tu dat nit, Daniel. Dat is Halsabschneiderei. Dat is, dat is ... Dat is doch Wahnsinn!«

Herr Gramich hält mir die Hand hin:

»Handschlag ist rechtsgültig. Deal?«

Schon wieder so eine Heldensituation. Erst kommt jahrelang gar nichts in der Richtung, und jetzt passiert's plötzlich im Minutentakt. Ganz ruhig bleiben, Daniel. Nur nicht in Panik entscheiden! Ich stammele unbeholfen vor mich hin:

»Ich äh ... also, tja, das ... das ist ja eine Entscheidung, die man ... also, wo man erst mal ... also von der Planung her eine gewisse ... Planung ... einplanen ... äh ... ich muss mal kurz an die frische Luft.«

10

Ich verlasse das *Mr. Creosote's* und gehe wahllos irgendwohin – möglichst weit weg. Als wäre ich auf der Flucht. Bin ich auf der Flucht? Zu meiner Überraschung stelle ich fest, dass ich renne. Meine Gedanken rasen ebenfalls, und ich spüre etwas in der Magengrube, das ich so nicht kenne. Es ist, als würde ich von einem Wespenschwarm verfolgt, während mich gleichzeitig Aylin verlassen will *und* in der Nachspielzeit des letzten Spieltags ein über den Abstieg entscheidender Elfmeter gegen den 1. FC Köln gepfiffen wird.

An der Ecke Vondelstraße/Merowingerstraße bettelt der mir wohlbekannte Junge mit seinem *Kann-nicht-sprechen-Deutsch*-Schild gerade einige Gäste des *Filos* an. Ich tippe ihm auf die Schulter:

»Sorry, du hast doch bestimmt 'ne Fluppe dabei – ich brauche jetzt dringend eine!«

»Hast du mir nicht die Scheiße mit dem Lungenkrebs erzählt?«

»Jaja. Also, hast du eine oder nicht?«

»Ein Euro.«

»Was? Das ist doch total ... ach, was soll's.«

Ich gebe dem Jungen einen Euro, woraufhin er mir zynisch grinsend eine Roth-Händle überreicht. Ich fordere ihn mimisch auf, mir Feuer zu geben.

»Fünfzig Cent.«

Ich würde jetzt gern mit ihm über Nächstenliebe diskutieren, aber ich habe gerade nur einen Gedanken: Ich will rauchen! Also gebe ich ihm die fünfzig Cent. Er reicht mir Feuer, und ich nehme meinen ersten Zug seit über zehn Jahren. Etwa fünf Sekunden lang werde ich von Euphorie durchflutet. Dann folgt eine Hustenattacke, ein weiterer Zug, drei Sekunden Euphorie, eine weitere Hustenattacke und schließlich der Gedanke: Ich muss dringend meinen Vermögensberater anrufen!

»Hartmann?«

»Hallo, Herr Hartmann – Daniel Hagenberger hier, ich woll...«

»Tut mir leid, ich bin gerade in einer wichtigen Besprechung. Kann ich Sie in zwei Stunden zurückrufen?«

»Na ja, eigentlich ... Wissen Sie, ich denke darüber nach, ein Café zu eröffnen.«

»Oh. Das ist ein Notfall. Ich schicke meinen Klienten nach Hause und rufe Sie in dreißig Sekunden zurück. Tun Sie in der Zeit bitte absolut *nichts*.«

Einen Zigarettenzug und einen nicht mehr ganz so schlimmen Hustenanfall später klingelt mein Smartphone.

»So, Herr Hagenberger, dann erzählen Sie doch mal.«

»Na ja, also ich habe mir überlegt ...«

»Entschuldigung, dass ich gleich einhake. Aber haben Sie auch *gerechnet*?«

»Was?«

»Haben Sie einen Businessplan?«

»Noch nicht. Aber ...«

»Gut. Dann schicken Sie mir bitte alle Unterlagen: Höhe der Pacht, Nebenkosten, Anzahl der Plätze, benötigte Mitarbeiter, Warenkalkulation et cetera pp. Geben Sie mir anschließend bitte eine Woche Zeit, dann kommen Sie zu mir ins Büro – und ich zeige Ihnen schwarz auf weiß, dass das eine absolute Schnapsidee ist.«

»Also, es ist so, Herr Hartmann: Ich soll den Pachtvertrag quasi jetzt sofort abschließen.«

»Oh. In diesem Fall sage ich es Ihnen jetzt sofort: Es ist eine Schnapsidee.«

»Aber ... warum?«

»Glauben Sie mir: Wenn Sie Gastronom werden, brauchen Sie

keinen Vermögensberater mehr, sondern einen Insolvenzverwalter.«

»Aber man muss doch seine Träume ...«

Weiter komme ich nicht, weil Herrn Hartmann ein unkontrollierter nervös-hysterischer Lacher entfährt, der im weiteren Verlauf zwischen zynisch, höhnisch und verzweifelt changiert. Nach einer knappen Minute räuspert er sich abrupt und schlägt einen ernsten Tonfall an:

»Verzeihen Sie, Herr Hagenberger. Das sollte nicht respektlos klingen. Aber es ist so: Das Wort ›Traum‹ im positiven Sinn existiert nur in Disney-Filmen. In der Realität findet man es lediglich als Dreiklang mit ›Pleite‹ und ›Gerichtsvollzieher‹.«

»Aber es gibt doch erfolgreiche Gastronomen.«

»Absolut. Die gibt es. Und zwar sehr, sehr, sehr *selten*. Und seit der allerersten Zellteilung in der Ursuppe kam der Erfolg noch *nie* – und ich betone: NIE! –, weil ein Künstler aus einer spontanen Laune heraus gesagt hat: Och, von Lyrik hab ich langsam genug, jetzt schreib ich mal Speisekarten.«

Plötzlich spüre ich ein Brennen zwischen Zeige- und Mittelfinger: Die Fluppe hat sich von allein zu Ende geraucht. Mit einem kurzen Schmerzlaut lasse ich sie fallen und fange mir den vorwurfsvollen Blick einer vorbeispazierenden Oma ein, weil ich um ein Haar ihren Pudel getroffen hätte.

Obwohl ich spüre, dass mein Vermögensberater gute Argumente hat, bleibe ich trotzig:

»Ich bin aber kein Lyriker, sondern Werbetexter. Und als Werbetexter kann ich ...«

»... Werbung texten. Seien wir realistisch: Sie haben jetzt einen festen Job, der Ihnen ein überdurchschnittliches Einkommen beschert, inklusive Vorzüge wie Altersrente, Krankenversicherung, Urlaub und tausend Absicherungen – und das alles wollen Sie über Bord werfen für ein absolut unkalkulierbares Risiko in einer Branche, von der Sie nicht die geringste Ahnung haben. Das klingt natürlich absolut vernünftig.«

»Na ja ...«

»Also machen Sie bloß nicht den Fehler und kündigen deshalb Ihren Job.«

»Äh, ehrlich gesagt, habe ich schon gekündigt.«
Stille am anderen Ende der Leitung.
»Herr Hartmann?«
»Ja, ich bin noch da, ich ... Haben Sie schriftlich gekündigt?«
»Nein.«
»Puh! Gott sei Dank. Also: Sie gehen jetzt schnurstracks zurück in die Firma und sagen, Sie hätten sich getäuscht.«
»Aber ehrlich gesagt: Ich habe die Werbebranche satt. Ich möchte irgendwas ... Bedeutungsvolles machen. Etwas mit ... mit Liebe.«

Es kommt mir seltsam vor, das L-Wort in einem Gespräch mit meinem Vermögensberater zu verwenden. Und tatsächlich muss Herr Hartmann einen weiteren Lachanfall unterdrücken – es bleibt bei einem kurzen Prusten. Dann redet er mit mir wie ein Nervenarzt mit jemandem, der gerade einen psychotischen Schub hatte.

»Herr Hagenberger, Liebe und Bedeutung sind etwas Wunderbares – für *Hobbys*. Vielleicht mieten Sie einen Schrebergarten und dann pinseln Sie Ölgemälde von Ihren Gurken und Tomaten. Nur bitte, ich flehe Sie an, werden Sie nicht Gastronom.«

Ich sehe, wie sich der *Kann-nicht-sprechen-Deutsch*-Junge in Richtung Rolandstraße davonmacht, und laufe ihm hinterher, um eine weitere Fluppe zu ergattern. Dabei verheddere ich mich in der Hundeleine der Oma, deren Pudel gerade an den Büchertisch eines Antiquariats uriniert, und komme ins Straucheln. Noch im Fallen beschließe ich, mit dem Rauchen wieder aufzuhören. Die Oma schaut meinen Aufprall kopfschüttelnd mit an, und anschließend beglückwünsche ich mich selbst dafür, dass ich auf Kosten einer Ellenbogenprellung mein Smartphone vor Kratzern bewahrt habe. Herr Hartmann missdeutet meine Schmerzlaute:

»Ja, es tut weh, wenn man einen Traum begraben muss. Aber die Folgen einer Geschäftspleite tun noch viel mehr weh! Seien wir wieder realistisch, Herr Hagenberger: Ihre Frau ist auf der Attraktivitätsskala eine glatte Zehn. Wo würden Sie sich selbst einstufen?«

»Tja. Keine Ahnung ... Fünf?«

»Sagen wir ruhig wohlwollend: Sechs.«

»Danke.«

Habe ich mich gerade für diese Unverschämtheit bedankt? Das muss ich meiner Therapeutin erzählen.

»Also müssen Sie für eine Beziehung auf Augenhöhe vier Punkte gutmachen. Und womit schafft ein Mann das? Mit seinem Einkommen.«

»Klar. Mit Charakter kann das ja unmöglich was zu tun haben.«

»Hat Ihre Frau einen guten Charakter?«

»Absolut. Sie ist großartig.«

»Also müssen Sie die vier Punkte woanders gutmachen.«

»Eine Ehe ist doch keine Rechnung.«

»Ich weiß, dass Sie ein netter Kerl sind, Herr Hagenberger. Deshalb will ich Sie ja beschützen. Aber glauben Sie mir: Insolvenz, dann sechs Jahre Entschuldung auf Hartz-IV-Niveau – da tritt Ihr Charakter definitiv in den Hintergrund. Sie glauben gar nicht, wie attraktiv BMW- und Jaguar-Fahrer dann plötzlich werden.«

»Gott sei Dank haben Sie nicht van Gogh beraten. Der hätte kein einziges Bild gemalt.«

»Aber er wäre nicht wahnsinnig geworden und hätte sich auch nicht das Ohr abgeschnitten.«

»Tja. Wahrscheinlich haben Sie recht. Vielen Dank für Ihren Rat.«

»Immer gern. Also machen Sie mich nicht unglücklich. Äh, und sich selbst natürlich auch nicht.«

Ich lege auf und atme tief aus. Herr Hartmann hat meinen wunden Punkt getroffen: mein Mittelmäßiger-Torwart-bei-Real-Madrid-Gefühl. Würde Aylin noch eine Familie mit mir gründen wollen, wenn ich mittellos wäre? Was könnte ich ihr überhaupt noch bieten, wenn das mit dem Café schiefgeht?

Vor meinem geistigen Auge sehe ich mich mit einer Flasche Schnaps im dreizehnten Stock eines schäbigen Hochhauses in Köln-Chorweiler: Ich schaue aus dem Fenster hinunter auf Aylin, die gerade in einen roten Ferrari einsteigt, während ein italienischer Gigolo mit einer Neun auf der Attraktivitätsskala (einen

Punkt Abzug für die Körpergröße) ihre Sachen in den Kofferraum wuchtet. Ein paar Jahrzehnte später hätte ich nur noch einen einzigen Freund: einen Zwerghamster. Und den müsste ich schließlich abgeben, weil ich völlig verstört und verbittert in ein heruntergekommenes staatliches Pflegeheim eingewiesen würde, wo ich mir, von sadistischem Pflegepersonal gequält, jeden Tag die Frage stellen könnte: Warum hast du damals nicht auf deinen Vermögensberater gehört?

Plötzlich ist alles klar: Ich muss dem Verpächter ganz schnell absagen. Dann hole ich *Zachary's Burger Lounges* wieder ins Boot und schließlich meinen Job zurück. Als meine Entscheidung feststeht, verschwindet das flaue Gefühl in der Magengrube so schnell, wie es gekommen war. Selbst den geprellten Ellenbogen spüre ich kaum noch.

Als ich mich eiligen Schrittes dem *Mr. Creosote's* nähere, kommt mir aus dem Kiosk gegenüber Herr Breller von *Zachary's Burger Lounges* entgegen. Umso besser – klären wir das zuerst: In meinem Kopf kommen mir mehrere Möglichkeiten in den Sinn, mein Verhalten zu erläutern:

1. Biochemische Erklärung: »Jemand hat mir irgendwelche Pilze ins Koks gemischt, woraufhin ich unter einer Wahrnehmungsstörung litt.« (Auch wenn ich persönlich nicht kokse, klingt das für einen Werbetexter absolut glaubwürdig.)
2. Kleinlaute Erklärung: »Es tut mir leid. Ich habe impulsiv reagiert. Das war Blödsinn.« (Am erfolgversprechendsten, aber mit meinem Stolz nicht zu vereinen.)
3. Unrealistische Erklärung: »Ich wurde neulich während einer Hypnoseshow in Trance versetzt. Dabei wurde mir der posthypnotische Befehl erteilt, meinen Job zu kündigen und ein Café zu eröffnen.« (Brillant, aber – wie schon gesagt – unrealistisch.)

In meinem Kopf entsteht ein einziger Brei, und ich höre mich sagen:
»Es tut mir leid. Ich habe impulsiv reagiert. Das war Blödsinn.«

Tja. Diese Sätze sind offenbar *doch* mit meinem Stolz zu vereinen. Herr Breller mustert mich mit seinen Tote-Makrelen-Augen kurz skeptisch von oben bis unten. Dann legt er mir die Hand auf die Schulter:
»Na, freut mich, dass Sie zur Besinnung gekommen sind.«
»Sie unterschreiben also trotzdem den Pachtvertrag und arbeiten weiter mit der *Creative Brains Unit* zusammen?«
»Ja, und noch etwas: Ich bin Ihnen nicht böse. Im Gegenteil: Ich kann Sie sogar verstehen, Herr Hagenberger. Sie haben mich vorhin an mich selbst erinnert. Es gab mal so einen Moment, wo auch ich alles hinschmeißen wollte.«

Ich ziehe überrascht die Augenbrauen nach oben, weil ich nicht damit gerechnet hatte, dass sich in seiner Biografie Spuren menschlichen Lebens finden würden.

»Das war vor zwanzig Jahren. Ich war damals noch bei *McDonald's,* und die haben mich auf eine Fortbildung nach Berlin geschickt. Es ging um Marketingstrategien in der Systemgastronomie. Drei Tage, jeweils von 9 bis 18 Uhr. Es war stinklangweilig, und mir rauchte der Schädel. Am Morgen des zweiten Tages setzte ich mich um halb neun in ein Café, um noch schnell zu frühstücken. Und mir schräg gegenüber saß eine junge Frau und las ein Buch. Sie war unglaublich … bezaubernd. Ich weiß nicht, was es war – ihr Schmollmund, der kleine braune Pferdeschwanz, die traumwandlerische Sicherheit, mit der sie ihr Croissant mit Marmelade bestrich, während sie weiterlas; ich fand einfach alles an ihr großartig.«

In diesem Moment zeigt sich zum ersten Mal ein schwaches Leuchten in den Tote-Makrele-Augen:

»Ich war ungebunden und konnte ganz gut flirten damals … na ja, zumindest kamen wir ins Gespräch. Es stellte sich heraus, dass sie Fotografin ist und an der Akademie für Künste studiert. Als ich auf die Uhr schaute, war es Viertel nach zehn. Ich hatte nicht das geringste Bedürfnis, zur Fortbildung zurückzukehren. Ich habe mir gedacht: Ach, Scheiß drauf!«

Herr Breller lacht wie ein Zwölfjähriger, der dem Lehrer einen nassen Schwamm auf den Stuhl gelegt hat – und seine Augen verlieren noch ein wenig mehr Makreligkeit.

»Sie nahm mich mit in ihr Atelier in einem Friedrichshainer Hinterhof und zeigte mir ihre Werke: eine Porträtserie von Berliner Obdachlosen. In grobkörnigem Schwarz-Weiß. Normalerweise hätte ich mir so was nie angesehen. Aber an dem Tag war ich absolut hingerissen: Alles war so lebendig, so aufregend, so ... neu für mich. Dann hat sie mich fotografiert.«

Herr Breller zückt sein Smartphone und zeigt mir ein Schwarz-Weiß-Porträt, auf dem eine deutlich jüngere Version von ihm etwas unsicher vor einer Backsteinwand posiert. Mir fallen als Erstes seine Augen auf. Sie sind lebendig und strahlen Wärme aus.

»Das Originalfoto hängt in 1 x 1,20 m in meinem Flur. Ich mag es irgendwie.«

»Und was ist dann passiert?«

»Ich dachte: Wenn sie Fotos für *McDonald's* machen würde, könnten wir zusammenarbeiten, und sie könnte Geld verdienen. Aber für die Idee hat sie mich ausgelacht. Und – ich weiß nicht, warum – ich musste einfach mitlachen. Ich machte ihr noch Avancen, aber das ging ihr wohl zu schnell, oder vielleicht hatte sie auch einen Freund, oder ich war einfach nicht ihr Typ, aber zum Abschied gab sie mir einen Kuss auf den Mund und streichelte mir über den Rücken. Das klingt jetzt sicher blöd, aber in dem Moment war ich irgendwie ... glücklich. Danach schlenderte ich stundenlang allein durch Berlin, es wurde dunkel, und da pulsierte so viel Leben in den Kneipen und Bars. Und ich dachte die ganze Zeit: Ich könnte noch mal ganz neu anfangen, in Berlin. Da war ja damals an jeder Ecke der Aufbruch zu spüren, und ich überlegte mir, ich könnte ein Teil davon sein. Ich wusste nicht mal, was ich machen sollte – ein Café, eine eigene Firma, etwas Künstlerisches; es war einfach ein Gefühl, dass das Leben mehr zu bieten hat als Systemgastronomie. Plötzlich war mir alle Sicherheit egal. Und der Gedanke, zu der Fortbildung zurückzukehren, erschien mir völlig absurd. Dann setzte ich mich an den Computer und schrieb meine Kündigung.«

Seine Augen nähern sich dem Zustand auf dem Schwarz-Weiß-Foto an. Ich hätte nie gedacht, dass dieser Mensch mir mal sympathisch würde.

»Und?«

»Ich habe sie nie abgeschickt – Gott sei Dank! Am nächsten Morgen ging ich wieder zur Fortbildung und habe erzählt, ich hätte den Tag davor mit Fieber im Bett gelegen.«

Herr Breller lacht, aber es klingt künstlich. Und die tote Makrele ist zurück.

»Unfassbar. Fast hätte ich alle Sicherheit über Bord geworfen – für ein absolut unkalkulierbares Risiko in einer Stadt, die ich überhaupt nicht kannte.«

In diesem Moment habe ich so etwas wie eine spontane Erleuchtung. Einen dieser seltenen Momente, in denen auf einen Schlag alles klar ist. Die Wucht der Erkenntnis verursacht mir einen Schwindel, und ich bin kurz davor, das Gleichgewicht zu verlieren. Aber der folgende Satz steht plötzlich wie in Stein gemeißelt vor mir:

Herr Breller, das bin ich in zwanzig Jahren.

Nein. Moment. Da fehlt noch etwas:

Herr Breller, das bin ich in zwanzig Jahren – *wenn* ich jetzt nicht mein Leben verändere.

Ich kann es nie ausschließen, dass Aylin mich irgendwann verlässt: für einen rassigen Italiener mit Ferrari, einen stolzen Spanier mit einem SEAT, einen distinguierten Engländer mit einem Rolls-Royce oder einen selbstbewussten Amerikaner mit einem Chevrolet. Vielleicht sogar für jemanden, der keinem rassischen Stereotyp entspricht und nicht mal ein Auto besitzt.

Das alles habe ich nicht in der Hand. Aber eins wäre wirklich tragisch: Wenn Aylin mich irgendwann verlässt, weil meine Augen sie an tote Makrelen erinnern.

Herr Breller klopft mir auf die Schulter:

»So, Herr Hagenberger, dann gehe ich mal rüber und mache Nägel mit Köpfen.«

Zu meiner eigenen Überraschung zögere ich in diesem Moment nicht einmal den Bruchteil einer Sekunde:

»Entschuldigung, Herr Breller. Ich muss Sie schon wieder enttäuschen: *Ich* mache jetzt Nägel mit Köpfen.«

»Aber ... was?«

Ich lasse den verdutzten Makrelenaugenmann einfach stehen und marschiere ins *Mr. Creosote's,* wo mich der Verpächter mit einer Mischung aus Angst und Misstrauen beäugt.

»Sie machen's ja ganz schön spannend, Herr Hagenberger. Also was ist jetzt: Deal? Oder kein Deal?«

Erneut streckt er mir seine Hand entgegen. Sicher sollte ich jetzt erst mal in Ruhe einen Businessplan erstellen und ihn mir dann von meinem Vermögensberater – mit sarkastischen Anmerkungen versehen – wieder ausreden lassen. Ja, das wäre typisch Daniel. Ich war immer der Vernünftige, der Risikovermeider. Der Typ, der im Supermarkt minutenlang Überraschungseier geschüttelt hat, um auch ja ein Happy Hippo zu bekommen. Der ... Langweiler.

Aber heute ... Heute habe ich keine Ahnung, was dieses Überraschungsei für mich bedeuten wird. Der Druck in der Magengrube ist wieder da. Ich schließe die Augen, atme tief ein – und der Druck verwandelt sich in ein vorfreudiges Kribbeln, wie auf der Achterbahn, kurz bevor die Sturzfahrt beginnt. Ich fühle mich so lebendig wie nie zuvor. Mutig. Glücklich. Frei. Ich atme aus und nehme die Hand des Verpächters:

»Deal.«

ZWEITER TEIL

11

Eine knappe Woche vor der Eröffnung stehe ich in der Ankunftshalle des Köln/Bonner Flughafens und warte auf Sibel, die jüngste Tochter von Aylins Onkel Abdullah. Das Warten auf türkische Familienmitglieder in Flughafenhallen ist inzwischen eine Art Hobby von mir geworden. Unser erweiterter Familienkreis in der Türkei umfasst gut dreihundert Personen, die im Schnitt einmal pro Jahr zu Besuch kommen – Onkel, Schwäger, Tanten, Großtanten, Omas, Nichten, Stiefschwestern mütterlicherseits, väterlicherseits oder so eng befreundet, dass es quasi Familie ist. Zum Glück übernachten die meisten bei Aylins Eltern, sodass zwar mein Auto zum Taxi wurde, aber unsere Wohnung nicht zum Hotel.

In den letzten Monaten habe ich allein vier verschiedene Emines am Flughafen aufgelesen. Als die Reinigungskraft der Flughafentoiletten an mir vorbeikommt, erkennt sie mich und nickt mir zu – ich sehe sie inzwischen häufiger als meine Eltern.

Sibel, eine der unzähligen Cousinen von Aylin, ist Anfang zwanzig und hat schon ein Jahr lang im Restaurant ihres Onkels in Duisburg ausgeholfen, weshalb sie fließend Deutsch spricht. Sibel hatte Sehnsucht nach Deutschland – wir brauchten eine zuverlässige Kellnerin mit Erfahrung. Eine Win-win-Situation.

Um ein Arbeitsvisum für Sibel zu bekommen, mussten wir beim Ausländeramt diverse Anträge abgeben sowie das Arbeitszeugnis, das ihr Duisburger Onkel seinerzeit ausgestellt hat. Es enthielt nur drei Sätze: »Sibel ist die Beste. Sie kann alles. Wer sie nicht einstellt, soll in der Hölle schmoren.«

Zum Glück konnte ich die Mitarbeiterin der Ausländerbehörde davon überzeugen, dass es sich bei »Wer sie nicht einstellt, soll in der Hölle schmoren« um die übliche orientalische Entsprechung von »Für die Zukunft wünschen wir beruflich und persönlich alles Gute« handelt. So nahm ich eine weitere Hürde auf meinem Weg in den Gastronomiehimmel.

Die erste war für mich völlig überraschend aufgetaucht – knapp dreieinhalb Stunden nachdem ich den Pachtvertrag abgeschlossen hatte: Da wurde mir mit einem Schlag klar, dass ich das Ganze mit Aylin besprechen musste.

Nach dem Handschlag hatte die Mutti »auf den Schreck« eine Runde Kräuterschnaps ausgegeben – auf meinen Wunsch hin widerwillig auch für Verpächter Gramich. Die nächsten zwei Stunden bin ich ziellos durch die Stadt gelaufen – von meinem eigenen Heldenmut euphorisiert und, na gut, auch leicht angetrunken. Die Mutti hatte mit dem Kräuterschnaps nämlich Sektgläser bis zum Rand gefüllt. Ich war also im doppelten Sinne berauscht und überquerte den Barbarossaplatz mit dem Gedanken, ich könnte dort, wenn es gut läuft, die zweite Filiale eröffnen – ich gebe zu: Ich war nicht leicht angetrunken, sondern schwer. Oh, jetzt fällt es mir wieder ein – die Mutti hatte den Kräuterschnaps erst in die Sektgläser gefüllt, als der Asti Spumante alle war. Tja.

Ich saß schon fast eine Stunde lang in unserer Vier-Zimmer-plus-Balkon-in-Größe-einer-Schreibtischschublade-Wohnung in der Kölner Südstadt und wartete darauf, dass Aylin von der Arbeit kam, damit ich ihr die freudige Nachricht überbringen konnte.

Und dann, ganz plötzlich, als der Alkoholpegel wieder unter ein Promille rutschte, war ich mir nicht mehr sicher, ob Aylin die Neuigkeiten tatsächlich *freudig* aufnehmen würde. Man hätte das Ganze ja durchaus auch so sehen können: Ich hatte eine lebensverändernde Entscheidung getroffen, alle Sicherheit über Bord geworfen, uns unter finanziellen Druck gesetzt in einer Branche, von der ich nicht die geringste Ahnung habe – und das alles, ohne vorher auch nur ansatzweise mit meiner Frau darüber zu sprechen!

Ich hörte, wie Aylin die Tür aufschloss, und war mit einem Schlag nüchtern. Vor meinem geistigen Auge spielte sich folgende Szene ab: Aylin kriegt einen Tobsuchtsanfall, packt anschließend die Sachen und verabschiedet sich schneller aus meinem Leben, als ich *It must have been love* aus dem CD-Regal kramen kann.

Ich atmete tief ein und aus – und entschied mich für einen neutralen Gesichtsausdruck. Aylin betrat den Raum:

»Okay, was hast du getan, Daniel?«

Wahnsinn! Aylin hat offensichtlich permanenten Zugang zu jeder einzelnen Windung meines Gehirns. Obwohl ich wusste, dass es sinnlos ist, spielte ich den Naiven:

»Wieso? Was soll ich denn getan haben?«

»Entschuldigung, Aşkım (meine Liebe), aber das ist nun mal dein Ich-habe-etwas-Schlimmes-gemacht-bitte-sei-nicht-sauer-Gesicht.«

»Haha, nein, das ist doch ... Ja, du hast recht.«

»Also?«

Tja. Da musste ich wohl durch.

»Also. Äh. Es ist so ... Lustige Geschichte: Ich habe doch gestern aus Quatsch gesagt, wir könnten ein Café eröffnen ...«

»Ja. Klar.«

»Also, das war doch kein Quatsch.«

»Was?«

»Na ja, doch, in dem Moment war es schon Quatsch, aber heute habe ich dann plötzlich gedacht: Vielleicht ist es ja gar kein Quatsch. Ach Quatsch, pass auf ...«

Dann erzählte ich Aylin die ganze Wahrheit. Vom Streit mit meinem Chef bis zum Handschlag mit Verpächter Gramich. Ich ließ nichts aus. Aylin hörte sich alles an, ohne eine Miene zu verziehen. Das ist so unfair: Mein Gesichtsausdruck ist für Aylin eine Art Wikipedia mit Highspeed-WLAN, und ihre Mimik bringt mir weniger Information als eine Spam-Mail auf Kisuaheli. Aber ich meinte – mit viel Phantasie – eine leichte Tendenz in Richtung Wut zu erkennen:

»Aylin, wenn du sauer bist, dass ich das nicht mit dir geklärt habe, dann ...«

»Daniel, du hast überhaupt nicht deinen Kopf eingeschaltet!«
»Ich weiß, ich ...«
»Du hast nicht eine Sekunde lang nachgedacht!«
»Tut mir leid, aber ...«
»Daniel ...«
»Sag es nicht. Ich kann das wiedergutmachen. Ich ...«
»Daniel, ich bin soooooo ... stolz auf dich.«
»Was?«
»Aus dir wird doch noch ein richtiger Türke.«
»Äh ... was???«
»Ihr Deutschen macht euch immer viel zu viele Gedanken. Businessplan hier, Gewinnprognose da, grübelgrübelgrübelgrübel ... Ich bin ja selbst schon so deutsch geworden: Jetzt denke ich, es wäre vielleicht besser gewesen, erst mal eine zweite Meinung einzuholen.«

»Du meinst, von einem erfahrenen Gastronomen?«
»Nein, von Tante Emine. Sie hätte im Kaffeesatz lesen können, wie unsere Chancen stehen.«

»Wenn du meinst, das ist typisch deutsch: Ist es nicht.«
Ich unterdrückte mein Lachen, weil ich wusste, dass Aylin tatsächlich an das Kaffeesatzlesen glaubt.

»Echt lieb, dass du dein Lachen unterdrückst, Daniel. So oder so, du hast eine mutige Entscheidung getroffen, und wir ziehen das zusammen durch. Morgen kündige ich den Job im Krankenhaus.«

»Das würdest du tun?«
»Natürlich. Wir sind doch ein Team. Außerdem geht mir mein Chefarzt schon lange auf die Nerven.«

Ich umarmte Aylin erleichtert. Immer wenn ich denke, es wird kompliziert, macht sie es mir einfach.

»Danke, Aylin. Du bist ...«
Ich konnte mich fünf Sekunden lang nicht zwischen »großartig«, »unglaublich« und »engelsgleich« entscheiden. Stattdessen sagte ich:

»Super.«
Konversation in romantischen Momenten war nie mein Ding und wird es auch niemals sein. Während meine innere Stimme

mich für meine Wortwahl tadelte, gab mir Aylin einen Kuss auf den Mund:

»Nein, *du* bist super! Das hätte sich keiner getraut. Du bist mein Superheld.«

»Ich habe auf mein Herz gehört. Und man soll ja auf sein Herz ...«

Weiter kam ich nicht, denn Aylin näherte sich mir mit einem der wenigen Gesichtsausdrücke, die ich eindeutig identifizieren kann: Es war ihr Wenn-wir-nicht-auf-der-Stelle-Zärtlichkeiten-austauschen-muss-ich-kalt-duschen-Blick. Während sie mir das Hemd aufknöpfte, dachte ich kurz darüber nach, ob es nicht auch wieder typisch deutsch ist, auf sein Herz zu hören, weil man auf sein Herz hören *soll*. Aber spätestens als der Knopf meiner Jeans an die Reihe kam, war wieder die rein biologische Funktion meines Herzens gefragt – schließlich musste es den Blutfluss nun so gestalten, dass mein Heldenstatus keinen Knick bekam.

12

Am nächsten Morgen kündigte Aylin ihren Job als Hebamme ... äh, Moment ... Wie jetzt? Sie wollen, dass ich die Sexszene vom Abend davor schildere? Das ist doch hoffentlich nicht Ihr Ernst. Sie konsumieren hier einen anspruchsvollen Bildungsroman und nicht das Nachmittagsprogramm von RTL2. Außerdem kommt jede Sekunde Aylins Cousine Sibel aus dem Sicherheitsbereich, da habe ich keine Zeit, um billige pornografische Gelüste ...

»Die Ankunft des Fluges XQ 485 aus Istanbul wird sich um voraussichtlich zehn Minuten verzögern.«

Also schön. Bitte sehr ... Nachdem Aylin mir das Hemd und die Jeans aufgeknöpft hatte ... äh ... also, wir landeten irgendwie im Bett ... und ... äh ... da hat dann jeder von uns beiden ... äh ... verschiedene Körperteile des jeweils anderen ... äh ... na bravo, jetzt habe ich mich in eine Sackgasse geschrieben, und das ist einzig und allein *Ihre* Schuld – Sie wollten ja unbedingt, dass ich ... ach, Schwamm drüber.

Das direkte Thematisieren erotischen Geschehens war noch nie mein Ding. Schon als Teenager stand ich kopfschüttelnd neben Uwe Schäfer, als er zu Torsten Wimmerich sagte: »Ey, Alter, gestern hab ich die Gaby gefickt. Mein Pimmel war hart wie 'ne italienische Salami.« Ich fühlte mich haushoch überlegen und dachte: »Haha! Wenn ich Gaby ge... äh ... also, wenn da was mit mir und Gaby gelaufen wäre, dann ... hätte ich das aber poetischer formuliert.«

Schon erstaunlich. Da stand jemand neben mir, der Sex hatte mit dem Mädchen meiner Träume, das ich mich nicht mal anzusprechen traute – und *ich* fühlte mich überlegen. Das soll mir erst mal jemand nachmachen.

Ich denke, meine Abneigung gegen allzu konkrete Beschreibungen der sexuellen Vereinigung ist eine subtile Rebellion gegen meine Alt-68er-Eltern, die es wahnsinnig modern fanden, nackt herumzulaufen und »ganz ungezwungen« über Intimitäten zu reden. Warum zum Teufel musste ich wissen, dass meine Zeugung auf einem blassgrünen Art-déco-Sofa in der Löffelstellung stattgefunden hat, während ein Lied von Jacques Brel lief? Eindeutig zu viel Information!

Wie auch immer: Ich bewunderte schon immer Menschen, die die Kunst des Sexszenen-elegant-Umschiffens beherrschen. Der ungekrönte König dieser Disziplin ist – einmal mehr – Roland Kaiser. Dieser setzte in den Achtzigerjahren einen absoluten Meilenstein; niemals zuvor und niemals danach wurde das Wort »Geschlechtsverkehr« so genial vermieden: »Manchmal möchte ich schon mit dir ... eine Nacht das Wort ›Begehren‹ buchstabieren.« Sensationell, oder? Einfach nicht zu toppen.

Also: Nachdem Aylin mir die Hose aufgeknöpft hatte, haben wir das Wort ›Begehren‹ buchstabiert. Zufrieden? Nein? Oh, tut mir leid – ich glaube, da kommt Aylins Cousine aus dem Sicherheitsbereich ...

»Die Ankunft des Fluges XQ 485 aus Istanbul wird sich um voraussichtlich *fünf*zehn Minuten verzögern.«

Na gut, falscher Alarm. Bitte sehr. Ich kann warten.

Tridudadeldidööö ... Lölölilööölalaaa ...

Ich checke mal mein Smartphone. Kein Anruf. Keine SMS. Bitte sehr. Überredet. Aber einzig und allein weil ich so harmoniesüchtig bin, werfe ich jetzt ein paar Begriffe in den Raum, und den Rest setzen Sie sich bitte im Kopf zusammen:

Schenkel, Brüste, Lippen, Nippel, ooooooh, aaaaaaaaahhh.

Gern geschehen. Können wir also jetzt weitermachen? Danke.

Am nächsten Morgen kündigte Aylin ihren Job als Hebamme, nach dem Motto: Wer Mütter in den Wehen aushält, kann es auch mit Café-Besuchern aufnehmen. Und damit tauchte Hürde Nummer zwei auf dem Weg in den Gastronomiehimmel auf: die Kündigungsfrist. Während ich bei der *Creative Brains Unit* sofort aufhören konnte, sollte Aylin noch drei Monate weitermachen. Da die Pacht aber bereits am nächsten Ersten von meinem Konto abgebucht würde, tat ich das einzig Vernünftige: Ich geriet in Panik.

»Was ist los, Daniel?«

»Was? Nichts. Was soll denn los sein?«

»Du machst dir Sorgen.«

»Unsinn.«

»Daniel, das ist dein Ich-bin-kurz-vor-einer-Angstattacke-Gesicht. Also was ist los?«

»Ich glaube, ich bin doch kein Türke. Ich hätte einen Businessplan erstellen müssen, bevor ich unterschreibe. Und mit Experten sprechen.«

»Ach, das wird schon.«

»Wie kannst du so ruhig bleiben? Wir setzen gerade alles aufs Spiel, und du tust so, als hätten wir nur eine Glühbirne ausgewechselt.«

»Aber ich weiß, dass alles gut wird.«

»Woher willst du das wissen?«

»Ich war eben bei Tante Emine. Sie hat's im Kaffeesatz gesehen.«

Das war der Moment, wo mir zum ersten Mal der Angstschweiß ausbrach. Allerdings bin ich auch sehr gut im Verdrängen, und so waren alle Sorgen plötzlich wie weggeblasen, als mir eine Idee kam:

»Aylin, ich hab einen Namen für unser Café: *3000 Kilometer.*«

»*3000 Kilometer?*«

»Die Entfernung zwischen Köln und Antalya. So weit musste ich damals fliegen, um die Liebe meines Lebens kennenzulernen.«

Aylin lächelte mich an. Ihre Augen wurden feucht. Und 95 Prozent meines Gehirns glaubten, dass meine Frau zutiefst gerührt und dies ein wunderbar romantischer Moment war. Die restlichen fünf Prozent fürchteten, Aylin wurde schlagartig klar, dass sie 3000 Kilometer von ihrem Glück entfernt war und lieber in Antalya leben würde.

»Daniel, du bist so süß. Du bist einfach – ich liebe dich!«

Aylin nahm mich sanft in die Arme und küsste mich. Okay, es *war* ein wunderbar romantischer Moment. Zumindest bis zu dem Punkt, als mir wieder einfiel, dass meine Frau aus einem einzigen Grund gut drauf war: weil ihre Tante etwas Gutes im Kaffeesatz gesehen hatte. Ich habe mich zwar nach fünf Jahren mit türkischer Familie daran gewöhnt, dass Osmanen in esoterischen Fragen eine gewisse Grundskepsis vermissen lassen, aber Mokkatassenprognosen sind für mich ähnlich vertrauenswürdig wie die Aussagen eines FIFA-Funktionärs.

»Na los, sag's schon, Daniel.«

»Was?«

»Was dich stört.«

»Was sollte mich denn stören?«

»Es ist der Kaffeesatz, nicht wahr?«

»Das ... ja. Ich weiß, Tante Emine hat vorausgesagt, dass irgendjemand stirbt, und dann ist Mustafa Enişte Hurensohn gestorben, aber ...«

»Sie hat nicht gesagt, dass *irgend*jemand stirbt. Sie hat einen hässlichen Fettwanst gesehen, der nach einem Hund tritt. Das war eindeutig Mustafa Enişte Hurensohn.«

»Tja.«

»Und was hat sie damals über uns gesagt? Dass wir zusammen glücklich sein werden.«

»Ich bestreite nicht, dass wir glücklich sind – von Diskussionen wie dieser mal abgesehen –, aber sie hat auch gesagt, dass wir ein Kind ...«

»Sssssht!«

Aylin legte mir lächelnd die Hand auf den Mund:

»Daniel, Emines Prognose für unser Café macht mir Mut. Lass dich einfach von meinem Optimismus anstecken.«

»Optimismus ist nur dann ansteckend, wenn er sachlich fundiert ist. Aber dein Optimismus basiert nicht auf Fakten.«

»Klar basiert er auf Fakten.«

»Welche Fakten?«

»Na, die Fakten, die Tante Emine im Kaffeesatz gesehen hat.«
»Der einzige Fakt, den man im Kaffeesatz sieht, ist Kaffeesatz.«
»Oh Mann, Daniel! Jetzt bist du wieder so deutsch.«
»Hat die Menschheit sich jemals weiterentwickelt, weil einer etwas im Kaffeesatz gesehen hat? Hat Albert Einstein vielleicht gesagt: ›Ich dachte jahrelang, Raum und Zeit haben nichts miteinander zu tun. Aber dann habe ich im Kaffeesatz gesehen: $E = mc^2$‹?«

Aylin schüttelte lachend den Kopf und verließ den Raum. Ihre gute Laune machte mich wahnsinnig. Ich saß eine ganze Stunde lang allein mit meiner »German Angst« im Wohnzimmer und versuchte vergeblich, mich zu beruhigen. Dann fuhr ich meinen Laptop hoch, googelte die Begriffe Café + Existenzgründung und landete auf *existenzgründer.de*. Nach wenigen Sekunden entschied ich, dass es dort zu viele Buchstaben gibt, und schloss das Internet.

Schließlich öffnete ich *Word* und schrieb das Drehbuch für einen Spot, mit dem wir im Kino für unser Café werben könnten:

STRASSE – AUSSEN – TAG
Eine Gruppe von Läufern in professionellem Sportdress mit Startnummern. Darüber:

REPORTER (off)
Herzlich willkommen zum 3000-Kilometer-Lauf, das ist eine anspruchsvolle Strecke quer durch die Kölner Südstadt ...
Und da kommt auch schon das Ziel in Sicht ...

Schnitt auf das Café 3000 Kilometer: *Alle Läufer sprinten hinein. Darüber:*

REPORTER (off)
Jetzt der Schlussspurt, uuuuh, das wird eine ganz enge Kiste – wer kann hier noch einen Platz ergattern? Und sie sind alle drin, sensationell – was für ein grandioses Finish!

Schnitt auf:

CAFÉ – INNEN – TAG
Mitten im Café steht ein olympisches Siegertreppchen. Ein Kellner bringt ein Stück Fleisch am Band und hängt es dem Sieger um den Hals.

REPORTER (off)
Und das goldene Medaillon geht an den Gast mit der Nummer vier, herzlichen Glückwunsch, das war eine Bestellung der absoluten Extraklasse.

Schwenk durch das Café: Jeder Gast hat eine Speise am Band um den Hals hängen: Croissants, Teilchen, Würstchen, Käse, Kartoffeln etc. Darüber Schrifteinblendung: »3000 Kilometer – jeder Gast ist ein Gewinner.«

Ich verschwendete keinen Gedanken daran, dass es erstens unappetitlich wirkt, wenn man sich Lebensmittel um den Hals hängt, und dass zweitens allein die Produktion Unsummen verschlingen würde, von den Kinowerbekosten mal abgesehen. (Zwar gab es im Kölner Cinedom vor jedem Film den Hinweis »Kinowerbung – günstiger, als Sie denken«. Aber woher wollen die wissen, was ich denke?)

Nein, ich druckte den Text aus und berauschte mich an meiner Idee. Plötzlich hatte ich das Gefühl, dass sich dank dieses Werbespots all meine Sorgen in Luft auflösen würden. Ich war sicher, unser Café würde schon bald aus allen Nähten platzen, in Windeseile zu einer Kette heranwachsen und nach drei Jahren mehr Filialen haben als *Starbucks*.

Wenige Minuten lagen zwischen der Angst, auf eine finanzielle Katastrophe zuzusteuern, und der absoluten Gewissheit, es auf die Forbes-Liste der Billionäre zu schaffen.

Aylin glaubte an den Kaffeesatz, ich an meinen Werbespot – auf einmal waren wir beide voller Zuversicht. Aber dann machte ich einen entscheidenden Fehler: Ich kommunizierte mit meinen Mitmenschen.

13

An dieser Stelle gebe ich Ihnen einen wertvollen Tipp fürs Leben: Wenn Sie jemals auf die Idee kommen sollten, ein Café zu eröffnen, erzählen Sie das bis zum Tag der Eröffnung niemandem – und ich betone: NIEMANDEM. Nicht mal Ihren besten Freunden oder Ihrer Familie. Denn Sie werden von einem Tsunami gut gemeinter Ratschläge überflutet werden und danach nicht mehr wissen, wo oben und wo unten ist.

Es gibt bekanntlich zwanzig Millionen Deutsche, die vom Fußball mehr verstehen als der Bundestrainer. Aber mindestens *fünfzig* Millionen Deutsche sind zertifizierte Experten der Gastronomie.

Es fing an mit unserem Briefträger, Herrn Reuter. Er klingelte, kurz nachdem ich die *3000-Kilometer*-Idee hatte. Wann immer Herr Reuter ein Einschreiben oder Päckchen bei uns abliefern muss, schaut er mich mit vorwurfsvollem Ihretwegen-musste-ich-mich-in-den-dritten-Stock-quälen-Blick an. Herr Reuter steht kurz vor der Pensionierung, hat ein steifes Knie, und seine Lunge macht Geräusche, als hätte man einen Bienenschwarm in eine Klimaanlage der Fünfzigerjahre gesperrt. Einmal hatte ich Mitleid und kam ihm in den ersten Stock entgegen, doch anstelle von Dankbarkeit erhielt ich einen *noch* vorwurfsvolleren Sie-halten-mich-wohl-für-einen-Krüppel-Blick. Seitdem warte ich die fünf Minuten, die er üblicherweise braucht, geduldig ab.

Diesmal dauerte es sogar sechs Minuten, weil er sich im zweiten Stock noch kurz Insulin spritzen musste. Als er endlich ankam, wankte er kurz und drohte die Treppe rückwärts hinunterzustürzen, fing sich aber im letzten Moment und kramte umständlich einen DIN-A4-Umschlag aus seiner Tasche:

»Einschreiben mit Rückschein. Wenn Sie dann hier noch Ihren Kaiser Wilhelm druntersetzen würden ...«

Herr Reuter gehört mit Sicherheit zu den Letzten, die eine Unterschrift noch als ›Kaiser Wilhelm‹ bezeichnen – gefühlt hätte er durchaus an einer Autogrammstunde des letzten deutschen Monarchen teilnehmen können. Ich unterschrieb also, und da ich noch in der euphorischen Gewissheit schwelgte, alsbald Billionär zu werden, versuchte ich es leichtsinnigerweise mit Konversation:

»In dem Umschlag ist der Pachtvertrag. Ich werde bald ein Café betreiben.«

In meinem Kopf sollte Herr Reuter so reagieren: zuversichtliches Lächeln, dann »Toi, toi, toi – ich klopfe mal auf Holz«, gefolgt von einem warmherzigen Händedruck und den Worten: »So ein Zufall, ich suche noch eine Location für meinen hundertvierzigsten Geburtstag in zwei Wochen – reservieren Sie bitte für 50 Personen.«

In Wirklichkeit reagierte er *so:*

»Oh. Au weia.«

»Was? Wieso ›au weia‹?«

»Na, ich sage mal lieber nichts.«

Inzwischen weiß ich: Wenn jemand »Ich sage mal lieber nichts« sagt, dann sollte er in 99,9 Prozent der Fälle tatsächlich lieber nichts sagen. Aber das war mir in dem Moment noch nicht bewusst:

»Nein, sagen Sie ruhig ... Wieso ›au weia‹?«

»Na ja, es heißt zwar immer: ›Wer nix wird, wird Wirt.‹ Aber wissen Sie, mein Schwager ist Insolvenzverwalter, und jeder zweite Klient ist gescheiterter Gastronom. Der hat mir von Existenzen erzählt ... Bitter, ganz bitter. Aber so richtig bitter, kann ich Ihnen sagen. Richtig, richtig bitter.«

»Vielen Dank, dass Sie mich moralisch aufbauen, aber ...«

»Die einen ziehen unter die Severinsbrücke, die anderen direkt in den Alkoholentzug. Zwei haben sich sogar schon umgebracht.«

»Na toll! Sie sollten zusammen mit meinem Vermögensberater einen Verein für das Dissen von Gastronomen gründen.«
»Nix für ungut. Es gibt auch Lokale, wo's besser läuft ...«
»Na bitte.«
»... dann kommen natürlich die Schutzgelderpresser.«
»Phantastisch! Sonst noch irgendein Tipp?«
Langsam bereute ich es, dass ich Herrn Reuter eben nicht den entscheidenden kleinen Stupser versetzt habe, der ihn zurück in den zweiten Stock befördert hätte. Und Herr Reuter war noch nicht fertig:
»Also wenn Sie mich fragen ...«
Eine weitere Erkenntnis: Wenn jemand »Also wenn Sie mich fragen ...« sagt, sollte man umgehend zu einem guten Sekundenkleber greifen und seinen Mund versiegeln.
»Wenn Sie mich fragen, habe ich für einen angehenden Gastronomen nur einen einzigen Ratschlag.«
»Zyankali?«
»Frischmilch.«
»Frischmilch?«
»Ja. Nehmen Sie für Cappuccino und Milchkaffee immer nur Frischmilch.«
»Aha.«
»Niemals H-Milch. H-Milch schmeckt scheußlich.«
»Sie meinen also, dass ich die eigentlich unvermeidliche Insolvenz umgehen kann, wenn ich Frischmilch anstelle von H-Milch verwende.«
»Ja. Soll ich Ihnen mal eine Geschichte erzählen?«
Richtig. Wenn jemand fragt: »Soll ich Ihnen mal eine Geschichte erzählen?«, und dieser jemand ist nicht Steven Spielberg oder George Lucas, dann ist die Wahrscheinlichkeit, dass es spannend wird, in etwa so hoch wie bei einem Bingoabend in der Demenzklinik.
»Also: Letztes Jahr hat doch hier um die Ecke ›Brunos Café‹ eröffnet. Habe ich mir gedacht: Na komm, das probierste jetzt mal aus. Ich bestelle Cappuccino und frage mich: Warum schmeckt mir der nicht?«
»Lassen Sie mich raten: Er war mit H-Milch gemacht.«

»Exakt. Ich habe zwar bezahlt, aber bin ich wiedergekommen?«
»Da muss ich wieder raten. Ich sag mal: jjjjjj... nein.«
»Richtig. Ich bin nie wieder hingegangen. Und der Bruno wusste ja gar nicht, was los war. Der hat sicher gedacht: ›Was habe ich nur falsch gemacht? Warum kommt dieser Kerl nicht wieder?‹ Aber ich sag's Ihnen ...«
»H-Milch?«
»Genau. H-Milch. Schlicht und ergreifend H-Milch. H-Milch. Punkt. Aus. Ende. H-Milch! Verstehen Sie?«
»Ja, ich denke, das ist so weit klar geworden.«
»Und jetzt rechnen Sie das mal hoch. Ich hab da neulich eine Umfrage gelesen: 87 Prozent der Verbraucher trinken lieber Frischmilch. Das sind allein in Köln 870 000 Menschen! 870 000. Das heißt, der Bruno hat 870 000 potenzielle Kunden verloren, nur weil er H-Milch ausschenkt. Wenn davon nur jeder Hundertste Stammgast geworden wäre, hätte der jeden Tag 8700 Gäste in seinem Café.«
Ich nickte anerkennend:
»Und das bei 40 Plätzen.«
Man sollte das Wort »Milchmädchenrechnung« durch »Postbotenrechnung« ersetzen. Und Herr Reuter war immer noch nicht fertig:
»Wenn jeder nur einen Kaffee für zwei Euro trinkt, hätte der einen Tagesumsatz von 17 400 Euro. Das sind über eine halbe Million im Monat – und da sind Tee und Kuchen noch gar nicht mit drin. Aber auf mich hört ja keiner.«
»Gut, dafür hätten Sie's ihm natürlich sagen müssen.«
»Das stimmt. Aber wenn ich's gesagt hätte, hätte er sowieso nicht drauf gehört. Jetzt isser insolvent. Dabei wär's so einfach gewesen ...«
»Immer nur Frischmilch verwenden.«
»Sie haben's verstanden! Na, vielleicht wird ja doch noch was aus Ihrer ... Klitsche.«

14

Ein paar Stunden später ging ich zu *Erdals Kiosk,* der direkt gegenüber von unserem Café liegt und praktischerweise auch einen Getränkemarkt beinhaltet. Gisela ließ sich seit zwanzig Jahren die Getränke einfach von Erdal über die Straße liefern. Und obwohl er einer der wenigen Türken in Köln ohne Verwandtschaftsbeziehung zu Aylins Familie war – warum sollten wir diese Tradition nicht fortführen? So betrat ich frohen Mutes den Laden, um mich als zukünftigen Geschäftspartner vorzustellen.

Wie sich zeigte, war Erdal nicht im Geschäft, und so wurde ich von Philipp empfangen, einem Studenten mit kariertem Hemd, Hosenträgern und Hipster-Klischee-Vollbart. Ich kannte ihn schon, weil er gelegentlich nach seiner Schicht ins *Mr. Creosote's* kam, mit seiner Freundin Jeanette, die je nach Stimmungslage zwischen Hipster- und Gothic-Outfit wechselt. Die beiden schätzten besonders das »Angeranzte« des Lokals.

Nach dem Pessimismus des alten Briefträgers wollte ich jetzt ein wenig jugendliche Energie in die Sache bringen:

»Hallo, Philipp, halt dich fest: Ich übernehme das *Mr. Creosote's!*«

Da das von mir erwartete spontane »Wahnsinn-das-ist-ja-der-totale-Hammer–wie-geil-ist-das-denn« genauso ausblieb wie das ebenfalls erhoffte »Ey-weißte-was-das-poste-ich-sofort-auf-Instagram-Facebook-Twitter-und-Whatsapp« und das »Hey-ich-schicke-dir-alle-unsere-Kunden-rüber«, versuchte ich, die gewünschte Reaktion ein wenig zu forcieren:

»Und? Was sagst du?«

»Na ja, ich bin ja kein Experte, aber ...«

Inzwischen weiß ich auch: Wenn jemand »Ich bin ja kein Experte, aber ...« sagt, dann hilft nur eins: sofortige Flucht. Denn dieser jemand ist tatsächlich kein Experte. Nur leidet er aus irgendeinem Grund unter der wahnhaften Idee, dass seine Meinung dennoch von Interesse ist. Vermutlich haben seine Eltern in der analen Phase einmal zu oft sein Häufchen gelobt – sodass er jetzt vermutet, jede seiner Ausscheidungen sei gesellschaftlich relevant. Unnötig zu erwähnen, dass ich nicht die Flucht ergriff:

»... aber *was*?«

»... aber heute kannst du dich über die richtige Cola-Marke total gut positionieren. Verstehste: Zeig mir deine Cola, und ich sag dir, wer du bist.«

»Aha. Und welche?«

»Also, alles, was wir hier führen, kannste schon mal vergessen.«

»Welche Cola müsste ich haben, um dich zu begeistern?«

»Hm. In 'nen Laden mit Coca-Cola kriegst du mich nicht rein. No way. Coca-Cola geht gar nicht ... Pepsi geht auch gar nicht ... Afri-Cola geht eigentlich auch nicht ... Fritz-Kola ... hmmm ... vielleicht so gerade noch. Aber nee, eigentlich auch nicht mehr. Bionade-Cola – fuck you! Echt nicht, glaub's mir ... Dann gibt's da so 'ne Inka-Cola aus Peru, die ist eigentlich total super – bis auf den Geschmack halt ... Neulich hat meine Freundin mir Bio-Zusch mitgebracht oder Öko-Zisch oder so. Das war mit Guarana.«

»Ah, und die geht also.«

»Nee, echt total nicht.«

»Ja, was geht denn überhaupt?«

»Hmmmm ...«

Philipp fuhr sich nachdenklich mit den Fingern durch seinen Bart – als hoffte er, dass irgendwo zwischen den Zauseln die Antwort versteckt wäre:

»Echt schwer zu sagen. Letztes Jahr hätte ich gesagt: Pepsi ist so out, dass sie schon wieder in ist, aber dann war sie halt wieder in und damit auch gleich schon wieder out ... Afri-Cola war auch irgendwie so uncool, dass es schon wieder cool war – aber dann haben die werbetechnisch auf cool gemacht, und da war's dann sofort wieder uncool ... Vor 'n paar Monaten war's ganz klar Fritz-Kola, aber die ist jetzt so Mainstream – da kann man auch gleich Coca-Cola trinken ... Wobei ich inzwischen schon sagen würde: lieber Cherry Coke als Fritz, aber das mein ich natürlich sarkastisch.«

Ich verneigte mich innerlich – seit dem Hamlet-Monolog hat niemand mehr die innere Zerrissenheit in zentralen Fragen des Menschseins mit derartiger Intensität auf den Punkt gebracht.

Nach fünf Sekunden intensiven Schweigens verriet Philipps Miene das langsame Auftauchen einer Idee:

»Hey, warte mal, Daniel – neulich war ich in 'nem Laden, die hatten echt 'ne richtig geile Cola. Richtig geil. Total angesagt.«

»Aha, und welche war das?«

»Äh ... Hab ich vergessen.«

»Und wie hieß der Laden?«

»Hab ich auch vergessen. Aber die Cola ... die war richtig, richtig geil.«

Ich verließ konsterniert den Kiosk und blickte auf die andere Straßenseite, wo das geschlossene *Mr. Creosote's* mich düster anzustarren schien. Immerhin wusste ich jetzt, dass der Gastronomiehimmel nur über Frischmilch und eine streng geheime Cola-Marke zu erreichen war. Doch es sollten noch weitere wichtige Ratschläge hinzukommen.

Als ich gegen Abend meine Sachen aus der *Creative Brains Unit* abholte, machte mein Exchef Rüdiger Kleinmüller zunächst einen vergeblichen Versuch, mich »zur Vernunft zu bringen«; dann legte er seufzend seinen Arm um mich:

»Ganz ehrlich: Ich bewundere hoffnungslose Traumtänzer wie dich, die ihren Idealen folgen. Der Weg des Herzens führt entweder zur Erleuchtung oder in den Wahnsinn – in der Regel Letzteres. Also – send me postcards from der Nervenklinik, haha. Nein, im Ernst, I wish you success. Du wirst ihn nicht haben, aber ... Ach, dann machst du halt in deiner nächsten Inkarnation was Vernünftiges.«

Er klopfte mir auf die Schulter und ging, drehte sich aber Columbo-mäßig noch einmal um:
»Ach, Daniel, rule number one: Ein Café darf nie leer sein. Wenn keiner drinsitzt, kommt auch keiner rein. Zur Not miete dir ein paar Studenten und lass sie sich durchschmarotzen, bis echte Gäste kommen.«

Mit dem Gedanken, dass ich für die falschen Gäste H-Milch und für die richtigen Vollmilch verwenden könnte, trat ich kurz darauf vor mein Team, um mich zu verabschieden. Die allgemeine Niedergeschlagenheit freute mich ungemein, denn niemand will ja hören: »Super, endlich isser weg, der Schwachmat.«

Logischerweise dauerte es nicht lange, bis der erste Tipp kam – von Karl:

»Das Wichtigste ist: Draußen ein Platz zum Rauchen. Stehtisch mit windgeschütztem Aschenbecher, drei, vier Barhocker, und ab Oktober 'n Heizpilz.«

Jetzt mischte sich Ulli ein:

»Mit Heizpilzen verlierst du die Ökos, das sind in der Südstadt garantiert neunzig Prozent. Auf jeden Fall muss man heute Matetee auf der Karte haben – und mindestens drei vegane Gerichte. Und nur Bioprodukte verwenden.«

»Na klar. Wenn Daniel sein Café mit Mephisto-Sandalenträgern füllen will, bitte ...«

Nun war es an der Zeit für Lysas Beitrag:

»Und bitte keinen Möhrenkuchen! Wenn ich noch einmal das Wort ›Möhrenkuchen‹ sehe, mit einer lustigen Möhre daneben gemalt, dann laufe ich Amok.«

Karl lachte:

»Stimmt. Möhrenkuchen ist das Zigeunerschnitzel von heute.«

Ulli korrigierte ihn:

»Falsch. Möhrenkuchen ist der *Toast Hawaii* von heute.«

Und schließlich Lysa:

»Auch falsch. Möhrenkuchen ist der Toast Hawaii von *gestern*. Der Toast Hawaii von heute sind *Ingwermuffins*.«

15

»Der Flug XQ 485 aus Istanbul ist soeben gelandet.«

Ich bereite mich darauf vor, das Pappschild hochzuhalten, auf das ich mit Edding geschrieben habe: »Sibel Denizoğlu - hoş geldin - Herzlich willkommen«.

Ich bin frohen Mutes. Diese ganzen Klugscheißer können mir erzählen, was sie wollen: Für den Erfolg eines Cafés ist es nicht wichtig, ob man Hipster-Cola, Ingwermuffins oder postbotenaffine Milch anbietet. Eine hübsche Kellnerin Anfang zwanzig - *das* bringt Umsatz. Genau deshalb haben wir Sibel eingeladen. Ich kenne sie zwar noch nicht, aber wenn ich Aylin glauben kann, hat sie das Aussehen und den Körper eines Topmodels. Mit Aylin zusammen ist der Beauty-Faktor im Café dann so hoch, dass wir Billigkekse mit H-Milch oder Nusspli auf Schwarzbrot anbieten könnten - egal, die Konkurrenz sollte sich warm anziehen.

Als ich eingesehen hatte, dass es ein Fehler war, den Mitmenschen von meinem Café-Vorhaben zu berichten, war es bereits zu spät: Dank Briefe-Reuter wussten bereits alle Nachbarn Bescheid. Der Franzose aus dem zweiten Stock meinte, dass ich dringend dem Gesundheitswahn trotzen muss, weil Fett nun einmal der wichtigste Geschmacksträger sei; das Ehepaar aus der Wohnung gegenüber fand, dass man auf jeden Fall glutenfreie Speisen anbieten muss, ich könne einfach mit Reismehl und Kartoffelstärke arbeiten. Die WG aus dem ersten Stock teilte sich in vier Fraktionen:

1. Das Wichtigste auf der Welt ist grüner Tee, aber nur chinesischer Lung Ching oder südindischer Singampatti Spring (Larissa, 23, Studentin)
2. Der entscheidende Faktor sind niedrige Sofas im Vintage-Look, auf denen man gut chillen kann – aber bitte nicht zu versifft (Björn, 25, Produktionsassistent bei RTL, sowie Jenny, 19, Praktikantin bei Super RTL)
3. Filterkaffee ist ein megahipper Retrotrend (Sebastian, 23, Student)
4. Filterkaffee ist das Allerletzte (Jorge, 24, Yogalehrer)

Meine Therapeutin meinte, der Erfolg hänge einzig und allein an der Fähigkeit des Gastwirtes, die Ichschwäche seiner Kunden zu kompensieren, aber auch an der richtigen Weinauswahl.

Aylins Eltern halten es für alles entscheidend, dass man niemals länger als fünf Minuten auf sein Essen wartet, während für Aylins Bruder Cem die richtige Schafskäsesorte das einzig wahre Kriterium darstellt. Aylins Cousine Emine findet die Cocktailkarte am wichtigsten, Aylins *Tante* Emine hingegen die Weichheit der Auberginen. Aus den Äußerungen der weiteren Familienmitglieder habe ich folgende Top-5-Prioritäten erstellt:

1. Schafskäse muss aromatisch schmecken, aber niemals streng (zwölfmal geäußert)
2. Mindestens zwei Samoware müssen permanent laufen, damit immer frischer Tee da ist (neunmal)
3. Es sollten nur Männer kellnern (siebenmal)
4. Die Kellnerinnen müssen sehr kurze Röcke tragen (sechsmal)
5. Die Kellnerinnen müssen mindestens Körbchengröße Doppel-D haben (fünfmal)

Mein Freund Mark erklärte mir mit der Stimme von Udo Lindenberg, dass immer gekühlter Eierlikör bereitstehen sollte. Fünf Minuten später kündigte er mit seiner eigenen Stimme an, er werde nur dann Stammgast, wenn ich einen professionellen Kickertisch aufstelle. Wozu Kiosk-Philipp nur anmerkte, Kickertische gingen seit mindestens zwei Jahren gar nicht mehr.

Vor einer Woche quälte sich unser Postbote noch einmal in den dritten Stock hinauf und überreichte Aylin und mir einen stinknormalen Brief, den er problemlos in den Briefkasten im Erdgeschoss hätte werfen könnten. Es stellte sich heraus, dass Herr Reuter diese Mühe nur deshalb auf sich genommen hatte, um mir mitzuteilen, dass ich auf gar keinen Fall Würfelzucker verwenden dürfe, da Cappuccino mit *einem* Würfel noch zu herb schmecke, aber mit *zwei* Würfeln zu süß. Es sei denn, ich würde größere Tassen verwenden, sodass man bedenkenlos zwei Würfel verwenden könne – wobei das dann über drei Euro kosten und er den Laden gar nicht erst betreten würde.

Der Brief, den er brachte, stammte übrigens von meinem Vater, der zwar auch per E-Mail kommuniziert, aber nur widerwillig: »Eine fahrlässige Entsinnlichung der Kommunikation.« Wichtige Dinge teilt er nach wie vor handschriftlich mit:

Lieber Daniel,

als Du mir neulich von Deinem Café-Projekt berichtet hast, war ich zugegebenermaßen überrascht. Im Nachhinein bedaure ich meinen Satz: »Wenn Kafka ein Café betrieben hätte, würde man heute den Begriff ›kafkaesk‹ höchstens auf Salatbeilagen anwenden.« Vielleicht hatte ich aufgrund Deines literarischen Talents immer gehofft, Du würdest einmal einen Roman schreiben oder zumindest fürs Feuilleton arbeiten.
Aber Du musst wissen, ich respektiere immer, was Du tust – selbst wenn sich Deine literarischen Ambitionen demnächst auf Speisekarten und Tischreservierungen beschränken.
Doch heute kam mir ein Gedanke, den ich Dir nicht vorenthalten möchte: Die Wiener Kaffeehausliteratur hat, beginnend mit dem Fin de Siècle, jahrzehntelang die deutschsprachige Literatur geprägt – bis die Nazis

in ihrem Drang, alles Gute und Schöne zu zerstören, die meisten Kaffeehausliteraten verboten oder umbrachten.

Du könntest doch an Deinem neuen Arbeitsplatz die alte Tradition neu beleben und Euer Etablissement zum Anziehungspunkt für Künstler und Intellektuelle machen und damit über sieben Jahrzehnte nach Kriegsende eine alte Wunde heilen.

Ich lege Dir ein paar kopierte Seiten des höchst spannenden Standardwerks Literarische Kaffeehäuser. Kaffeehausliteraten. Zur Produktion und Rezeption von Literatur im Kaffeehaus in Europa und Lateinamerika zwischen 1890 und 1950 *von Michael Rössner bei – als Inspiration. Ich kann Dir auch gern das Buch leihen, damit Du alle 660 Seiten durcharbeiten kannst.*

Ich umarme Dich
Dein Rigobert

Großartig! Jedem, der ein Café eröffnen will, muss man dringend davon abraten, seine Zeit mit unwichtigen Details wie Businessplänen zu vergeuden. Stattdessen sollte er sich umgehend mit der Geschichte der Kaffeehausliteratur auseinandersetzen! Der Erfolg zeigt sich niemals an den Umsätzen, sondern an der Heilwirkung auf die Wunden der Nazizeit.

Höflichkeitshalber fing ich an, die kopierten Seiten zu überfliegen, merkte aber, dass ich zeitgleich in meinem Kopf Frank Schätzing überredete, seinen neuen Roman im *3000 Kilometer* zu schreiben. Ich hatte ihn schon einmal mit Laptop in einem Restaurant am Ubierring sitzen sehen, aber mit der richtigen Schafskäsesorte, einer Kellnerin mit sehr kurzem Rock und chinesischem Lung-Ching-Grüntee könnte ich ihn bestimmt abwerben.

Dann tauchte unvermittelt die Frage auf, was ich tun soll, wenn zufällig Wolfgang Hohlbein unseren Laden betritt. Muss ich ihn abweisen, weil das Genre *Fantasy* dem Anspruch der Wiener Klassik nicht gerecht wird? Da fiel mir auf, dass mein Vater noch etwas auf die Rückseite geschrieben hatte:

PS: Wichtig! Das Café sollte auf jeden Fall ein Regal mit einem Kanon der Weltliteratur sowie täglich die Süddeutsche Zeitung bereithalten. Und jede Woche Die Zeit!

Selbstverständlich. Vollmilch, Schafskäse und Weltliteratur sind erwiesenermaßen die drei Säulen der Gastronomie. Weiter unten standen auch noch ein paar Zeilen meiner Mutter:

Lieber Daniel,
dass ich geweint habe, als ihr uns von der Café-Idee erzählt habt, war auf keinen Fall negativ gemeint. Ich sehe das Ganze absolut optimistisch und lege ein Rezept des Impressionisten Claude Monet für »Rübchensuppe à la Dauphine« bei. Vielleicht könnt ihr es ja gebrauchen.
Ich habe Dich lieb
Deine Erika

Die Sicherheitsschleuse öffnet sich, und die ersten Passagiere werden von ihren Familien und Freunden in Empfang genommen. Ich habe schon oft beobachtet, dass türkische Männer Wiedersehensfreude mit Schulterklopfen ausdrücken – je größer die Freude, desto heftiger wird geklopft. Als eine Gruppe aus sechs älteren Herren vier ebenfalls ältere Herren in Empfang nimmt, entsteht eine bizarre Abfolge von Schulterklopfritualen: sechs mal vier Klopfpaare, die sich zum Teil versehentlich mehrfach begrüßen. Einige haben sich offenbar *sehr* lange nicht gesehen, denn sie schlagen mit einer Wucht zu, die beim »Hau den Lukas« die Glocke läuten ließe. Akustisch wirkt das Ganze wie die Jam-Session eines Speed-Metal-Drummers.

Ich schaue dem Spektakel noch fasziniert zu, als ich merke, dass eine Frau mit braunem Kopftuch und gleichfarbigem zeltartigen Kleid neben mir steht. Sie lächelt mich schüchtern an. Ich nicke ihr kurz zu und halte weiter nach Sibel Ausschau. Die Frau neben mir verharrt in ihrer Position. Oh mein Gott – das *ist* Sibel.

Das Kleid ist so geschnitten, dass man Cindy Crawford nicht mehr von Reiner Calmund unterscheiden könnte. Na großartig! Wenn Sibel so bei uns kellnert, können wir auch gleich ein »Geschlossen«-Schild an den Eingang hängen. Ich weiß zwar, dass die Schwarzmeertürken traditionell eingestellt sind, und ganz besonders Sibels Vater, Onkel Abdullah. Aber als Aylin vom »Aussehen eines Topmodels« sprach, da hatte ich eine Mischung aus Penélope Cruz und Scarlett Johansson vor meinem geistigen Auge und nicht so eine ... äh ... wie kann ich das politisch korrekt formulieren ... sackartige Ansammlung von Stoff.

Ich versuche, Sibel mein Entsetzen nicht spüren zu lassen – schließlich basiert dieses ästhetische Tschernobyl auf einer kulturellen Tradition, und die gilt es zu respektieren. Mit künstlicher Freude gebe ich Sibel Wangenküsschen:

»Merhaba, Sibel. Hoş geldin – herzlich willkommen.«

Sibel deutet auf mein Schild:

»Herzlichen wellkommen, sehr gut – meine Mutter!«

»Meine Mutter?«

»Ja. Vallaha, meine Mutter.«

Vallaha heißt so viel wie bei Gott. Offenbar hält Sibel meine Mutter für die deutsche Übersetzung. Ich unterdrücke den Impuls, sie zu korrigieren:

»Und – wie war der Flug?«

»Ooh, sehr gut, sehr gut, vallaha – meine Mutter!«

»Also keine Turbulenzen?«

»Turbo...?«

»Turbulenzen. Wenn das Flugzeug so ...«

Ich mime mit der Hand Turbulenzen und imitiere die dazugehörigen Geräusche. Sibel lacht.

»Nein, nein, nix Turbo. Alle gut, rein, raus, schnell schnell tolle flix haben gute Tag immer so ... meine Mutter!«

Ich nicke, schnappe mir die beiden gigantischen Rollkoffer, die zusammen mit einem sehr großen Paket neben Sibel stehen, und gehe in Richtung Ausgang. Aber als mein Gehirn nach zehn

Sekunden intensiven Nachdenkens immer noch keine Bedeutung aus ihrem Satz gewinnen kann, halte ich irritiert inne:

»Was?«

»Meine ik: Fliege die ganze Uhr immer flap, flap, flap und so weiter, machen Achtung, Achtung hin und her, aber am Ende laufe nur einfach klock, klock, bumm, rein, raus, Feierabend – meine Mutter!«

Sibel spricht tatsächlich fließend ... eine Sprache, die sie für Deutsch hält. Ruhig bleiben, Daniel. In den sechs Tagen bis zur Eröffnung hat sie noch genug Zeit, um ... äh ... nein, hat sie nicht. Gegen diese Sätze war die Wutrede von Giovanni Trapattoni wie ein Pamphlet von Konrad Duden. Sibel lacht:

»Bertengala, haha.«

»Bertengala?«

»Ja. Bertengala, haha. Meine Mutter, meine Mutter, hahahaaa. Oh. Toilette. Jetzte aba flux!«

Mit diesen Worten verschwindet Sibel auf der Toilette. Hervorragend – anstelle einer fließend Deutsch sprechenden Aphrodite kellnert bei uns ein Altkleidersack mit der Kommunikationskompetenz von Teletubbies.

Als wenig später eine extrem attraktive Frau mit rotblonden Haaren in Jeans und weißem T-Shirt aus der Toilette kommt, denke ich: Warum kann *sie* nicht bei uns kellnern? Warum ist das Schicksal so ungerecht zu mir? Was habe ich nur getan? Die Rotblonde lächelt mich an, und mein Herz macht einen kleinen Sprung – ein angeborener Reflex auf das Von-attraktiven-Frauen-angelächelt-Werden. Was auch extrem selten vorkommt; eigentlich nur, wenn sich eine attraktive Frau an der Kasse vordrängeln will.

Ich lächle schüchtern zurück und bemerke zu meiner Überraschung, dass die Traumfrau mit den rotblonden Haaren einen braunen Stoffballen unter dem Arm trägt ... Das kann doch gar nicht ... das ... das ist Sibel. Rotblonde Haare und blaue Augen sind bei Schwarzmeertürken nichts Ungewöhnliches, aber jetzt bin ich tatsächlich sprachlos. Sibel lacht:

»Hahaha, deinen Auge blicke so Autobahn, haha, meine Mutter!«

Jetzt stopft sie den braunen Stoff in einen blauen Korb mit der

Aufschrift »Papiermüll«. Ich ziehe ihn automatisch wieder heraus und stecke ihn in den Restmüllkorb. Sibel schaut mich irritiert an. Ich deute auf die Aufschrift am blauen Korb:
»Papiermüll.«
»Popier...müll.«
»Genau. Aber Stoff ... ist Restmüll.«
»Rast...müll.«
»Und der gelbe Korb ist für Plastikmüll.«
»Plaste...müll.«
Sibel schaut mich verständnislos an. Das Prinzip der Mülltrennung ist Fremden schon schwer zu vermitteln, wenn sie unsere Sprache beherrschen. Sibel lacht:
»Haha, Müll, Müll, Müll. Drei Müll. Meine Mutter!«
»Genau. Drei Müll.«
Na also. Wir führen eine Konversation.
»Habe die Müll, komme flux rein raus immer andere Müll in die Tanne – oioioioioi! Haha, meine Mutter!«
Okay, vielleicht führen wir doch keine Konversation. Während ich die Koffer und das Paket zum Ausgang bewege, kommen wir an einem Polizeibeamten vorbei. Sibel zwinkert ihm zu:
»Hallo, ich Sibel. Macken Foto mit deutschen Police?«
»Kein Problem.«
Sibel drückt nun ihre Wange an die des Polizisten und macht ein Selfie. Der Beamte ist von ihrem Charme sichtlich angetan, und Sibel bringt das Kunststück fertig, sich gleichzeitig mit Wangenküsschen zu verabschieden und das Bild auf Facebook zu posten. Als wir weitergehen, schaut der Polizist fasziniert auf Sibels Hintern – wie schön, dass unsere Polizei Migranten so positiv gegenübersteht.

Da ich inzwischen zumindest Small Talk auf Türkisch beherrsche, versuche ich's mit »Köln'e ilk defa geliyor musun?« (Kommst du zum ersten Mal nach Köln?), doch leider hat Sibel einen starken Schwarzmeerakzent. Was ungefähr so nah an Hochtürkisch ist wie das Wort »Bertengala« an Hochdeutsch. Also verstehe ich nur einige Bruchstücke, aus denen ich folgende Information entnehme: Sibel war entweder schon mal in Köln oder nicht.

Während wir uns meiner Mercedes-B-Klasse nähern, die ich inzwischen anstelle des Ford Ka fahre (hauptsächlich, weil sie mehr Stauraum für die gigantischen Koffer der diversen Familienmitglieder bietet), wette ich mit mir selbst, dass Sibel beim Anblick des Autos »Meine Mutter« sagen wird. Ich schließe den Wagen per Fernbedienung auf und schaue Sibel erwartungsvoll an. Diese nickt kurz anerkennend. Dann:
»Ooooh ... Meine Mutter!«
Ganz Gentleman, halte ich Sibel die Tür auf. Dafür drückt Sibel mir einen Kuss auf die Wange:
»Danke fü Transepott.«
»Sehr gern.«
Als ich auf die A59 in Richtung Innenstadt biege, hat Sibel bereits über 50 WhatsApp-Sprachnachrichten und Fotos verschickt. Beim Einfädeln baue ich fast einen Unfall, als sie für ein weiteres Selfie ihren Kopf gegen meinen drückt und ihr gigantisches Smartphone direkt vor unsere Gesichter hält. Erst im letzten Moment bemerke ich den Fiat Punto, der urplötzlich neben dem Samsung-Schriftzug auftaucht. Kurz darauf, als sie am Horizont den Kölner Dom erblickt, stößt Sibel einen zufriedenen Seufzer aus:
»Aaaah ... Deutse Land machte mir in Herz eine große Emel, vallaha.«
Interessant: Als sie noch ein sprechendes Stoffpaket war, hat mich ihr miserables Deutsch schockiert. Seit sie ein rotblonder Vamp ist, finde ich das irgendwie süß. Wahrnehmung ist eine seltsame Sache.

16

Als ich mit Sibel das *3000 Kilometer* betrete, an dem immer noch das Schild *Mr. Creosote's* hängt, steht Aylin in einem weißen Maler-Overall auf einer Leiter und streicht die Decke in jenem dezent warmen Caffè-Latte-Beige, für das wir uns nach nur viereinhalb Stunden Studium der Farbpalette im Obi-Markt Godorf entschieden haben – mit knappem Vorsprung vor Milchkaffee-Beige, Milchkaffee-mit-etwas-weniger-Milch-Beige, Milchkaffee-mit-einer-Prise-Zimt-Beige, Caffè-Latte-mit-einem-Schuss-Karamellsirup-Beige und Barbapapa-Rosa.

Sibel schaut sich mit anerkennendem Gesichtsausdruck um: »Meine Mutter!«

Nun bemerkt uns Aylin und begrüßt ihre Cousine mit dem obligatorischen Jubelschrei – dem weiblichen Äquivalent zum Schulterklopfen. In diesem Fall gilt die Regel: Je schriller und länger der Schrei, desto größer die Freude – wobei es eine grobe Unhöflichkeit darstellt, wenn das Trommelfell nicht zumindest anreißt. Es folgt die ebenso obligatorische innige Umarmung, die auch bei Verwandten zweiten, dritten und vierten Grades niemals zehn Sekunden unterschreiten darf. Als sie sich voneinander lösen, ist Sibels weißes T-Shirt Caffè-Latte-beige gefleckt und passt somit schon im Voraus zum Vintage-Look der noch zu besorgenden Chill-out-Sofas.

Immerhin scheint Aylin Sibels Türkisch zu verstehen, denn sie lauscht gebannt, als ihre Cousine minutenlang Neuigkeiten erzählt, und gibt etwa alle zwanzig Sekunden Reaktionen von sich, die von Überraschung (lautes Einatmen) über Fassungslosigkeit (lautes Einatmen plus panischer Gesichtsausdruck) bis hin zu purem Entsetzen reichen (lautes Einatmen plus panischer Gesichtsausdruck plus festes Packen des Unterarms).

Früher hatte ich in solchen Fällen immer vermutet, dass etwas unglaublich Dramatisches passiert war. Onkel Mustafa hat den Heiligen Gral gefunden, Ufo-Landung im Garten von Tante Emine – so was in der Art. Aber nach fünf Jahren Ehe kenne ich die orientalische Kommunikation gut genug, um zu wissen, dass es sich um ganz normalen Informationsaustausch handelt. Wenn Aylin mit purem Entsetzen reagiert, entspricht das in der abendländischen Konversation einem leicht gelangweilten »Och«.

Kurz darauf erklärt mir Aylin, worum es geht:

»Sibel hatte ja zehn Stunden Aufenthalt in Istanbul. Da ist sie noch zum großen Basar gefahren ...«

»Och.«

»... und hat uns Antalya-Bilder besorgt – für ein Drittel des ursprünglichen Preises!«

»Hey, super!«

Ich zeige Sibel den gestreckten Daumen. Sie strahlt:

»Komm gehe ich einskeins Auto brechen, flux einszweidrei Picture holzen reinraus undsoweiter ... dann deine Auge blicke noch mal Autobahn – Bertengala, meine Mutter!«

Aylin schaut mich fassungslos an. Diesmal ist ihr Entsetzen echt, weil es viel ruhiger und undramatischer daherkommt. Sibel schnappt sich meine Autoschlüssel und geht nach draußen. Als ihre Cousine aus der Tür ist, flüstert Aylin mir zu:

»Du hast doch gesagt, sie spricht fließend Deutsch!«

»Du musst nicht flüstern – sie würde dich sowieso nicht verstehen ... Aber ich muss dich korrigieren: *Du* hast gesagt, sie spricht fließend Deutsch.«

»Woher soll ich das wissen? Ich habe nie Deutsch mit ihr gesprochen.«

»Aber irgendwer hat doch gesagt, sie spricht fließend Deutsch.«

»Stimmt. Sibels Bruder Ozan.«

»Spricht der Deutsch?«

»Nein.«

Aylin lacht verzweifelt:

»Aber wie will sie irgendjemanden bedienen, wenn sie kein Deutsch spricht?«

»Na ja, ein paar Worte schon: ›Meine Mutter‹ und ›Bertengala‹.«

»Bertengala? Was soll das heißen?«

»Mülltrennung, Ingwerlimonade, Sprengstoffanschlag ... Woher soll *ich* denn das wissen?«

In diesem Moment trägt Sibel das Paket ins Café und entfernt die Verpackung. Unser Plan war folgender: an jeder Wand ein Köln- neben einem Antalya-Bild und dazwischen, als Entfernungsanzeiger, das Logo unseres Cafés: *3000 Kilometer*. Die Köln-Bilder existieren bereits: Mein Vater hatte mir den Kontakt zu einer befreundeten Galeristin vermittelt, die mir fünf der berühmten und künstlerisch wertvollen Schwarz-Weiß-Fotografien von August Sander mit Passepartout und breitem schwarzen Holzrahmen günstig verkaufte.

Insofern reagiere ich – um es einmal neutral zu formulieren – *überrascht*, als uns Sibel nun den wohl kitschigsten Touristennippes präsentiert, den ich in meinem Leben je gesehen habe. Und ich habe *sehr viel* Touristennippes gesehen (90 Prozent davon im Wohnzimmer meiner Schwiegereltern). Mir entfährt ein Seufzer:

»Meine Mutter!«

Aylin schaut mich tadelnd an, während sich meine Augen nur langsam an den Schock gewöhnen: Es handelt sich um 3-D-Plastikreliefs – drei identische Strandszenerien mit Palmen, Segelbooten und Sonne. Bis hin zum pseudobarocken Plastikrahmen wurde jedes Bild monochrom mit Lackspray traktiert, in folgenden Farbnuancen:

Bild Nr. 1: Kosmetikerin-in-der-Midlife-Crisis-kauft-Lackstilettos-für-den-Junggesellinnenabschied-auf-der-Reeperbahn-Knatschgelb.

Bild Nr. 2: Alternder-Transvestit-sucht-den-schrillsten-Lidschatten-für-Paulchen-Panther-Mottoparty-Pink.

Bild Nr. 3: Sonnenstudiofacharbeiterin-kauft-Schlauchkleid-für-die-Après-Ski-Party-in-Huberts-Humba-Hütte-Gold.

Ich bin sicher, dass diese Bilder in türkischen Gefängnissen zur Folter eingesetzt werden. Aber abgesehen von der künstlerischen »Qualität« haben sie nicht das Geringste mit Antalya zu tun! Bei der dargestellten Landschaft könnte es sich genauso gut um Hawaii, die Malediven oder das *Aqualand* in Köln-Chorweiler handeln.

Es passiert selten, dass mir von Kitsch übel wird; nun aber spüre ich deutlich, wie die Schafskäseröllchen, die ich zum Frühstück hatte, ihre Rückreise in die Speiseröhre antreten. Ich bringe kein Wort heraus und sehe, dass auch Aylin eine Weile braucht, um den Schock zu verdauen. Dann fällt sie Sibel um den Hals und bedankt sich überschwänglich auf Türkisch – ich verstehe die Worte »wunderschön«, »einzigartig« und »große Kunst«.

Ich lächle verkrampft, entschuldige mich und gehe zur Toilette. Ich möchte mich für einen Moment dort einschließen, um erst mal meine Gedanken zu sortieren. Und zur Not die Schafskäseröllchen zu entsorgen.

17

Als ich in der Herrentoilette ankomme, die wir gestern in einem trendigen Mintockergrün gestrichen haben, empfängt mich dort zu meiner Überraschung Herr Gramich, unser Verpächter. Er kniet in blauer Latzhose und weißem T-Shirt auf dem Boden und verzieht vor Anstrengung das Gesicht, während sein Arm bis zur Achselhöhle in der Kloschüssel steckt:

»Gut, dass Sie kommen, Herr Hagenberger. Könnten Sie mal eben die Spülung betätigen?«

Ich muss mich kurz kneifen, um sicherzugehen, dass ich diese absurde Situation nicht träume. Dann drücke ich den Spülknopf, und das Wasser in der Schüssel steigt bis zum Rand. Was soll das werden? Die kölsche Version von »Lachsfischen im Jemen«? Kurz vor dem Überlaufen zieht Herr Gramich seinen Arm heraus und flucht:

»Verdammter Mist – ich finde die Ursache nicht.«

»Die Ursache wovon?«

»Von dem Problem, über das Sie sich gestern bei mir beschwert haben.«

Stimmt, jetzt fällt es mir wieder ein: Problem Nummer 17 auf meiner Top-hundert-Liste, die jetzt um die Punkte »Unsere Kellnerin wird die Bestellungen nicht verstehen« und »Wie werde ich diese schrecklichen Bilder wieder los« erweitert wurde – als höchste Neueinsteiger des Tages auf den Plätzen vier und neun. Die Top drei sind momentan:

1. Ich habe keine Ahnung, welche der zehntausend empfohlenen Speisen und Getränke auf die Speisekarte sollen.
2. Meine Recherchen haben ergeben, dass es kaum einen Koch gibt, der weder ein Drogenproblem hat noch von der Ausländerbehörde gesucht wird.
3. Kenan, der Cousin von Aylin, dessen obskure Hinterhof-Firma das *3000-Kilometer*-Leuchtreklameschild herstellen wollte, ist seit einer Woche unauffindbar, und sein Handy wurde offenbar von einer Frau mit osteuropäischem Akzent geklaut.

Herr Gramich stochert jetzt mit einer Saugglocke wie ein Besessener in der Toilette herum und betätigt dann die Spülung:
»Verdammt!«
Während das Wasser noch langsamer abläuft als zuvor, zieht sich unser Verpächter entnervt die Einweg-Gummihandschuhe aus und reagiert seine Wut schließlich mit einem beherzten Tritt gegen die Kloschüssel ab. Er verzieht kurz schmerzvoll das Gesicht und tut dann so, als sei alles in Ordnung. Ich versuche, nicht sarkastisch zu klingen:
»Äh ... Also, ich freue mich über Ihr Engagement, Herr Gramich, aber wäre es nicht besser, einen professionellen Klempner zu rufen?«
In diesem Moment kommt Gisela herein, im weißen Anstreicher-Overall mit Flecken in Altrosa – ein farblicher Hinweis, dass sie gerade die Damentoilette streicht.
»Glaub mir, Daniel: Ehe dieser Tuppes 'nen Handwerker ruft, wird der Barbarossaplatz zum UNESCO-Weltkulturerbe.«
Die Mutti hat uns von der ersten Sekunde an geholfen – ob es um die Gewerbeanmeldung ging, die Ausarbeitung eines Businessplans oder das Herunterreißen der alten Stofftapete, die 25 Jahre vor dem Nichtrauchergesetz angebracht worden war und zu gut 50 Prozent aus Teer und Nikotin bestand. Nur in Bezug auf Hartmut Gramich habe ich den Eindruck, dass ihr Eingreifen den Dialog eher verkompliziert als vereinfacht. Unser Verpächter atmet genervt aus:

»Bisher habe ich immer noch alles hinbekommen. Außer diese impertinente Person zum Schweigen zu bringen.«

»Isch meine, der is so jeizisch ... Vor fünf Jahren hatte diese Pissnelke eine Lungenentzündung. Und isch einen verklemmten Wasserhahn am Spülbecken in der Küche. Aber glaubst du, isch durfte einen Handwerker engagieren? Nein, erst musste isch fünf Stunden warten, und dann kommt er leischenblass und keuschend hier an und verschreckt meine Kunden. Hör mal, der hat Jeräusche von sisch jejeben – die Gäste haben jedacht, in der Küsche wird 'ne asthmatische Bulldogge jeschlachtet.«

Hartmut Gramich schaut Gisela süffisant an:

»Und? Hat der Hahn anschließend funktioniert?«

»Ja, aber ...«

»Danke. Ihre Zeugin, Herr Hagenberger.«

Herr Gramich grinst triumphierend. Die Mutti tötet ihn mit dem Blick – was nicht bedeutet, dass sie nicht auch noch etwas *sagt*:

»Ja, klar, der Wasserhahn hat wieder funktioniert – nach *drei Stunden!* Anschließend haben diesem Blötschkopp* so die Hände jezittert – wenn isch dem 'ne Dose Flüssigsahne in die Hand jedrückt hätte, wär die steif jeworden!«

Als unser Verpächter gerade zu einer Replik ansetzt, kommt Aylin und zieht mich beiseite:

»Ich hab Sibel erklärt, die Bilder gefallen uns so gut, dass wir sie unbedingt zu Hause aufhängen wollen.«

»Ins Kitschzimmer.«

Wir bekommen bei jeder Gelegenheit gruseligen Kitsch von irgendwelchen Familienmitgliedern geschenkt: leuchtende Wasserfallbilder, 1,47 Meter hohe silberne Giraffen, ein riesiges Herz aus roten Kunstlederrosen. Dieser Kitsch muss aus diplomatischen Gründen bis zum Tod des Schenkers aufbewahrt werden.

Weil sich auf diese Weise ein ständig wachsendes Arsenal an Geschmacklosigkeiten anzusammeln droht, kam ich auf die

---

* dummer Mensch, der eine Delle im Kopf hat, sodass kein Gehirn mehr reinpasst

glorreiche Idee, diese auf ein Zimmer zu beschränken. So konnten wir wenigstens den Rest der Wohnung nach unseren Wünschen gestalten. Mit Ausnahme der roten Ledercouchgarnitur, die uns Aylins Eltern geschenkt hatten und die Aylins Onkel Kemal von bulgarischen Leiharbeitern in den dritten Stock schleppen ließ ... Diese Sofalandschaft stand auf der Liste von Dingen, die ich gern in meiner Wohnung hätte, irgendwo zwischen VFL-Wolfsburg-Bettwäsche und Atommüll. Aber egal – sobald Aylin drinsitzt, ist es die schönste Couch der Welt.

Das »Kitschzimmer« soll einmal das Kinderzimmer werden und ist der erste Raum der Menschheitsgeschichte, in dem man einen LSD-Rausch ohne LSD erleben kann. Da Aylin und ich seit zweieinhalb Jahren nicht mehr verhüten und sich immer noch kein Nachwuchs ankündigt, kommt mir langsam der Verdacht, dass sich das Baby schlicht weigert, in diese Hölle hineingeboren zu werden. Wenn jetzt noch Sibels Reliefdesaster dazukommt, hat sich die Familienplanung vermutlich erledigt. Obwohl ich weiß, dass es sinnlos ist, mache ich einen kläglichen Versuch, das Schicksal abzuwenden:
»Können wir die Bilder nicht einfach deiner Mutter schenken? Sie würden perfekt in ihr Wohnzimmer passen.«
»Daniel, du weißt doch, was passiert, wenn man den Stolz von Schwarzmeertürken verletzt.«
»Du meinst die Geschichte, dass deine Tante Ayşe ihrem Cousin die Gabel in den Oberschenkel gerammt hat ...«
»... weil er ihre Oliven wieder ausgespuckt hat. Exakt.«
»Das ist doch eine Legende!«
»Daniel, ich war *dabei*!«
In dem Moment kommt Sibel mit einem Ersatz-T-Shirt in der Hand. Aylin erklärt ihr, dass die Toiletten gerade besetzt sind, woraufhin Sibel sich unvermittelt das Caffè-Latte-beige befleckte Shirt auszieht und nun im weißen Spitzen-BH dasteht. Während sie sich mit Aylin auf Türkisch über das befleckte T-Shirt unterhält, stehe ich direkt daneben und tue so, als würde ich ihre Brüste nicht sehen.
Schließlich streift sich Sibel das frische T-Shirt über und geht

zurück in den Gastraum. Ich lächle Aylin verkrampft an und versuche, die Situation zu überspielen:
»Sibel ist ja ganz schön ... äh ... offen.«
»Deshalb wollte sie ja nach Deutschland. Mit ihrer Art passt sie einfach nicht ans Schwarze Meer.«
»Warum ist sie damals nicht in Duisburg geblieben?«
»Onkel Mustafa in Duisburg ist sehr traditionell eingestellt. Als er Sibel beim Knutschen mit einem Gast erwischt hat, hat er sie zurück nach Trabzon geschickt. Aber da war sie todunglücklich.«
»Und hier bei uns kann sie endlich frei sein. Wie schön.«
»Ja. Obwohl meine Eltern Onkel Abdullah versprechen mussten, dass wir auf sie aufpassen.«
»Inwiefern?«
»Na ja, dass sie nicht mit irgendwelchen Typen rummacht, nicht raucht, keinen Alkohol trinkt – und Kopftuch trägt.«
In diesem Moment kommt Sibel mit einer Flasche Henkell Trocken zu uns, entfernt den Korken und nimmt einen großen Schluck aus der Flasche:
»Aahhh ... das is vallaha sehr sehr leckleck – Bertengala!«
Sibel holt eine Packung Marlboro aus ihrer Hosentasche und hält sie Aylin und mir hin. Wir schütteln mit dem Kopf, Sibel zuckt mit den Schultern und geht nach draußen. Ich schaue Aylin irritiert an. Sie winkt ab:
»Was Abdullah nicht weiß, macht ihn nicht heiß.«
In diesem Moment höre ich einen Fluch unseres Verpächters aus der Herrentoilette:
»Scheeeeeiiiiiißeeeeeee!!! Wasser abdrehen!!! Schnell!!!«
Eine Sekunde später rennt Gisela zur Kellertür und rüttelt vergeblich:
»Scheeeeeiiiiiißeeeeeee!!! Kellerschlüssel!!! Schnell!!!«
Aylin wird blass. Ich renne zur Theke, wo wir die 27 Schlüssel seit der Übergabe aufbewahren.
»Aylin! Wo sind die Schlüssel?«
»Die hat Kenan.«
»Welcher Kenan?«
Als Wasser in den Gastraum läuft, tritt die Notwendigkeit einer Erklärung in den Hintergrund.

18

Gisela rüttelt verzweifelt an der Kellertür:
»Scheiße!«
Ich sehe, dass das Wasser herumstehende Umzugskartons erreicht, und stelle sie hektisch auf einen der Tische – woraufhin mir einfällt, dass er ebenso frisch gestrichen ist wie der Stuhl, an dem mein Ärmel jetzt festklebt. Herr Gramich kommt verzweifelt aus der Herrentoilette gestürmt. Er ist von oben bis unten durchnässt.
»Warum ist das Wasser noch nicht abgestellt?«
Er rennt zur Kellertür, schiebt die Mutti beiseite und rüttelt ebenfalls vergebens. Gisela pampt ihn an:
»Sag mal, für wie blöd hältst du misch eigentlich?«
»Ich ... Scheiße! Scheiße, Scheiße, Scheiße!«
Ausnahmsweise stimmt ihm Gisela zu:
»Scheiße!«
Nun rütteln beide abwechselnd an der Tür, und eine Sekunde später habe ich eine brillante Idee: Ich könnte jetzt ein Foto machen. Zwei Sekunden später verwerfe ich die Idee wieder. Zwischen der Mutti und Herrn Gramich kommt es zu folgendem Dialog:
»So eine Scheiße! Scheiße, Scheiße, Scheiße ... Scheiße!«
»Escht jetzt. Scheiße, Mann!«
»Ganz ruhig bleiben ... Scheeeeeiiiiiße! Scheiße.«
»Isch werd bekloppt. Escht jetzt. Scheiße. So eine SCHEISSE.«
»Scheiße, Scheiße, Scheiße, Scheiße, Scheeeeeeiiiiiiße!«
Obwohl ich mich selbst in einem Zustand von Panik befinde,

gibt es immer noch eine Instanz irgendwo in meinem Kopf, die mich darauf hinweist, dass der übermäßige Gebrauch des Wortes »Scheiße« redundant wirkt. Früher hätte man Gottheiten angerufen, Worte wie »Donner und Doria«, »Potzblitz« oder »Zeter und Mordio« benutzt. Man hätte »Weh mir«, »Oh vermaledeites Schicksal«, »Heiliges Kanonenrohr«, »Zum Kuckuck« oder »Ach du liebes Lieschen« gerufen. Auch im modernen Sprachgebrauch gibt es viele Möglichkeiten, dieser speziellen Mischung aus Wut und Angst Ausdruck zu ... In diesem Moment werden meine Füße nass. Ich schreie auf:

»Scheiße!«

Tja. Egal. Was soll's? Während Aylin vergeblich versucht, ein Spülhandtuch in den Türspalt des Herrenklos zu klemmen, renne ich zur Kellertür und rüttle nun ebenfalls daran:

»Scheiße! Scheeeeiiiße!«

In Panik verhalten wir uns wie eine Fliege, die immer wieder gegen die Scheibe fliegt, obwohl das Fenster auf Kipp steht. Früher dachte ich, die Evolution hat uns Menschen so ausgestattet, dass in Notsituationen sinnvolle Automatismen ablaufen. Welcher Honk hat unseren Instinkt so programmiert, dass wir bei einem Wasserschaden minutenlang an einer verschlossenen Tür rütteln und »Scheiße« rufen?

Aylin stopft inzwischen erfolglos Lappen, Servietten und Jutetüten in den Türspalt und variiert unsere Flüche durch einen türkischen Ausruf, der völlig ohne Fäkalbezug Erstaunen vermittelt:

»Aman! Aman! Aman! Aman!«

Ich bin kurz davor, hysterisch zu werden, als Herr Gramich aufmerkt:

»Moment, ich hab noch einen Ersatzschlüssel in meiner Wohnung.«

Eine Sekunde später sprintet er mit der Eleganz eines fußlahmen Brauereipferdes ins Treppenhaus, und wir hören seine Schritte auf der Holztreppe dröhnen. Die Mutti ist schweißgebadet:

»Der wohnt im vierten Stock! Dat dauert viel zu lange!«

Offenbar hat Sibel inzwischen zu Ende geraucht – sie erscheint im Gastraum:

»Meine Mutter! So ein Scheiße!«

Licht am Ende des Tunnels! Das wesentliche Vokabular der Deutschen scheint Sibel zu beherrschen. Vielleicht kann sie sogar Politessen beleidigen oder Beschwerdebriefe an die Deutsche Bahn formulieren. Und schon nach wenigen Sekunden hat Sibel einen Plan: Sie zückt ihr Smartphone, fotografiert die Katastrophe und postet sie auf Facebook. Herzlichen Glückwunsch – sie ist noch bescheuerter als ich! Gisela ist mit ihrer Geduld am Ende:

»So, dat reischt mir jetzt!«

Sie nimmt kurz Anlauf und wirft sich dann mit ihrem gesamten Gewicht gegen die Tür. Man hört splitterndes Holz sowie einen Schmerzensschrei – der Weg zum Keller ist frei. Gisela schüttelt sich kurz, und während Aylin und ich uns noch verblüfft anschauen, rennt sie schon die Treppe hinunter. Kurz darauf ebbt das Wasser ab. Ich übe mich in Galgenhumor:

»Na, immerhin müssen wir jetzt nicht mehr feucht durchwischen.«

Niemand will über meinen Scherz lachen. Aber vielleicht könnte ich ihn trotzdem in meiner Eröffnungsrede nächste Woche unterbringen. Dann könnte ich noch anfügen:

Haha, ja, jetzt lachen hier alle, aber glauben Sie mir, vergangene Woche hat niemand gelacht! Wir standen in einem klatschnassen Gastraum, hatten weder Koch noch Speisekarte – geschweige denn funktionierende Toiletten. Stattdessen stand genau hier die Mutti mit Eimer und Wischlappen und hat mich wütend angesehen. Ja, in dem Moment hätte ich selbst noch nicht geglaubt, dass wir heute so eine perfekte Eröffnungsfeier ...

»Erde an Daniel – wo bist du?«

In diesem Moment wird mir klar, dass die Mutti tatsächlich mit Eimer, Wischlappen und wütendem Gesicht vor mir steht. Ich verkneife mir den Satz »Ich habe gerade darüber sinniert, wie ich den Wasserschaden geistreich in meine Eröffnungsrede einbauen kann« und fange an aufzuwischen – während in meinem Kopf die Rede weiter Gestalt annimmt:

Genau diese Kacheln hier habe ich persönlich mit dem Aufnehmer von den Überresten der Kölner Kanalisation befreit! Ja, das war ein hartes

Stück Arbeit, aber es hat sich gelohnt: Wir haben einen Ort der Muße und Entspannung geschaffen ...

»Schneller, Daniel, nimm dat Wasser auf, bevor dat Holz von den Tischen und Stühlen aufweischt!«

»... und dieser Stuhl, auf dem Sie jetzt sitzen, Frau Denizoğlu, wäre aufgeweicht, hätte ich nicht mit übermenschlichem Einsatz ...«

»Mit wem sprischst du, Daniel?«

»Oh, hab ich das laut gesagt? Ich ... äh ... mir geht meine Rede zur Eröffnung durch den Kopf.«

»Oh nein! Bist du etwa einer von denen, die, wenn's brennt, erst mal ein Sonett über die Schönheit von Qualm verfassen?«

»Nein. Wenn's brennt, bin ich eher einer von denen, die nicht kapieren, wie man einen Feuerlöscher benutzt.«

Einige Minuten später ist das Gröbste geschafft. Gisela, Aylin und ich klatschen uns ab und sinken erschöpft auf die Barhocker, während Sibel bereits die Facebook-Kommentare zu unserem Wasserschaden beantwortet. Beruhigend zu wissen, dass die türkische Schwarzmeerküste über alles informiert ist.

Gisela steht mittlerweile am Zapfhahn, füllt vier Kölschgläser und drückt sie uns in die Hand:

»So, Leute, wir trinken darauf, dat dat Einzige, wat hier demnächst fließt, Kölsch und die Umsätze sind.«

Exakt in dem Moment, als wir anstoßen, kommt Herr Gramich japsend mit dem Schlüssel hereingewankt, und ich muss die Metapher des fußlahmen Brauereipferdes um die Attribute »verdurstend« und »kurz vor dem Kreislaufkollaps« ergänzen.

Als er uns entspannt mit Kölschgläsern vorfindet, bedenkt er uns mit einem vorwurfsvollen Und-dafür-bin-ich-um-mein-Leben-gerannt-Blick. Dann sieht er die aufgebrochene Tür und zeigt wütend auf das zersplitterte Holz:

»Das ...«

Die nächsten zwanzig Sekunden verbringt er mit Atmen. Wir warten geduldig.

»Das ...«

Und wieder eine Atempause.

»Das ist ...«
Die Mutti legt ihm beruhigend die Hand auf die Schulter:
»Erst atmen – *dann* cholerisch werden!«
Ich muss ein Kichern unterdrücken. Schon immer fand ich es sehr lustig, wenn wütende Menschen durch irgendeinen Grund daran gehindert werden, ihre Aggression rauszulassen. Einmal sah Herr Pfaff, der stellvertretende Schulleiter unseres Gymnasiums, dass wir verbotenerweise auf dem Schulhof Fußball spielten. Er klopfte an die Scheibe seines Büros im Erdgeschoss, und als wir ihn anschauten, redete er wild gestikulierend auf uns ein. Das Problem bestand darin, dass das Doppelglasfenster geschlossen war und wir absolut nichts hören konnten außer dem Zirpen der Grillen. Als wir anfingen zu lachen, interpretierte er das als Kommentar zu seinen Ausführungen und wurde immer wütender – was verständlicherweise *noch* lustiger war. Wir wischten uns die Lachtränen aus den Augen, und Herr Pfaff bekam einen Tobsuchtsanfall. Mit hochrotem Kopf fuchtelte er wild mit den Armen, machte eine Reihe von Drohgebärden und wirkte dabei wie James Finlayson, der stets cholerische schnauzbärtige Glatzkopf aus den Laurel-und-Hardy-Filmen.
Unser Verpächter hat mittlerweile seinen Atem wiedergefunden – nach circa anderthalb Minuten:
»Das ist ... Sachbeschädigung!«
Die Mutti korrigiert ihn:
»Wat Sie mit dem Klo jemacht haben, *dat* war Sachbeschädijung. Dat hier war eine Heldentat.«
»Eine Heldentat, die mindestens 300 Euro kostet!«
»Wenn wir jewartet hätten, bis Sie zurück sind, wär dat hier keine Theke mehr, sondern eine Insel.«
»Sachbeschädigung bleibt Sachbeschädigung.«
Sibel schaut Aylin fragend an:
»Sackbeschädigung?«
In Gedanken bitte ich den Duden-Verlag, das Wort »Sackbeschädigung« offiziell als Alternative zu »Sterilisation« anzuerkennen. Dann merke ich, dass mir das Herz immer noch bis zum Hals schlägt. Ich brauche dringend frische Luft! Als ich die Eingangstür öffne, trifft mich fast der Schlag: Direkt gegenüber

von unserem Café – dort, wo bis gestern noch *Erdals Kiosk* war – bringen zwei Männer gerade einen Schriftzug aus gigantischen Leuchtbuchstaben an:
 Zachary's Burger Lounge.

19

Ich reibe mir verwundert die Augen. Gestern hat mir Erdal noch eine Kiste Wasser verkauft. Gerade mal 24 Stunden später ist mein Getränkelieferant verschwunden, und der Todesstern eröffnet eine Filiale direkt vor meiner Nase!

Wie kann das sein? Da kommt mir das Bild in den Sinn, wie ich – kurz vor der Unterzeichnung des Pachtvertrags – auf Bernd Breller traf, den Deutschlandchef von *Zachary's Burger Lounges,* und er mir die Geschichte seiner nicht abgeschickten Kündigung erzählte. Da kam er gerade … aus *Erdals Kiosk*. Natürlich.

Ich renne über die Straße und stelle fest, dass es sich bei einem der Männer, die auf einer Leiter stehen und das Schild anbringen, um Coca-Cola-geht-gar-nicht-Philipp handelt. Ich bin zu aufgeregt, um geradeaus zu reden:

»Was … wie … wo … warum … hä?«

»Lustige Geschichte …«

Nein, es ist *keine* lustige Geschichte. Eine lustige Geschichte wäre, wenn der Chef von *Zachary's Burger Lounges* stockbesoffen auf seinem Bett liegend angerufen worden wäre, er aus Versehen anstelle des Telefons zu seinem geladenen Revolver gegriffen hätte, der bei jedem ordnungsgemäß paranoiden Amerikaner stets auf dem Nachttisch bereitliegt, und er sich dann beim »Abheben« durch einen Schuss selbst in die ewigen Jagdgründe befördert hätte. Aber diesen Gedanken behalte ich lieber für mich und lasse Hipster-Philipp erzählen:

»… vor 'nem halben Jahr war der Typ von dieser *Burger Lounge* schon mal bei Erdal und hat sich den Laden angesehen, weil damals die Mutti das *Mr. Creosote's* nicht zumachen wollte. Dann haben sie die Mutti kleingekriegt, und Erdal war aus dem Spiel. Aber deinetwegen hat's jetzt doch geklappt. Erdal hat sich total gefreut und mit dem Geld schon ein Haus in Malatya gekauft – der ist gestern Nacht mit 'nem Riesen-Lkw in Richtung Türkei abgedüst.«

»Wie schön für ihn.«

»Und für mich ist's auch okay. Bis zur Eröffnung helfe ich beim Umbau, und dann kann ich im Service arbeiten.«

Mein Blick fällt auf ein Coca-Cola-Schild, das an der Wand lehnt:

»Ich dachte, Coca-Cola geht gar nicht.«

»Nee, echt nicht. Aber Burger esse ich ja auch nicht – also: so what?«

Erst jetzt wird mir bewusst, dass der zweite Mann schon die ganze Zeit den Kopf von mir wegdreht. Nun erkenne ich, warum: Es ist Aylins Cousin – wie hieß er noch? Er ist der Sohn von einer der drei Emine-Tanten, aber von welcher noch mal? Egal, auf jeden Fall ausgerechnet der Mann, dessen obskure Hinterhof-Firma schon vor einer Woche das *3000-Kilometer*-Leuchtreklameschild liefern wollte und dessen Handy offenbar von einer osteuropäischen Frau geklaut wurde. Als ich ihn fassungslos anstarre, tut er so, als würde er mich urplötzlich bemerken:

»Ah, hallo, Daniel, wie geht's?«

»Hallo, oh, hey du.«

Super. Dieser Mistkerl hat uns eiskalt hängen lassen, aber ich habe nicht etwa den Wunsch, ihn umzubringen. Oh nein! Stattdessen plagt mich ein schlechtes Gewissen, weil ich seinen Namen vergessen habe! Ich denke angestrengt nach: Erdal ... nein, das war der Kioskbesitzer. Erol, Erhan, Burhan, Ozan ... Verdammt!

Keine Ahnung, warum das Vergessen von Namen Panik in mir auslöst. Aber ich muss es definitiv in die Liste meiner Ängste aufnehmen – und die Furcht vor Wasserschäden kann jetzt auch noch hinzukommen, tadaaa! Mein Blick fällt auf den Lieferwagen, der direkt neben mir steht: *Kenan Ünül, Traumreisen, Kühlschränke, Arzneimittel, Schilder und Reklame.* Ich atme auf.

»Du, Kenan, mir geht's gut. Wie geht's dir?«
»Alles super, Schwager. Viel zu tun.«

So, jetzt habe ich kein schlechtes Gewissen mehr und kann ihm aber mal so richtig die Meinung geigen. Dem hau ich ein paar Sätze um die Ohren, danach wird er weinen:

»Das Schild ist schön geworden.«
»Danke.«

In letzter Sekunde kamen mir die Prinzipien in den Sinn, die ich dem Buch *Angriff ist die schlechteste Verteidigung – Der Weg zur kooperativen Konfliktbewältigung* entnommen habe. Erst Wertschätzung vermitteln, *dann* Kritik anbringen. Wertschätzung abgehakt. Also jetzt die Kritik ... Oder jetzt ... Oder jetzt ... Kann man den Teil mit der Kritik nicht einfach weglassen? Nein, kann man nicht! Na los, reiß dich zusammen, Daniel!

»Also, wie gesagt, mir geht es gut. Aber ehrlich gesagt würde es mir *noch* besser gehen, wenn du uns nicht hängen lassen würdest, um der Konkurrenz zu helfen.«

»Hey, für euch mache ich Familienpreis. Die Amerikaner zahlen zehnmal mehr. Und die haben's eilig.«

Langsam glaube ich tatsächlich, so etwas wie Wut zu empfinden:

»Wir haben's *auch* eilig! Nächste Woche ist die Eröffnung.«
»Uuuuuh, das wird knapp!«
»Was?«
»Weißt du, Enişte, ich muss für *Zachary's Burger Lounges* noch nach München und Berlin.«

Er nennt mich Schwager und teilt mir noch im selben Satz mit, dass er logischerweise sein Versprechen bricht, sobald irgendwer mit Geld wedelt. In diesem Moment hält ein rotes Porsche-Cabriolet neben uns, darin eine Frau um die zwanzig mit pechschwarzen Haaren und auf Bratwurstgröße botoxierten Lippen. Anstelle einer Begrüßung drückt sie die Hupe. Kenan antwortet leicht genervt:

»Was is denn jetzt schon wieder?«
»Brauche ich Geld für schöne Stiefel, die ich chabe gesehen in Düsseldorf.«

Kenan atmet laut aus, holt sein Portemonnaie aus der Gesäßtasche und reicht mir einen 500-Euro-Schein, den ich pflichtbewusst in den Porsche weiterreiche. Die Bratwurstlippen-Lady rollt den Schein, steckt ihn sich lasziv in den üppigen Ausschnitt und zwinkert Kenan zu:

»Wirst sehen, dass es sich chat gelohnt cheute Abend, wenn ich nix trage außer mein neues Einkaaauf ...«

Mit diesen Worten düst sie los. Zumindest weiß ich jetzt, warum Kenan das Geld von *Zachary's Burger Lounges* so dringend braucht.

Aber woher kam mir der osteuropäische Akzent so bekannt vor? Hmmm, Geiger Wasily redet auch so ähnlich, aber das ist es nicht. Plötzlich geht mir ein Licht auf:

»Das ist sie! Die Stimme! Wenn wir dich angerufen haben, hat sie immer gesagt, sie kennt keinen Kenan!«

Kenan hebt Unschuld heuchelnd die Arme:

»Sie lügt. Was soll ich machen? Sie kommt aus Georgien.«

So. Jetzt sollte ich mal Tacheles mit ihm reden ... Halt, Moment! Erst die Wertschätzung:

»Kenan, ich schätze dich als Mensch und auch deine beruflichen Qualitäten ... Du weißt ja, wir hätten die Hochzeitsreise auf die Seychellen bei dir gebucht, wenn uns deine Mutter nicht in ihr Sommerhaus genötigt hätte.«

»Wolltet ihr nicht auf die Malediven?«

»Kann sein. Auf jeden Fall war dein Tipp mit dem Raumspray perfekt, das hat den Schimmelgeruch im Sommerhaus fast völlig übertüncht ... Aber was ich eigentlich sagen wollte: Wir sind dir sehr dankbar, dass du uns den 3-D-Fernseher besorgt hast ... und die Codes für alle türkischen Bezahlsender knacken konntest ... oder dass du Aylin den gefälschten Führerschein besorgt hast ...«

»Ich hab jetzt auch Lohnsteuerkarten und Krankenversicherungen ... Und hey, ihr braucht doch bestimmt 'ne Konzession für den Laden hier?«

»Danke, haben wir schon besorgt. War gar nicht so einfach, da braucht man nämlich ...«

»Da braucht man eigentlich nur mich. Na ja, beim nächsten Mal wisst ihr Bescheid, Enişte.«

»Jedenfalls: Wir schätzen deine Vielseitigkeit ungemein ...«

So, ich denke, das war genug Wertschätzung. Jetzt kommt der

schwere Teil – ihm unmissverständlich klarmachen, dass er sich wie ein Arschloch verhalten hat:

»... aber dein Verhalten löst gerade Wut in mir aus.«

Perfekt die Subjektivität ausgedrückt, aber dennoch den Punkt rübergebracht. Die Autoren des Konfliktbuches wären stolz auf mich. In diesem Moment kommt Aylin aus der Café-Baustelle. Sie bleibt kurz schockiert stehen, dann marschiert sie schnurstracks auf Kenan zu, klettert auf der anderen Seite seiner Leiter hoch, gibt ihm eine schallende Ohrfeige, klettert wieder hinunter, spuckt verächtlich auf den Boden und kehrt zurück ins Café. Kenan reibt sich die Wange und schaut verdattert:

»Alles klar, Enişte. Sag Aylin, die Schilder kommen morgen Abend.«

Okay, so geht's natürlich auch. Allerdings stellt sich die Frage, ob Ohrfeigen per se eine gute Alternative zur Wertschätzung darstellen oder nur, wenn sie von so attraktiven Frauen wie Aylin ausgeführt werden.

20

Als ich fünf Minuten später ins Café zurückkomme, erwartet mich eine Überraschung: Aylin und Sibel stehen im Partnerlook vor mir: körperbetonte Caffé-Latte-farbene Tops mit Aufdruck »3000 Kilometer«, dazu passende Miniröcke und Sneaker. Ihre Haare haben sie hochgesteckt. Aylin strahlt mich an:
»Na?«
»Ich ... äh ... wow ... also ... wow ...«
»Du bist sprachlos. Sehr gut. Es funktioniert.«
»Ja, also, in der Tat ist das ... wow.«
»Hab ich zusammengestellt. Ich dachte, unser Café sollte einheitliche Kellnerinnen-Outfits haben.«
»Perfekt. Das könnte ... in der Tat ... den Umsatz steigern ... Sieht echt toll aus. Echt ... sexy.«
»Nicht wahr? Sibel sieht doch auch total super aus, oder?«
Ich zögere. Ist das ein Test? Obwohl mir Aylin ausdrücklich erlaubt hat, andere Frauen attraktiv zu finden, darf ich's im konkreten Fall dann doch nicht. Ich winde mich:
»Ja. Das ... steht ihr ausgezeichnet ... Das Outfit, das *du* besorgt hast.«
Aylin lacht:
»Du hättest Diplomat werden sollen. Los, Sibel, sag den Satz!«
Sibel stellt sich in Position und räuspert sich:
»Gute Tag, meine Namen ist Sibel. Was wolle Sie bestecken?«

»Be*stell*en.«

»Meine Mutter, Deuts is sehr schmierig. Berten gala. Also noch einen Versuchung: Meine Namen ist Sibel. Was wolle Sie be*stell*en?«

Aylin und ich klatschen, und Sibel freut sich wie ein kleines Mädchen. Da kommt Schilder-Kenan ins Café und pfeift anerkennend:

»Wow! Aylin, Sibel! Vallaha bravo!«

Kenan begrüßt seine Cousinen mit Wangenküsschen und klopft mir auf die Schulter:

»Herzlichen Glückwunsch, Schwager! Jetzt hast du die beiden sexysten Kellnerinnen von Köln.«

»Die *drei* sexysten Kellnerinnen!«

Gisela betritt den Gastraum – im gleichen Kellnerinnen-Outfit, allerdings das Top in XXXL-Variante und Hose statt Minirock. Ich nicke anerkennend:

»Wow, Gisela, jetzt wird's heiß!«

»Allerdings. An mir is so viel Weiblischkeit, isch bin quasi viermal Beyoncé.«

Während Aylin, Sibel und Gisela für ein Selfie posieren, legt Kenan einen Schlüsselbund auf die Theke:

»Hätt' ich fast vergessen: Aylin hatte mich gebeten, ein paar Säcke mit weißem Kies in den Innenhof zu liefern. Ist erledigt. Hier hast du die Schlüssel zurück.«

Womit nun geklärt ist, warum wir vorhin die Kellertür nicht öffnen konnten. Ich bin trotzdem verwirrt:

»Kies lieferst du auch?«

»Klar. Und wenn du jemanden beim 1. FC Köln kennst – ich habe jetzt einen super Stürmer unter Vertrag. Der ist 12, aber glaub mir, das wird der neue Ronaldo.«

Derweil übt Sibel das Gehen mit Tablett, wobei sie einen erstaunlichen Hüftschwung zeigt. Als Sibel in der Küche verschwindet, pfeift Kenan durch die Zähne:

»Sibel, oh, là, là!«

Nun mimt er, weiter durch die Zähne pfeifend, mit den Händen die Rundungen ihres Hinterns und zwinkert mir zu. Ich bin diese Art männliche Verbrüderung inzwischen gewohnt und habe gelernt, dass es offenbar ebenso zum Mannsein gehört wie die morgendliche Rasur, Prostataprobleme und das gelegentliche Auf-den-Bürgersteig-Rotzen[*]. Also zeige ich den gestreckten Daumen. Kenan wiederholt die Popo-Pantomime:

»Oh, là, là. Zwei Traumfrauen nur für dich – du bist ein Glückspilz, Schwager. Görüşürüz (wir sehen uns)!«

Kenan klopft mir auf die Schulter, zwinkert Aylin zu und geht. Aylin schaut mich vorwurfsvoll an. Gisela zieht Luft durch die Zähne:

»Uuuh – janz dünnes Eis, Daniel. Janz dünnes Eis. Isch bin dann mal weg.«

Damit stapft sie zurück in den Keller.

»Äh, Aylin, du, ich ... habe eben den gestreckten Daumen nur gezeigt, weil ... also ganz automatisch ... mir ist Sibels Körperform schon aufgefallen. Aber auf eine Art, wie einem auffällt, dass der Kölner Dom gut gebaut ist.«

In einer Übersprunghandlung küsse ich Aylin auf den Mund.

»Du bist so süß, Daniel!«

Sie küsst mich zurück, und ich habe leider nicht die geringste Ahnung, ob sie wirklich eifersüchtig war oder nur gespielt hat. Ich schaue Aylin ratlos an.

»Gib's zu, du hast keine Ahnung, ob ich wirklich eifersüchtig war oder nur gespielt habe.«

Seufz.

»Aber keine Sorge, Daniel. Ich weiß doch, welche Wirkung Sibel auf Männer hat. Wer da nicht drauf abfährt, ist entweder schwul, blind oder Vulkanier.«

»Du bist erstaunlich, Aylin.«

»Du doch auch. Wenn ich später mit den Kunden flirte, wirst du ja auch nicht eifersüchtig.«

»Wenn du ... ? Äh, nein, natürlich nicht. Genau.«

---

[*] Keine Sorge, ich habe weder Prostataprobleme, noch rotze ich auf den Bürgersteig – bin mir aber der Tatsache bewusst, dass ich damit nicht zum Mainstream zähle.

21

Als ich kurz darauf zum Männerklo gehe, wo unser immer noch klatschnasser Verpächter verzweifelt mit der Rohrzange hantiert, bekomme ich Mitleid:

»Äh, wollen Sie sich nicht erst mal was Trockenes anziehen?«

»Tja, also, ich fürchte, ich muss einen Klempner rufen.«

Ich verkneife mir den Satz »Ich fürchte, Sie hätten schon vor drei Stunden einen Klempner rufen sollen« und versuche es stattdessen mit positiver Verstärkung:

»Ausgezeichnete Idee! Soll ich einen aus dem Branchenbuch suchen?«

»Nein, das sind alles Halsabschneider. Ich rufe mal den Peter Schneider an, der macht zwar eigentlich Satellitenschüsseln, aber ...«

Bevor ich etwas sagen kann, hat Herr Gramich schon sein Smartphone gezückt.

»Mist! Das Scheißteil hat das Wasser nicht vertragen!«

Er hält das Mobilgerät jetzt unter den elektrischen Handtrockner, der schätzungsweise aus den Sechzigerjahren stammt und etwa so gut trocknet wie ein nasser Lappen. Als Gramich wild auf dem Display herumtippt, steht die Mutti grinsend in der Tür:

»Also, isch kenne misch ja mit Teschnik nit aus – aber wenn der Ei-Pott noch funktioniert, dann gehe isch mit meiner alten Schreibmaschine ins Internet, hahaha ...«

Sichtlich genervt von Giselas dreckiger Lache, stapft der Verpächter davon. Ich eile ihm hinterher:

»Nehmen Sie's mir nicht übel, Herr Gramich, aber ich würde es vorziehen, wenn Sie einen *richtigen* Klempner ...«

Ich werde von Giselas erneutem höhnischem Gelächter unterbrochen:

»Hahaha – rischtiger Klempner! Träum weiter, Daniel, hahaha ...«

Gramich verschwindet wütend ins Treppenhaus, wohin Sibel sich gerade für eine Zigarettenpause zurückgezogen hat. Gramich faucht sie an:

»Im Treppenhaus ist das Rauchen *verboten!*«

Sibel schaut kurz verständnislos, dann bietet sie Gramich eine Zigarette an:

»Du auch ein Verboten?«

Nach kurzer Irritation muss Gramich lachen. Sibel zwinkert ihm zu, und das Eis ist gebrochen. Er nimmt eine Zigarette:

»Ach, was soll's! Heute ist eh alles egal.«

Sibel reicht ihm Feuer und imitiert dabei Giselas dreckige Lache. Gramichs Miene hellt sich auf, und er nickt:

»Glauben Sie mir, wenn man die Flüchtlingswelle stoppen will, muss man einfach nur Gisela an die Grenze stellen!«

Er lacht herzlich über seinen Witz. Ich will für die ratlose Sibel übersetzen, habe aber keine Ahnung, was »Flüchtlingswelle« auf Türkisch heißt. Gramich grinst:

»Diese Lache ist ein pures Folterprogramm. Damit hat sie bestimmt auch ihren Mann ins Grab gebracht.«

Zu spät fällt ihm auf, dass die Mutti in der Tür steht. Für einige endlose Sekunden steht der letzte Satz bleischwer im Raum. Giselas Miene ist versteinert. Sie bedenkt Gramich mit einem tödlichen Blick, dann stapft sie entschlossen die Treppe hoch, ohne sich noch einmal umzudrehen. Ich spüre, dass sie mit den Tränen kämpft.

Unser Verpächter geht ihr entsetzt ein paar Schritte hinterher und steht dann eine knappe Minute in seinen klatschnassen Klamotten hilf- und regungslos auf der ersten Stufe, mit der schuldbewussten Miene eines Achtjährigen, der gerade seinen Hamster in die Mikrowelle gesteckt hat. Interessanterweise ist er mir in diesem Moment zum ersten Mal sympathisch. Er nimmt noch einen tiefen Zug aus seiner Zigarette, dann tritt er sie unbeholfen aus.

»Tja ... ich denke, da sollte ich mich ... eventuell ... vielleicht ... also ... äh ... entschuldigen.«

Ich widerspreche nicht. Sibel merkt, dass irgendwas nicht stimmt:

»Meine Mutter!«

Herr Gramich schaut mich mit hilfloser Miene an:

»Herr Hagenberger, ich ... also ... ich bin nicht gut in so was. Sie haben doch einen Draht zu ihr. Vielleicht können Sie ihr das sagen, dass es mir ... also, dass ich das nicht so gemeint habe.«

Fünf Minuten später, nachdem mir die Mutti klargemacht hat, was sie von unserem Verpächter hält, kommt mir dieser auf der Treppe entgegen:

»Und? Hat sie die Entschuldigung akzeptiert?«

»Vielleicht sollten wir ihr erst mal etwas Zeit lassen.«

»Was hat sie gesagt?«

»Nun ja ... ich ... äh ... soll Ihnen ausrichten, dass Sie ein widerlicher Pimock sind.«

»Pimock?«

»Hab's gerade gegoogelt: kölsche Bezeichnung für einen unkölschen schäbigen Kerl.«

»Und sonst hat sie nichts gesagt?«

»Doch ... Äh, also ... Sie wird Ihnen das niemals verzeihen und erst recht nicht, wenn Sie sich nicht einmal persönlich entschuldigen, weil ... ach, egal.«

»Weil?«

»Weil ... ich zitiere ... ›Ihre Eier nicht einmal die Größe von Rosinen haben‹.«

»Das war alles?«

»Im Prinzip ja ...«

»Im Prinzip?«

»Na ja. Da kamen noch ein paar kölsche Schimpfwörter, die ich auf die Schnelle nicht googeln konnte ... Und dann hat sie Sie noch mit einigen Tierarten verglichen, hauptsächlich aus dem Bereich der Insekten und Bakterien – mit Ausnahme des Hängebauchschweins und der Kanalratte.«

»Tja. Das hab ich wohl verdient.«

Jetzt packt mich das Mitleid: Ich ziehe meinen tropfenden Verpächter nach oben und klingele:

»Gisela, ich glaube, Herr Gramich möchte dir etwas sagen ...«

»Da bin isch aber jespannt.«

Gisela öffnet die Tür. Gramich pustet tief durch wie ein Fußballer, der gleich einen Elfmeter schießen soll.

»Tja, es ist so ... also ... was ich gesagt habe ... es ... es tut mir leid.«

Nun ist es an der Mutti, tief durchzupusten. Sie schaut mich fragend an, und es kommt mir vor, als würde ich die Sendung *Verzeih mir* moderieren. In meinem Kopf erklingt schon die SAT-1-typische Tränendrüsenaktivierungsmusik. Ich nicke Gisela zu.

»Na jut, isch verzeihe Ihnen ...«

»Oh, das ist ja ...«

»... *wenn* Sie etwas Nettes über misch sagen.«

»Etwas Nettes? Was denn? In welcher Hinsicht nett? Ich meine, was genau ...«

Ein genervter Blick von Gisela bringt Gramich zum Schweigen. Er kratzt sich verlegen am Kopf.

»Na ja, also ... da bin ich jetzt ein bisschen überrumpelt. Ich bin normalerweise nicht jemand, der so spontan von der Leber weg ...«

»Ja klar. Spontaneität wäre ja auch zu viel verlangt von einem emotionalen Tiefkühlschrank.«

»Verdammt, wie soll ich etwas Nettes sagen, wenn Sie einfach eine so nervtötende ...«

»Nervtötend? Dat is ja escht dat Netteste, wat isch seit Jahren jehört habe. Und jetzt sage *isch* mal was Nettes ...«

Mit diesen Worten knallt Gisela uns die Tür vor der Nase zu. Wortlos stapft Gramich in den vierten Stock, wo er offenbar Probleme hat, das Schlüsselloch zu treffen, nur um kurz darauf die Tür umso heftiger zuzuknallen. Ich seufze und trotte zurück nach unten, von wo ich Aylins Stimme höre:

»Herr Foumani ist da.«

22

Ein adrett gekleideter Iraner Ende dreißig mit dunkelbrauner Haut und buschigen schwarzen Augenbrauen verbeugt sich in einem absurden 90-Grad-Winkel, als wäre ich der Schah von Persien, und gibt mir dann mit einer an Schleimerei grenzenden Freundlichkeit die Hand:

»Nader Foumani, guten Tag. Ich bin gekommen, um meine bescheidenen Kenntnisse der Kochkunst in Ihre Dienste zu stellen.«

Eine Fistelstimme, mit der er mühelos den Fisch *Nemo* synchronisieren könnte, kontrastiert auf originelle Weise seine ausgesprochen männliche Erscheinung. Er wiederholt seine 90-Grad-Verbeugung bei Aylin; dann überreicht er uns seine Zeugnisse, aus denen hervorgeht, dass er nicht nur für renommierte Hotelketten wie *Steigenberger*, *Hilton* und *Hyatt* gekocht hat, sondern auch noch exzellente Zeugnisse vorweisen kann.

»Wissen Sie, als ich die Schwelle Ihres Cafés betreten habe, da hat mein Herz sofort gesagt: Nader, an diesem Ort bist du richtig. Hier ist eine Oase des Geschmacks und der Kultur in der Gastronomiewüste.«

Schleimerei hin oder her – ich mag ihn! In diesem Moment kommt Sibel dazu und fragt auf Türkisch, wo die Frau ist, die sie gerade reden gehört hat. Nach einer dritten 90-Grad-Verbeugung führt Nader Foumani seine Lobhudelei fort:

»Sehen Sie, ich erkenne sofort, wenn Menschen ein gutes Herz haben. Und Sie haben ein gutes Herz.«

Sibel schaut Nader Foumani irritiert an und muss ein Lachen unterdrücken. Mir aber fällt ein dicker Stein vom Herzen! Von den vier bisherigen Bewerbern, die sich auf unsere schlichte Annonce »Café-Rest. in Südst. sucht Koch (m/w)« im *Kölner Stadt-Anzeiger* meldeten, hat sich keiner aufgedrängt – wie meine Notizen beweisen:

Name, Alter, Nationalität	Qualifikation	Persönlicher Eindruck
Florian Seitz, 45, Deutscher	Ausgebildeter Koch mit Abschluss und zwanzig Jahren Berufserfahrung; solide Zeugnisse von Gasthof »Zur Traube« und »Partyservice Schnippering« sowie euphorisches Empfehlungsschreiben von »Karls Kneipe«	Alkoholiker
Li Yang Chun, 39, Chinese	Ausbildung: ? Gute Zeugnisse von »Shanghai Palace«, »Pizza Giorgio« und »Taverne Stavros«	Sehr höflich; lacht die ganze Zeit; spricht aber nur aneinandergereihte lang gezogene Vokale – keine Ahnung, ob das Deutsch, Englisch oder was ganz anderes sein soll
Volkan Öztürk, 20, Türke	Abgebrochene Ausbildung, aber zehn Jahre Berufserfahrung; Empfehlungsschreiben vom »Schöner Döner« (Zülpich)	Macht kompetenten Eindruck; aber die Sätze »Über Gemüse muss man nur reichlich Sauce Hollandaise schütten, dann schmeckt das schon« und »Veganer sind für mich schlimmer als die Taliban« lassen Zweifel aufkommen; Aylin bemerkt faschistische Tattoos auf dem Oberarm

Name, Alter, Nationalität	Qualifikation	Persönlicher Eindruck
Jörn Helmich, 42, Deutscher	Abgeschlossene Ausbildung, zehn Jahre im »Brauhaus Rix« (gutes Zeugnis), dann Umschulung auf Veganküche und drei Jahre Hauskoch des Shambala-Meditationszentrums Dünnwald (blumiges Empfehlungsschreiben)	Cholerischer Anfall, als wir auch nach halbstündiger Diskussion darauf beharren, Fleisch anzubieten; die anschließende Entschuldigung kommt allerdings von Herzen; verzichtet von selbst auf ein Engagement

Nader Foumani ist das komplette Gegenteil der bisherigen Bewerber. Bei ihm stimmt einfach alles – Fistelstimme hin oder her.

»Übrigens, meine Ausbildung habe ich bei Alfons Schuhbeck gemacht.«

Ich horche auf:

»*Der* Alfons Schuhbeck?«

»Das ist mein Motto: Lerne bei den Besten, und dann gib dein Bestes.«

Mit einer vierten 90-Grad-Verbeugung überreicht er uns ein exzellentes Zeugnis von Alfons Schuhbeck – und von meinem Herzen fallen zentnerweise weitere Steine. Fast automatisch spinnt sich in meinem Kopf meine Rede weiter:

... Ja, es war ein hartes Stück Arbeit, und als wir eine Woche vor der Eröffnung noch immer keinen Chefkoch hatten, wurde ich zugegebenermaßen nervös. Aber dann trat dieser junge Mann über unsere Schwelle, der nicht nur seinen Oberkörper sehr geschickt abknicken kann, sondern auch ein Küchenkonzept auf Sterneniveau in die Kölner Südstadt ...

So ein Mist! Aylin, Sibel und Nader Foumani schauen mich fragend an. Ich soll wohl irgendwas sagen. Aber was? Worum ging es gerade überhaupt? Ich spiele auf Zeit und schaue fragend zurück. Aylin senkt die Augenbrauen. Das verheißt nichts Gutes.

»Na los, sag schon, Daniel.«

Schon wieder so eine Situation. Ich warte ein paar Sekunden, ob ich mich zumindest an ein paar Wortfetzen erinnern kann, aber da ist nur gähnende Leere. Ich zocke:
»Was meinst du denn, Aylin?«
»Das habe ich doch gerade gesagt.«
»Ja, klar. Also ich ... ich ... äh ... sehe das genauso.«
»Sehen Sie? Mein Mann glaubt auch nicht, dass Ihre Zeugnisse echt sind.«
Mein Herz setzt einen Schlag aus. Dann fange ich an zu stammeln:
»Was? Nein, doch, äh ... Also, das ... das war ein Missverständnis. Entschuldigen Sie, Herr ... äh ...«
Ich schaue hastig auf eines der Zeugnisse:
»... Steigenberger ... Beziehungsweise Foumani ... Was ich sagen wollte: Warum sollten die nicht echt sein? Das sind doch ... äh ... Buchstaben ... äh ... auf Papier ... mit Stempel.«
Nader Foumani legt sich beide Hände aufs Herz und schaut mich mit pathetischem Blick an:
»Ich schwöre bei der Seele meiner verstorbenen Mutter: Ich habe noch nicht ein einziges Mal in meinem gesamten Leben gelogen.«
Ich atme auf:
»Na Gott sei Dank, dann wäre das ja geklärt. Wie ist er denn so privat, der Herr Schuhbeck?«
»Daniel, kann ich dich kurz sprechen?«
Aylin schnappt sich die Zeugnisse und zieht mich beiseite. Dann hält sie mir das Schreiben von Alfons Schuhbeck unter die Nase:
»So, jetzt lies das einfach mal laut vor!«
»Nader Foumani ist der beste Koch, den ich je ausgebildet habe.«
»Das hat doch nie im Leben der Schuhbeck geschrieben.«
»Da brauchte ich jetzt zum Vergleich andere Texte von ihm.«
Automatisch geht es in meinem Kopf weiter:
Danke, Herr Schuhbeck, dass Sie extra aus München hergeflogen sind, um ihren Lieblingsschüler zu beglückwünschen – das ist überwältigend! Und das sage ich nicht nur, weil so viele Journalisten und Kameras hier sind ...
»Daniel?«
»Oh, sorry, ich habe nur kurz überlegt ...«

»Da steht *Alfred* Schuhbeck und nicht Alfons.«
»Jeder kann sich mal verschreiben ...«
Aylin nimmt das nächste Zeugnis und liest vor:
»Ramada, Filiale Hamburg: *Foumani streichelt mit seiner exquisiten Kochkunst alle Sinne und lässt die Gäste eintauchen in eine exotische Welt traumhafter Genüsse* ... So hört sich doch kein seriöses Arbeitszeugnis an.«
»Moment! Nur weil jemand Freude an blumigen Adjektiven hat, ist das noch lange nicht ...«
»Und hier, das Hyatt London: ›*Foumani's cooking makes this world a better place*‹.«
»Klingt doch gut.«
»Unterschrieben mit Winston Churchill.«
»Könnte Zufall sein.«
»Daniel, echt jetzt? Der Typ ist ein Betrüger. Der verkauft dir 'nen Spüllappen als Perserteppich.«
»Moment, es gilt immer noch die Unschuldsvermutung.«
»Ja, aber doch nicht bei *Iranern*.«
Ich lache. Der offenherzige Rassismus meiner türkischen Familie hat etwas Erfrischendes, finde ich. Die kritischste Bemerkung, die mein Vater jemals über einen Ausländer machte, war in Amsterdam, als ihm in der Schlange vor dem Anne-Frank-Haus ein dunkelhäutiger Junge sein Portemonnaie stahl: »Er hätte ja wenigstens fragen können.«
Wie schön wäre es, ohne die Last der deutschen Geschichte zu leben: Ich könnte nicht nur über alle anderen 192 Mitgliedsstaaten der Vereinten Nationen bedenkenlos herziehen, sondern auch über ethnische und soziale Minderheiten. Ich könnte sogar den italienischen Fußballnationaltrainer als schmierlappigen Spaghettifresser bezeichnen, ohne mich schämen zu müssen.[*]
So bleiben mir zum Diskriminieren nur Leverkusen, Düsseldorf und Mönchengladbach. Das ist echt deprimierend.

---

[*] Das würde ich in Wirklichkeit niemals tun. Klar ist der Typ ein Schmierlappen, aber das basiert auf dem Charakter, nicht auf der Nationalität. Außerdem fresse ich vermutlich weit mehr Spaghetti als die meisten Italiener.

»Weißt du, Daniel, Betrug ist für Iraner so was wie für euch die Straßenverkehrsordnung.«

Ich lache. Aber das kann ich trotzdem nicht so stehen lassen: »Entschuldige mal! Die Perser haben eine der größten Kulturen der ganzen Welt. Sie ...«

»Jetzt klingst du wie dein Vater.«

»Ich klinge nicht wie mein Vater.«

»Doch.«

»Nein.«

»Dann sag: Dieser Iraner ist ein Betrüger. Sag es, los!«

»Vielleicht ist er einer. Aber nicht, weil er Iraner ist, sondern weil das sein individueller Charakter ist.«

»Und das hätte dein Vater natürlich *ganz* anders formuliert.«

»Ja. Nein ... gut, vielleicht klinge ich ein bisschen wie mein Vater.«

»Hihi. Du bist so süß.«

Aylin küsst mich auf die Nase und knuddelt mich wie einen Fünfjährigen, der gerade eingesehen hat, dass man nicht in Steckdosen greifen sollte. Ich will mich dennoch nicht geschlagen geben:

»Trotzdem kam der Mann für mich sympathisch rüber. *Wenn es Fälschungen sind, zeigt das doch eine gewisse Kreativität. Und die braucht man ja als Koch.«*

Aylin stöhnt genervt auf. Sibel kommt zu uns und redet wie ein Wasserfall auf Aylin ein. Ich verstehe die Worte »Betrüger«, »Iran«, »kastriert« und »Zuhälter«.

... Ja, es war ein hartes Stück Arbeit. Aber es hat sich gelohnt, liebe Eröffnungsgäste. Denn auch wenn unser Koch ein kastrierter iranischer Zuhälter und Betrüger ist – seine Speisen sind nicht nur exquisit und originell, sondern auch ...

Aufhören, Daniel! Aylin redet mit dir!

»... oder was meinst du, Daniel?«

Oh nein, nicht schon wieder!

»Äh ... Also, ich ... äh ... bin mir ehrlich gesagt nicht so sicher.«

Haha. Perfekt. Das könnte mein neuer Standardsatz werden, wenn ich nicht zugehört habe.

»Aber ich schon. Und Sibel auch.«

»Ja. Aylin und ich denke, dieses Mann ist große Arschloch. Aber normal, ist von Iran. Vallaha, meine Mutter – ich sehe in seine Ohren, er kein gutes Mensch.«

»Hey, Sibel, das waren ja richtige Sätze! Du ... du sprichst Deutsch!«

»Ja, langsam meine Sprechen kommt ssurück.«

»Das ... ist eine gute Nachricht. Und theoretisch ist es bestimmt möglich, den Charakter an den Ohren abzulesen.«

»Weißt du, Daniel – ich normal nix sagen gegen Iran.«

»Da bin ich aber froh.«

»Aber Menschen von Iran – alles lügen und betreuen.«

Aylin kichert. Ich seufze, schnappe mir die Zeugnisse und gehe zurück zu unserem Bewerber:

»Vielen Dank für Ihre Bewerbung, Herr Foumani. Wir rufen Sie an. Beziehungsweise – wohl eher nicht. Es tut mir leid.«

Nader Foumani nimmt seine Zeugnisse mit einer erneuten 90-Grad-Verbeugung zurück:

»Ich weiß, die Türken mögen mich nicht. Trotzdem habe ich nichts gegen Türken. Sicher, die lügen und betrügen, das ist klar. Genau wie Griechen und Osteuropäer.«

Bin ich denn hier der Einzige, der nicht ausländerfeindlich ist? Und ist es eigentlich ausländerfeindlich, wenn man behauptet, dass Ausländer ausländerfeindlich sind? Nader Foumani legt erneut seine Hände pathetisch auf sein Herz:

»Aber Sie haben ein gutes Herz, das spüre ich. Und das Schicksal ist ein Teppich, der nicht von uns gewebt wird. Ich schließe Sie heute Abend in mein Gebet ein.«

»Danke, das ist ... Also, ich bedauere, dass Sie hier vorverurteilt wurden. Wobei ...«

Mir sticht noch ein Satz auf dem Zeugnis der Steigenberger-Filiale Potsdam ins Auge:

»*Bill Gates, Arnold Schwarzenegger und Salvador Dalí waren begeistert von Nader Foumanis Reispfanne*. Sind Sie sicher, dass Sie Salvador Dalí bekocht haben? Sie haben von 2011 bis 2012 da gearbeitet, und meines Wissens starb Dalí Ende der Achtzigerjahre.«

»Doch, der war da. So ein Typ mit komischem Bart. Auf jeden

Fall. Ich schwöre bei den Seelen meiner Mutter, meiner Großmutter und meiner Urgroßmutter.«

»Na gut, wenn Sie das sagen.«

Eine letzte 90-Grad-Verbeugung und der Traum vom Sternekoch ist durch die Tür. Aylin und Sibel schicken ihm böse Blicke hinterher.

... in diesem Moment ahnten wir nicht, dass sich die Zeugnisse doch noch als echt herausstellen sollten, weil wir nach einem Anruf bei Alfred Schuhbeck ... äh ... Alfons Schuhbeck ...

Oh Mann, das darf doch nicht wahr sein! Wir haben eine Woche vor der Eröffnung noch keinen Koch, und meine Gedanken kreisen zu 90 Prozent um eine verdammte Rede, die ich wahrscheinlich sowieso nie halten werde. Zum ersten Mal kommen mir ernsthafte Zweifel, ob die Gastronomie das Richtige für mich ist.

Ja, es war ein hartes Stück Arbeit. Und ja, liebe Gäste, ich hatte zwischendurch sogar ernsthafte Zweifel, ob die Gastronomie das Richtige für mich ist ...

Seufz.

23

Ich schrecke mit einem Adrenalinstoß aus dem Schlaf:
Aaaaaaaaaaaaaaaaaaaaaaaaaaaaaaaaaaaaaaaaaaaaaaaaaaah!
Mein Herz schlägt mir bis zum Hals. Ich schaue panisch zum Wecker: 5 Uhr 47. Ganz ruhig, Daniel! Du hast nur schlecht geträumt. Alles ist gut. Beruhige dich ... Fetzen meines Traums fliegen mir durch den Kopf: eine wunderschöne einsame Insel ... ich liege mit Aylin am Strand ... wir schwimmen mit Delfinen ... wir lieben uns im Sonnenuntergang ... wir surfen Hand in Hand über die tosende Brandung ...

Das ist doch der perfekte Traum – der schönste seit Langem. Nee, Moment, da war doch noch was ... richtig, wir konnten fliegen ... das war ein berauschendes euphorisches Gefühl ... Ach ja, und dann kam dieser süße Papagei, der hatte so eine lustige hohe Stimme, wie Nader Foumani – ich muss spontan kichern, als mir der Klang wieder in den Sinn kommt ... Was hat er noch mal gesagt? Ach ja, dass wir nur noch einen Tag bis zur Eröffnung haben. *Das* war der Grund, warum ich abgestürzt und auf diesem Felsen zerschmettert bin. Na also – Fall aufgeklärt. Du kannst weiterschlafen, Daniel – alles nur ein böser Traum ... Moment ... Heute ist ... Donnerstag. Und wir eröffnen ... Freitag.

Aaaaaaaaaaaaaaaaaaaaaaaaaaaaaaaaaaaaaaaaaaaaah!

Habe ich gerade laut gebrüllt, oder war das nur in meinem Kopf? Ich schaue neben mich: Aylin schlummert friedlich unter ihrer Decke. Aha, es war in meinem Kopf. Der Schweiß fließt mir allerdings ganz real aus sämtlichen Poren. Ich schleiche in die

Küche, mache mir einen Tee und überfliege meine To-do-Liste. Immerhin konnte ich acht Punkte inzwischen abhaken:

Problem Nr. 10: Feuerlöscher
Da Giselas Feuerlöscher das Haltbarkeitsdatum um beeindruckende dreiundzwanzig (!) Jahre überschritten hatte, haben wir bei *Brandschutz Grellmann* in der Moltkestraße das Sechs-Liter-Schaumlöschmodell der Firma *Jockel* erstanden – und in überraschte Gesichter geschaut, als Sibel auf orientalische Art um den Preis feilschen wollte. Immerhin: Der Satz »Rote Klox nicht so viel wert, mache komme viel ssu teuer einskeins, meine Mutter!« zeigt, dass sich Sibels Deutsch langsam verbessert.

Problem Nr. 9: Hygieneschulung
Für je 25 Euro bekamen wir vom Gesundheitsamt der Stadt Köln die Teilnahmebescheinigungen, ohne die man laut § 43 des Infektionsschutzgesetzes nicht in der Gastronomie arbeiten darf. Dafür mussten wir uns lediglich beeindruckende Bilder davon ansehen, was Bakterien und Viren so alles draufhaben – zum Beispiel, dass sie sich genauso schnell verbreiten wie Nackt-Selfies von Miley Cyrus.

Problem Nr. 8: Schilder
Die Ohrfeige von Aylin führte tatsächlich dazu, dass Schilder-Cousin Kenan bereits am nächsten Tag die *3000-Kilometer*-Leuchtreklame geliefert hat, als ausgestanzten Schriftzug in hübschem Orange. Zum Dank bekam er von Aylin eine weitere Ohrfeige. Zu hundert Prozent verstehe ich orientalische Kommunikation noch immer nicht.

Problem Nr. 7: Getränkelieferant
Dieser Job ging ebenfalls an Kenan. Da er nicht nur Schilder, Reisen und Kies verkauft, sondern auch Kühlschränke, Medikamente, Handyhüllen, Fußballer, goldene Vasen, 3-D-Drucker, Schafskäse, Geländewagen, künstliche Darmausgänge, Wasserpfeifen und seltene Chemikalien, lag es nahe, dass auch Flüssignahrung zu seiner Angebotspalette gehört.

(Übrigens: Natürlich verkauft Kenan auch Feuerlöscher – weshalb wir uns für die Lösung von Problem Nr. 10 einen bösen Blick einfingen.)

Problem Nr. 6: Toiletten
Nachdem auch der Bekannte von Herrn Gramich, der eigentlich Satellitenschüsseln installiert, an den verstopften Toiletten gescheitert war, hat unser Verpächter tatsächlich einen richtigen Klempner engagiert! Und siehe da: Das Problem war innerhalb einer Stunde gelöst: Offenbar hatte ein Hilfskoch von Gisela in der Toilette flüssiges Frittierfett entsorgt, das sich durch die Erkaltung verfestigte und dann in Kombination mit Pappe, einem Feuerzeug, zwei Slipeinlagen und einem Schwangerschaftstest zu einem Klumpen formte, der auf jeder Kunstauktion zehn Millionen Euro brächte, wenn man behaupten würde, er sei von Joseph Beuys.

Probleme Nr. 5, 4 und 3: die Gaststättenkonzession
Eine sehr komplexe Problemkombination, deren Schilderung einen eigenen Roman erfordern würde; aber mithilfe von drei mit der Familie befreundeten Anwälten erledigt.
Kommentar von Herrn Denizoğlu: »In der Türkei, wenn du eröffnest Café, du machst einfach auf. In Deutschland, du brauchst mehr Genehmigungen als für Atomkraftwerk.«

Das fehlende Häkchen an Problem Nr. 2 macht schmerzhaft deutlich: Uns fehlt immer noch ein Koch! Mit dem zusammen könnten wir auch endlich Problem Nr. 1 angehen: die Speisekarte. Wenn man einen Tag vor der Eröffnung weder einen Koch noch eine Speisekarte hat, dann heißt das eigentlich nur eins:
Aaaaaaaaaaaaaaaaaaaaaaaaaaaaaaaaaaaaaaaaaaah!!!
Ganz ruhig, Daniel. Einatmen. Ausatmen. Einatmen. Ausatmen. Einatmen. Einatmen. Einatmen.
Aaaaaaaaaaaaaaaaaaaaaaaaaaaaaaaah!!!

Ja, es war ein hartes Stück Arbeit, aber es hat sich gelohnt: Wir haben einen Ort der Genüsse erschaffen. Als wir gestern immer noch keinen Koch im

Boot hatten – da bin ich ehrlich gesagt in Panik geraten. Aber wir haben das Problem auf eine – wie ich finde – grandiose Weise gelöst: Wir bieten Ihnen nicht eine, nicht zwei ... nein, drei *sagenhafte Geschmacksrichtungen von* Crubble's Crunchies *mit dem* Crubblecrispycruncharoma! *Danke ... Danke für den Applaus. Hören Sie auf! Danke schön! Und schön auch, dass Sie trotzdem gekommen sind, Herr Schuhbeck – obwohl Ihr Lieblingsschüler leider nicht hier sein kann ... und Sie ihn nicht einmal kennen!*

Das kann doch einfach nicht wahr sein, dass ich ständig diese verdammte Rede ... Oh nein, ich bin wie mein Vater geworden! Der hält auch zu jeder passenden und unpassenden Gelegenheit Vorträge. Und die sind nicht nur in der Familie, sondern auch im Freundeskreis meiner Eltern gefürchtet: Sie bestehen zur Hälfte aus dem Verlieren des roten Fadens und zur anderen Hälfte aus dem vergeblichen Versuch, selbigen wiederzufinden.

An meinem zehnten Geburtstag hat er mir zunächst widerwillig erlaubt, meine Freunde zu *McDonald's* einzuladen. Dann ließ er, während der Clown *Ronald McDonald* uns zu diversen Spielen animierte, den Filialleiter kommen, und wies ihn darauf hin, dass es sich bei dieser angeblichen Serviceleistung um das kapitalistische Äquivalent zum Angebot der Hitlerjugend handle. Anschließend entschloss er sich, den seelischen Schaden, den wir durch den Kapitalisten-Clown erlitten hatten, durch einen Vortrag über die Jugend von Franz Kafka wettzumachen.*

Ich könnte jede nur erdenkliche Situation meines Lebens auflisten – mein Vater hielt *immer* eine Rede ... Oh nein! Morgen auch!

Aaaaaaaaaaaaaaaaaaaaaaaaaaaaaaaaaaaaaaaaaah!

Ich muss das verhindern. Als ich meinen Laptop hochfahre, um eine E-Mail zu schreiben, denke ich an die Regel meines Konfliktratgebers: erst Wertschätzung, *dann* Kritik!

---

* Dieser Vortrag inspirierte mich fünfzehn Jahre später zu dem Sketch *Kafkaeske Wochen bei McDonald's:* Es wird ein geheimnisvoller Mc K. angepriesen; aber niemand weiß, was das ist, welche Zutaten er beinhaltet oder wo man ihn kriegen kann ... Ich schickte den Text sofort zu *RTL Samstag Nacht* – nur um festzustellen, dass die Sendung längst abgesetzt worden war.

Lieber Rigobert,
wie Du weißt, schätze ich Deine Vorträge sehr:
Das Referat über die Philosophie Maria Montessoris zu meiner Einschulung; die Rede über Kants *Transzendentale Ästhetik*, als ich meinen ersten Pubertätspickel bekam; die Ansprache über die Haltung der Weimarer Klassik zum Thema *Gefühlsduselei* nach dem Ende meiner Beziehung mit Melanie – all das waren große, wertvolle Momente meines Lebens.
Aber morgen wird es an mir sein, die Flamme der Hagenberger'schen Redekunst wieder aufflackern zu lassen – selbstverständlich in vollem Bewusstsein, Deine großen Fußstapfen niemals zu hundert Prozent ausfüllen zu können.

Liebe Grüße, auch an Erika
Daniel

PS: Bitte verzeih die mittelmäßigen Metaphern – bin ein wenig in Zeitdruck und hatte noch keinen Kaffee.

Ich klicke mit mulmigem Gefühl auf »Senden« und ärgere mich, dass ich mich bei einer simplen E-Mail für die Qualität von Gleichnissen entschuldige. Seufz! Es ist nicht leicht, Sohn eines Germanistikprofessors zu sein.

Ach was soll's – das Problem Rigobert-Rede habe ich schon mal erledigt. Das war auf meiner Liste Platz Nummer ... Ach stimmt, es war gar nicht auf der Liste. So, wo war ich gerade? Ach ja, wir haben keinen Koch.
Na und?
Na bitte – der Gedanke löst keine Panik mehr in mir aus.
Haha.
Aaaaaaaaaaaaaaaaaaaaaaaaaaaaaaaaaaaaaaaaaaah!!!
Interessant. Er löst *doch* Panik aus.
Als ich zurück ins Schlafzimmer gehe, wacht Aylin auf.
»Daniel, ich hatte einen richtigen Albtraum.«
»Ja, ich mache mir auch Sorgen wegen des Cafés.«

»Ach so, nein, da bin ich ganz entspannt. Nein, ich habe geträumt, wir hätten keinen Feta mehr im Kühlschrank.«

Wie alle türkischen Familienmitglieder leidet Aylin an Fetaterminatophobie – der panischen Angst, dass der Schafskäsevorrat zu Ende geht.

»Keine Sorge, Sevgilim (meine Liebste), wir haben noch drei Packungen *Salakis* mit vollem Fettgehalt. Was wir dagegen nicht haben, ist ein Koch.«

»Der kommt schon noch. Denk dran, was Tante Emine im Kaffeesatz gesehen hat.«

Als Ehemann liebe ich Aylins unbekümmerte Art. Als Geschäftspartner macht es mich wahnsinnig. Hätte es den Kapitän der Titanic beruhigt, wenn sein Erster Offizier gesagt hätte: »Sir, wir haben einen Eisberg gerammt, aber keine Sorge, das Leck hat die Form eines Hufeisens«?

Aylin lächelt mich an, und ich habe das Gefühl, sie will mich mit ihrer demonstrativen Coolness verspotten. Für ein paar Sekunden habe ich das Bedürfnis, sie zu schütteln und anzubrüllen: »Wach endlich auf! Wir haben tausend Probleme, und bei keinem einzigen hilft uns dieser gottverdammte Kaffeesatz!«

Sekunden später schäme ich mich für meine Aggression und beiße Aylin neckisch ins Ohrläppchen.

»Aua!«

»Entschuldigung, ich wollte nur zärtlich sein.«

»Schon mal was von Freud gehört?«

Ich suche nach einer eleganten Replik, aber da klingelt Aylins Handy, und sie begrüßt den Anrufer so euphorisch, als hätte sie gerade zwei Millionen Euro im Lotto gewonnen. Während sie einige Minuten auf Türkisch telefoniert, gehe ich im Kopf noch einmal die E-Mail an meinen Vater durch und suche nach besseren Metaphern. Das ist doch zum Heulen! Kann ich nicht an nackte Blondinen denken wie andere Männer auch? Verdammt. Jetzt denke ich an nackte Blondinen.

»Worüber denkst du nach, Daniel?«

»Äh ... mit wem du telefoniert hast.«

»Mit Valide.«

»Die Cousine deiner Mutter?«

»Genau. Sie wollte sich als Köchin bei uns bewerben.«

»Aber ... das ist ja großartig!«

»Ich habe ihr abgesagt.«

»Was?«

»Ich habe mal bei ihr gefrühstückt! Die Marmelade war *gegoren* ... Was ich für Spinat hielt, war ein zwei Wochen alter Salat. Und das Fleisch war aus dem Mesozoikum.«

»Tja ...«

»Erinnerst du dich nicht? Vor drei Jahren hat sie zum Zuckerfest die Familie eingeladen. Danach mussten zwei Onkel und vier Tanten von mir mit Lebensmittelvergiftung ins Krankenhaus.«

»Oh, *die* Tante Valide. Ich dachte an die, die mal an Heiligabend zu uns kam.«

»Das ist dieselbe.«

»Ach so. Ich vermutete, es gibt mehrere Valides – so wie bei den Emines.«

»Gibt es auch. Die andere Valide kocht übrigens sensationell.«

»Warum fragen wir nicht die?«

»Ich hasse sie.«

»Alles klar, Aylin. Dann nehmen wir halt diesen Türken mit den faschistischen Tattoos.«

»Was?«

»Faschisten sind immer fleißig. Viel fleißiger als Demokraten.«

»Bleib locker, Daniel – gleich um neun stellt sich noch jemand vor, bestimmt ist der perfekt. Mach dir keine Sorgen.«

Ich täusche Optimismus vor und zeige Aylin den gestreckten Daumen. Und wieder küsst Aylin mich auf die Nase:

»Du bist so knuffig, wenn du dich mir zuliebe verstellst.«

Als wir um halb neun das Haus verlassen, kommt uns der Briefträger, Frischmilch-Reuter, entgegen. Na wunderbar: Ich suche den Silberstreif am Horizont und treffe auf einen apokalyptischen Reiter.

»Tag auch – wie geht's Ihrem Café?«

»Morgen ist Eröffnung.«

»Oha. Au weia.«

Ich überlege gerade, ob ich das Thema auf das Wetter, den

1. FC Köln oder körperliche Gebrechen lenken soll, als Aylin mir zuvorkommt:
»Uns fehlt nur noch der Koch und die Speisekarte.«
Herr Reuter lacht auf, weil er denkt, das war ein Scherz. Es folgt ein peinlicher Moment der Stille, den Aylin unterbricht:
»Aber gleich stellt sich noch jemand vor.«
Herr Reuter zieht die Augenbrauen hoch und spricht mit Grabesstimme:
»Ich fürchte, Sie brauchen keinen Koch, sondern einen Nachpächter.«
Diesmal denke *ich,* es war ein Scherz. War es aber nicht.

24

Um exakt fünf Minuten nach neun öffnet sich die Tür zum *3000 Kilometer*, und ein Mann betritt den Laden: elegante Stoffhose, ebenso elegante Slipper, dazu ein schickes Leinenjackett – und eine Queen-Elizabeth-Pappmaske vor dem Gesicht. Moment, eine Queen-Elizabeth-Pappmaske? Ja.
»Guten Tag, ich möchte mich bei Ihnen als Koch bewerben.«
Ich kneife mich selbst in den Unterarm. Nein, ich träume nicht. Da steht tatsächlich ein Mann in Stoffhose mit einer Queen-Elizabeth-Maske und stellt sich als Koch vor. Bisher war ich mir nicht sicher, wer der bekloppteste Bewerber war – für mich war es ein Kopf-an-Kopf-Rennen zwischen Nader Foumani und dem cholerischen Vegan-Buddhisten. Aber das hier toppt eindeutig alles. Mir wird mulmig. Wahrscheinlich werden wir nie einen Koch finden. Vielleicht sollten wir einfach nur Getränke verkaufen.

Ja, es war ein hartes Stück Arbeit. Aber es hat sich gelohnt: Wir haben einen Ort zum Abnehmen erschaffen: Unser Diät-Café ist hiermit eröffnet! Das konsequente Nichtanbieten von Speisen stellt eine Revolution der Gastronomie dar. Mir ist auch rätselhaft, warum vor uns noch kein Café auf diese sensationelle Idee kam, aber allein die Tatsache, dass fünfundzwanzig TV-Sender und über hundert Journalisten anwesend sind ...

Aylin beendet meine Träumerei, als sie mich lachend anstupst:
»Hast du ihn nicht erkannt?«
»Wen?«

In diesem Moment zieht der Mann die Maske ab – und lacht sich kaputt: Es ist Chrístos, der Freund von Aylins Bruder Cem.
»Haha, Daniel, du hättest dein Gesicht sehen müssen!«
Aylin stößt ihre schönsten Begrüßungs-Quietschlaute aus. Jetzt kommt auch Cem um die Ecke:
»Na, Überraschung gelungen?«
Aylin quietscht weiter und boxt ihren Bruder gespielt wütend auf die Brust. Chrístos strahlt:
»Weißt du, Cem und ich haben die halbe Nacht diskutiert. Ich dachte ja, das Philosophiestudium wird interessanter als Kunstgeschichte, aber die Universität ööööödet mich an, ganz ehrlich, und da hat Cem gesagt: ›Schatz, die suchen einen Koch, du kochst wie ein junger Gott – vielleicht ist das ja einfach Schicksal.‹ Heute Morgen hab ich's schon meiner Frau erzählt, die ist auch ganz begeistert. Wartet, ich hole meine Bewerbungsunterlagen!«
Chrístos hüpft wie eine Gazelle aus dem Laden und kommt mit einem großen weißen Teller wieder, auf dem Weinblätter, diverse Pasten, Kapern und Oliven so symmetrisch arrangiert sind, dass man annehmen könnte, Chrístos habe mit Geodreieck und Zirkel gearbeitet. Er präsentiert das Ganze wie eine Hostess:
»Papadakis Entertainment präsentiert: griechische Vorspeisen à la Chrístos!«
Aylin klatscht begeistert in die Hände:
»Allah, Allah! Das ist ja ein Kunstwerk!«
Plötzlich entgleisen Chrístos sämtliche Gesichtszüge:
»Oh nein! Eine Olive ist zur Seite gerollt. Das macht das ganze Bild kaputt.«
»Egal. Es sieht doch superklassetoll aus.«
»Nein. Es war eine perfekte Komposition. Und jetzt sieht es aus wie ... das ist furchtbar!«
Chrístos legt die Olive vorsichtig zurück auf ihren Platz und beseitigt dann die Olivenölspuren, indem er die Spitze einer Stoffserviette mit der Präzision eines Chirurgen millimetergenau zwischen Schafskäsepaste und Weinblättern führt.
Er betrachtet sein Œuvre einige Sekunden kritisch, dreht den

Teller um neunzig Grad, arrangiert noch zwei Kapern um und tut schließlich so, als schlage er eine Filmklappe:

»Bewerbung als Koch, die zweite ...«

Nun nimmt er wieder die Hostessenpose ein:

»Papadakis Entertainment präsentiert: griechische Vorspeisen à la Chrístos! Bitte probieren!«

Nun holt er elegant zwei Kuchengabeln aus der Brusttasche seiner Leinenjacke und reicht sie uns. Aylin nimmt eine Gabel und spuckt drauf – ein Aberglaube, der angeblich verhindert, dass es Streit gibt. Ich spucke ebenfalls auf meine Gabel und probiere dann die Schafskäsepaste. Sie schmeckt in der Tat köstlich – ebenso wie die Weinblätter.

»Mmmmmmh! Die sind viel weicher als die Weinblätter aus der Dose.«

Auch Aylin ist verzückt:

»Und vor allem: viel leckerer!«

Sie schaut mich fragend an – mit einem dieser unwiderstehlichen Blicke irgendwo zwischen Bambi und Marilyn Monroe, auf die es nur eine Antwort geben kann: jaaaaaaa! Egal, worum es geht – jaaaaaaaa! Ich nicke, und meine Frau strahlt vor Glück:

»Alles klar, Chrístos – du hast den Job!«

Chrístos verliert nun jegliche Contenance: Er kreischt, klatscht begeistert in die Hände und hüpft wie eine sechzehnjährige Cheerleaderin auf und ab:

»Oh, ich bin so aufgeregt! Sooo aaaaaaauuufgeregt!«

Chrístos ist der weiblichste Grieche, den ich je erlebt habe – und da sind Vicky Leandros und Nana Mouskouri inbegriffen. Er hat ungefähr so viel Testosteron wie das Plüscheinhorn Rosalie aus der *Prinzessin-Lillifee*-Kollektion. Obwohl er seit Jahren eine Beziehung mit Aylins Bruder Cem führt, ist er bereits zum zweiten Mal mit einer Frau verheiratet. Die erste, von seinen Eltern arrangierte Scheinehe ging in die Brüche, nachdem Cem auf Aylins und meiner Hochzeit ihr Verhältnis spontan outete. Dieses Outing führte allerdings keinesfalls dazu, dass Cem und Chrístos nun offiziell ein Paar sind – oh nein, weit gefehlt! Die gesamte Familie (bis auf Chrístos' damalige Ehefrau) hat gelacht und es als Scherz abgetan – und bis heute, fünf Jahre danach, wurde schlicht nie wieder darüber gesprochen. Höchstens getuschelt.

Ich hatte meine türkischen Familienmitglieder schon vorher für ihre Fähigkeit bewundert, die Wahrheit immer dann zu ignorieren, wenn sie gerade nicht in den Kram passt. Aber die Homosexualität eines Familienmitglieds auch *nach* dem Outing nicht zur Kenntnis zu nehmen – das ist die absolute Meisterklasse. Da kann ich nur den Hut ziehen.

Um der seltsam ungeklärten Situation ein Ende zu bereiten, suchten sich Cem und Chrístos im Internet ein türkisch-griechisches Lesbenpärchen – und es kam zu einer spektakulären Doppelhochzeit im Kölner Rathaus: Cem heiratete die Türkin und Chrístos die Griechin.

Es war nicht die erste Homo-Ehe in Köln, wohl auch nicht die erste Homo-*Doppel*ehe. Aber mit Sicherheit die erste, bei der offiziell zwei *Hetero*-Paare eingetragen wurden.

Nur ein kleiner Teil der gut 1500 Gäste passte in die historische Rentkammer, wo die Hochzeit durchgeführt wurde. Der Rest knubbelte sich auf dem Rathausvorplatz und im Eingangsbereich. Es kam nicht nur zu einem Verkehrschaos rund um das Gebäude, es musste auch eine Sitzung des Kölner Rats verschoben werden, weil die meisten Abgeordneten außerstande waren, sich den Weg durch die türkisch-griechische Masse voller glänzendem Satin, paillettenbesetztem Tüll und strassbesetzten Zwanzig-Zentimeter-Pumps zu bahnen.

Als vom Standesbeamten die Frage kam, ob jemand etwas gegen die Verbindungen einzuwenden habe, sagte niemand etwas. Warum auch? Das kollektive Leugnen der Realität ist mir als Kölner wohlbekannt – schließlich begrüßt der Stadionsprecher die Gegner bei jedem Heimspiel des 1. FC Köln ironiefrei mit den Worten »Willkommen in der schönsten Stadt Deutschlands«.

Am Abend platzte der Hochzeitssalon von Aylins Onkel in Leverkusen aus allen Nähten. Griechen und Türken feierten gemeinsam diese doppelte Heuchelei, und alle vier beteiligten Familien waren glücklich. Allerdings weigerte sich Aylins Vater zunächst, gemeinsam mit dem »Feind« zu feiern, und konnte nur überredet werden, als man ihm versicherte, es seien gar keine Griechen, sondern Türken mit einem sehr seltenen Dialekt.

Zwei Tage später bekamen Chrístos und seine Frau sogar in der Maria-Ablass-Kapelle noch den Segen der griechisch-orthodoxen Kirche. Die beiden Paare kauften sich ein gemeinsames Haus und leben seitdem in einer Vierer-WG, die genug Stoff für mindestens zehn Sitcom-Staffeln abgeben würde. Letzten Endes scheinen sie aber alle vier glücklich zu sein – ist das nicht die Hauptsache? Chrístos und seine griechische Ehegattin haben sogar vor zwei Jahren Nachwuchs bekommen* und verstehen sich besser als die meisten anderen Ehepaare.

Inzwischen ist Aylin Chrístos um den Hals gefallen, und beide hüpfen gemeinsam vor Freude kreischend – in Frequenzen, die zumindest in Filmen Gläser zerspringen lassen. Cem lacht kopfschüttelnd:

»Frauen!«

In diesem Moment betritt Sibel das Café, diesmal in einem geblümten Sommerkleid, bleibt erschrocken stehen und starrt Chrístos mit einem Von-welchem-Planeten-stammt-der-denn-Blick an. Offensichtlich stehen schwule Griechen auf ihrer Sympathieskala auf einem Level mit persischen Sterneköchen. Dazu muss man wissen, dass Sibel als Schwarzmeertürkin aus einer Region stammt, wo man glaubt, dass Männer vor dem Schwulsein geschützt sind, wenn sie jeden Tag zwei Kilo Fleisch essen.**

Als Chrístos seine Speisen erneut in Hostessenpose präsentiert, schaut Sibel ähnlich fasziniert wie ich beim Anblick ihrer 3-D-Plastik-Kitsch-Reliefs. Ein tuntiger Hellene ist wohl harter

---

* Ja, ich will auch gern wissen, wie sie's gemacht haben. Und nein, ich habe mich noch nicht getraut zu fragen.

** Es ist mir wichtig zu betonen, wie sympathisch mir Schwarzmeertürken sind: Als ich zur Beerdigung von Mustafa Enişte Hurensohn nach Sürmene bei Trabzon flog, wurde ich mit einer geradezu anrührenden Herzlichkeit aufgenommen – aber es war diese Art Herzlichkeit, bei der man nach einem Händedruck zwei Wochen Gips tragen muss.***

*** Ja, ich musste tatsächlich zwei Wochen lang einen Gips tragen.

Tobak für sie. So was wie für mich ... hmmm ... sagen wir mal: ein Neonazi, der für Bayer Leverkusen spielt. Während ich über das theoretische Dilemma nachdenke, das sich ergäbe, wenn ein Neonazi zwanzig Saisontore für den 1. FC Köln schießen würde, bricht Chrístos das Eis:

»Du, Aylin, deine Cousine sieht ja sensationell aus – da können die meisten Topmodels aber einpacken.«

»Du sagen, ich sehen aus wie Topmodel?«

Chrístos nickt, Sibel jubelt und fällt ihm ansatzlos um den Hals. Kulturelle Differenzen können so schnell überbrückt werden, wenn man die richtigen Sätze sagt. Sibel drückt ihrem neuen Lieblingsmenschen noch einen dicken Schmatzer auf die Wange:

»Haha, einen Griechen und eine Türke arbeite ssusamme, das ist vallaha sehr sehr Comedy, hahaha ... Das ich peste sofort in Fressbuch.«

Sie macht ein Selfie mit sich und Chrístos und *pestet* es *in Fressbuch.*

Aylin und ich umarmen uns: Unser Team ist komplett – eine schlagkräftige Truppe, mit der wir gut gerüstet in die Schlacht um Kunden ziehen werden:

Theke/Service 1: Gisela Gallagher, eine kölsche Wuchtbrumme mit Spitznamen Mutti und dem diplomatischen Geschick einer Panzerfaust.

Theke/Service 2: Sibel Denizoğlu, die schönste Frau der Schwarzmeerküste, die die deutsche Sprache um den Ausruf Meine Mutter! und das Wort Bertengala erweitert hat.

Küche: Chrístos Papadakis, ein zwangsneurotischer griechischer Philosophiestudent mit künstlerischem Ehrgeiz und akutem Testosteronmangel.

Lieferant für jede denkbare Erscheinungsform von Materie: Kenan Ünül, ein zwielichtiger Cousin mit Beziehungen zur Konkurrenz und zu einer georgischen Bratwurstlippen-Lady.

Geschäftsführung, Einkauf, Service: Aylin Denizoğlu-Hagenberger, Gedankenleserin und schönste Frau der Welt (leider kaffeesatzgläubig).

Geschäftsführung, Werbung und Public Relations: Daniel Hagenberger, Werbetexter mit über zehn Jahren Berufserfahrung; Gastronom mit null Jahren Berufserfahrung.

Ich liebe diese Truppe!

25

Eine halbe Stunde später gehe ich mit Sibel und Chrístos in den Innenhof, um die Karte zu besprechen. Die Holztische und -stühle haben wir letzte Woche goldfarben gestrichen – eine Veredelung, die durch Kenans weißen Kies perfekt abgerundet wird.

Ein Brainstorming – da fühle ich mich ganz in meinem Element. Sicher ist eine Speisekarte etwas anderes als eine Werbekampagne. Aber gute Ideen sind gute Ideen.

Als wir uns setzen, lässt Sibel einen Schmerzlaut hören; sie hat sich auf einen Rosenzweig gesetzt, der über den Stuhl gewachsen ist. Rosen schneiden – kommt auf die Liste.

»Ayayay ... Daniel ... schnell einskeins make weg das Pieks.«

Sie wendet mir ihren Popo zu, in dessen linker Backe nun ein Stachel steckt. Es kommt zu einem Patt zwischen meinem Helfersyndrom und dem Tabu, einer anderen Frau als Aylin an den Hintern zu greifen. Zweimal zuckt meine Hand in Richtung des Stachels und stoppt kurz davor abrupt ab. Chrístos erlöst mich aus dem Dilemma, indem er den Stachel beherzt hinauszieht. Anschließend zaubert er ein Flakon *Eros* von *Versace* aus seiner Lederhandtasche, zieht Sibels Rock hoch und gibt drei Sprühstöße ab – was ich allerdings nur akustisch mitbekomme, weil ich gegen den Willen meiner unteren Körperhälfte längst den Blick abgewendet habe.

Dann höre ich Chrístos pusten – und seufzen:

»Hach, so einen zarten Popo hätte ich auch gern ... Das Leben ist soooo unfair.«

Wenig später sitzen Sibel, Chrístos und ich bei Ayran und Mineralwasser im Schatten der Rosen, und jeder verfasst – das war mein Vorschlag – eine Liste mit zehn Dingen, die unbedingt auf die Speisekarte sollen. Überraschend schnell kommt mir eine schöne Idee: Ich könnte auf der ersten Seite humorvoll-romantisch beschreiben, wie ich Aylin damals in Antalya kennengelernt habe: die erste Begegnung am Pool, als ich sie mit eleganter Rhetorik begeistern wollte und nichts sagen konnte außer »Hi«; unser erstes Rendezvous in der Strandbar, als Aylin dieses unglaubliche schwarze Minikleid trug und ich die Rosenverkäuferin nicht loswurde; unser erster Kuss, der von meiner Nussallergie gestört wurde. Chrístos ist begeistert:

»Oh, wie schön! Dann steht das Café nicht nur für gutes Essen, sondern auch für eine Liebesgeschichte.«

»Vielleicht wird das *3000 Kilometer* an jedem Valentinstag zu einer Pilgerstätte für Romantiker?«

»Oh perfekt! In diesem Fall verwende ich nur Zutaten mit aphrodisierender Wirkung.«

Chrístos kichert wie ein kleines Mädchen und stoppt sich, als Sibel ihn verwirrt anblickt. Ich überspiele die anschließende peinliche Stille:

»Sibel, zeig doch mal deine Liste ... *Schafkasten-Auflebb?* Was soll das denn sein?«

Da Aylin von der Entbindungsstation der Augustinerinnenklinik zur Mittagsschicht angefordert wurde, fällt sie leider als Übersetzerin aus.

»Schafkasten-Auflebb ist echt super leckleck, kenne ich von Schwarze Meer ... Bertengala, meine Mutter!«

»Ach so, äh ... na ja.«

Ich gehe die Liste weiter durch:

»*Lammgeröll mit Möse?*«

»Oh ja! Mmmmmh. Schmack auch super leckleck.«

»*Huhngeschnacksel mit Pfefferklinke?*«

»Oh, meine Mutter, meine Mutter! Is super.«

Ich nicke lächelnd und flüstere Chrístos zu:

»Hast du irgendeine Ahnung, was das für Gerichte sind?«

»Nicht im Geringsten.«

»Vielen Dank, Sibel, das sind tolle Vorschläge. Das sollten wir unbedingt ausprobieren. Am besten gibst du Aylin das Rezept, und sie übersetzt es uns.«

»Nein, Huhngeschnacksel is sehr einfak, ich schwöre, meine Mutter.«

»Okay ...?«

»Stellst du ein Huhn in die Aufnahme, tropfen einfach so zack, zack Plorke auf die Schnacksel. Dann legen die Schnacksel an die Pfefferklinke – Hälfte Stunde in der Eisendings bruzzel, bruzzel – fertig.«

Es ist, wie einem schönen Singvogel zuzuhören: ein optisches und akustisches Vergnügen ohne jede inhaltliche Bedeutung. Ich nicke:

»Sehr schön. So könnte es gehen.«

»Aber Vorsehung: Darf die Schnacksel nix bekommen zu viele Plorke, oder du hast flux au weia, Bertengala!«

Sibel lacht so charmant, dass ich denke: Die Kunden werden sie lieben. Chrístos reicht mir seinen Zettel. Darauf lese ich ganz oben die Worte: »Griechischer Vorspeisenteller«. Was ich nur aus einem einzigen Grund problematisch finde: Aylins Vater kommt zur Eröffnung. Da könnte das Wort »griechisch« auf unserer Speisekarte zu unvorhersehbaren Reaktionen führen: Atemstillstand, Herzanfall, Amoklauf – wer weiß? Ich begebe mich auf dünnes diplomatisches Eis:

»Tolle Idee, Chrístos! Schafskäse, Kalamata-Oliven, Weinblätter ... alles sensationell ... nur der Name ... der könnte vielleicht ...«

»Aber das sind griechische Vorspeisen. Also ist es ein griechischer Vorspeisenteller.«

»Natürlich. Nur ...«

»Wir sind eine stolze Nation. Und wenn die Deutschen ein Problem damit haben, dann haben sie auch ein Problem mit *mir*.«

Seltsam, ich hatte aufgrund von Chrístos' femininer Art mit der Abwesenheit von machohaftem Patriotismus geschlossen. Ich habe mich getäuscht.

»Nein, die meisten Deutschen lieben die Griechen: Sophokles, Aristoteles, Costa Cordalis ... Aber du kennst doch deinen Schwiegervater ...«

»Mein Schwiegervater ist Grieche.«
»Nein, nicht dein *Schein*-Schwiegervater. Der Vater von Aylin und Cem. Herr Denizoğlu. Er mag die Griechen ja auch, aber halt nur die, die er kennt. Und der *Griechische Vorspeisenteller* würde ja quasi *alle* Griechen einbeziehen, also auch die, die er nicht mag ... weil er sie halt nicht kennt ...«

In diesem Moment erlöst mich das Scheppern von Getränkekisten aus der Situation. Ich eile in den Gastraum, wo Schilder-und-Getränke-Kenan eine Sackkarre hinter den Tresen platziert:
»Hallo, Enişte, hier kommt deine Umsatzgarantie: Alkohol. Je mehr Prozente, desto mehr Umsatz. Denk immer dran: Ein besoffener Kunde ist ein guter Kunde.«
»Ich werd's mir merken.«
»Übrigens, der Whiskey ist 'ne Billigmarke; schmeckt aber super und hat original Jim-Beam-Aufkleber drauf.«
»Was?«
»Super, oder? Moment, ich wollte dir noch irgendwas Wichtiges sagen. Mist, was war das noch?«
»Dass du den Merlot aus Doppelkorn und Traubensaft gemischt hast? Dass du Fanta-Schilder auf Urinproben klebst? Dass du auch Atomwaffen liefern kannst?«
»Ach ja: Falls sich ein Nader Foumani bei euch als Koch bewirbt, Vorsicht! Die Zeugnisse sind alle von mir. Der ist zwar nett, aber ...«
»... kein Sternekoch.«
»Genau. Der ist nicht mal Koch.«
»Küchenhilfe?«
»Tischler.«
»Na, immerhin könnte er Kochlöffel schnitzen.«
»Tja, als Tischler hast du's heute schwer. Du weißt ja: Ikea und so. Warte, ich hole mal die anderen Getränke – die meisten sind übrigens echt!«
Während meine innere Stimme mit Kenan über Moral diskutiert, kommt mir ein Gedanke. Ich eile zurück in den Hinterhof:
»Hey, ich habs: *mediterraner* Vorspeisenteller.«

Chrístos schaut wenig begeistert:
»Tut mir leid, Daniel, aber bei ›mediterran‹ denkt doch jeder an Italien; und hast du schon mal beim Italiener einen Vorspeisenteller bestellt? Da ist so viel Öl drauf – ich denk jedes Mal: noch zehn Milliliter mehr, dann kommt eine militärische Intervention der USA.«

Eine Viertelstunde später sind wir tatsächlich vorangekommen: Der griechische Vorspeisenteller heißt nun einfach »Vorspeisenteller«. Sibel hat dafür sogar noch drei Ideen beigesteuert:
– »Rote so irgendwie dicke Zeugs.«
– »Weiße genauso wie rote dicke Zeugs.«
– »So runde irgendwie Fisch-Tintenkleber in Eisendings bruzzel, bruzzel.«

Wie auch immer, Service und Küche befinden sich in einem kreativen Dialog. Als ich gerade zum ersten Mal seit Tagen entspannt durchatme, vibriert Sibels Smartphone. Es ist Aylin. Sibel geht dran und wird nach wenigen Sekunden leichenblass. Dazu viele Wiederholungen von »Allah, Allah« – eine schlechte Nachricht. In meinem Kopf erscheint die übliche Liste von Hiobsbotschaften: Krankheit, Tod, Niederlage von Trabzonspor.

Ohne das Gespräch zu beenden, legt Sibel gedankenverloren das Smartphone auf den Tisch. Besorgt schnappe ich es mir:
»Aylin? Was ist passiert?«
»Sibels Vater kommt zur Eröffnung.«
»Onkel Abdullah?«
»Ja. Er wollte Sibel überraschen, doch ich musste sie selbstverständlich warnen.«
»Also ich mag Onkel Abdullah. Hat Sibel denn Probleme mit ihm?«
»Eigentlich nicht, aber ...«
»Aber?«
»Du weißt doch, Mama und Papa haben Abdullah versprochen, dass wir auf Sibel aufpassen.«
»Oh nein! Muss sie jetzt mit Kopftuch kellnern?«
»Das auch.«
»Oh nein!«

»Aber das Schlimmste ist: Mama hat auf den Koran geschworen, dass wir keinen Alkohol ausschenken.«
»Oh. Das wird peinlich für sie.«
»Nein, das bedeutet, dass wir keinen Alkohol ausschenken.«
»Ooooookaaaay ...«
Ich suche den Hinterhof nach einer versteckten Kamera ab. Die Hummel, die da gerade aus einer Rose rausfliegt, ist verdächtig dick. Eine Drohne mit Minikamera? Nein, jetzt plumpst sie in Sibels Ayran und kämpft um ihr Leben. Trotzdem hake ich noch einmal nach:
»Das ist jetzt ein Scherz, oder?«
»Nein.«
»Aber das ... das geht nicht.«
»Es muss gehen. Sonst verliert Mama ihre Ehre.«
Das Konzept der Ehre wird maßlos überschätzt. Das weiß ich spätestens, seit ich im Karneval als Neunzehnjähriger im Krümelmonster-Kostüm mit einer heißen Krankenschwester knutschen wollte und mir dann die Oberlippe an ihren Bartstoppeln verletzte.
Ich bin immer noch fassungslos:
»Kein Alkohol? Ich meine, welche Zielgruppen wollen wir denn ansprechen – islamische Fundamentalisten und die *Anonymen Alkoholiker?*«
Ich berge die Hummel mit einem Teelöffel aus Sibels Ayran und schleudere sie beherzt in die Luft. Ein Aufprallgeräusch verrät mir kurz danach, dass diese Rettung nicht zu hundert Prozent von Erfolg gekrönt war.
»Außerdem, Aylin: Man kann es seiner Familie halt nicht immer recht machen. Ich habe auch Roland Kaiser gehört, obwohl meine Eltern kulturelle Bedenken hatten.«
»Hey, das ist doch nur für die ersten Tage. Wenn Abdullah wieder wegfliegt ...«
»Wie lange will er bleiben?«
»Och, nur so zwei, drei Tage.«
»Dann hoffen wir mal, dass das stimmt.«
Kurz darauf ist die Besprechung beendet; Sibel hat den Frust über den Besuch ihres Vaters mit der Wortneuschöpfung ›Schei-

ßenwaldepisskeks‹ verarbeitet und verschwindet mit Chrístos in den Gastraum. Nun suche ich den Boden nach der Ayran-Hummel ab. Das wäre mir vor Sibel peinlich gewesen – die Sorge um ein Insekt würde bei einem türkischen Mann als sicheres Indiz gewertet, dass er entweder schwul, sehr schwul oder außergewöhnlich schwul ist.

Nach einer Weile finde ich die Hummel, befreie sie mit etwas Wasser vom Ayran und puste sie anschließend trocken. Eine gute Tat – dafür könnte sich das Universum doch mit einem Unwetter über Trabzon revanchieren, das bis zu unserer Eröffnung den Flugverkehr lahmlegt. Als die Hummel ihre Flügel wieder bewegen kann, mache ich meine Defekter-Lautsprecher-Imitation (Hand vor den Mund und Nase zudrücken):

»Achtung, Achtung, die Hummel mit der Flugnummer 4327 ist nun zum Start bereit.«

Sicher, seltsames Verhalten für einen Geschäftsmann Mitte dreißig, aber so was tut man halt, wenn man unbeobachtet ist. Nach einigen Sekunden fliegt die Hummel tatsächlich weg! Nun singe ich mit hoher Kopfstimme das musikalische Leitmotiv aus *E. T., der Außerirdische*. Das ist ein richtiger Tick von mir geworden: Jedes Mal, wenn irgendwas oder irgendwer wegfliegt, muss ich es einfach tun. Tante Emine fliegt nach Antalya ... E. T.-Melodie; wir feuern Silvesterraketen ab ... E. T.-Melodie; Matthias Lehmann schießt einen Freistoß drei Meter übers Tor ... E. T.-Melodie.

Als ich mich umdrehe, merke ich, dass Sibel mich mit dem Smartphone filmt. Ich zucke zusammen und grinse dann künstlich. Jetzt kann Sibel vor Lachen nicht weiterfilmen.

»Deutsche Mann sitz auf Boden und puste Brummbrumm, dann rede mit seltene Stimme und dann singe mit noch mehr seltene Stimme ... Das ist vallaha sehr, sehr Comedy, meine Mutter, haha!«

Eine Stunde später hat meine Hummel-Rettungsaktion auf Sibels Facebook-Seite über 200 Likes, wurde dreiundzwanzigmal geteilt und erhielt jede Menge spöttische Kommentare auf Türkisch – linguistisch sehr interessant, denn das Türkische besitzt für das Wort ›schwul‹ offenbar über hundert Synonyme.

Ich überlege, was mir im Nachhinein am peinlichsten ist: das Trockenpusten, die Kaputter-Lautsprecher-Imitation, die E.T.-Melodie, das Zusammenzucken oder das künstliche Grinsen danach. Ach, egal. Das Ding mit der kernigen Männlichkeit habe ich längst hinter mir.

26

»Noch zehn Minuten – beeil dich, Daniel!«

Aylin packt eine Flasche gefälschten *Jim Beam* in einen Geschenkkarton mit der Aufschrift »Apfelsaft«, während ich Wellpappschläuche über die Rotweinflaschen ziehe und das Ganze als »Traubensaft« etikettiere; und Gisela überklebt widerwillig das *Süffels-Kölsch*-Logo auf dem Zapfhahn mit dem Schriftzug *Özbey Ayran,* den sie zuvor aus einem Einliterkarton ausgeschnitten hat. Ich finde dieses Versteckspiel zwar albern, aber für die Ehre haben Menschen schon schlimmere Dinge getan als keinen Alkohol auszuschenken. Gisela zieht mich beiseite:

»Daniel, wat wir hier machen, dat is unjefähr so clever, als würde Ikea seine Möbel verstecken und nur noch Köttbullar verkaufen.«

»Du hast ja recht. Aber auch der Verkauf von Köttbullar kann sich lohnen. Du kennst doch den Satz: Wenn das Leben dir eine Zitrone gibt, mach Limonade draus.«

»Also, wenn dat Leben *mir* eine Zitrone jibt, mach isch Likör draus. Isch sage immer: Abstinenz is wat für Leute, die nicht mit dem Kater umjehen können.«

Als um 17 Uhr 57, also drei Minuten vor der offiziellen Eröffnung, sämtliche Hinweise auf Alkohol kaschiert sind, halte ich inne und schaue mich um: Das *3000 Kilometer* wirkt viel heller und freundlicher als das *Mr. Creosote's* – ein stylisches Café-Bistro mit angenehmen Cremefarben. Stühle, Sessel und Sofas verbreiten trendige Wohnzimmeratmosphäre. Die Theke setzt mit ihren mattgoldenen Mosaikkacheln ein optisches Highlight, das farblich auf die Wand- und Deckenleuten abgestimmt ist – kein bisschen kitschig, einfach nur sehr, sehr elegant. An den Wänden hängen jetzt neben den Kölnmotiven von August Sander hochkarätige und künstlerisch (fast) ebenso wertvolle Antalya-Fotos, die wir bei *fotosearch.de* erstanden haben. Am romantischen Innenhof haben wir noch in letzter Sekunde die Beleuchtung verfeinert und die Rosen gestutzt (wobei ich stundenlang gegen meinen Drang ankämpfen musste, die Beschneidung der Rosen zum Thema eines billigen Gags zu machen).

Kurz: Das *3000 Kilometer* ist ein Ort, an dem ich selbst gern zu Gast wäre. Und da Aylin ihre Mutter angefleht hat, uns keinen türkischen Kitsch zur Eröffnung zu schenken, bin ich guten Mutes, dass das auch so bleibt.

17 Uhr 59 – noch eine Minute bis zur Eröffnung. Anflüge von Panik und Euphorie wechseln einander ab. Ich korrigiere zum gefühlt dreißigsten Mal die Position der Speisekarten auf den Tischen: stehend, liegend – oder soll Sibel sie jedem Gast persönlich in die Hand drücken? Die bordeauxroten Ledereinbände mit goldgeprägtem *3000-Kilometer*-Schriftzug enthalten jetzt doch meine Antalya-Lovestory, die ich heute Nacht um kurz vor vier vollendet und noch vor dem Frühstück mitsamt des Speisekarten-PDFs, das Chrístos um 7 Uhr 23 gemailt hat, im Copyshop auf die farblich zur Wand passende Caffè-Latte-Edelpappe drucken ließ.

Noch vierzig Sekunden ... So, ab jetzt denke ich nur noch positiv. Alles wird gut. Alles *ist* gut.

Noch dreißig Sekunden ... *Vorhang auf und Bühne frei – Zauberspiel und Gaukelei – Vorhang auf und Bühne frei ...* Warum geistert mir ausgerechnet jetzt ein Lied der *Höhner* im Kopf herum? Das ist ein großer historischer Moment – also reiß dich zusammen, Daniel.

Noch zwanzig Sekunden ... *Do simmer dabei, dat is prihimaaa – Viva Colonia. Wir lieben das Leben, die Liebe und die Lust ...* Ach, was soll's.

Noch zehn Sekunden: Bertengala. Warum zum Teufel denke ich jetzt an Bertengala? Und was heißt das überhaupt?
17 Uhr 59 und 55 Sekunden ... 56 ... 57 ...
Mein Herz schlägt schneller. Ich gehe zur Tür ... 58 ... 59 ...

18 Uhr.

Der historische Moment ist gekommen: Ich wende das goldene Schild auf »Geöffnet«, und das *3000 Kilometer* tritt ein in die Geschichte der Gastronomie – diese ruhmreiche Historie, die das *Ritz* in London umfasst, das *Münchner Hofbräuhaus* oder *Harrys New York Bar*. In diesem Augenblick bin ich ein Teil davon! Ich öffne die Tür. Eine kleine Tür für einen Menschen – ein großes Tor für die Menschheit.

Und da – der erste Kunde naht! Ein junger Mann ... vom Aussehen her könnte er Student sein. Perfekt! Wir erreichen die junge Zielgruppe – und das nur wenige Sekunden nach der Eröffnung. Ich glaube ja eigentlich nicht an Zeichen, aber ...

Mit Gänsehaut am ganzen Körper schüttele ich seine Hand:
»Herzlich willkommen im *3000 Kilometer!* Sie mögen sich des historischen Augenblicks nicht bewusst sein, aber Sie sind unser allererster Kunde!«

»Also eigentlich wollte ich nur fragen, ob ich mal Ihre Toilette benutzen darf.«

»Ach so. Hinten links.«

Ja, es war ein hartes Stück Arbeit. Aber es hat sich gelohnt: Wir haben einen Ort zum Pinkeln erschaffen.

Wie gesagt, ich glaube eigentlich nicht an Zeichen.

Während unser erster Fast-Kunde im Lokal verschwindet, umarmt Aylin mich fest:

»Das ist dein Werk, Daniel. Ich bin so stolz auf dich.«

»*Unser* Werk. Ohne dich hätte ich gar nicht erst angefangen.«

»Ich liebe dich.«

»Ben de seni seviyorum.«

Seltsamerweise kommen mir Liebesschwüre auf Türkisch leichter über die Lippen. Aylin gibt mir einen zärtlichen Kuss. Und meine Euphorie kehrt zurück:

»Komm Aylin, wir machen im historischen Moment einen Selfie mit dem gesamten Team.«

»Super Idee, Daniel! Aber warte noch, bis Sibel da ist.«

»Was? Die wollte doch eigentlich schon um siebzehn Uhr ...«

»Kein Problem, sie hatte nur einen hysterischen Anfall, weil sie kein Kopftuch findet, das cool aussieht.«

»Ach so, wegen Onkel Abdullah ... Aber sie zieht doch hoffentlich nicht so ein Zeltkleid an wie am Flughafen?«

»Nein, *3000-Kilometer*-Top mit langer Hose.«

»Also, ich bin ja kein Pünktlichkeitsfanatiker – zumindest nicht mehr, seit ich *dich* kenne. Aber ...«

Ich will Aylin fragen, ob die Anwesenheit des Servicepersonals nicht wenigstens ansatzweise mit den Öffnungszeiten übereinstimmen sollte, werde aber von der Stimme meiner Mutter unterbrochen:

»Daniel! Aylin! Ich freue mich ja so für euch. Sind wir die ersten Gäste?«

»Ja.«

»Haha, ich wusste es! Oh, den Augenblick müssen wir festhalten ... oder nein, es gibt ja schon viel zu viele Fotos auf der Welt. Also, wir waren neulich in Dimiters Inszenierung von Heiner Müllers *Hamletmaschine*. Da hat doch einer direkt vor mir in der ersten Reihe die ganze Zeit Fotos gemacht – dem hab ich aber mal so richtig die Meinung gegeigt. Tja, dann stellte sich heraus, der war im Auftrag des *Kölner Stadt-Anzeigers* da, aber egal. Was ich sagen wollte: An große Momente erinnert man sich auch so. Als du mit fünf meinen Lippenstift ausprobiert hast zum Beispiel – das sehe ich vor mir, als wär's gestern gewesen. Oder als du den Liebesbrief für deine Grundschullehrerin geschrieben hast und ich dir dann erklären musste, was eine Lesbe ist ... Hach, wie die Zeit vergeht. Eben noch hat er ins Bett gepinkelt, jetzt ist er schon Geschäftsmann. Oh, ich freue mich so für uns – wir betreiben jetzt ein Café.«

»Wir?«

»Na ja, ihr könnt mich jederzeit anrufen, wenn ihr mal eine Suppe braucht – aber besser drei, vier Tage vorher, damit ich das planen kann. Ich habe ja so viel zu tun ... Och, das ist ja toll geworden hier!«

Mit diesen Worten verschwindet sie im Gastraum und zieht Aylin mit sich, bevor sie meinen Vater begrüßen kann, der mir nun mit seiner leicht unbeholfenen Art auf die Schulter klopft:

»Also, Daniel, ich wollte dir nur sagen ... äh ... Mist, jetzt hab ich's vergessen ... Ich meine, es war ein Zitat von Hans-Magnus Enzensberger. Egal. Auf jeden Fall: Du musst dir keine Sorgen machen – ich halte keine Rede.«

»Ich hoffe, du verstehst, dass ich ...«

»Natürlich. Ein symbolischer Vatermord. Das ist völlig in Ordnung.«

»Was?«

»Ist doch eindeutig: Das Privileg der Rede ist in der mystischen Tradition den Stammesoberhäuptern vorbehalten. Indem du es nun an dich reißt, stürzt du mich vom Thron und begehst symbolisch den Vatermord – im freudianisch-ödipalen Sinne.«

»Aha. *Oder* ich halte die Rede, weil es *mein* Café ist und nicht deins.«

»Es geht um die *Rede,* nicht ums Café. Das Café hast du aus Trotz gegen die Werbebranche eröffnet, also eine Art pubertäre Rebellion gegen dein eigenes Leben – was logischerweise mit dem Vatermord Hand in Hand geht. Aber Schwamm drüber.«

»Ich fürchte, da braucht es mehrere Schwämme.«

»Wie auch immer, ich dachte: Vielleicht ist es besser, wenn unsere Freundin Ingeborg etwas zum Besten gibt. Das wird deinen Eröffnungsabend kulturell enorm aufwerten.«

Ich werde blass. Die Reden meines Vaters sind harmlos im Vergleich zu den wirren Ideen von Ingeborg Trutz – Schauspielerin und beste Freundin meiner Eltern. Auf der Geburtstagsfeier meiner Mutter vor einigen Jahren musste ich mitansehen, wie Ingeborg zur Musik von Stockhausen pantomimisch die Beschwerden der Wechseljahre darstellte.

Mein Vater hat mittlerweile das Café betreten und schaut sich anerkennend um:

»Interessant. Durch das Gold bekommt die Theke etwas von einem Altar. Oder ist das eine Hommage an Gustav Klimt?«

»Keine Ahnung. Sag mal, Oma Berta wollte nicht kommen?«

»Doch. Sie ist ... Verdammt, wir haben sie im Auto vergessen.«

27

Ich renne mit meinem Vater gut 400 Meter zu der Stelle, wo »die Badewanne« parkt, der Citroën DS, den mein Vater in den Sechzigerjahren gekauft hat und bis heute fährt – mit dem inzwischen fünften Motor. Oma Berta, für ihre 97 Jahre bei erstaunlicher körperlicher Fitness, sitzt leicht verwirrt auf der Rückbank. Das Fenster ist einen Spaltbreit geöffnet wie für einen Hund.

»Hallo, Karl, da bist du ja endlich. Ich glaube, die Wahllokale schließen gleich. Ich will unbedingt SPD wählen, sonst kommt am Ende noch dieser Hitler an die Macht.«

Seit zwei Jahren verwechselt mich Oma Berta konsequent mit ihrem verstorbenen Mann Karl, der offenbar mit 35 Jahren so aussah wie ich jetzt. Mein Vater fasst sich hektisch an alle Taschen:

»So ein Mist – Erika hat die Schlüssel ... Mutter, ziehst du bitte den Hebel?«

»Genau. Der Hitler darf nicht an den Hebel kommen.«

»Nein, da unten in der Tür. Der Hebel. Den musst du ziehen.«

»Warum öffnest du mir nicht die Tür, Karl? Ein Gentleman öffnet einer Dame die Tür.«

»Die Tür ist abgeschlossen, Oma Berta. Du musst am Hebel ziehen.«

Jetzt kurbelt Oma Berta das Fenster zu. Mein Vater seufzt:

»Auch gut, Mutter. Aber in die andere Richtung!«

»Was? Ich verstehe dich nicht. Du bist plötzlich so leise.«

Mein Vater brüllt:

»Andere Richtung!«
Oma Berta dreht sich um:
»Da ist niemand!«
»Nein, die Kurbel! In die andere Richtung *kurbeln!*«
»Am besten, ich steige mal aus, dann musst du nicht so brüllen.«
Nun öffnet Oma Berta die Tür und steigt aus, als wäre nichts gewesen:
»Na los, Karl, gehen wir zum Kolosseum! Wer weiß, wann wir wieder nach Rom kommen ...«
Zehn Minuten später bewundert Oma Berta die goldene Theke:
»Das muss der Sarg von Kaiser Nero sein ...«
Ein lautes Spuckgeräusch, gefolgt von einem kräftigen »Maşallah« (Gott soll es beschützen), zeigt an, dass Aylins Mutter eintrifft. Es folgen: Auf-Holz-klopfen, Auf-Zunge-beißen, Ohrläppchenziehen, Sich-selbst-in-den-Hintern-Kneifen sowie viele weitere Maşallahs und Spuckvorgänge, bis sie Aylin und mich herzhaft in beide Wangen kneift. Schließlich drückt Aylins Mutter uns fest an sich. Herrn Denizoğlus Freude äußert sich in einem anerkennenden Hochziehen der Unterlippe. Dann reicht er ein in Goldpapier verpacktes Geschenk an seine Frau weiter. Frau Denizoğlu drückt es Aylin feierlich in die Hände:
»Hier. Eine Geschenk von meine ganze Herz für eure wunderschöne Café.«
Oh nein! Sie hat türkischen Kitsch mitgebracht. Ich hatte es befürchtet. Während Aylin das Papier entfernt, graut mir davor, welche schrille Glitzer-Tüll-Pailletten-Strass-Kombination uns erwartet – und bin ... hmmm ... *erstaunt*: Es ist ... ein ausgestopftes Eichhörnchen. Ein ausgestopftes Eichhörnchen? Ja, ein ausgestopftes Eichhörnchen. Frau Denizoğlu strahlt, als hätte sie uns gerade einen echten Diamanten überreicht:
»Haha, guck mal, ist unheimlich niedlich!«
Unheimlich – ja. Niedlich – nein. Nun sind Eichhörnchen ja normalerweise durchaus putzig. Und es gibt mit Sicherheit Menschen, die im Gegensatz zu mir ausgestopfte Tiere mögen. Aber dieses Eichhörnchen wurde definitiv nicht von einem Profi prä-

pariert: Das Gesicht ist zu einer furchterregenden Fratze verzerrt – und geht eher in Richtung Stephen King als Walt Disney. Der Schweif sieht aus, als hätte er Untermieter aus dem Reich der Insekten; und schließlich wurde das Ganze auch noch auf ein – offensichtlich ebenfalls untervermietetes – Stück Baumstamm geklebt; und zwar in einer Körperhaltung, gegen die der Glöckner von Notre Dame wie ein Balletttänzer anmutet.

Aylin schaut zunächst genauso entsetzt wie ich, schafft es dann aber auf ihre unnachahmliche Art, in Jubel auszubrechen. Frau Denizoğlu preist ihr Geschenk begeistert an:

»Aylin hat mir gesagt, ihr wollt keine türkische Dekoration; deshalb ich habe gedacht, ich bringe euch *deutsche* Dekoration. Habe ich auf Flohmarkt gekauft ...«

Tja, das Wort *Floh*markt war wohl selten so wörtlich zu nehmen. Aber auch ich täusche Freude vor und umarme Frau Denizoğlu.

»Vielen Dank ... das kriegt einen Ehrenplatz ...«

Herr Denizoğlu vollendet meinen Satz:

»... am besten in Mülleimer.«

Ich lache kurz auf, will meine Schwiegermutter aber auf keinen Fall beleidigen:

»Nein, wirklich, ich freue mich, das ist sehr ...«

Ich will »schön« sagen, aber irgendwie kommt es mir nicht über die Lippen. Erneut hilft mir Herr Denizoğlu:

»... sehr gut für Erschrecken Kinder, haha.«

Aylin und ihre Mutter schicken ihm für diese Bemerkung böse Blicke. Frau Denizoğlu klopft erneut auf Holz, beißt sich auf die Zunge und zieht an ihrem Ohrläppchen:

»Daniel, du auch machen. Bringt Gülück für euer Café.«

Seufzend praktiziere ich die Standardrituale türkischen Aberglaubens – es ist praktischer, es einfach zu tun, als darüber zu diskutieren. Zumal ich dann die Frage stellen müsste, wozu man noch Glücksrituale braucht, wenn doch der Kaffeesatz schon gezeigt hat, dass alles gut wird. Auch Aylin vollzieht das Holzklopfzungenbeißohrläppchenziehritual; dann höre ich meine Frau sagen:

»Das Geschenk kommt auf die Theke.«

Kurz darauf steht das Eichhörnchen wie ein Mahnmal gegen zu viel Ästhetik auf goldenem Untergrund. Nun betritt die Cousine meiner Schwiegermutter, Valide, den Gastraum – die Frau, die sich gestern telefonisch als Köchin beworben hat. Gott sei Dank scheint sie uns die Absage nicht übel zu nehmen – sie strahlt. Und zieht einen vollgestopften Einkaufstrolley hinter sich her:
»Hab ich mitgebracht ein paar Sachen für Vorratskammer. Hatte ich noch übrig.«

Mit diesen Worten verschwindet sie direkt in der Küche, begleitet von einer intensiven Duftwolke *Kolonya*, dem osmanischen Kölnisch Wasser, mit dem sich viele Türken mehrmals täglich die Hände befeuchten. Valide hat offenbar darin gebadet. Während Aylin ihren Eltern Tee ausschenkt, eile ich Valide mit mulmigem Gefühl hinterher.

Chrístos platziert gerade eine einzelne Olive auf einem Vorspeisenteller, als Valide sich auf der Arbeitsplatte Platz für diverse Tupperdosen, Konservengläser und Joghurteimer verschafft. Auf Chrístos' irritierten Blick zucke ich mit den Schultern. Valide öffnet einen der Joghurteimer und gibt den Blick frei auf eine undefinierbare braune Masse:

»Das ist Auberginencreme, habe ich für Serhats Beschneidungsfeier gemacht, ist sehr lecker, und hier sind Izmir Köfte von Ahmets Hochzeit – wäre wirklich schade wegzuschmeißen.«

Ich versuche, mein Entsetzen zu überspielen:
»Das ist wirklich lieb von dir, Valide, aber Serhats Beschneidungsfeier war vor drei Wochen, und Ahmets Hochzeit ...«

»Ich weiß, war vor zwei Jahre, aber keine Problem: Ich habe eingefroren.«

Ich will Valide nach draußen ziehen:
»Danke, Valide. Bestimmt können wir das ein oder andere davon verwenden. Und jetzt stoßen wir erst mal auf die Eröff...«

»Kommt gar nicht infrage. Ich haben versproche helfen. Also ich auch helfen. Wo ist Pfanne?«

»Aber Aylin hat dir doch sicher gesagt, dass wir uns für einen anderen Koch ...«

»Ich weiß, Aylin zu höflich, um anzunehmen meine Geschenk. Aber keine Sorge, ich mache gern. Ehrlich, vallaha!«

»Nein, das geht wirklich nicht.«
»Ich werde akzeptieren keine Nein.«
»Aber ...«
»Auch keine Aber.«

Sie küsst mich zu meiner Verblüffung auf die Stirn, schiebt den immer noch perplexen Chrístos beiseite und schnappt sich nun eigenmächtig eine Pfanne, in die sie die noch halb gefrorenen Izmir Köfte kippt. Chrístos sieht mich hilfesuchend an, als Valide größere Mengen Chilipulver über das zwei Jahre alte Hochzeitsessen schüttet. Mir wird mulmig bei dem Gedanken, welche Relikte aus vergangenen Epochen noch in den anderen Behältern auf uns warten. Da habe ich einen Geistesblitz:

»Tja, Valide, das ist wirklich eine tolle Idee, aber leider braucht man eine Bescheinigung vom Gesundheitsamt über die Hygieneschulung, wenn man in einer Küche ...«

»Hier. Hat Kenan gemacht.«

Valide zieht nun ein Dokument aus dem Einkaufstrolley, das von unseren Originalen in der Tat nicht zu unterscheiden ist. Würde sie nicht Schmuck aus der Helene-Fischer-Kollektion von *Tchibo* tragen, hätte ich gesagt: Das Projekt Integration ist gescheitert. Dennoch haben wir hier einen vielversprechenden Neueinstieg in meine Problem-Top-Ten, der das Potenzial hat, es ganz nach oben zu schaffen!

28

Während Valide einen Klumpen Reis aus einer Tupperdose in einen Topf überführt, höre ich aus dem Gastraum ein blechernes Husten – das Erkennungszeichen des osteuropäischen Theaterregisseurs Dimiter Zilnik.

»Daniel? Ingeborg und Dimiter sind da!«

Das Rufen meiner Mutter gibt mir die willkommene Gelegenheit, mich vorübergehend aus der Küche zu verabschieden. Ingeborg Trutz macht ihrem Namen als Grande Dame des Kölner Schauspielhauses schon allein optisch alle Ehre: ein zufällig perfekt auf unsere Theke abgestimmtes goldenes Charleston-Kostüm im Stil der Zwanzigerjahre mit schwarzen Fransen sowie ein Stirnreif mit goldener Feder – so was ist außerhalb des Karnevals nur selten in Köln zu sehen; und in Kombination mit den langen schwarzen Handschuhen und Netzstrümpfen durchaus gewagt für eine Frau Mitte siebzig. Ingeborg schreitet durch den Raum, als halte sie gerade einen großen pathetischen Monolog vor 500 Zuschauern:

»Hach, diese Mauern atmen ... das Leben. Musiker, Maler, Bildhauer – sie alle werden diese Lebendigkeit in sich aufsaugen, um sie dann mit umso größerer Wucht in Lieder, Gemälde und Skulpturen zu verwandeln. Oh mein Gott, ich bekomme eine Gänsehaut! Was wird sich alles hier ereignen – Komödien ... Dramen ... Tragödien!«

Ansatzlos fängt Ingeborg Trutz an zu schluchzen, nur um sich vier Sekunden später pathetisch zusammenzureißen.

»Entschuldigt, aber ich habe vorhin am Aachener Weiher vier Entenküken gesehen, die waren so zerbrechlich ... Wie wir Künstler ... Wir sind alle so furchtbar ... furchtbar ... sensibel. Dieser dünne Flaum, der sie vor der Kälte schützt ... Wie kann man so etwas nur essen? Wie kann man überhaupt Tiere essen? Habt ihr Fleisch im Angebot?«

»Na ja, schon, aber wir achten darauf, dass ...«

Weiter komme ich nicht, denn ich werde von einem weiteren Schluchzen Ingeborgs unterbrochen, das ebenso schnell vorbei ist wie das erste:

»Nicht schlimm, kein Problem. Natürlich bietet ihr Fleisch an. Ich esse ja selbst Tiere. Oh, wie ich mich dafür hasse! Aber mein Magen verlangt danach, und ich bin keine heroische Person – nein, das bin ich nicht. Ich bin ein Opfer niederer biologischer Prinzipien, genau wie mein Körper! Ich habe heute Morgen eine Falte mitten auf meiner rechten Pobacke entdeckt. Ich könnte schwören, dass die gestern noch nicht da war! Ach, diese Küken, wenn ihr sie gesehen hättet ... so rein ... so ... flauschig ... so ... hach! Entschuldigt mich.«

Pathetisch ihr Schluchzen unterdrückend verzieht sich Ingeborg Trutz aufs Klo, nur um die Tür zehn Sekunden später noch einmal mit strahlendem Lächeln aufzureißen:

»Also die Damentoilette ist wunderbar! Absolut wunderbar. Wie eine Fuge von Brahms ... Ich liebe euch alle.«

Gisela, die Ingeborgs Auftritt mit großen Augen verfolgt hat, zieht die Augenbrauen hoch:

»Aus welcher Anstalt is die denn entlaufen?«

Dimiter Zilnik klärt sie auf:

»Kölner Schauspielhaus.«

»Also janz ehrlich: Isch mag Bekloppte. Wenn alle jeistisch jesund wären, wär et auch irjendwie langweilisch.«

Dimiter Zilnik zieht an seiner obligatorischen Zigarre und hustet dann zwanzig Sekunden lang, bevor er seine Sprechstimme findet:

»Es ist logisch, dass in einer Gesellschaft, die verrückt ist, diejenigen, die nicht verrückt sind, als verrückt bezeichnet werden.«

»Haha, den muss isch mir merken ... Sie haben ja super Sprüsche drauf.«

Dimiter schaut die Mutti tadelnd an:

»Das war kein Spruch, sondern ein Aphorismus.«

»Aaah, der Herr hat Abitur. Herzlischen Glückwunsch.«

Dimiter nimmt einen weiteren Zug, hustet erneut, und schnappt sich dann eine Espressotasse als Aschenbecher. Seltsam. Bisher fand ich es immer toll und rebellisch von Dimiter, dass er das Rauchverbot konsequent ignoriert – zumal Nichtraucher-Eckkneipen in etwa so sinnvoll sind wie Nichtpinkler-Pissoirs. Aber als Gastronom sehe ich das plötzlich anders:

»Äh, Dimiter, wegen der Zigarre ...«

»Ich würde dir ja eine anbieten, aber ich habe nur noch drei. Damit komme ich so gerade über den Abend. Aber erst mal Gratulation zum Café – besonders gelungen finde ich das Eichhörnchen. Diese hässliche morbide Fratze setzt einen gelungenen Kontrapunkt zur Sterilität der Theke.«

Aus dem Augenwinkel sehe ich, dass Herr Gramich, unser Verpächter, mit einem großen Strauß gelber, rosafarbener und roter Rosen das *3000 Kilometer* betritt, die Blumen Aylin in die Hand drückt und ihr etwas ins Ohr flüstert. Dabei fällt mir auf, wie hinreißend Aylin in ihrem lachsfarbenen Cocktailkleid aussieht. Macht unser Verpächter ihr etwa Avancen? Und sollte ich jetzt auf einen 65-jährigen Bierbauchträger mit Halbglatze eifersüchtig sein? Die Mutti unterbricht meine Gedanken:

»Dat glaub isch jetzt nit! Dreißig Jahre lang schenkt dieser Tünnes mir nit mal dat Unkraut von seiner Terrasse, aber kaum arbeitet hier eine Südländerin, die aussieht wie Gina Lollobrigida, gibt's Rosen!«

Da Gisela über ein kräftiges Organ verfügt, sind die übrigen Gespräche schlagartig verstummt, und Aylin will beschwichtigen:

»Gisela, vielleicht solltest du ...«

»Nä, irgendwann is dat Fass überjelaufen! Und zwar jetzt. Weißt du, dem Brummes* is neulisch kein einzijer netter Satz zu

---

* schlecht gelaunter, brummiger Mensch

mir einjefallen, und dat, nachdem er misch so dermaßen mies ... ach, ejal! Weißt du, wenn 'ne Frau so aussieht wie du, Aylin, dann zeigen se alle ihre Schokoladenseite. Aber so ein Brauereipferd wie isch, dat kriegt die Wahrheit zu sehen, und die Wahrheit is: Hartmut Gramich war schon immer 'ne Tütenüggel*, der is *jetzt* 'ne Tütenüggel, und der wird auch immer 'ne Tütenüggel bleiben!«

Hartmut Gramich steht wie ein begossener Pudel vor der Theke. Aylin reicht Gisela die Blumen:

»Was ich sagen wollte: Die Blumen sind für dich. Er hat sich nur nicht getraut, sie dir persönlich zu geben.«

Hartmut Gramich wagt ein vorsichtiges Lächeln:

»Ich ... äh ... ich hatte Angst, Sie schlagen mir damit auf den Kopf.«

Die Mutti nimmt konsterniert den Strauß, zieht eine Karte heraus und liest verblüfft vor:

»*Ich wünschte, ich könnte rückgängig machen, was ich über den Tod Ihres Mannes gesagt habe. Noch einmal: Es tut mir aufrichtig leid. Und da ich jetzt ein paar Tage Zeit hatte, mir etwas Nettes zu überlegen:*

Sie haben Charakter. Und das scheint mir doch in dieser Zeit, die lauter angepasste Schleimscheißer hervorbringt, etwas Außergewöhnliches zu sein. Wahrscheinlich werde ich diesen Satz einmal bereuen, aber: Bleiben Sie so, wie Sie sind. Ihr Hartmut Gramich.«

Wie ein Angeklagter kurz vor der Verkündung des Urteils schaut Hartmut Gramich mit sorgenvoller Miene auf Gisela. Alle Anwesenden halten den Atem an. Dann kriegt Gisela rote Augen:

»Also ... also dat ... jetz heule isch schon wieder ... Dat is eijentlisch jar nit meine Art ... et is nur ... isch habe verdammt lang keine Blumen mehr bekommen, isch ... oh Mann, isch werd noch zu 'ner sentimentalen Tron** ...«

Die Mutti schnappt sich ein Stück Küchenrolle und schnäuzt sich so laut, dass Oma Berta erschrickt:

»Fliegeralarm! Wir müssen in den Keller!«

Erst jetzt erblickt Gisela den kleinen Geißbock aus Stoff, der

---

* unreifer Mann, Waschlappen
** wörtlich: Träne; weinerliche Person

in den Blumen steckt – woraufhin sie sich erneut schnäuzen muss: Dass ein Fan von Bayer Leverkusen das Maskottchen des 1. FC Köln verschenkt, ist wohl die ergreifendste Geste seit dem Kniefall von Willy Brandt.

Gisela zapft zwei Kölsch und geht damit zu Hartmut Gramich. Die beiden stoßen an und nicken sich zu – eine wortlose Versöhnung. Eine Weile stehen beide stumm nebeneinander und wissen nicht, was sie sagen sollen. Ingeborg Trutz steht am Eingang der Toilette und atmet pathetisch:

»Oh, wie ich diese Szene in mich aufgesogen habe! Ich habe eine Gänsehaut, eine Gääääänsehaut!«

Da ertönt ein schriller Schrei. Ich eile zu dessen Quelle in die Küche: Chrístos zeigt mit zitterndem Finger auf seinen griechischen Vorspeisenteller, wo sich nun in der Mitte ein großer Haufen brauner ... *Matsch* befindet. Die Wirkung auf das Gesamtkunstwerk ist etwa so, als hätte man zu Mozarts *Kleiner Nachtmusik* einen Presslufthammer hinzugefügt.

Chrístos fächelt sich, kreideweiß, Luft zu. Valide hebt unschuldig die Arme:

»Portion ist so wenig! Wird doch niemand satt ... Wollte ich nur bisschen helfen, damit Gäste nicht gehen hungrig nach Hause.«

Chrístos zieht mich beiseite und flüstert:

»Das geht so nicht. Diese Frau ist eine Katastrophe. Wenn wir dieses ... dieses ... diesen Biomüll servieren, macht uns das Gesundheitsamt morgen den Laden dicht. Ich kann so nicht arbeiten, ich – kann – so – nicht – arbeiten.«

So, jetzt ist meine Kompetenz als Chef gefragt:

»Valide, pass auf ... Wir lieben dich sehr ... äh ... also sei jetzt bitte nicht beleidigt ... äh ... aber unser Koch ist Chrístos.«

»Keine Problem. Ich nur helfen.«

Offenbar muss ich doch ein klitzekleines bisschen deutlicher werden. Da kommt Aylin:

»Chrístos, erstens: Du darfst hysterisch werden – kein Thema, gehört bei uns Frauen dazu –, aber mit höchstens zehn Prozent der Lautstärke, und zweitens ... Valide: Raus! Du bist ein Gast und hast in der Küche nichts verloren!«

»Aber ...«

»Ich akzeptiere kein Aber. Los, auf geht's – hadi, yürü!«

Valide zuckt mit den Schultern und lässt sich widerstandslos von Aylin in den Gastraum ziehen. Chrístos atmet erleichtert auf, und ich helfe ihm, Valides Tupperdosen zurück in den Trolley zu verfrachten:

»Aylin und ich ergänzen uns in Konfliktsituationen perfekt: Ich bin der *good cop,* sie ist der *bad cop.* So kriegen wir sie alle klein.«

Chrístos kichert und tätschelt mir leicht spöttisch die Schulter. Spitze, seit gestern bin ich das Weichei Nummer eins der türkischen Facebook-Gemeinde, und heute habe ich das Gefühl, dass der schwulste Grieche der Menschheitsgeschichte immer noch maskuliner ist als ich. Aber wie gesagt: Das Männlichkeitsding habe ich hinter mir gelassen.

Als ich in den Gastraum zurückkehre, sehe ich, dass unser erster Toilettenbesucher inzwischen an der Theke sitzt und Aylin ihm ein Kölsch zapft. Ich setze mich neben ihn:

»Aha, Sie sind also doch unser erster Kunde! Herzlichen Glückwunsch! Was hat Sie überzeugt? Das Ambiente?«

»Nein, die süße Frau an der Theke hat mir zugewinkert.«

Aylin lächelt mich entschuldigend an. Doch, klar, das finde ich gut. So gewinnt man Kunden. Deshalb muss ich auch nicht eifersüchtig sein. Oder ... äh ... nein. Aylin klatscht in die Hände:

»Ich habe unser allererstes Getränk verkauft!«

Ich zeige den gestreckten Daumen und höre die Stimme meiner Mutter:

»Daniel, können wir bestellen?«

Ich zucke zusammen. Stimmt, das ist ja keine Party hier, wir betreiben ein Café. Das bedeutet, man muss seine Gäste bedienen. Und der Satz »Tut mir leid, unsere Kellnerin ist noch bei H&M« hilft jetzt auch nicht weiter. Gisela unterhält sich zum ersten Mal ohne Androhung von Gewalt mit unserem Verpächter, und Aylin versucht unter Einsatz ihres gesamten Charmepotenzials, unseren Toilettenbesucher für die Speisekarte zu begeistern. Nein, ich bin immer noch nicht eifersüchtig.

Kurz darauf stehe ich mit einem Notizblock an Tisch neun vor meinen Eltern, Oma Berta, Ingeborg Trutz und Dimiter Zilnik:
»Hat sonst noch jemand einen Wunsch?«
Mein Vater räuspert sich:
»Ja, Rigobert?«
»Nun, für eure Kennenlerngeschichte auf der ersten Seite der Speisekarte hast du als Zeitform das Perfekt gewählt. Ich denke, das Präteritum wäre eleganter.«
»Ooookaaayy. Also dann ingesamt drei Vorspeistenteller, zwei türkisch-griechische Versöhnungspfannen, dazu fünf Gläser Kavaklıdere-Rotwein. Aber wenn nachher Onkel Abdullah fragt, dann ist das Traubensaft, okay?«
Dimiter Zilnik zieht an seiner Zigarre und lacht:
»Großartig. Als wäre man Teil einer Boulevardkomödie des 19. Jahrhunderts.«
Dimiter lacht erneut, wobei sich seine Lache nur um Nuancen von seinem blechernen Husten unterscheidet. Oma Berta mischt sich ein:
»Sind Sie sicher, dass wir im 19. Jahrhundert sind? Ich habe eben Automobile gesehen, die es damals noch gar nicht gab.«
Mein Vater lächelt tapfer:
»Mutter, wir sind im Jahre 2016.«
»2016 – so ein Unsinn. Da sind wir alle längst tot.«
Ich will mich zum Gehen wenden, da stoppt mich Ingeborg Trutz:
»Ach, Daniel, und richte dem Koch bitte aus: Falls er Kardamom zu verwenden gedenkt, möge er in meinem Fall darauf verzichten.«
»Ja, ich werd's dem Koch ...«
»Also, ich verstehe nicht, was die Leute an Kardamom finden – das hat so einen penetranten, alles durchdringenden Geschmack ...«
Ingeborg Trutz schüttelt sich am ganzen Körper, wobei ihr einige unkontrollierte Laute entfahren:
»... es ist, als würde eine Chemiefabrik ihr Abwasser in einen kristallklaren Bach leiten ... Kardamom – wuuuaaah!«
»Alles klar, Ingeborg, ich ...«

»Oh, wie ich Kardamom verabscheue! Nein, nicht verabscheue, ich ... ja, ich *hasse* Kardamom! So, jetzt ist es raus. Ich hasse Kardamom! Hasse es, hasse es, hasse es! Ach, das tut so gut, wenn man zu seinen Emotionen steht. Und doch ... es gibt Menschen, die Kardamom lieben. Mein Gott, wir sind so verschieden ... so ver-schie-den! Und trotzdem atmen wir alle dieselbe Luft. Hach, das macht mir eine Gänsehaut! Eine Gääään-seeee-haut!«

Mit diesen Worten nimmt sie ihre schwarze Zigarettenspitze aus der goldenen Handtasche, steckt sich eine Filterlose drauf und zündet sie sich an. Ich denke darüber nach, mit welchen Worten ich sie zum Rauchen in den Hof bitten kann, doch Ingeborg kommt mir zuvor:

»Erika, es ist so toll, wie tolerant dein Sohn ist – nicht einer von diesen Nichtrauchernazis.«

Als ich die Bestellung in die Küche gebe, greift sich Chrístos ans Herz:

»Wie aufregend! Meine allererste Bestellung als Profikoch! Frag doch mal Aylin, ob ich für die Schafskäsemousse die kleinen oder die mittleren Tapasschälchen nehmen soll.«

»Ich denke, die mittleren.«

»Ich auch. Aber frag lieber Aylin – damit wir keinen Ärger mit der Chefin kriegen.«

Er zwinkert mir zu. Soll ich klarstellen, dass ich auch Chef bin und durchaus in der Lage, selbstständig zu entscheiden? Obwohl ... vielleicht sollte ich doch besser Aylin fragen.

Ich schaue auf die Uhr: Das *3000 Kilometer* hat seit fünfzehn Minuten geöffnet; ich habe keine Autorität in der Küche; ich muss kellnern, weil meine Servicekraft bei H&M shoppt; auf unserer Designertheke steht ein Horror-Eichhörnchen; meine Frau flirtet mit einem Studenten; und ich bin weder in der Lage, Alkohol zu erlauben, noch, das Rauchen zu verbieten.

Kurz: Mein Traum ist Wirklichkeit geworden.

29

Die Tür öffnet sich, und Onkel Abdullah kommt mit Sibel herein. Es ist wie der Moment in einem Western, wenn Fremde den Saloon betreten und alle Gespräche verstummen. Ich spüre die bohrenden Blicke der Denizoğlus: Wird das Lügengebäude halten? Was, wenn Abdullah die Getränkekarte sehen will? Kann er den Geruch von Alkohol identifizieren?

Aylin begrüßt ihren Onkel, indem sie seine Hand zunächst küsst und dann zu ihrer Stirn führt – eine Geste des Respekts gegenüber älteren Familienangehörigen, die uns in Deutschland absurd vorkommt. Wir kennen das Wort »Respekt« ja nur noch aus Sätzen wie »Ey, sind die Titten echt? Respekt!«.

Ich entscheide mich für einen herzlichen Händedruck – was von Abdullah mit einem ebenso respekt- wie kraftvollen Schulterklopfen erwidert wird. Zum Glück habe ich morgen einen Termin bei meiner Osteopathin.

»Bist guter Junge, Daniel. Hat Sibel mir erzählt, dass aus Rücksicht vor Koran ihr verkauft keine Alkohol.«

Sibel lächelt mir deutlich vorsichtiger als sonst zu. Sie trägt nun eine weniger figurbetonte Variante des *3000-Kilometer*-Tops und hat es erstaunlicherweise geschafft, ein Caffè-Latte-farbenes Tuch so auf ihrem Kopf zu platzieren, dass ein paar Strähnen keck hervorschauen und es insgesamt weniger nach Islamabad als nach Long Island aussieht. Mir bricht der Schweiß aus – beim Lügen fühle ich mich einfach extrem unwohl und fange an, dummes Zeug zu reden.

»Ja, Alkohol wird sowieso überschätzt ... Und macht aggressiv ... Ohne Alkohol sind Menschen einfach entspannter ... also von islamischen Terroristen mal abgesehen ... aber die saufen wahrscheinlich heimlich, diese Schlingel ... äh ... blödes Thema. Sprechen wir über die Kreuzzüge.«

Aylin nimmt Sibel mit zur Theke, und ich bleibe mit Onkel Abdullah allein. Ein Moment intensiven Schweigens entsteht, bis ein alter Bekannter von mir über die Schwelle tritt: Jupp Süffels, Besitzer von *Süffels Kölsch*. Für ihn habe ich mal den Slogan »*Süffels Kölsch* – echt typisch Kölsch« entworfen – ein absolutes Highlight meiner Karriere als Werbetexter.

»Daniel, du als Gastronom, dat is en Hammer. Dat – is – en – Hammer, haha. Als isch dat jehört hab, da hab isch zuerst jedacht: Nee, ne? Dat dauert doch keine zwei Monate, dann is der reif für *Auf Zack mit Schlack*.«

»*Auf Zack mit Schlack?*«

»Na, diese Sendung auf RTL2 ... oder war dat Kabel 1 ... na, ejal ... wo dieser Starkoch Sven Schlack Pleite-Gastronomen wieder auf die Beine hilft.«

»Ach so, haha, nein, das wäre wohl das Letzte, wo ich mitmachen würde.«

»Trotzdem, Daniel, du als Gastronom – dat is unjefähr so, als würde der Geißbock beim Stierlauf in Pamplona teilnehmen, haha. War nur Spaß, nix für unjut, du schaffst dat schon, aber dat – is – en – Hammer, haha ... Hier, kleines Jeschenk zur Eröffnung!«

Er gibt ein Zeichen nach draußen, woraufhin sein Sohn Ralf ein 50-Liter-Fass *Süffels Kölsch* zur Theke rollt. Ich umarme Jupp Süffels zum Dank – und sehe dabei in Onkel Abdullahs verblüffte Augen:

»Äh ... das ist alkoholfreies Kölsch.«

»Haha, der war jut, Daniel! Nee, dat is unser neues Starkbier mit sechs Prozent, dat knallt, kann isch dir sagen.«

Er wendet sich an Onkel Abdullah:

»Wissen Se, Süffels ohne Alkohol is auch lecker – aber davon wird man so schwer besoffen!«

Schnell ziehe ich Jupp Süffels beiseite und will ihm die Lage erklären. Er glaubt mir kein Wort:

»Haha, Humor haste, dat muss man sagen. Dat brauchste auch in der Gastronomie, sonst läufste irjendwann Amok. So, wat *isch* jetzt brauche, dat is ein Kölsch. Hallo, Aylin!«

Jupp Süffels stürmt zur Theke, und ich verstricke mich bei Onkel Abdullah weiter in meinem Lügenlabyrinth:

»Jaja, der Jupp, der macht einen Witz nach dem anderen. Also, ehrlich, ich glaube inzwischen gar nichts mehr, was der sagt.«

Onkel Abdullah schaut mich mit hochgezogenen Augenbrauen an. Traut er mir noch? Hat er unser Spiel durchschaut? Dann nickt er lächelnd. Puh, noch mal davongekommen. Frau Denizoğlu schaut mich mit einem bohrenden Blick an. Ich signalisiere ihr, dass ich die Lage im Griff habe. Um das Thema Alkohol mache ich ab jetzt einen großen Bogen:

»Wie war denn die Reise, Onkel Abdu...«

»Dübndüdüüüüüüüüü! Dübn dübn dü ...«

Mein bester Freund Mark kommt zur Tür rein und begrüßt mich wie üblich mit der Stimme von Udo Lindenberg. Meine Unterlippe bewegt sich automatisch Udo-mäßig nach unten, aber ich vermeide das eigentlich obligatorische Antwort-Dübndüdüüü, damit Onkel Abdullah mich nicht für verrückt hält.

Mark tänzelt nun Lindenberg-mäßig auf der Stelle, schleudert ein imaginäres Mikrofon durch die Gegend und reicht mir schließlich eine Flasche Eierlikör:

»So, Daniel, alter Säufer ... eine Flasche für eure Paniktheke.«

Ich nehme verkrampft die Flasche:

»Geilomat.«

»Tja, ich bin so El-Checko-technisch durch meine Hirnwindungen gepilgert und hab mir gedacht: Bringste mal was Leichtes mit – nach jedem Wodka ein Likörchen, das schießt panikmäßig am schnellsten in die Hirse.«

Onkel Abdullah schaut mich entsetzt an. Ich verdecke schnell das Etikett der Eierlikörflasche:

»Vanillesoße – lecker!«

Mark ist irritiert, redet aber weiter mit der Stimme von Udo Lindenberg:

»Alles panikmäßig paletti?«

»Na ja ...«

»Ey, da steht ja deine Panikbraut hinter der Theke – in einem geilen Hammer-Outfit!«

Während Mark zum Tresen tänzelt, entsteht ein Moment peinlicher Stille zwischen mir und Onkel Abdullah. Als ich gerade denke, dass es nicht mehr schlimmer kommen kann, drückt Jupp Süffels jedem von uns ein Kölsch in die Hand:

»So, dann sag isch mal: Prösterchen.«

Ich gerate in Panik:

»Nein, halt! Moment!«

»Ach, du hast ja rescht, Daniel, et fehlt ein Trinkspruch ... Welschen nehmen wir denn heute? Hm, ah, pass auf:

Lieber Mond, du hast es schwer,
hast allen Grund zur Klage,
du bist nur zwölfmal voll im Jahr,
ich bin es alle Tage.
Wohlsein!«

Jupp Süffels trinkt sein Kölsch auf ex:

»Nanu – da is ja wieder nur Luft im Glas!«

Er geht zurück zum Tresen. Onkel Abdullah schaut mich skeptisch an:

»Also, Daniel ... Ist alkoholfrei?«

Okay. Das Spiel ist aus, Daniel. Jetzt Butter bei die Fische.

»Äh ... Ja.«

Habe ich gerade »ja« gesagt? Aaaaaaaaaaaaaaaaaahhh!

»Du schwörst?«

»Äh ... na ja ...«

»Na gut.«

Vorsichtig nippt Onkel Abdullah am Kölsch. Ich kriege Schweißausbrüche und schaue panisch zu Frau Denizoğlu. Die springt auf, als würde sie von einer Sprungfeder aus dem Stuhl katapultiert, rennt zu Onkel Abdullah und reißt ihm das Glas aus der Hand:

»Oh, vallaha, ich habe gerade gesehen, ist über Verfallsdatum. Leider, leider, schmeckt gar nix mehr.«

Onkel Abdullah nimmt sich das Glas zurück:

»Aber ist gar nix so übel.«

Er trinkt den Rest auf ex:

»Vallaha, gar nix so übel.«

Frau Denizoğlu lacht ein wenig zu laut:

»Hahaha, Onkel Abdullah hat getrunken alkoholfreies Kölsch ... Darauf stoßen wir an – mit Ayran.«

Sie will Onkel Abdullah wegziehen, wird aber von Jupp Süffels gestoppt:

»Haha, Ayran, der war jut. Hier haste Nachschub.«

Er drückt das nächste Kölsch in die Hand von Onkel Abdullah, der es schneller leer trinkt, als Frau Denizoğlu »Aber« sagen kann. Was habe ich nur getan?

30

Eine halbe Stunde später hat Sibel die ersten Essen serviert; mein Vermögensberater und meine Ex-Arbeitskollegen sind ebenso eingetroffen wie Schilder-und-Getränke-Kenan, Aylins Bruder Cem und das angeheiratete türkisch-griechische Lesbenpärchen sowie diverse weitere Onkel (immerhin drei Onkel Mehmets), Tanten, Cousins und Cousinen von Aylin.

Onkel Abdullah scheint noch nichts zu merken – er hat ein frisches Kölsch in der Hand und kichert angesäuselt vor sich hin. Ein guter Zeitpunkt für meine Rede. Da ich nach der Fertigstellung der Antalya-Lovestory für die Speisekarte noch drei Stunden wach lag, konnte ich im Kopf daran feilen. Ich sorge für Ruhe, indem ich mit einem Messer an ein Sektglas stoße. Alle schauen mich an. Meine Mutter gibt mir Zeichen, dass ich meinen Hemdkragen richten soll, und meine linke Hand tut es gegen meinen Willen.

»Liebe Gäste, es war ein hartes Stück Arbeit, aber es hat sich gelohnt: Aylin und ich haben uns einen Traum erfüllt. Den Traum vom eigenen Café. Den Traum, in einer Welt der Großkonzerne eine Oase zu schaffen, die unabhängig ist von Aktienmärkten. Eine Oase für uns, für unsere Freunde, für unsere Familie und für alle Gäste, die spüren, dass es hier nicht um Profitmaximierung geht, sondern um das Gefühl, ein zweites Zuhause zu haben ... ein zweites Wohnzimmer ... eine zweite Familie.«

Allen Gästen klappt synchron die Kinnlade nach unten: Ich habe zwar geplant, ein wenig pathetisch zu werden und die Gäste anzurühren, aber jetzt bin ich doch baff, dass die Wirkung meiner Worte so ausgesprochen ... Moment mal, die Leute schauen gar nicht *mich* an ... Sie schauen nach draußen: Ausgerechnet in diesem Moment gehen zwei Prostituierte am Café vorbei. Perfektes Timing. Nein, sie gehen nicht vorbei, sie kommen herein. Es sind ... Aylins Cousinen Yasemin und Emine!

Yasemin trägt schwarze Lackstiefeletten mit ultrahohen Absätzen in Kombination mit hautengen schwarzen Glanzleggings, unter denen sich ihr Hintern so exakt abzeichnet, dass sich jeder sofort als Voyeur fühlt, sobald er länger als eine Zehntelsekunde hinschaut; beziehungsweise jeder sensible, einfühlsame, zartbesaitete ... also ich. Vor langer Zeit war ich mal mit den beiden in einer Disco. Da hatten sie schon extrem heiße Klamotten an – heute scheint ihr Wunsch, Paarungsverhalten auszulösen, sogar noch größer zu sein.

Was Yasemin darüber trägt, kann ich nicht sagen, weil ich den Kopf reflexartig wegdrehe – und mir leicht den Hals verrenke. Toll, damit kann ich später mal angeben: »Klar, du hast eine Haiattacke überlebt ... Aber *ich* habe mir den Hals verrenkt, als ich den Blick von zwei Frauen in heißen Klamotten abgewendet habe – na, was sagst du jetzt?«

Bei Emine nehme ich nur irgendwas Weißes wahr, in Kombination mit sehr viel Haut. Cem und Kenan pfeifen anerkennend, während mein Vater auffällig die Speisekarte studiert. Aha, offenbar vererbt sich das Blickabwenden dominant. Dimiter Zilnik lächelt selig, während meine Mutter und Ingeborg Trutz genauso perplex sind wie die anderen Gäste. Emine flüstert mir ins Ohr:

»Wo sind denn die Kameras? Aylin hat gesagt, ihr habt das Fernsehen eingeladen.«

»Äh, na ja, *eingeladen* haben wir's schon ...«

Da steigt mir Emines süßliches Parfüm in die Nase, das man unbedingt in die Liste der Betäubungsmittel aufnehmen sollte. Alles, was ich sagen wollte, verschwindet aus meinem Kopf. Dann beugt sich Yasemin zu Frau Denizoğlu, die unmittelbar vor mir sitzt, um sie mit Wangenküsschen zu begrüßen. Dabei spannt sich der Stoff am Gesäß, und meine Augen starren auf einen

Wert von 9,99 auf der bis zehn reichenden Jennifer-Lopez-Skala. Ich versuche vorbeizuschauen, aber offenbar hat mein Stammhirn den Kopfwegdrehreflex inzwischen blockiert.

»Wo war ich ... äh ... also ... wir haben hier eine Oase ... äh ... mit einem tollen Hintern ... äh, Hinterhof. Und ich bin froh, dass wir hier alle intim ... beziehungsweise *im Team* zusammenarbeiten ... äh ... äh ...«

Ich hatte vor, mich an dieser Stelle bei allen Mitarbeitern zu bedanken, muss aber mitansehen, wie Yasemin das identische Begrüßungsritual einen Platz weiter bei Cem praktiziert, während sich nun Emine zu Frau Denizoğlu hinunterbeugt. So kann ich erkennen, dass sie das weiße Gegenstück zu Yasemins schwarzen Glanzleggings trägt – mit dem kleinen Unterschied, dass ein rosafarbener Stringtanga hindurchschimmert. Damit habe ich neben der 9,99 noch eine 9,999 in meinem Gesichtsfeld – so was erleben normalerweise nur Gangster-Rapper. Inzwischen ist auch der Zugang zu meinem Namensgedächtnis abgeriegelt; ich erinnere mich nicht einmal an den von ... Moment, meine Frau heißt ... äh ... Aylin. Puh, wenigstens der. Na los, Daniel – sag irgendwas!

»Tja, also dann ... äh ... meine Mutter ... ich bedanke mich bei ... äh ... Aylin.«

Habe ich gerade »meine Mutter« gesagt? Egal. Ich schaue Aylin an, die mir liebevoll einen Kuss hinüberschickt. Ich erwache wie aus einer Trance:

»Aylin, du bist die sprudelnde Quelle, die diese Oase jeden Tag zum Leben erwecken wird ...«

Frau Denizoğlu jauchzt ergriffen auf und präsentiert Cem ihre Gänsehaut; auch Aylin hat feuchte Augen. Mein Vater hingegen starrt mich entsetzt an.

Merkwürdig, heute Morgen um fünf war ich selbst ergriffen von meiner mutigen Metapher; aber jetzt, unter dem tadelnden Blick meines Vaters, kommt sie mir trivial und blöd vor. Kitsch funktioniert nicht in Anwesenheit eines Germanistikprofessors.

Vor mir geht der Softporno in die nächste Runde, weil sich nun Emine zu Cem beugt und Yasemin zu Herrn Denizoğlu; aber mein Gehirn ist mittlerweile zu sechzig Prozent mit dem tadelnden Blick meines Vaters beschäftigt. Weitere dreißig Prozent sehen hilflos mit an, wie Onkel Abdullah sein drittes Kölsch trinkt. Oder ist es schon das vierte? Mit den verbleibenden zehn Prozent Gehirn rede ich weiter:

»Ich bedanke mich ganz besonders bei Gisela Gallagher, die diese Oase mit ihrer Liebe und ihrem einmaligen Charakter vor über 30 Jahren ...«

»Is jut jetzt, Daniel, et reischt, wenn isch einmal am Tag heule. Die Oase braucht ja keine Überschwemmung.«

Nachdem ich mich noch bei den übrigen Mitarbeitern bedankt habe, komme ich zum Finale meiner Rede, das mir heute Morgen unter der Dusche einfiel:

»... Ich weiß nicht, ob das hier ein großer Erfolg wird. Ich weiß auch nicht, ob die Gastronomie meine Bestimmung ist. Und ganz ehrlich ... ich habe auch ein kleines bisschen Angst. Nicht nur, weil wir einen Griechen in der Küche haben ... Aber eins weiß ich ganz sicher: Ich werde das hier niemals bereuen! Ja, wir hatten einen Wasserschaden, es gab mehrere Hundert Probleme, wir hatten Konflikte – und bis gestern weder Koch noch Speisekarte. Und wenn es nach meinem Postboten geht, werde ich bald so aussehen wie das Eichhörnchen hier auf der Theke. Aber wisst ihr was? Ich habe mich in den letzten Wochen zum ersten Mal nach langer, langer Zeit bei der Arbeit lebendig gefühlt. Ich habe endlich wieder für einen Job gebrannt. Ich hatte fast vergessen, was für ein tolles Gefühl das ist.«

Meine Exkollegen Karl und Lysa schauen mich nachdenklich an; Ulli wischt sich eine Träne aus dem Auge.

»... Und egal, was jetzt noch passieren wird: Allein dafür hat es sich gelohnt – und natürlich für den Anblick von Yasemins und Emines Hinterteilen.«

Der letzte Satz rutscht mir spontan raus, führt aber zu einem großen Lacher, gefolgt von begeistertem Applaus. Während ich zu Aylin hinter die Theke gehe, erhebt sich Herr Denizoğlu, klopft mir auf die Schulter und räuspert sich:

»Liebe Familie, liebe Gäste, Daniel hat gesagt, arbeitet Chrístos eine Grieche in der Küche. Aber Grieche, Türke, welche Rolle spielt das? Er ist einfach *Mensch.* Wenn er wäre eine Türke, wäre keine andere Mensch als jetzt. Wichtig ist nur eins: Charakter und Seele!«

Spontaner Applaus brandet auf.

»Und denke ich, von Charakter und Seele, Chrístos ist eine Türke.«

Nun meldet sich Chrístos' griechisch-lesbische Ehefrau zu Wort:

»Er ist Grieche.«

Herr Denizoğlu zuckt mit den Schultern:

»Der eine sagt so, der andere so.«

Nun mischt sich Oma Berta ein:

»Das stimmt gar nicht. Christus war der König der Juden.«

Nach einer kurzen peinlichen Stille nimmt Herr Denizoğlu den Faden wieder auf:

»Aber egal, ich wollte sprechen über Café. Als Aylin hat angekündigt, es gibt große Neuigkeit, mein Frau und ich habe gedacht, wir werde endlich Großeltern.«

Aus meiner Mutter platzt es spontan heraus:

»Wir auch!«

»... Aber dann, Aylin hat gesagt, sie eröffnen Café. Und sicher, Café ist auch eine gute Sache. Nicht so gute Sache wie eine Kind, aber egal. Aylin ist unser Tochter, und Daniel für mich ist wie eine eigene Sohn. Deshalb, wenn ihr Hilfe braucht, wir sind immer für euch da ...«

Aylin nimmt meine Hand. Ich lächle gerührt.

»... Wenn ihr habt eine Problem, ihr müsst einfach sagen Bescheid ...«

Jetzt hat es mich doch erwischt – meine Augen werden feucht.

»... Habe ich einen Cousin in Trabzon, ist Arzt und macht künstliche Befruchtung. Kostet mich nur eine Anruf und klappt hundert Prozent.«

Allgemeine Irritation, nur meine Mutter klatscht begeistert. Herr Denizoğlu lächelt ihr niedergeschlagen zu:

»Aber natürlich, ich wünsche auch viele Gülück für eure Café.«

Verhaltener Applaus brandet auf, und ich bin zu perplex, um mich wie üblich darüber zu amüsieren, dass Herr Denizoğlu dem

Wort »Glück« stets ein zweites *ü* hinzufügt. Warum hat meine Mutter so begeistert geklatscht? Sie hat doch gesagt, wir sollen uns Zeit lassen. Meine Gedanken werden von einem Mann in Uniform unterbrochen:

»Ordnungsamt Köln, guten Abend. Uns wurde ein Verstoß gegen das Rauchverbot gemeldet.«

31

»Das Rauchverbot ist ein widerrechtlicher Eingriff in die Selbstbestimmung der Bürger dieses Landes. Ich weigere mich, diese faschistoide Regel zu befolgen, und betone, dass dies Ausdruck meines freien Willens ist. Sie haben nicht das Recht, die Betreiber dieses Cafés dafür verantwortlich zu machen.«

Dimiter Zilnik hat sich in Rage geredet. Doch der Beamte zückt unbeeindruckt einen Strafzettel:

»Doch. Exakt dieses Recht haben wir. Das macht zweihundert Euro für den Gastwirt und dreißig Euro für Sie.«

Dimiter Zilnik bläst dem Beamten provokativ Zigarrenqualm ins Gesicht. Der Beamte zückt einen weiteren Strafzettel:

»Jetzt sechzig Euro.«

In diesem Moment torkelt Onkel Abdullah hinzu:

»Dafür in diese Café gibt keine Alkohol.«

Der Beamte klopft ironisch auf seine Schulter:

»Natürlich nicht. Und das Kölschfass dahinten ist alkoholfrei.«

»Ja genau. In Koran, nur Alkohol verboten. Nix Rauch.«

»Tja, meines Wissens ist der Koran nicht Teil der deutschen Gaststättenverordnung, aber danke für den Hinweis.«

Dimiter Zilnik hält dem Beamten jetzt seine Zigarre hin:

»Wollen Sie auch mal ziehen? Ist 'ne echte Kubanische.«

Der Beamte zückt einen weiteren Strafzettel:

»Bestechungsversuch. Ich erhöhe auf hundert Euro.«

Dimiter wendet sich nun an mich:

»Interessant. Seine rhetorische Begabung scheint sich auf Strafzettel zu beschränken.«

»Dimiter, ich fürchte, das bringt uns nicht weiter. Vielleicht sollten wir einfach ...«

»Hundertdreißig Euro.«

Dimiter nickt wissend:

»Dito.«

Oma Berta, die sich auf dem Weg zur Toilette befindet, bleibt abrupt stehen und starrt den Ordnungsbeamten an:

»Oh nein, die Gestapo ist da!«

Der Beamte zückt den nächsten Strafzettel:

»Und Beamtenbeleidigung – hundert Euro für die junge Dame.«

Er reicht Oma Berta den Strafzettel und ruft in die Runde:

»So, wer hat noch nicht, wer will noch mal?«

Ich nehme Oma Bertas Strafzettel und gebe ihn dem Beamten zurück.

»Es tut mir leid, aber meine Oma ist ein bisschen verwirrt, die hält Sie tatsächlich für die Gestapo.«

»Und das soll ich Ihnen jetzt glauben?«

Oma Berta tritt den Beamten mit voller Wucht vors Schienbein:

»Das ist dafür, dass Sie Onkel Wilhelm verhaftet haben – nur, weil er Sozialdemokrat ist. Schämen sollten Sie sich!«

Der Beamte hält sich mit schmerzverzerrtem Gesicht sein Schienbein. Onkel Abdullah wendet sich irritiert an Oma Berta:

»Was hat der Mann gemacht mit Ihre Onkel?«

»Die haben ihn windelweich geprügelt.«

Onkel Abdullah spuckt vor dem Beamten auf den Boden und krempelt sich die Ärmel hoch. Der Beamte spricht in sein Walkie-Talkie:

»Mustafa, ich brauche Verstärkung.«

Sekunden später steht ein zweiter Beamter im *3000 Kilometer*. Frau Denizoğlu ruft erfreut:

»Mustafa!«

»Frau Denizoğlu! Was machen Sie denn hier?«

Wie sich herausstellt, ist Mustafa der Sohn der Gemüsehändlerin, bei der Frau Denizoğlu Auberginen kauft, und nach einer längeren Diskussion ist Mustafas Kollege schließlich bereit, auf die Bußgelder zu verzichten. Derweil versuche ich, den immer noch aufgebrachten Onkel Abdullah zu beruhigen:
»Das war alles ein Missverständnis. Oma Berta hat den Mann verwechselt.«
»Aber wenn der Mann hat angegriffen unsere Familie, ich muss verteidigen unsere Ehre.«
Ich bin gerührt, dass Onkel Abdullah mich so sehr als Familienmitglied betrachtet, dass er sich sogar für meine Oma prügeln will. Und da wird schlagartig mein schlechtes Gewissen übermächtig:
»Onkel Abdullah, ich muss dir etwas gestehen ...«
»Was?«
»Du hast ... äh ... na ja ... also ... Alkohol getrunken.«
Onkel Abdullah zieht die Augenbrauen hoch. Mir bricht der Angstschweiß aus. Instinktiv scanne ich den Raum nach der besten Fluchtgelegenheit.
»Ich habe getrunken – Alkohol?«
»Nun ja, also streng genommen ... äh ... ja.«
Eine endlose Pause entsteht. Ich warte vergeblich darauf, dass mein Leben an mir vorbeizieht. Dann lacht Onkel Abdullah auf:
»Haha, habe ich mir schon gedacht. Aber jetzt kommst *du* in Hölle, Daniel, nicht ich. Weil du hast gesagt, ich trinke keine Alkohol, und ich habe geglaubt. Haha!«
»Puh, da bin ich aber erleichtert, dass du das so ... sportlich nimmst.«
»Erleichtert? Hölle ist keine Spaß, Daniel! Aber sicher, wenn du bist erleichtert, du bist erleichtert.«
Jetzt legt Abdullah mir den Arm um die Schulter und schaut mir tief in die Augen:
»Weißt du was? Ich nicht dumm. Habe ich sofort gewusst, dass ihr habt mich angelogen.«
»Das ... äh ... das hast du gewusst?«
»Ja. Aber habt ihr euch viel Mühe gegeben. Und das, ich weiß zu schätzen.«

»Moment, du findest es gut, dass wir dich angelogen haben?«
»Ja. Zeigt, dass ihr mich respektiert.«

Die Ordnungsbeamten wurden inzwischen von Jupp Süffels mit Kölsch versorgt – so werden Konflikte auf rheinisch-türkische Art beigelegt. Ich nehme den Beamten Mustafa kurz zur Seite:
»Sag mal, wer hat eigentlich den Verstoß gegen das Rauchverbot gemeldet?«
»Na, die da drüben.«
Er deutet auf die gegenüberliegende Straßenseite, wo gigantische Luftballonketten, riesige Filmscheinwerfer und einige TV-Kameras mich daran erinnern, dass die Eröffnung von *Zachary's Burger Lounge* ebenfalls heute stattfindet – und zwar offensichtlich deutlich spektakulärer als bei uns. Aha, *deshalb* sind weder Presse noch Funk oder Fernsehen hier.
Über dem Laden springt mir ein kolossales Banner ins Auge, auf dem die Worte prangen: »Zachary's Burger Lounge – be part of our family«. Soso – die Arbeit meiner Exkollegen. Wahnsinn! *Ich* habe in den vergangenen Wochen ein eigenes Unternehmen in die Welt gesetzt, und *sie* haben in unzähligen Meetings an einem hohlen Satz gefeilt, den man so ähnlich oder genauso schon hundertmal gehört und gelesen hat. Wie habe ich es nur so lange in dieser elenden Branche ausgehalten?
Eine Limousine fährt vor, und eine Frau, die aussieht wie Verona Pooth, steigt im Blitzlichtgewitter mehrerer Fotografen aus, lässt sich gemeinsam mit Tote-Fischaugen-Breller ablichten und betritt schließlich den Laden.
Wut steigt in mir hoch: Die kriegen das Geld vom Mutterkonzern nur so in den Hintern geblasen und hetzen uns dann noch das Ordnungsamt auf den Hals – was für Aasgeier! Ich stapfe auf die andere Straßenseite, wo ich von den toten Makrelenaugen mit geheuchelter Freundlichkeit empfangen werde:
»Herr Hagenberger, wie schön, dass Sie zur Eröffnung vorbeischauen.«
»Sparen Sie sich den Mist. Sie haben uns doch gerade erst beim Ordnungsamt angezeigt!«
»Herr Breller? Hierher bitte!«

Einer der Fotografen animiert uns, in seine Kamera zu schauen. Ich lächle nicht. Er macht ein paar Bilder, dann schaut er mich mit einem Ist-der-ein-B-oder-C-Promi-oder-hab-ich-die-Bilder-etwa-umsonst-gemacht-Blick an. Dann wird seine Aufmerksamkeit von High-Heel-Geklacker abgelenkt: Yasemin und Emine rennen aus dem *3000 Kilometer* auf die andere Straßenseite:

»Moment, wir gehören zu ihm!«

Sie haken sich rechts und links bei mir unter und bieten dem Fotografen laszive Posen an. Nun stürzen sich schlagartig alle Fotografen auf uns, und ich bin nicht sicher, ob ich mich aufgrund des Blitzlichtgewitters betäubt fühle oder weil mich die Parfümwolke jetzt beidseitig umwabert. Fischaugen-Breller nickt anerkennend:

»Das hätte ich nicht gedacht, dass Sie Callgirls engagieren, um ...«

»Das sind keine Callgirls, das sind die Cousinen meiner Frau.«

»Wie Sie meinen. Was ich sagen wollte: Also, *ich* habe das Ordnungsamt nicht gerufen; das war unser Filialleiter – er hat wohl mit Ihnen noch eine Rechnung offen.«

Ich löse mich von Yasemin und Emine, schaue in die *Burger Lounge* hinein und sehe, wie mein Exchef Kleinmüller mit der Vielleicht-ist-sie-Verona-Pooth-Frau Wangenküsschen austauscht. Dann wird Verona mit einer 90-Grad-Verbeugung begrüßt. In diesem Fall ist es sogar eine 95-Grad-Verbeugung. Ich kenne nur einen, der so etwas macht.

»Das ... das ist Nader Foumani.«

»Genau. Unser Filialleiter.«

Ich muss ein Lachen unterdrücken:

»Oh, da haben Sie ja einen richtig guten Fang gemacht.«

»Absolut. Der hat sensationelle Zeugnisse. Wussten Sie, dass er zehn Jahre Geschäftsführer von *Burger King* Kalifornien war? Und Arnold Schwarzenegger war sein Stammgast.«

Ich denke: Ja, wahrscheinlich hat er auch eine Empfehlung von E. T. und ein Kind mit Daisy Duck, spreche es aber nicht aus. Wenn die Konkurrenz einen inkompetenten Filialleiter einstellt, will ich sie nicht daran hindern.

32

Als ich zu unserem Café zurückkehre, sind Yasemin und Emine längst in *Zachary's Burger Lounge* verschwunden und werden von einem RTL2-Team interviewt. Ich kann gar nicht so viele *Zachary's Burger* essen, wie ich kotzen möchte. Am Eingang kommt mir ein sturzbetrunkener Onkel Abdullah entgegen und lallt:

»Weiss du Daniel, Kölll... Kölll... Kölllsss... Kölsch hat gutes Geschmack. Aber ... nnn... nnn... nnnoch besser is ... Jägermeister. Hihi.«

Mit diesen Worten sackt Onkel Abdullah zusammen – ich kann gerade noch verhindern, dass er zu Boden stürzt. Kurz darauf wuchtet einer von den drei Onkel Mehmets den schlafenden und laut schnarchenden Onkel Abdullah in ein Taxi und begleitet ihn zur Wohnung der Denizoğlus, damit er den ersten Rausch seines Lebens ausschlafen kann.

Das Taxi ist noch nicht um die Ecke gebogen, da hat Sibel schon das Kopftuch weggeworfen, das XXL-Top gegen die hautenge Variante getauscht sowie die Hose gegen den Minirock. Ich gehe zur Theke, wo Aylin unseren ersten Toilettengast offenbar zu einem Vorspeiseteller überreden konnte. Mark kommt aufgeregt zu mir:

»Wer ist die Kellnerin, die gerade angefangen hat?«

»Sibel. Aber sie kellnert schon die ganze Zeit.«

»Komisch, warum ist sie mir nicht direkt aufgefallen? Egal, vielleicht kannst du sie mir ja mal vorstellen ... irgendwann.«

Ich winke Sibel zu uns. Als sie sich nähert, merke ich, dass Mark die Unterlippe runterzieht.

»Mark, nur ein Tipp: Abgesehen davon, dass Frauen Udo-Lindenberg-Imitationen tendenziell weniger cool finden als wir, hat Sibel keine Ahnung, wer das überhaupt ist.«

»Daniel, ich hab gesagt: *irgendwann*. Du kannst sie doch nicht einfach so ... Ich ... ich bin nervös wie ein Teenager. Ich kann nicht mehr atmen. Ich ...«

»Sibel, das ist Mark. Lustig, du bist Kellnerin, und er ist Comedy-Kellner.«

»Comedy-Kellner?«

»Seit drei Jahren spielt er auf Partys und Events einen lustigen Kellner und ...«

Mark stoppt mich mit einem frustrierten Blick, und ich überspiele die Situation schnell:

»Auf jeden Fall ist er mein bester Freund. Also: Mark – Sibel; Sibel – Mark.«

»Hallo, Mark. Wie geht's?«

Sibel begrüßt Mark mit Wangenküsschen und streichelt ihn sanft über den Arm. Mark verkrampft total:

»Angenehm.«

Sibel zwinkert ihm zu und geht weiter. Mark schaut ihr verträumt hinterher:

»Sie ist meine große Liebe. Wir sind füreinander bestimmt. Ich weiß das.«

»Entschuldige Mark, aber Sibel ist doch irgendwie ...«

»... nicht meine Liga? Das hab ich dir damals bei Aylin auch gesagt. Und jetzt seid ihr seit fünf Jahren verheiratet.«

»Ja, schon, aber ...«

»Das ist doch super. Wenn ich mit Sibel zusammen bin, kannst du mir alle Tipps geben: Wie man mit der Familie umgeht, wie man eine türkische Hochzeit organisiert ...«

»Du hast bis jetzt nur ein Wort zu ihr gesagt: ›angenehm.‹«

»Quatsch. Ich habe *nicht* ›angenehm‹ gesagt.«

»Doch.«

»Nein. Ich habe so was in der Art gesagt: ›Hey, du siehst toll aus‹.«

»Vielleicht in deinem Kopf. In der Realität hast du ›angenehm‹ gesagt.«

»Stimmt. Ich habe ›angenehm‹ gesagt ... Oh nein! Ich ... ich ... Honk!«

Mark schlägt sich verzweifelt an den Kopf. Ich klopfe ihm auf die Schulter:

»Hey, du hast Glück. Sibel hat nämlich keine Ahnung, wie uncool das ist.«

Marks Stimmung schlägt in einer halben Sekunde von Verzweiflung in Euphorie um:

»Dieser Hochzeitssaal in Leverkusen war toll, wo du mit Aylin gefeiert hast – da kriegst du sicher gute Konditionen.«

»Mark, du bist gerade mal einen Monat von Tanja getrennt ...«

»Hast du gesehen, wie sie mir zugezwinkert hat? Das war nicht einfach nur ein Zwinkern ... Das war ... Da war etwas.«

Mark lächelt selig, und ich verschweige, dass Sibel mir auch ständig zuzwinkert.

Da ertönt eine laute Sopranstimme, bei der sich meine Nackenhaare aufrichten. Ich ahne Schlimmes – und tatsächlich: Ingeborg Trutz steht auf einem Tisch und hat angefangen zu singen:

»Iiiiiiiiiiimmmm Caféeeeeeeeeeeeeeeeeeeeeeeeeee ...«

Sie legt eine bedeutungsschwangere Pause ein, in der sie die Gäste mit lasziven Blicken mustert. Unvermittelt singt ... nein, *brüllt* sie wieder los:

»Iiiiiiiiiiiiiiiiiiiiiiiiiiiiiimmmmmm Caaaaaaaaaaaaaaaaaaa ... feeeeeeeeeeeeeeeeeeeeeeeeeeeeeeeeeeeeeeeeeeeeeeeee ...«

Es folgt eine Art von Schnappatmung:

»He, he, he, he, he, he, heeeeeeeeeee ...«

Gisela schaut konsterniert:

»Und isch dachte immer, *meine* Gäste waren bekloppt.«

»... heeeeeeeeeeeeee, he, he, he, he, he ...«

Unvermittelt reduziert sie die Lautstärke um rund hundert Dezibel und flüstert:

»... im Café Oriental.«

Erst jetzt wird mir klar, dass es sich um eine extrem freie Interpretation des Schlagers »Café Oriental« von Vico Torriani handelt. Ingeborg Trutz stampft dreimal mit ihren Pumps auf den

Tisch – wodurch eine große schwarze Delle entsteht – und trägt dann die Strophe wie ernsthafte Lyrik vor, wobei sie einzelne Silben überbetont und die Worte »im Café Oriental« flüstert:

»Eine war besooooondors schön
im Cafe Oriental
sie sah aus wiiiiiie die Loren
im Cafe Oriental.
Herrlich waaaaaaar ihr Dekolleté
sie war schlank und sooooooooooooo schmal
und war braun wie deeeeeeer Kaffee
im Cafe Oriental.«

Nun folgt eine Mischung aus Flamenco, Stepptanz und Restless-Legs-Syndrom, wobei Ingeborg Trutz die Tischplatte in eine Kraterlandschaft verwandelt. Dann stürzt Ingeborg um ein Haar ab – nur dank der schnellen Reaktion meines Vaters endet diese Performance ohne Einsatz eines Krankenwagens. Zum Glück nimmt Sibel alles auf und postet es umgehend auf Facebook. Ingeborg sammelt sich kurz und lässt die Darbietung mit einer Art Urschreitherapie enden:
»Leileileiiiii, LeeeeeeeeeeeeeiiiiiiiiiiiiiillleeeeeeeiiiiIIIIIiiiii- iiiii ...«
Meine Eltern und Dimiter Zilnik applaudieren mit ihrem Das-war-große-Kunst-Gesicht, und der Rest der Gäste klatscht konsterniert mit. Aylins Eltern stehen fassungslos da, als hätten sie gerade einen Geist gesehen. Gisela ruft in den Raum:
»Moment mal, die Melodie jeht doch anders, pass auf: Im Café, im Café, im Café Oriental, lallallaaaa lalallaaaa lallallaaa lallallal-laaaaa ...«
Erst stimmen Jupp und Ralf Süffels mit ein, dann meine Exkollegen, und bald singen alle Gäste euphorisch das Lied »Café Oriental«, sogar die beiden Beamten vom Ordnungsamt. Einzig Dimiter Zilnik verweigert sich in gewohnter Manier dem Herdentrieb und schaut zutiefst enttäuscht – wie immer, wenn um ihn herum grundlose Fröhlichkeit herrscht.
Dann glaube ich meinen Augen nicht zu trauen: Hartmut

Gramich und die Mutti haben nicht nur das Kriegsbeil begraben, sondern schunkeln eingehakt und grölen im Duett.

Eine halbe Stunde später hat Aylin ihre Lieblings-Tarkan-CD eingelegt und so das *3000 Kilometer* in eine türkische Disco verwandelt. Mark pirscht sich unmerklich an Sibel ran, die zu seinem Entzücken ihre Hüften kreisen lässt, während Oma Berta mit einem der beiden verbliebenen Onkel Mehmets tanzt. Sogar Yasemin und Emine sind wieder zurückgekommen, weil »es drüben total öde war und sich so ein schleimiger Iraner an uns rangewanzt hat«. Nun haben sie Spaß daran, meinen Vater anzutanzen, weil der sich nicht traut, sie anzuschauen. Die Stimmung ist wie an Karneval, nur besser. So gut, dass ich nicht einmal das Bedürfnis habe, ein Foto zu machen. Bei einer Ballade schnappe ich mir Aylin und tanze mit ihr so verliebt wie am ersten Tag. Nein, *noch* verliebter.

Drüben, über *Zachary's Burger Lounge,* heißt es »Be part of our family« – aber das ist eine reine Behauptung; ein billiger Trick der Werbebranche, um an das Geld einsamer Menschen zu kommen.

Aber Karl, Ulli und Lysa, also diejenigen, die sich den *Be-part-of-our-family*-Quatsch ausgedacht haben, sie sind hier und kriegen feuchte Augen, wenn ich sage, dass ich wieder für meine Arbeit brenne. Es hat sie auf diese Seite der Straße gezogen, denn hier gibt es im Gegensatz zur anderen Straßenseite *wirklich* eine Familie.

Aylin und ich schauen uns an: Das ist unser Werk! Wir haben es geschafft! Wir haben es geschafft, dass immerhin *ein* nicht eingeladener Gast erschienen ist. Ein Student, der eigentlich nur pinkeln wollte und durch Aylins Flirtkünste jetzt über zwanzig Euro auf dem Deckel hat.

Ja, das stimmt mich verhalten optimistisch.

Und nein, ich bin nicht eifersüchtig.

DRITTER TEIL

33

Ich liege in meinem weißen Frottee-Bademantel auf dem Bett, frisch geduscht und mit zwei Sprühstößen von Gaultiers *Le Male* olfaktorisch aufgewertet. Da klopft es an die Schlafzimmertür:
»Room Service!«
»Treten Sie ein.«
Ich versuche, eine coole männliche Pose einzunehmen, und lande irgendwo zwischen Gerard Butler und einem Flamingo. Aylin öffnet die Tür. Sie trägt ein Silbertablett mit zwei gefüllten Champagnergläsern und – auf meinen Wunsch – immer noch das Kellnerinnen-Outfit.
»Weißt du eigentlich, wie heiß du in den Klamotten aussiehst, Aylin?«
»Ich hatte so eine Ahnung, als dieser Typ mir fünf Euro Trinkgeld gegeben hat.«
»Fünf Euro. Wow.«
»Du bist doch nicht sauer, dass ich ein bisschen geflirtet habe?«
»Unsinn. Gehört doch zum Job.«
Aylin drückt mir ein Champagnerglas in die Hand:
»Darauf, dass wir unseren Traum verwirklicht haben.«
»Auf uns!«
Wir stoßen an und schauen uns tief in die Augen.
»Weißt du, Aylin ... Jetzt ist sogar noch ein zweiter alter Traum von mir wahr geworden.«
»Welcher denn?«
»Ich habe eine attraktive Kellnerin abgeschleppt.«

Aylin gibt das schüchterne Barmädchen:
»Also, das mache ich sonst nie ... dass ich mit Kunden ins Bett gehe.«
»Trotzdem muss ich mich leider beschweren.«
»Worüber?«
»Ich hatte schon vor fünf Minuten einen Zungenkuss bestellt.«
»Oh, ich bin untröstlich, das hatte ich noch nicht in die Kasse gebongt. Kommt sofort.«
Wir stellen die Gläser beiseite und küssen uns leidenschaftlich. Wenig später fliegt ein Kellnerinnen-Outfit zu Boden, und ich sehe Spezialitäten des Hauses, die nicht auf der Karte stehen. Sex mit einer attraktiven Kellnerin – und das, ohne die Ehefrau zu betrügen. Ich liebe meinen neuen Beruf!

Später, nachdem wir ... äh ... das Wort ›Begehren‹ so schön buchstabiert haben wie schon lange nicht mehr, legt Aylin ihren Kopf auf meine Brust:
»Denkst du auch daran?«
»Ja.«
Wir müssen nicht aussprechen, dass es um die Sätze von Aylins Vater geht. Erstaunlich, dass es ihm offensichtlich nicht gelungen ist, damit unser Liebesleben lahmzulegen. Im Gegensatz zu Aylins Frauenarzt, der uns vor über einem Jahr mit ernster Miene in die Augen sah und dann mit Sie-haben-nicht-mehr-lange-zu-leben-Tonfall den Satz sagte: »Sie sollten heute Geschlechtsverkehr praktizieren«. Als wir die Praxis verließen, bekamen wir einen Lachanfall. Dann hatten wir drei Wochen keinen Sex.
»Daniel, es tut mir leid, dass meine Eltern so viel Druck machen. Mein Vater denkt wohl, wenn wir Türken uns nicht schnell genug vermehren, sind die Griechen in der Überzahl.«
»Wenigstens hat er meine Mutter dazu gebracht, ehrlich zu sein. Sie schaut mich seit mindestens zwei Jahren mit diesem Wann-werde-ich-endlich-Oma-Blick an. *Deine* Mutter fragt einfach bei jedem Besuch: ›Und? Endlich schwanger?‹ Dann ist das Thema abgehakt.«

»Stimmt eigentlich. Bei *deinen* Eltern schwebt es die ganze Zeit irgendwie im Raum ... Immer diese heimlichen Blicke auf meinen Unterleib, ob sich da schon was wölbt.«

»Neulich hattest du doch diesen weiten Pullover an – das hat meine Mutter wahnsinnig gemacht, hast du das gemerkt?«

»Ja. Weil sie uns schon am Nachmittag Rotwein angeboten hat. Das war ein Test. Ich hab das aber nur kapiert, weil sie so hoffnungsvoll geguckt hat, als ich Nein sagte ... da hab ich mir sofort ein Glas eingeschüttet.«

»Indirekte Kommunikation. Großartig, du hast die deutsche Kultur assimiliert.«

Aylin lacht. Dann richtet sie sich auf und schaut mir tief in die Augen:

»Daniel, ich mache unsere Ehe nicht von Kindern abhängig. Ich liebe dich. Und wenn es passiert, freue ich mich. Aber wenn es nicht passiert: Wir haben ein großartiges Leben – so oder so. Ich wollte nur, dass du das weißt.«

Zu meiner eigenen Überraschung schießen mir Tränen in die Augen – Tränen der Erleichterung. Vielleicht habe ich mir doch mehr Druck gemacht, als ich dachte. Ich umarme Aylin fest und brauche eine Weile, bis ich sprechen kann:

»Ich sehe es exakt genauso. Danke, dass du das gesagt hast. Du bist eine bemerkenswerte Frau.«

»Du bist ja auch ein bemerkenswerter Mann.«

Wir küssen uns zärtlich. Dann muss ich plötzlich lachen:

»Na ja, immerhin haben wir jetzt ein süßes Kleines, um das wir uns kümmern können.«

»Also, du sprichst jetzt hoffentlich nicht von dem ausgestopften Eichhörnchen?«

»Doch. Klar.«

»Habe ich gesagt, du bist bemerkenswert? Ich meinte eigentlich: böse.«

Aylin fängt eine spielerische Rangelei an. Bald darauf wälzen wir uns in den Laken – und buchstabieren das Wort ›Begehren‹ noch einmal. Diesmal schlafe ich nicht mit meiner Kellnerin, sondern mit meiner Ehefrau. Zwei Frauen in einer Nacht – nennt mich einfach Casanova!

34

»Sibel? Noch einen schwarzen Tee, bitte.«
»Sehr gern.«
Sibel geht schwungvoll hinter die Theke und bereitet professionell den Assam-Tee zu, den ich heute früh vom Einkauf im Großmarkt mitgebracht habe. Es stehen frische Blumen auf den Tischen, die Kühlschränke sind prall gefüllt. Kurz: Der Café-Betrieb läuft nach Plan. Mal abgesehen davon, dass kein einziger Gast da ist.

Aber wir haben an unserem zweiten Tag auch erst seit einer Stunde, achtundfünfzig Minuten und exakt dreißig Sekunden geöffnet. Muss sich rumsprechen, dass hier ein neues Café ist. Schließlich wurde unsere gestrige Eröffnung von der Boulevardpresse ignoriert – während *Zachary's* verfluchte *Burger Lounge* eine ganze Seite füllt. Ich schaue zum wiederholten Mal verächtlich auf das Foto, auf dem sich eine schwarzhaarige Schönheit lasziv eine von *Zachary's* Fritten in den Ausschnitt steckt. Unfassbar: Für diese primitive Aktion wird sie mit einem Foto belohnt, das größer ist als der komplette Politikteil. In was für einer Zeit leben wir eigentlich? Immerhin habe auch ich es in die Zeitung geschafft: Neben der Fritten-Titten-Lady wurde das Foto von mir mit Yasemin und Emine platziert, dazu der Text: »Auch Bordellchef Rolf Pappke und seine zwei Gespielinnen wollten sich die Eröffnung nicht entgehen lassen.« Sauber recherchiert, herzlichen Glückwunsch.

Seit zehn Minuten überlege ich, warum mir die Fritten-Titten-

Lady bekannt vorkommt. Als ich die Mundpartie näher betrachte, fällt es mir wie Schuppen von den Augen: Es ist Schilder-und-Getränke-Kenans Porsche-Cabriolet-Freundin mit osteuropäischem Akzent und Bratwurst-Lippen. Wenn sie so weitermacht, kriegt sie entweder eine Doku-Soap auf RTL2 oder einen Heiratsantrag von Lothar Matthäus. Oder beides.

»Hier, Chef, deine Tee.«

Sibel stellt mir das Glas auf den Tisch und schaut mich mitleidig an.

»Kommt sicher bald ein Gas.«

Ja, eine undichte Gasleitung – genau das fehlt jetzt noch. Ich lächle gequält, woraufhin sich Sibel an der Theke ihrem Smartphone zuwendet. In der Küche geht Christos auf seinem Nintendo 3DS, den er angeblich für seine zweijährige Tochter gekauft hat, mit einem virtuellen Chihuahua spazieren. Wenigstens fangen Aylin und Gisela erst um 18 Uhr an, sodass nicht noch mehr Menschen nutzlos rumhängen.

Ich nippe am Tee: köstlich! Es lohnt sich, auf Qualität zu achten. Falls jemals ein Kunde kommt, wird er das sicher weitererzählen. Dann wende ich mich wieder meinem Laptop zu, um mein Speisekarten-Vorwort zu überarbeiten. Einige Stellen in der Antalya-Geschichte könnten pointierter sein. Und habe ich wirklich Udo Lindenberg imitiert, als ich Aylin zum ersten Mal sah?

Ich schaue durch die großen Fenster nach draußen und ertappe mich dabei, dass ich jeden Passanten – und ich betone: *jeden* Passanten – innerlich anflehe, unser Café zu betreten. Als ein älterer Herr im Poloshirt die Speisekarte am Eingang studiert, spüre ich innere Anspannung ... Na komm schon, put, put, put ... Verdammt, er geht wieder. Mein Magen zieht sich zusammen. Schon der Dritte, der die Speisekarte liest und nicht reinkommt. Sind die Preise zu hoch? Haben wir auf die falsche Cola gesetzt? Hätte ich die Karte besser in Arial-Schrift gedruckt? Fehlt ein veganer Burger oder ein deutlicher Hinweis auf frische Milch? Brauchen wir Steaks? Salat mit Putenbrust? »Rübchensuppe à la Dauphine« nach dem Rezept von Claude Monet?

Dreißig Minuten später beschließe ich, mit diesen Panikgedanken aufzuhören. Vielleicht sollte ich Sibel nach draußen schicken, um Gäste anzulocken? Nein, das hätte einen komischen Beigeschmack. Ich denke sehnsüchtig an meinen nie gedrehten Kinowerbespot, in dem die vielen Läufer in unser Café sprinten sollten. Und schon redet gegen meinen Willen – in meinem Kopf ein Sportreporter:

Jetzt vielleicht eine Möglichkeit: Zwei Studenten nähern sich dem Café, es sind noch gut drei, vier Meter bis zum Eingang und ... knapp vorbei! Uuuuh, das war eine Riesenmöglichkeit ... Aber da rollt schon die nächste Angriffswelle: ein Anzugträger mit Smartphone ... Das muss es einfach sein! Aber was macht er jetzt? Er wechselt die Straßenseite und geht in Zachary's Burger Lounge, das kann ja wohl nicht wahr sein – das ist doch eindeutig Abseits! Das will ich noch mal in Zeitlupe sehen ...

»Guck mal, Daniel! Du jetzt in Türkei sehr bekannt.«

Sibel setzt sich kichernd neben mich und zeigt mir ihr Smartphone. Offenbar ist meine Hummelrettungsaktion inzwischen auf YouTube gelandet und hat 374 782 Klicks. Wow. Gestern war ich noch ein Niemand; heute bin ich in Köln ein Bordellchef und in der Türkei eine berühmte Schwuchtel. Was soll ich dazu sagen? Ich entscheide mich spontan für eine Übersprunghandlung:

»Äh, ich nehme noch einen schwarzen Tee, bitte!«

Sibel schaut irritiert auf den Tisch, wo der letzte Tee noch nicht angerührt ist. Sie geht aber dennoch zur Theke und bereitet einen neuen zu, während ich beim alten hektisch das Sieb entferne, Zucker einrühre, drei Schluck auf einmal nehme – und zu spät feststelle, dass der Tee noch verdammt heiß ist. Interessantes Gefühl, wenn man sich gleichzeitig verschluckt und verbrennt. Sibel stellt mir das neue Glas hin, während ich einen Hustenanfall kriege. Als ich vergeblich darauf warte, dass mein Leben an mir vorbeizieht, nimmt Sibel diese Szene erneut mit ihrem Smartphone auf. Den Satz »Poste das bitte auf gar keinen Fall auf Facebook« spreche ich aufgrund von Husten, Röcheln und Fiepen nicht so deutlich aus wie erhofft. Sibel nickt:

»Ja klar, ich pusten sofort auf Fressbuch. Und fertig – gepustet.«

Die Vorstellung, erneut zur Lachnummer der Türkei zu werden, führt zu einer weiteren Übersprunghandlung:

»Ich möchte dann auch gleich zahlen.«
Als ich mit dem Portemonnaie winke, schaut Sibel mich fragend an: »Aber ... du Chef.«
»Egal. Ich will einfach, dass schon mal Umsatz reinkommt. Klar, das ist bescheuert, aber ... ich hatte einmal das Ägäis-Frühstück, eine Extraportion Schafskäse und vier schwarze Tees, das macht ... vierzehn Euro fünfzig. Hier sind sechzehn, stimmt so.«
Ich drücke der verdutzten Sibel sechzehn Euro in die Hand.
»Chef bezahlen. Haha, das vallaha sehr komik, meine Mutter.«
Sie zwinkert mir zu, geht zur automatischen Registrierkasse und drückt auf mehrere Tasten, ohne dass etwas passiert. Mit wachsender Verzweiflung tippt sie willkürlich irgendwohin; dann schaut sie mich hilflos an. Zu meiner Überraschung stelle ich fest, dass Sibels Hilflosigkeit einen Testosteronschub bei mir auslöst. Mit machohaftem Gang schreite ich zur Kasse:
»Pass auf, Sibel, das ist ganz einfach: Du drückst hier ... und dann hier ... äh ... beziehungsweise *hier* ... oder noch besser: auf *den* Knopf ... und schon erscheint das Wort ›Error‹. Und das heißt, du musst dann nur noch einmal den Schlüssel umdrehen ... und dann ... warten, bis Aylin von der Arbeit kommt und die Kasse wieder entsperrt.«
Testosteron ist einfach nicht mein Ding. Sibel kichert, und ich kehre zurück zu meinem Laptop, um ... was wollte ich überhaupt? Ach ja, die Antalya-Geschichte. In meinem Kopf ist eine weiße Wand. Warum zum Teufel kann nicht irgendein verdammter Mensch in dieses Café kommen? Irgendeiner. Bitte! Da sehe ich auf der Straße unseren Briefträger, Herrn Reuter. Irgendeiner außer *ihm*. Zu spät.
»Guten Tag, Herr Hagenberger. Aha. Aha.«
»Aha?«
»Aha. So sieht's also aus, das Café. Also, nicht schlecht – wenn man Gold mag. Ich mag ja kein Gold.«
Herr Reuter entdeckt Sibel und mustert sie skeptisch von oben bis unten. Dann wendet er sich an mich:
»Sagen Sie mal, was für eine Art Etablissement ist das hier eigentlich, Herr Hagenberger?«
»Ein Café-Bistro. Wieso?«

»Ich meine, weil in der Zeitung steht, dass Sie ein Bordellbesitzer sind.«

»Da steht auch, dass ich Rolf Pappke heiße.«

»Aber auf dem Foto posieren Sie doch mit zwei Prostituierten.«

»Das sind Cousinen meiner Frau. Die haben sich nur beim Schickmachen ein bisschen in der Schublade vergriffen.«

»Aber der Herr Jansen von nebenan meinte gerade, dass diverse Nutten zu Ihrer Eröffnungsfeier kamen. Sogar eine Puffmutter im goldenen Kostüm soll dabei gewesen sein.«

»Das war Ingeborg Trutz. Sie ist Schauspielerin.«

»Und warum spielt sie bei Ihrer Eröffnung eine Puffmutter?«

»Glauben Sie mir: Wir sind ein ganz normales Café-Bistro. Ein Milchkaffee? Wir haben Frischmilch da.«

»Tirol-Milch?«

»Tuffi.«

»Tirol-Milch ist besser. Aber bitte, dann nehme ich einen Cappuccino.«

Kurz darauf serviert Sibel unseren historischen ersten Cappuccino. Anstelle des begeisterten Jubelschreis, den ich von Herrn Reuter unsinnigerweise erwartet hatte, verzieht er angewidert das Gesicht – bevor er auch nur genippt hat:

»Der Milchschaum ist viel zu grob.«

In meinem Kopf sage ich »Falsch, *das* ist zu grob« und kippe Herrn Reuter den Cappuccino genüsslich über den Kopf. Aber der Kunde ist König, also sage ich nur: »Kein Problem, das haben wir gleich«, schütte etwas Frischmilch in ein Milchkännchen und führe die sogenannte Dampf-Lanze exakt so ein, wie der Espressomaschinenvermieter es mir vor zwei Wochen demonstriert hat. Ich konzentriere mich also auf den Milchkännchen-Neigungswinkel und vergesse dabei das Wichtigste: Ventil erst öffnen, wenn die Lanze eingetaucht ist. Eine halbe Sekunde später ist mein Gesicht ebenso von weißen Spritzern übersät wie mein blaues Hemd. Herr Reuter reagiert auf seine bekannt einfühlsame Art – mit einem Lachanfall:

»Haha, das erinnert mich an diese Reihe, ›Väter der Klamotte‹, das hab ich früher immer gern geguckt. Aber im Ernst: Sie dürfen das Ventil erst aufdrehen, wenn die Düse in der Milch ist.«

»Sehr nett, dass Sie mich darauf hinweisen, Herr Reuter, da wäre ich nie drauf gekommen.«

»Denn wenn Sie das Ventil vorher aufdrehen, gibt's 'ne Sauerei.«

»Ach wirklich?«

»Na ja, ich muss sowieso jetzt weiter – und bis ich wiederkomme, haben Sie ja noch viel Zeit zum Üben. Auf jeden Fall wünsche ich alles Gute!«

»Das ist nett.«

»Obwohl – ich bin da skeptisch: Sie haben ja keinen einzigen Kunden hier drin. Wenn das schon so anfängt ... aber was soll's, schönen Tag noch.«

»Ja, Ihnen auch. Und vielen Dank für die ermutigenden Worte.«

Herr Reuter verlässt das Café, ohne seinen Cappuccino angerührt, geschweige denn bezahlt zu haben. Ich verspüre das Bedürfnis, ihn in einer Badewanne voll Tirol-Milch zu ersäufen. Sibel reicht mir, ein Kichern unterdrückend, mehrere Haushaltstücher. Nachdem die Flecken notdürftig entfernt sind, übe ich intensiv das Milchschäumen – mit dem Erfolg, dass mein Schaum nach einer halben Stunde fast so fein ist wie der von Sibel, den Herr Reuter viel zu grob fand. Herzlichen Glückwunsch, Daniel, damit bist du offiziell ein Milchschaumschläger.

Kurz darauf sitze ich wieder am Laptop und sehe durchs Fenster, wie sich eine Schlange vor *Zachary's Burger Lounge* gebildet hat. Na großartig. Würde sich einer von euch Dämlacks gefälligst mal hierherbequemen und die Güte haben festzustellen, dass unser Angebot tausendmal besser ist? Nicht? Na gut, dann bleibt doch, wo ihr seid! Holt euch ruhig einen Cholesterinschock und Rinderwahnsinn, ignorantes Pack!

Kurze Zwischenbilanz: Wir haben bis jetzt sechzehn Euro eingenommen, in zwei Stunden. Das macht in vierzehn Stunden ... sieben mal sechzehn ... einhundertzwölf Euro pro Tag ... Aus meiner eigenen Tasche ... Aaaaaaaaaaah! Aufhören, Daniel!

Da prescht eine Oma mit Pudel aus dem Mittelfeld in die gefährliche Zone, das ist noch einmal eine Chance. Sie studiert die Speisekarte – uh, uuh, das muss es einfach sein, und ... sie kommt durchs .... Tooooooooooo- oooooooooooooooooooor! Jaaaaaaaaaaaaa!!!

35

Die Oma betritt tatsächlich das Café – und schaut mich irritiert an, weil ich die Becker-Faust mache und einen Jubelschrei nicht zu hundert Prozent unterdrücken kann. Sie setzt sich an einen Fenstertisch. Wir haben eine Kundin, haha!

Die Oma schaut kurz in die Speisekarte und wendet sich dann ihrem Pudel zu:

»Sitz, Mussolini! Sitz ... sitz ... sitz ...«

Sie versucht nun vergeblich, den Hintern des Pudels zu Boden zu drücken:

»Sitz ... sitz ... sitz ... sitz ... sitz!«

Der Pudel reagiert mit einem gelangweilten Gähnen.

»Bist du wieder störrisch, du alter Schlawiner? PLATZ!«

Nun geschieht etwas Interessantes: Nachdem seine Besitzerin noch dreimal »Platz« gebrüllt hat, *tut* der Hund so, als würde er sich hinlegen, lässt das Ganze dann aber in eine Streckbewegung übergehen – und steht wieder. Ganz offensichtlich ist es ihm in Gegenwart anderer peinlich, die Befehle eines Wesens auszuführen, dessen IQ den seinen unterschreitet. Die Oma schaut mich an und lacht kopfschüttelnd:

»Der ist ein alter Schlawiner, der Mussolini.«

Ich nicke der Oma lächelnd zu. In meinem Kopf taucht ein Erinnerungsfetzen auf: Der Pudel uriniert an den Büchertisch eines Antiquariats, und ich stolpere über die Leine. Das war der Moment, als mein Vermögensberater mir gerade die Café-Idee ausreden wollte.

Sibel geht mit Notizblock zum Tisch und begrüßt die Oma zu deren Überraschung mit Wangenküsschen:
»Herrlich willkommen in *drei tosend Kilometer*.«
»Ja, Tag, haben Sie vielleicht ein Schälchen Wasser für meinen Hund?«
»Wasser für Hund? Keine Problem. Kommt in eine Minutte.«
Ich zucke ein wenig wegen der ›Nutte‹, während Sibel zur Theke geht und eine Plastikschale mit Wasser füllt. Die Oma strahlt:
»Oooooooh, das ist aber lieb von Ihnen. Sie haben ja keine Vorstellung, wie fies manche Cafébetreiber zu Hundebesitzern sind!«
Das ist mein Stichwort:
»Wirklich? Also, wir sind ein hundefreundliches Café.«
»Ja, das freut uns aber, Mussolini! Ja, das freut uns aber! Hast du gehört, Mussolini, hier mag man uns. Hier kommen wir ab jetzt jeden Tag hin.«
Hurra, ich habe eine Stammkundin gewonnen! Haha, ich bin ein guter Gastronom!
»Warum heißt Ihr Hund eigentlich Mussolini?«
»Weil er keine Fremden mag.«
Diese Erklärung erübrigt sich nachträglich, als Sibel die Wasserschale hinstellen will: Zum Dank wird sie schrill angekläfft – der Ton erinnert tatsächlich an Mussolini, gemischt mit Zahnarztgeräuschen und Speed-Metal-Gesang. Nun kommt es zu einem interessanten Dialog zwischen Oma und Hund:
»Mussolini, aus!«
»Kläff!«
»Aus!«
»Kläff!«
»Aus!«
»Kläff! Kläff! Kläff!«
»Aus!«
»Kläff! Kläff!«
»Sag mal, spinnst du jetzt? Aus, hab ich gesagt!«
Es folgt eine kurze Pause, in der die Oma Mussolini mit hochgezogenen Augenbrauen anstarrt.

»Kläff!«
»Aus!«
»Kläff!«
»Aus!«
»Kläff!«
»Aus!«
»Kläff! Kläff!«
»Aus!«
Kurze Pause. Lang gezogenes Knurren. Erneute Pause.
»Kläff!«
»Aus!«
»Kläff!«
»Jetzt ist aber endgültig Schluss hier!«
»Kläff! Kläff! Kläff! Kläff! Kläff! Kläff! Kläff! Kläff! Kläff!«
»Aus!«
»Kläff!«
»Aus!«
»Kläff! Kläff! Kläff!«
»Du gibst keine Ruhe, was? Jaaaa, du bist ein alter Schlawiner, weißt du das? Jaaaaaaaaa, ein Schlawiner bist du ...«
Zur Belohnung, dass er ihr nicht gehorcht, streichelt die Oma nun den Pudel und packt ihn schließlich an beiden Backen:
»Ja, bist du mein kleiner Schlawiner? Ja, bist du mein kleiner Schlawiner? Ja, bist du mein kleiner Schlawiner?«
»Kläff!«
»Aus!«
»Kläff!«
»Aus!«
»Kläff! Kläff! Kläff! Kläff! Kläff! Kläff! Kläff! Kläff! Kläff!«
»Aus!«
Nun gibt der Hund tatsächlich Ruhe – weil er intensiv damit beschäftigt ist, das Tischbein anzuknabbern.
»Ja, brav! Ja, brav! Ja, so ein braaaver Mussolini!«
Soll ich etwas sagen? Nein, ich will ja nicht unsere allererste Stammkundin vergraulen. Sibel, die den Oma-Hund-Dialog selbstverständlich gefilmt hat, nutzt die günstige Gelegenheit der Kläffpause:

»Was mökten Sie bestellen?«
»Einen Irish Coffee, bitte.«
»Sehr gern.«
Sibel lächelt freundlich, streichelt der erneut verdutzten Oma über die Schulter, geht zur Theke und schaut mich achselzuckend an. Ich seufze. Wozu haben wir eine Getränkekarte, wenn unser einziger Gast etwas bestellt, was gar nicht draufsteht? Ich könnte der Frau ja einfach sagen, dass es bei uns keinen Irish Coffee gibt, aber bei Stammkunden muss man auch mal flexibel sein.

»Pass auf, Sibel: Irish Coffee, das ist kalter Kaffee mit einem Schuss Whiskey und Sahne. Glaube ich zumindest.«

Zehn Minuten später habe ich den Wikipedia-Eintrag über Irish Coffee gelesen und mit Sibels Hilfe in die Tat umgesetzt. Als Sibel das Ergebnis serviert, bedankt sich Mussolini mit einer zweiminütigen Kläffattacke, nach der ich froh bin, als er wieder am Tischbein knabbert. Ich beobachte die Oma beim Trinken und erwarte unsinnigerweise Sätze wie »Wow, das ist ja der beste Irish Coffee, den ich je getrunken habe« oder »Wussten Sie, dass nächste Woche in Dublin die Weltmeisterschaft im Irish-Coffee-Zubereiten stattfindet – da hätten Sie Siegchancen«. Ach, was soll's? Dass sie sich nicht beschwert, sollte Dank genug sein.

Ich setze mich wieder an die Antalya-Geschichte, die leider immer länger wird, weil mir tausend Anekdoten und Details einfallen. Eine Dreiviertelstunde später hat die Oma einen weiteren Irish Coffee bestellt, dazu ein Stück Sahnetorte und einen Eierlikör. Nichts davon steht auf unserer Speisekarte, aber immerhin kam Marks Flasche auf diese Weise zum Einsatz; die Sahnetorte habe ich in der Bäckerei *Hütten* besorgt, nachdem die Oma Chrístos' griechischen Nachtisch zunächst als ›ungenießbar‹ bezeichnet und dann ihrem Pudel überlassen hat. Oh ja, ich bin ein guter Gastronom.

Mussolinis Verhalten mündet nach dem Kläffen und Tischbeinknabbern in eine Phase intensiven Gelangweiltseins, das sich in einem hochfrequenten Fiepen äußert und nur deshalb von einem Tinnitus zu unterscheiden ist, weil es zwischen kurzen und langen Intervallen wechselt.

Mir kommen langsam Zweifel, ob ich diese Frau tatsächlich

als Stammkundin haben möchte. Für den zweiten Irish Coffee braucht sie so quälend lange, dass man kaum einen Unterschied zwischen ihrer Trinkgeschwindigkeit und natürlicher Verdunstung ausmachen kann.

Mussolini rechnet seit zehn Minuten mit dem sofortigen Aufbruch seines Frauchens: Jedes Mal, wenn sich die Oma nach vorne beugt, stürmt er mit aller Kraft in die Leine, begleitet von Winsel-, Knurr- und Bellgeräuschen. So kommt es zu folgender Mensch-Hund-Interaktion:

Die Oma beugt sich vor.
»Winsel! Knurr! Kläff! Kläff! Kläff! Kläff! Kläff!«
Sie beugt sich zurück.
»Fiiiieeeep.«
Sie beugt sich vor.
»Winsel! Knurr! Kläff! Kläff! Kläff! Kläff! Kläff!«
Sie beugt sich zurück.
»Fiiiieeeep.«

Als sich dieses Ritual zum zwanzigsten Mal wiederholt, beschließe ich, ein Internet-Tagebuch zu erstellen. Ich gehe auf wie-erstelleicheinenblog.com, melde mich an und lege los:

»DANIELS CAFÉ-BLOG

Liebe einsame Seele, die warum auch immer nichts Besseres zu tun hat, als sich am Leben fremder Leute zu ergötzen. Ich habe gestern das Café *3000 Kilometer* in der Kölner Südstadt eröffnet und werde in diesem Blog in Tagebuchform darüber berichten, wie wir uns von einem kleinen leeren Café zu einem kleinen vollen Café entwickeln, danach zu einer deutschlandweiten Kette werden, über den großen Teich expandieren und schließlich die Weltherrschaft übernehmen. Oder auch pleitegehen – diese wenn auch noch so unwahrscheinliche Option sollte man der Vollständigkeit halber erwähnen.«

Während Mussolini direkt in mein Trommelfell kläfft, starte ich mit dem historischen ersten Eintrag:

»Dienstag, 24. Mai, 13 Uhr 30. Haben seit gut zwei Stunden unseren ersten Gast. Sehne mich nach der Zeit zurück, als noch kein Gast da war.«

36

Der Blog-Text fließt mir nur so aus den Fingern. Ein großartiges Ventil, schriftlich über die Oma herzuziehen – sonst hätte ich sie bestimmt irgendwann erwürgt.

Da höre ich, wie sich die Cafétür öffnet. Hurra, der zweite Kunde! Es ist ein Vater mit seinem etwa fünfjährigen Sohn. Sibel begrüßt ihn mit strahlenden Augen:

»Herzlich wellkomme in unsere ...«

Weiter schafft sie es nicht, weil in dieser Sekunde Mussolini unter dem Tisch hervorschnellt und den Jungen heftig ankläfft. Der Junge fängt sofort an zu weinen. Der Vater lächelt Sibel entschuldigend zu, schnappt sich den Jungen und verlässt das Café schneller, als ich »Beehren Sie uns bald wieder« sagen kann. Die Oma packt ihren Pudel jetzt im Nacken:

»Sag mal, hast du den Verstand verloren? Wie oft soll ich dir noch sagen, dass man kleine Kinder nicht anbellt!«

»Kläff!«

»Aus!«

»Kläff!«

»Aus!«

»Kläff!«

»Aus hab ich gesagt, Freundchen! Dass du den Jungen von der Frau Hartung gebissen hast, das war normal – der hatte dich geärgert. Aber das hier, das geht gar nicht. Guck dich doch mal um, wir sind hier in einem Café!«

Schön, dass Frauchen das jetzt auch mal auffällt. Was nicht

bedeutet, dass sie irgendeine Konsequenz daraus zieht. Hihi, das blogge ich mal direkt.

Um 14 Uhr 18 ist die Oma mit ihrem vierbeinigen Faschisten endlich verschwunden. Im Vergleich ist mir zwar Chrístos' virtueller Nintendo-Chihuahua sympathischer als Mussolini, aber immerhin hat die Oma den Tagesumsatz um zwölf Euro auf sagenhafte achtundzwanzig gesteigert. Ja, der Laden brummt – und er hat seit fünf Minuten einen zweiten Gast! Haha, jetzt geht's Schlag auf Schlag. Es handelt sich um einen alten Chinesen, der aussieht wie der greise Mentor in einem Kung-Fu-Film. Er hat sich ein schattiges Plätzchen im Innenhof gewählt, studiert ein Buch mit chinesischen Schriftzeichen und kichert fortwährend vor sich hin. Sibel kleidet sich gerade um, da Onkel Abdullah sein Erscheinen angekündigt hat – also übernehme ich den Service:
»Guten Tag. Möchten Sie die Speisekarte haben?«
Der alte Chinese lächelt mich freundlich an:
»Ti.«
»Tea?«
»Ti.«
»Meinen Sie: Tee?«
»Ti.«
»Schwarzer Tee? Grüner Tee? Pfefferminztee? Ingwertee?«
»Ti.«
»Black tea, green tea, peppermint tea, ginger tea?«
»Ti.«
Interessante Konversation. So jemanden würde man sich mal als Gast bei Anne Will wünschen. Ich gehe zur Theke und bringe die Dosen mit den verschiedenen Sorten.
»Also, welchen hätten Sie denn gern? Which one do you want?«
Der alte Chinese schaut sich die Dosen interessiert an, riecht an jeder Sorte und nickt dann anerkennend:
»Ti.«
Womit wir uns etwa auf dem Kommunikationslevel von der Oma und Mussolini bewegen. Aber gut – er will Ti, er kriegt Ti. Der Kunde ist König. Ich entscheide mich für einen *Darjeeling*

und hole heißes Wasser aus der Profi-Espressomaschine, die wir gegen den Rat der Mutti geleast haben. Gisela war der Ansicht, dass der Billig-Filterkaffee der Firma *Ja!*, den sie in den letzten dreißig Jahren angeboten hat, perfekt sei.

Als ich den Tee serviere, bedankt sich Mister *Ti* mit einem Kopfnicken und legt zwei Euro auf den Tisch. Der Tee kostet zwar zwanzig Cent mehr, aber ehe ich ihm das erkläre, zahle ich's lieber aus der eigenen Tasche.

Sibel kommt aus der Toilette zurück und trägt weiterhin Minirock, enges Top und kein Kopftuch. Ich bin irritiert:

»Ich dachte, Onkel Abdullah kommt?«

»Gehen ich in Toilette und denken: Wenn meine Vater trinken Alkohol, ich nix müssen Kopftuch.«

»Da hast du recht. Du bist erwachsen und kannst anziehen, was du willst. Aber bist du sicher, dass dein Vater das genauso sieht?«

Da betritt Onkel Abdullah das *3000 Kilometer*, und Sibel greift unwillkürlich meine Hand. Ihre Finger sind eiskalt und feucht. Onkel Abdullah schaut seine Tochter tadelnd an. Sie hält dem Blick stand. Abdullah schaut entschuldigend gen Himmel. Dann lächelt Sibel ihm zu, und nach einem Stoßseufzer lächelt Abdullah zurück. Damit ist die Frage der Kleiderordnung wortlos geklärt. Sibel lässt meine Hand los und strahlt mich erleichtert an. Ich zeige ihr, so, dass Abdullah es nicht sieht, den gestreckten Daumen: gut gemacht! Tja, offenbar muss das Abendland weniger Angst vor einer Islamisierung haben als der Islam vor einer Verabendlandigung.

Onkel Abdullah setzt sich an die Theke:

»Allah, Allah, meine Kopf tut so weh – ich glaube, Luft in Köln is geworden noch schlechter.«

»Ja, klar, die Kölner Luft. Das muss es sein.«

»Daniel, ich nehme noch eine von diese Kölsch ohne Alkohol.«

»Aber ...«

»Keine Aber. Du gestern gesagt, keine Alkohol, und ich glauben dir noch immer, haha.«

Er zwinkert mir zu, und ich zapfe ihm ein Kölsch, das er sichtlich genießt:

»Aaaaahhh ... Weißt du, morgen ich fliege wieder nach Trabzon. Dann, ich gehe in Moschee und rede mit Allah, wird er verstehen. Allah ist sehr groß, und Kölsch ist sehr klein.«

Nun tritt zu meiner großen Überraschung Nader Foumani über die Schwelle. Während seiner 90-Grad-Routine-Verbeugung kommt ihm der alte Chinese entgegen und macht ebenfalls eine 90-Grad-Verbeugung, sodass um ein Haar die beiden Köpfe zusammenprallen. Mister Ti verlässt den Laden; Nader Foumani zieht mich beiseite und redet mit seiner unverkennbaren Fistelstimme auf mich ein:

»Herr Hagenberger, ich sehe, Ihr Café ist leer, aber das Glück ist ein Kolibri, der nicht in jedes Fenster fliegt.«

»Wirklich? Ich finde eher, das Glück ist ein Bandwurm, der nur in die fettesten Hintern kriecht.«

»Denken Sie nicht negativ, denn ich möchte diesen Kolibri zu Ihnen bringen.«

»Welchen Kolibri?«

»Wissen Sie, unser Lokal drüben platzt aus allen Nähten. Ich kann nicht jedem sofort einen Tisch geben. Und hier ist mein Vorschlag: Ich schicke die Wartenden mit einem Pieper und Kaffee-Gutscheinen zu Ihnen. Sie schenken für die Gutscheine wahlweise Kaffee oder Soft-Drinks aus, und wenn der Pieper Alarm gibt, ist der Tisch in *Zachary's Burger Lounge* bereit. Am Ende des Tages gebe ich Ihnen zwei Euro pro Gutschein. Davon profitieren wir *und* Sie ... Dann hätten wir zwei Vögel mit einem Stein erschlagen.«

Jetzt geraten dem lieben Herrn Foumani aber die Metaphern durcheinander: Erst ist das Glück ein Kolibri, und dann will er Vögel steinigen? Wie auch immer, der Vorschlag ist eine einzige Demütigung. Um im Tierreich zu bleiben: Soll ich mich als Zecke ins Fell eines fetten amerikanischen Wildschweins hängen? Da scheint mir selbst eine Insolvenz verlockender:

»Tut mir leid, Herr Foumani. Wir wollen hier ein zweites Wohnzimmer mit familiärer Atmosphäre sein und keine Wartehalle.«

»Überlegen Sie gut – wenn man den Kolibri verscheucht, kommt er nicht wieder.«

»Wenn man ihn steinigt, aber auch nicht.«

Eine weitere 90-Grad-Verbeugung, und Nader Foumani ist wieder verschwunden. Onkel Abdullah zieht die Mundwinkel weit nach unten:

»Bravo, Daniel! Mit Iranern man sollte keine Geschäfte machen. Alles Lügner. Ich nehme noch eine von diese alkoholfreie Kölsch.«

Knapp zehn Minuten später kommt Mark herein, ohne mich mit der Stimme von Udo Lindenberg zu begrüßen – aha, er ist tatsächlich verliebt. Mark tauscht mit Sibel Wangenküsschen aus, gibt Onkel Abdullah die Hand und zieht mich hektisch in den Innenhof. Wir setzen uns an einen Tisch.

»Daniel, du musst mir helfen, ich habe die ganze Nacht nicht geschlafen, ich ... ich weiß nicht, was ... wie ... warum ...«

»Hey, alter Ladykiller, jetzt tritt mal ganz easy und locker-vom-Hocker-technisch auf die Panikbremse.«

Obwohl mir seit Jahren bewusst ist, dass eine Udo-Lindenberg-Imitation keine sehr erwachsene Reaktion auf emotionale Probleme seines besten Freundes ist – das hat sich über die Jahre eingeschliffen. Wer auch immer von uns beiden zuerst stirbt – die Grabrede wird mit »Dübndüdüüü« beginnen. Doch Marks Unterlippe geht nur für eine halbe Sekunde nach unten.

»Nein, ehrlich. Sibel hat mich gestern geküsst, auf den Mund! Da dachte ich: Wow, wir sind ein Paar! Dann hat sie mich eine Stunde ignoriert, und ich so: Okay, vielleicht hast du dich getäuscht. Aber danach, zum Abschied, küsst sie mich wieder auf den Mund, und jetzt gerade ... begrüßt sie mich ganz normal, als wäre gar nichts gewesen. Was ist denn jetzt unser Status?«

»Am besten fragst du sie das selbst.«

Ich zeige auf Sibel, die jetzt mit einem Notizblock zu uns kommt:

»Was mökten Sie bestellen?«

Mark schaut hektisch in die Karte:

»Äh ... eine große Apfelschorle.«

»Sehr gern.«

Sibel zwinkert zunächst Mark zu, dann mir, und geht. Mark scheint verzweifelt:
»Da. Schon wieder. Erst zwinkert sie mir zu, und ich denke: Da läuft was. Dann zwinkert sie *dir* zu, und ich bin wieder verwirrt.«
»Ja, sie zwinkert gern. Das ist mir auch schon aufgefallen.«
»Vielleicht hat sie *mir* zugezwinkert, weil zwischen uns was läuft, und dann *dir*, weil sie dir sagen wollte: Hast du gemerkt, zwischen Mark und mir, da läuft was.«
»Möglich wär's.«
Sibel kommt wieder und stellt die Apfelschorle auf den Tisch. Mark strahlt sie verliebt an:
»Danke.«
»Sehr liebend gern.«
Sibel streichelt Mark kurz über die Schulter, zwinkert und verschwindet.
»Sie hat mich angefasst. *Und* gezwinkert. Haha! Und hast du das gemerkt? Beim ersten Mal hat sie ›Sehr gern‹ gesagt und jetzt ›Sehr *liebend* gern‹. Das zeigt doch, dass zwischen uns eine zunehmende Intimität ...«
Mark stoppt, denn Sibel kommt zurück. Nun legt sie *mir* die Hand auf die Schulter:
»Oh, 'tschuldigung, Chef, habe ich vergessen fragen: du auch noch eine Getränk?«
»Äh ... ja, noch einen Tee, bitte.«
»Sehr liebend gern.«
Sibel zwinkert mir zu und geht. Mark sackt in sich zusammen:
»Das macht mich fertig.«

37

Vier Stunden später, um 19 Uhr 24, haben Aylin und Gisela den Service übernommen, nachdem Sibel mit dem schwankenden Onkel Abdullah (vier Kölsch, zwei Jägermeister) in ein Taxi gestiegen ist.

Sibel hat sich von Mark mit einem Kuss verabschiedet, der ihn in einen Zustand der Verzweiflung versetzte:

»Ich war im Wangenkussmodus, also habe ich den Kopf ein bisschen nach links gedreht; dann haben ihre Lippen meinen rechten Mundwinkel touchiert. War das Absicht? Ich glaube, wenn ich mich gar nicht bewegt hätte, wären ihre Lippen direkt auf meinen gelandet. Aber vielleicht auch auf der linken Wange. Aaah! Das macht mich wahnsinnig.«

Nach drei Eierlikören erinnerte sich Mark plötzlich, dass Sibels Lippen doch zwei Drittel seines Mundes berührt hätten. Und als er nach fünf Eierlikören das Café verließ, war er sicher, auch ihre Zunge gespürt zu haben.

Jetzt steht immerhin ein Kunde an der Theke: Kalle – sechzigjähriger frühpensionierter Maschinenschlosser, treuester Stammgast der Mutti und genauso kölsch wie sie. Nachmittags trainiert er die C-, B- und A-Jugend des Fußballgiganten DJK Südwest Köln. Legendär sind seine Motivationsansprachen: »Wenn ihr heute so spielt, wie isch jestern jesoffen hab, dann jewinnen wir« oder »Ihr wisst ja, wir haben keine Kondition, also lasst den Ball laufen«.

Im Anschluss an jede Trainingseinheit setzt er sich seit Jahren im glänzenden Adidas-Trainingsanzug an Muttis Theke, bestellt Fish & Chips und lässt sich volllaufen. Mit seiner leicht getönten Brille, den nach hinten über die Halbglatze gekämmten Pomadehaaren und der faszinierenden Kombination aus chronischer Bronchitis und Raucherhusten wirkt er wie ein Relikt aus einer Zeit, in der es weder Mode- noch Gesundheitswahn gab.

Nun studiert Kalle seit gut zwei Minuten intensiv unsere Speisekarte – wie aufregend! Bestimmt ist er positiv überrascht, welch enorme Vielfalt ihm ab sofort zur Verfügung steht. Kalle runzelt die Stirn:

»Ja, wat is dat denn? Wo sind die Fish & Chips?«

Die Mutti legt ihm einfühlsam die Hand auf den Unterarm: »Kalle, du musst jetzt tapfer sein: Et jibt keine Fish & Chips mehr.«

Kalle dreht seinen Kopf langsam in meine Richtung und schaut mich wütend mit einem Das-ist-alles-deine-Schuld-Blick an. Ich lächle vorsichtig. Er lächelt nicht zurück.

»Wie, keine Fish & Chips? Hier gab et immer Fish & Chips.«

»Ja, aber glaub mir: Wat wir jetzt haben, is tausendmal leckerer.«

»Isch wollte aber Fish & Chips.«

Kalle schickt mir diesmal einen Du-hast-mein-Leben-zerstört-Blick:

»Immer muss alles neu sein, da wirst du doch bekloppt. Diese Scheißjesellschaft verändert sisch doch eh schon im Affentempo: Wir tauschen unsere Smartphones öfter als die Bettwäsche, und wenn isch den besten Stromtarif will, muss isch bei jedem Ausatmen den Anbieter wechseln ... Da isset doch wohl nit zu viel verlangt, dat mein Stammlokal eine Speise auf der Karte behält, die sisch über dreißsch Jahre bewährt hat! Eine *einzije* Speise!«

Undank ist der Welten Lohn. Dennoch bleibe ich positiv:

»Ich verstehe Sie. Ich mochte Muttis Fish & Chips ja auch, aber die Küche hat jetzt eine türkisch-griechische Ausrichtung ...«

»Ooh, der feine Herr hat eine neue Ausrichtung für seine Küsche ... Und dat Klo is jetzt ein Meditationszentrum!«

Ruhig bleiben, Daniel. Die Menschheit hat sich schon immer gegen das Neue gewehrt: Buchdruck, Demokratie, Freistoßspray – große Ideen brauchen Zeit. Man muss die Menschen langsam heranführen:

»Gucken Sie mal, Herr äh ... Kalle ... Es gibt Dorade mit Wurzelgemüse auf Weißweinsoße. Das ist mindestens so lecker wie Fish & Chips.«

»Könnte man vielleischt die Weißweinsoße weglassen, statt Dorade Kabeljau im Backteig nehmen und dat Wurzeljemüse jejen Pommes tauschen?«

»Das wäre Fish & Chips.«

»Jenau.«

Gastronomie und Diplomatie sind verwandte Berufszweige. Allerdings sind meine diplomatischen Fähigkeiten gerade aufgebraucht. Ich schaue Gisela hilfesuchend an. Die klopft mir aufmunternd auf die Schulter und wendet sich wieder an Kalle:

»Liebelein, isch habe doch jesagt, et jibt kein Fish & Chips mehr. Also, wat willste?«

»Na jut. Dann nehme isch Fleisch.«

»Jeht dat vielleischt ein kleines bisschen konkreter?«

»Ja Fleisch halt. Wat habt ihr denn mit Fleisch?«

»Guck doch auf die Karte.«

Kalle schaut exakt eine halbe Sekunde auf die Karte:

»Hör mal, Jisela, du hattest doch mittwochs immer Schnitzeltag.«

»Erstens: Heute is Dienstag. Zweitens: Morgen gibt et auch kein Schnitzel.«

»Wie jetzt? Aber Mittwoch is doch Schnitzeltag.«

»*War.*«

»Kein Fish & Chips, kein Schnitzel – Servicewüste Deutschland.«

Herzlichen Glückwunsch: Dieser Mann ist so experimentierfreudig wie eine bayerische Trachtenkapelle. Jetzt startet Aylin eine Charmeoffensive:

»Der türkisch-griechische Versöhnungsteller enthält fünf Tapas, da ist Fisch dabei – und Fleischbällchen.«

Kalle horcht auf:

»Pommes auch?«
»Ofenkartoffeln.«
»Is der Fisch frittiert?«
»Nein.«
»Dat klingt aber jetzt nit so lecker.«
»Wenn's Ihnen nicht schmeckt, mache ich einen Bauchtanz.«
Kalle überlegt nicht eine Sekunde:
»Dann nehm isch dat.«
Ich schaue Aylin bewundernd an, und selbst die Mutti nickt anerkennend:
»Aylin, von dir kann isch sogar nach dreißisch Jahren Gastronomie noch wat lernen, hahaha ... Wobei, isch weiß nit, ob der Satz dieselbe Wirkung hätte, wenn *isch* den sage.«
Kalle lacht – was etwa so klingt wie das Starten eines Dieselmotors mit altersschwacher Batterie. Die Mutti, Aylin und ich wissen, dass jetzt ein Gag folgt. Denn Kalle lacht immer zuerst fünf bis zehn Sekunden über seinen Witz, *bevor* er ihn ausspricht; wenn er *sehr* betrunken ist, kann es auch mal eine Minute dauern; wenn er *extrem* betrunken ist, kommt der Gag gar nicht mehr. Diesmal braucht er sieben Sekunden, was zeigt, dass er nur leicht angeheitert ist:
»Also, um die Mutti bauchtanzen zu sehen, würde isch sogar Tofu essen.«
Nun lachen Kalle und Gisela gemeinsam ... also Dieselmotor mit altersschwacher Batterie plus startende Raumfähre – die klassische Geräuschkulisse des *Mr. Creosote's* ist wieder da!
Kurz darauf kommen zwei weitere alte Stammkunden von Mutti: Coca-Cola-geht-gar-nicht-Philipp und seine Freundin Jeanette. Philipps Hipster-Vollbart ist inzwischen auf Al-Quaida-Länge angewachsen; Jeanette trägt schwarze Jeans sowie ein schwarzes T-Shirt, auf dem ein in Ketten geschlagener Engel traurig auf dem Boden kauert. Philipp schaut sich interessiert um:
»Perfekt!«
Ich horche erfreut auf. Endlich sagt jemand etwas Positives.
»Die *Burger Lounge* ist so brechend voll, das macht echt keinen Spaß. Hier ist es angenehm leer. Hoffentlich bleibt das auch so.«

Exakt diese Worte will man als Gastronom hören. Philipp und Jeanette gehen in den Hinterhof, und gleichzeitig kommt unser Verpächter mit einem Schraubenzieher aus dem Treppenhaus. Gisela schaut überrascht:

»Hartmut? Wat machst du denn hier?«

»Ich ... äh ... hatte gestern den Eindruck, dass der ein oder andere Barhocker etwas wackelt.«

Gramich schraubt halbherzig an einigen Hockern rum, dann setzt er sich auf den, der direkt vor Gisela steht:

»So, erledigt. Und wo ich gerade hier bin, nehm ich einfach mal ein Kölsch.«

Gisela wirkt verblüfft, aber nicht unerfreut, und bewirtet ihren ehemaligen Erzfeind, der mit brauner Stoffhose, Seidenhemd und Sakko besser gekleidet ist als üblich. Die sonst so gesprächige Mutti sucht angestrengt nach Worten. Gramich kommt ihr zuvor:

»Und, wie läuft das Geschäft?«

»Sensationell, ehrlich.«

Gramich schaut sich irritiert im Gastraum um:

»Echt?«

»Ja. Isch habe gerade nach dreißisch Jahren zum ersten Mal ein Kölsch an den größten Jeizkragen der Stadt verkauft.«

Gramich lächelt:

»Tja, du hattest früher nicht dieses elegante ausgestopfte Eichhörnchen auf der Theke stehen. Sonst wäre ich öfter gekommen.«

»Ehrlich? Wie hätte sisch dat wohl anjehört? *Einmal Beschwerde wegen Ruhestörung und dazu noch ein Kölsch, bitte!* Hahahaha!«

Eine Pause entsteht, in der sowohl unser Verpächter als auch die Mutti ein klein wenig verlegen zu sein scheinen. Gramich beendet das Schweigen:

»Hast du's gemerkt?«

»Wat?«

»Dass ich nichts gesagt habe – wegen deiner Lache.«

»Aber du hast was *gedacht*.«

»Die Gedanken sind frei.«

»So, jetzt bin isch aber neujierisch: Wat hat der feine Herr wohl jedacht?«

»Ich sage nichts mehr ohne meinen Anwalt.«

»Hahahaha ...«

»... und schon wieder: kein Kommentar.«

Die Mutti schlägt Hartmut Gramich spielerisch auf den Oberarm. Aylin, die gerade vom Innenhof kommt, wirft mir einen vielsagenden Blick zu; auch Fish-&-Chips-Kalle hat die Szene verblüfft beobachtet. Aylin wendet sich an Gisela:

»Machst du ein Hefeweizen und ein Kristallweizen?«

In einer halben Sekunde stellt Gisela die fertigen Getränke auf die Theke – und erklärt der verdutzten Aylin ihren Zaubertrick:

»Hatte isch vorbereitet. Is die Standardbestellung von denen.«

Aylin drückt mir die Getränke in die Hand:

»Kannst du das rausbringen? Der Typ wollte sich mit dir über die Speisekarte unterhalten.«

»Gott steh mir bei.«

Ich schnappe mir die Getränke und trage sie in den Innenhof, wo sich Philipp gerade eine Zigarette dreht.

»So, einmal Kristall, einmal Hefe. Du wolltest mich sprechen?«

Philipp leckt jetzt das Gizeh-Papier an, wobei ihm zunächst ein Papierschnipsel und dann Tabakkrümel an der Zunge kleben bleiben.

»Ja, es geht um die Tapas. Also zuerst: Spanische Tapas sind voll Neunzigerjahre, und deshalb freue ich mich, dass ihr keine habt. Obwohl sie als Retro-Gag schon wieder cool sind.«

»Als Retro-Gag?«

»Jep. Datteln im Speckmantel sind seit zwei, drei Jahren wieder extrem hip ... also natürlich nur ironisch; ernst gemeint: total krasses No-Go.«

»Klar.«

»Aber eure türkisch-griechischen Tapas: gar nicht mal so uncool. In Berlin allerdings längst wieder out, da denkt jetzt jeder, das ist sooo 2014, aber da hinkt Köln mal wieder hinterher.«

Seine Freundin Jeanette wirft mir einen entschuldigenden Blick zu. Ich schaue verständnisvoll zurück: Der angekettete Engel auf Jeanettes T-Shirt scheint mir ein stummer Hilferuf zu sein: Mein Freund ist sooo 2013 – kann mich bitte jemand erlösen? Indes geht meine Zwangsbelehrung weiter:

»Also in Köln kannst du türkisch-griechische Tapas schon noch bringen. Wenn es dir nichts ausmacht, provinziell zu sein.«

»Provinziell? Wo kommst *du* eigentlich her?«

»Sauerland.«

Na toll. Jetzt darf ich mich von einem Sauerländer zum Thema Provinzialität belehren lassen und muss auch noch höflich bleiben. Mir schwant langsam, dass die Hauptaufgabe eines Gastronomen im Ertragen der Demütigung durch seine Kunden besteht. Philipp ist nicht mehr zu stoppen:

»Übrigens: Zum Glück habt ihr keine Chia-Samen, das rechne ich euch hoch an. Chia-Samen gehen echt gar nicht mehr, die sind zur Coca-Cola der Veganindustrie geworden. Apropos Cola: Ich habe gesehen, du hast dich für Fritz-Kola entschieden. Ich hoffe, dir ist klar, dass du dir damit ein Klientel von pseudo-coolen Opportunisten heranziehst?«

Ich nutze eine kurze Atempause, um Philipps Referat zu unterbrechen:

»Tja, vielen Dank für die sachdienlichen Hinweise. Was wollt ihr denn bestellen?«

»Zweimal Fish & Chips.«

38

Während Philipp und Jeanette dank Aylins Überredungskunst mit diversen kleinen und mittleren Tapas versorgt werden, die die sprechende In-and-out-Liste aus dem Sauerland im vollen Bewusstsein der kölschen Provinzialität zu verspeisen gedenkt, und ich die jüngsten Ereignisse in meinem Blog verewige, hat Fußballjugendtrainer Kalle seine Portion bereits verputzt. Aylin schnappt sich die fast leeren Schälchen:
»Und? Hat's geschmeckt?«
»Ja. Leider.«
Ein diesmal zwölfsekündiges Anlachen kündigt den nächsten Gag an:
»Isch hätte nämlisch total jerne deinen Bauchtanz jesehen, hahaha.«
Wenige Augenblicke nachdem Aylin das Geschirr in die Küche gebracht hat, eilt Chrístos mit zutiefst beleidigtem Gesichtsausdruck zu Kalle, in der Hand ein Schälchen, in dem fünf Oliven übrig geblieben sind.
Mir schwant Übles. Schon bei der Eröffnung gestern stellte sich heraus, dass es relativ einfach ist, Chrístos' Ich-bin-ein-Künstler-und-in-jeder-Speise-steckt-ein-Stück-meiner-Seele-Ego zu verletzen. So kam es zu einer fünfminütigen hitzigen Diskussion mit Ingeborg Trutz zum Thema Kardamom, an deren Ende Chrístos beleidigt und türenknallend in der Küche verschwand – mit dem Hinweis, Ingeborg habe keine Ahnung von Gewürzharmonie. Als sie sich dann pathetisch entschuldigte, versagte ihm

vor Rührung die Stimme, und Ingeborg bekam mal wieder eine Gääänsehaut.

Nun präsentiert unser sichtlich angesäuerter Koch dem ebenso sichtlich angeheiterten Kalle die verschmähten Oliven, sich vergeblich um einen freundlichen Tonfall bemühend:

»Entschuldigung, haben Ihnen die Oliven nicht geschmeckt?«

»Doch, für Oliven waren die eigentlisch janz lecker.«

Chrístos schnappt empört nach Luft:

»Das sind Kalamata-Oliven. Die besten, die es gibt.«

»Ach, isch dachte immer, et jibt nur grüne und schwarze.«

Es folgt ein dreiminütiger Monolog von Chrístos über die Vielfalt griechischer Oliven, was Kalle wie folgt kommentiert:

»Normal finde isch Oliven überflüssig, außer auf Pizza Quattro Stadsch... Stadsch... Also vier Jahreszeiten.«

Zum Glück kriegt Chrístos das nicht mit, denn seine Aufmerksamkeit ist ganz bei einer Olive, die er sich gerade so genussvoll in den Mund geschoben hat, als habe er eine Affäre mit ihr.

»Mmmmmh ... Perfekt. Wissen Sie, ich habe die in eine Marinade mit speziellen Gewürzen eingelegt. Haben Sie den Rosmarin rausgeschmeckt?«

»Ehrlisch jesagt: nein.«

Kalle erweckt nicht den Eindruck, dass das Thema *Rausschmecken von Gewürzen in der Marinade von Kalamata-Oliven* zu seinen Lieblings-Sujets zählt. Doch Chrístos lässt nicht locker:

»Na los, probieren Sie noch eine und schauen Sie mal, ob Sie das Rosmarinaroma rausschmecken.«

»Isch schmecke eigentlisch selten irjendwat raus.«

»Dann achten Sie auf den Thymian, der ist mehr im Vordergrund.«

Gisela stellt Kalle ein weiteres Kölsch plus Jubiläums-Aquavit hin und schiebt Chrístos zurück in Richtung Küche:

»Lass jut sein, Aphrodite. Nach drei Jubis kann der Kalle nit mal mehr sagen, ob dat 'ne Olive is oder 'ne sehr kleine Frikadelle.«

Kalle kippt auf ex und lacht dann eine Minute, ohne dass eine Pointe kommt. Das bedeutet nichts Gutes. Bei diesem Alkoholpegel folgt gern mal ein abrupter Wutanfall. Und tatsächlich:

»In wat für einer Welt leben wir eigentlisch? Da werden Milliarden an Grieschenland überwiesen, nur damit die ihre Oliven in irgendwelsche Bionade einlegen können, aber wenn es um Kitaplätze oder Fish & Chips jeht, dann is plötzlisch kein Jeld mehr da! Jewürze können die rausschmecken, die Grieschen, aber ein ordentlisches Bruttossss....sssozialprodukt, dat is ja zu viel verlangt. Ach, weißte, Grieschen, Merkel, Putin, Bayer Leverkusen ... et sind doch alles Arschlöscher.«

Schade, dass Herr Denizoğlu das nicht gehört hat – Kalle wäre gerade sein bester Freund geworden. Apropos – ich wende mich an Aylin:

»Sag mal, warum ist eigentlich deine Familie nicht hier? Ich dachte, wenn nur ein Drittel deiner Verwandtschaft kommt, haben wir die Bude hier voll.«

»Toll, nicht? Sie unterstützen uns alle.«

Ich lache. Aylin schaut irritiert:

»Warum lachst du? Das war nicht ironisch gemeint.«

»Nicht? Das musst du erklären.«

»Na, wenn die Familie kommen würde, wäre es unverschämt von uns, sie *nicht* einzuladen. Beziehungsweise: Sie würden *uns* tödlich beleidigen, wenn sie bezahlen. Wenn sie also nicht kommen, sparen wir unsere Waren für die Kunden.«

»Ooookaaayyyy. Verstanden.«

Manchmal brauche ich auch nach fünf Jahren mit türkischer Verwandtschaft noch Nachhilfe in orientalischer Logik.

Eine halbe Stunde später, nachdem sich Kalle ausführlich über Gewürze, Talkshowgelaber, Thomas de Maizière, Salafisten, alkoholfreies Bier, Kampflesben und Schiedsrichter Dr. Drees ausgekotzt hat, erreicht der Olivenbanause mit seinem fünften Jubiläums-Aquavit wie üblich den Punkt, an dem er sich für unwiderstehlich hält. Er zieht seine Adidas-Trainingshose bis zum Knie hoch:

»Guckt mal, wat isch noch für Waden habe in meinem Alter. Dat is doch der Wahnsinn!«

Zu meinem eigenen Erstaunen höre ich mich sagen:

»In der Tat. Sie haben sehr schöne Waden.«

Na bravo. Mein verzweifelter Wunsch, den Job perfekt zu machen, führt offensichtlich dazu, dass ich jegliche Form von Selbstachtung über Bord werfe. Seit wann gehört es zum Tätigkeitsfeld eines Gastronomen, die Waden eines stockbesoffenen Ex-Maschinenschlossers zu bewundern?

Aylin reißt mich aus meinen Gedanken, als sie mich anstupst und auf Gisela zeigt, die gerade etwas in Gramichs Ohr flüstert, woraufhin die beiden kichern wie zwei verliebte Teenager. Haben wir mit unserem Café-Projekt etwa zwei einsame Herzen zusammengebracht? Aylin nimmt mich in den Arm und kriegt ihren *Notting-Hill*-Gesichtsausdruck, der eigentlich dem ersten Weihnachtsfeiertag vorbehalten ist; da schauen wir seit fünf Jahren aneinandergekuschelt unsere Lieblings-Romantic-Comedy.

Da kommt Philipp auf dem Weg zum Klo vorbei und legt mir die Hand auf die Schulter:

»Du, Daniel, komm doch gleich noch mal raus, ich hatte da noch einen Gedanken.«

Ich habe auch einen Gedanken: Dieser Typ sollte endlich die Klappe halten. Dennoch stehe ich fünf Minuten später wieder im Hof und höre mir sein Gebrabbel an:

»... und deshalb finde ich, Penne mit Schafskäse, Oliven und Kapern – das ist quasi die *Kuschel-Rock* unter den Hauptspeisen: unerträgliche Mainstream-Weichspüle, die vergeblich versucht, cool zu wirken.«

Als Geiger Wasily plötzlich auftaucht, freue ich mich auf ungeahnte Weise:

»Wasily, wie schön, Sie zum ersten Mal im *3000 Kilometer* begrüßen zu dürfen! Unsere beiden Gäste hier wollen unbedingt etwas hören, was nicht weichgespülter Mainstream ist.«

»Okchay, dann ich spiiiele Schostakchowiiitsch.«

Ich flüstere Philipp ins Ohr:

»Sieh es einfach als Retro-Gag.«

Während sich Jeanette und Philipp gezwungenermaßen dem virtuosen Geigenspiel meines russischen Freundes hingeben, flüchte ich zurück in den Gastraum und sehe, dass Kalle schnarchend auf der Theke schläft. Der zweite Tag neigt sich dem

Ende zu – eigentlich der erste reguläre Tag in freier Wildbahn. Ich hatte eine 15-Stunden-Schicht, habe eine Stammkundin mit faschistischem Hund gewonnen, einen alten Chinesen mit *Ti* versorgt sowie mehrere Wutanfälle unterdrückt, und wir haben immerhin knapp hundert Euro Tagesumsatz gemacht – yeah! Da fehlen nur noch etwas mehr als fünfhundert, und schon würden wir schwarze Zahlen schreiben. Ich küsse Aylin zärtlich auf den Mund:

»Hey, du hast heute den Umsatz verdoppelt. Du bist ein echtes Verkaufstalent!«

»Ja, oder? Und wenn sich der Laden erst mal rumgesprochen hat, dann knacken wir die magische Sechshundert-Euro-Marke.«

»Klar. Der Kolibri fliegt schon noch in unser Fenster.«

»Was?«

»Egal. Auf jeden Fall: In spätestens vier Wochen haben wir das geschafft! Da äh ... also, da ... bin ich mir ... relativ sicher.«

39

»Herzlichen Glückwunsch. Sie haben jetzt vier Wochen geöffnet und stehen schon kurz vor der Pleite. Dafür brauchen die meisten sechs Monate.«

Unser Vermögensberater, Herr Hartmann, hat die Bilanz unserer ersten Wochen überflogen, wobei er ein hämisches Ich-habs-ja-gleich-gesagt-Grinsen nur unter größter Anstrengung unterdrücken konnte. Nun lässt er sich mit einem professionell-mitleidigen Seufzer in seinen Chefsessel zurückfallen und platziert seine linke Hand wie zum Hohn auf das Buch *Die Millionärsformel* von Carsten Maschmeyer, das vor ihm auf dem Schreibtisch liegt.

Aylin und ich sitzen bestürzt vor ihm und müssen schlucken. Mir war zwar irgendwie klar, dass wir nichts allzu Positives von ihm hören würden, aber das fühlt sich an wie ein Blitz aus heiterem Himmel. Der Gedanke, dass das Café-Projekt auch schiefgehen könnte, war mir zwar schon mal gekommen. Aber tief in mir drin war ich immer überzeugt, dass wir es schaffen. Mir bleibt kurz die Luft weg, dann bricht mir der Schweiß aus. Unwillkürlich greife ich Aylins Hand und fange an zu stammeln:

»Aber ... letzten Donnerstag ... als Ingeborg Trutz ihren Geburtstag gefeiert hat, da haben wir doch über vierhundert Euro eingenommen ...«

»Exakt. Und wenn Sie noch mehr solche Tage schaffen, könnten Sie die Insolvenz um zwei Monate hinauszögern. Mit etwas Glück um drei Monate.«

Insolvenz? Was sucht denn dieses hässliche Wort hier? Das hat in meinem Leben nichts zu suchen! Mein Blick fällt auf eine goldgerahmte Schnörkelschrift, die als Leitspruch hinter Herrn Hartmann an der Wand hängt:
»Die Fähigkeit, auf welche die Menschen den meisten Wert legen, ist die Zahlungsfähigkeit.«
Ich schaue Aylin schockiert an. Auch sie ist wie vor den Kopf gestoßen:
»Ich verstehe das nicht. Tante Emine hat doch im Kaffeesatz gesehen, dass alles gut wird.«
Sie hätte auch sagen können: »Wir wollen unsere gesamten Ersparnisse der kommunistischen Partei spenden« – es hätte unseren Vermögensberater nicht weniger irritiert. Immerhin hält er uns jetzt *beide* für geisteskrank. Mit maximaler Selbstkontrolle schafft er es, dass seine Antwort nur ein klein wenig herablassend klingt:
»Wenn Ihre Tante das im Kaffeesatz gesehen hat, dann stimmt mich das natürlich viel optimistischer. Dennoch wäre es vielleicht clever, wenn wir etwas Sinnvolles unternehmen, um das Ruder rumzureißen.«
Nun zeigt Herr Hartmann einen gönnerhaft-großherzigen Gesichtsausdruck:
»Also, mir ist da heute Morgen so ein Gedanke gekommen. Ist Ihnen der Name Sven Schlack ein Begriff? Der ist seit Jahren ein Kunde bei mir. Wir spielen sogar zusammen Golf.«
Sven Schlack? Der Name kommt mir vertraut vor. Schlagerstar? Schauspieler? Bekannter Salafist? Aylin klärt mich auf:
»Das ist doch dieser Koch, der sich im Fernsehen um gescheiterte Gastronomen kümmert!«
»Ach ja, stimmt, die Sendung hat Jupp Süffels bei unserer Eröffnung erwähnt. Und ich sagte, das wäre das Letzte, wo ich mitmachen würde.«
Herr Hartmann plustert sich auf wie ein brünstiger Gockel, während er bereits in seinem Smartphone die Kontakte durchforstet:
»Tja, erstens kommt es anders und zweitens, als man denkt. Glauben Sie mir: *Auf Zack mit Schlack* hat absolute Traumquoten.

Eine bessere Werbung kann man sich nicht vorstellen. Ich könnte ihn ja mal anrufen.«

Der Konjunktiv ist überflüssig, denn es ist schon das Freizeichen zu hören. Aylin strahlt mich hoffnungsfroh an:

»Ich habe die Sendung neulich gesehen, Daniel. Da war ein Restaurant in der Eifel, das war kurz vor der Pleite – dann hat Sven Schlack die beraten, und plötzlich platzte der Laden aus allen Nähten.«

»Okay, ich denke mal, wir haben nichts zu ver...«

Ich werde von Herrn Hartmann unterbrochen:

»Hey, Sven, altes Haus – na, was macht dein Handicap? Nein, ich meine nicht deine Frau, hahaha, ... Pass auf, ich habe hier zwei Klienten, die ein Café betreiben. Die wären perfekt für deine Sendung.«

Herr Hartmann geht auf den Balkon und schließt die Tür. Leider kriegt er nicht mit, dass das Fenster auf Kipp steht, sodass Aylin und ich den weiteren Verlauf des Telefonats mitanhören:

»Genau, totale Dilettanten ... Nein, erst seit einem Monat ... hahaha, ja, ich glaube auch, die wollen ins Guinness-Buch, hahaha ... Und pass auf, das Beste ist: Die Frau ist richtig, richtig heiß. Doch, ich schwör's dir. Geh mal auf ihre Facebook-Seite ... Aylin Hagenberger ... Und, hast du's? ... Der totale Hammer, hab ich doch gesagt ... Ja, leider verheiratet ... ja, find ich auch Scheiße, aber was soll ich machen, ihr Mann ist nun mal mein Klient ...«

Herr Hartmann lächelt mir durch die Scheibe zu. Warum auch immer, ich lächle zurück. Reflex.

»... Genau, der Café-Betreiber ... Eher Künstlertyp, mit null Komma null Geschäftssinn ... Warmduscher, genau ...«

Ich verspüre den Drang, sämtliche Seiten aus der *Millionärsformel* zu reißen und sie Herrn Hartmann in den Hintern zu schieben. Jeder türkische Mann hätte ihm schon längst die gebleachten Zähne aus der Fresse geschlagen.

»... aber du biegst ihn dir schon zurecht, Sven ... Was? Aha ... hmm ... aber das ist ja großartig. Sensationell. Perfektes Timing. Okay, Deal ... Ja, ich schick dir sofort die Kontaktdaten. Ciao.«

Herr Hartmann beendet das Gespräch und kommt wieder herein:
»Es gibt phantastische Neuigkeiten: Der Kandidat, bei dem morgen gedreht werden sollte, hat vor vier Stunden versucht, sich umzubringen. Der kommt erst mal in die Geschlossene.«
Ich schaue meinen Vermögensberater irritiert an:
»Das sind phantastische Neuigkeiten?«
»Was? Nein, das ist natürlich irgendwie tragisch. Aber was ich sagen wollte: Das gesamte Drehteam von *Auf Zack mit Schlack* sitzt jetzt auf heißen Kohlen und kann schon morgen bei euch anfangen.«
Ich muss mich erst mal sammeln:
»Moment, aber ...«
»So, ihr müsst euch beeilen, da kommt eine vom Produktionsteam zu euch ins Café, in einer Stunde. Macht einfach alles, was die sagen. Es gibt nämlich nur zwei Alternativen: Sven Schlack oder der Insolvenzverwalter.«

40

»Hallo! Ich bin die Janina von *Turbo TV*. Ich bin Production Assistant von *Auf Zack mit Schlack*. Hey, der Laden sieht ja richtig klasse aus, warum läuft der denn nicht?«

Janina Kleuser, eine Blondine im obligatorischen Medienschick mit Stiefeln, Rock und weißer Bluse, schaut sich interessiert im *3000 Kilometer* um.

Ich zucke mit den Schultern:

»Das haben wir uns ehrlich gesagt auch schon gefragt.«

»Weißt du, Daniel, das Problem ist: Wenn Sven hier reinkommt, muss es richtig übel aussehen, verstehst du? Also so richtig, richtig megaübel. Dass die Zuschauer denken: Ey, fuck, wie soll aus der ranzigen Dreckskaschemme jemals was werden?«

»Tja, tut mir leid, dass unser Café so gut aussieht.«

Janina zeigt nun auf Sibel, die dritte Person im Raum:

»Und sie sieht überhaupt nicht verzweifelt aus. Es wäre besser, wenn sie verzweifelter aussehen würde – so wie du. Du bist perfekt.«

»Danke.«

Habe ich mich gerade für diese Beleidigung bedankt? Janina Kleuser hat bereits ihr Smartphone gezückt:

»Janina hier. Wir haben ein Problem: Der Laden sieht total geil aus ... Hmmm ... Hmmm ... Hmmm ...«

Die *Turbo-TV*-Blondine geht nach draußen und läuft einige Minuten gestikulierend auf und ab. Dann kommt sie strahlend zurück:

»Problem gelöst. Pass auf, Daniel: Wir haben jede Menge hässliches Inventar im Lager, das können wir gegen die schönen Möbel hier austauschen. Die elegante Theke decken wir mit 'ner geschmacklosen Holzverkleidung ab. Die Wände bearbeiten wir mit Spinnweben-Spray; und deiner Kellnerin schminken wir fette Ränder unter die Augen. Aber das ausgestopfte Eichhörnchen ist super, das kann bleiben.«

»Na immerhin etwas.«

»Die Bilder an der Wand sehen auch viel zu geschmackvoll aus. Aber da fällt uns schon noch was ein.«

»Ich hätte da ein paar kitschige Plastik-Reliefs ...«

»Ja, perfekt. Dann findet der Sven morgen alles total mies und sagt, der Style muss sich ändern ... und schließlich bringen wir's wieder in den Zustand, wie's jetzt ist.«

»Und wo ist dann der Vorteil?«

»Der Vorteil ist, dass sich das vier Millionen Zuschauer ansehen.«

Ich fahre also nach Hause, um die Plastikreliefs zu holen. Dort kann ich mich nicht beherrschen und setze mich an den Laptop, um die neueste Entwicklung des Café-Projekts zu bloggen. Allein die Beschreibung von Herrn Hartmanns Gesichtsausdruck, nachdem Aylin das Kaffeesatzlesen thematisiert hat, lässt mich minutenlang vor mich hin kichern.

Mit dem Gefühl, zehn Minuten am Laptop verbracht zu haben, schaue ich zur Uhr und stelle fest: Es waren dreieinhalb Stunden! Trotzdem nehme ich mir weitere dreißig Minuten, um alles Korrektur zu lesen und online zu stellen. Dann schnappe ich mir die Kitschbilder und eile zurück zum Café.

Dort trifft mich fast der Schlag – die Ausstatter haben ganze Arbeit geleistet, und unser Café sieht genauso aus, wie Janina es haben wollte: so richtig, richtig megaübel.

Hässliche Plastikstühle in verschiedenen Farben und Formen, dazu passende Plastiktische, alles sonnengebleicht, ranzig und benutzt. Das Ganze erweckt den Eindruck, als habe der Kleingartenverein Germania seine gesamten Achtzigerjahre-Möbel auf den Sperrmüll gestellt.

Während ein Ausstatter künstliche Spinnweben in sämtliche Ecken sprüht, ist ein anderer dabei, ein PVC-Holzimitat über unsere wunderbare goldene Theke zu kleben. Mir kommt fast das Frühstück hoch:
»Tja, das sieht in der Tat schrecklich aus.«
Der Ausstatter sieht meine Plastikreliefs und kriegt einen Lachkoller:
»Hahaha, großartig – so viel geballte Geschmacklosigkeit sieht man selten. Die hängen wir direkt auf.«
Er entfernt nun die Werke von August Sander ebenso von der Wand wie die kunstvollen Antalya-Fotos – und platziert stattdessen die Kitsch-Infernos an die frei gewordenen Stellen. Der gesamte Gastraum hat inzwischen den Wohlfühlfaktor eines Parkhauses in Bitterfeld.

Als ich gerade denke, dass kein Kunde dieses ästhetische Fukushima jemals betreten wird, kommt Coca-Cola-geht-gar-nicht-Philipp herein:
»Okay, Daniel, ich bin ja nicht leicht zu verblüffen, aber jetzt hast du mich echt geflasht! Geiler Retro-Müll-Style – Respekt, Alter!«
Er bietet mir die Hand zum High-five an, und ich schlage ein – warum auch immer. Die Welt ist verrückt geworden.

Zehn Stunden später, um kurz nach eins, kommen Aylin und ich nach Hause. Der Abend brachte uns immerhin sieben Gäste: Philipp, Jeanette, Kalle und vier Neukunden, die uns einen überraschenden Umsatz bescherten. Irgendwie seltsam, diese Leute. Haben die Karte rauf und runter bestellt und die ganze Zeit geheimnisvoll getuschelt. Wie auch immer – mit insgesamt 334 Euro Umsatz lag der Abend sogar über dem Durchschnitt, und das mit der hässlichsten Ausstattung aller Zeiten. Irgendwie frustriert uns das, weil es ganz offensichtlich scheißegal ist, dass wir so viel Liebe, Mühe und Geld in das schöne Ambiente des *3000 Kilometer* gesteckt haben.

Im Bad reden wir kein Wort. Das passt gar nicht zu uns. Normalerweise albern wir rum: Ich imitiere Calmund oder Lindenberg, und Aylin nimmt beim Zähneputzen ironisch Model-Posen ein. Aber heute: angespannte Stille. Wir wissen beide, dass wir gerade am Abgrund stehen. Und dass sich morgen entscheidet, ob wir runterfallen oder nicht.

Nachdem wir erschöpft ins Bett gefallen sind, bemüht sich Aylin um ein Lächeln und bricht endlich das Schweigen:

»Es wird bestimmt alles gut. Wir müssen nur daran glauben.«
»Weißt du, was ich glaube, Aylin?«
»Was?«
»Dass wir echt am Arsch sind.«
Aylins Lächeln erstarrt:
»Oh Mann, Daniel! Deine Art nervt mich in letzter Zeit – was ist nur los mit dir?«

Aylin hat recht: Was ist nur los mit mir? Warum will ich nicht glauben, dass alles gut wird? Mein Magen ist ein einziger Klumpen.

»Tut mir leid, Aylin, aber ich denke ...«
»Von mir aus denk. Aber denk *leise*. Gute Nacht!«

Aylin knipst das Licht aus und dreht sich von mir weg. Ohne Gutenachtkuss. Das geht gar nicht! Ich beuge mich über sie, um einen Kuss zu platzieren, aber sie dreht ihren Kopf im selben Moment nach unten, sodass ich direkt in ihr Ohr schmatze.

»Vielen Dank, Daniel. Geht's *noch* lauter?«

Kann es sein, dass sie sauer ist? Aber wir sind in fünf Ehejahren nie ohne Gutenachtkuss eingeschlafen. Selbst als ich zwei Tage in Jena war, um mit den Chefs von *Knusperwaren Kessler* über die psychologische Tiefenwirkung des Wortes *Crubblecrispycruncharoma* zu debattieren, haben wir das Gutenachtkussritual per Videochat durchgeführt. Ich stupse Aylin sanft an. Keine Reaktion. Ihr sanftes Atemgeräusch, das ich so sehr liebe, zeigt an, dass sie eingeschlafen ist.

Lass sie einfach, Daniel. Morgen wird alles gut. Das mit dem Gutenachtkuss ist gar nicht so wichtig. Sei kein Zwangsneurotiker. Oder vielleicht schläft sie ja doch nicht?

»Aylin?«
Keine Reaktion.
»Aylin???«
Keine Reaktion.

»AYLIN?«
»Hmm?«
»Oh, du bist noch wach.«
»Hmm?«
»Also, ich finde, wir sollten nicht ohne Gutenachtkuss einschlafen.«
»Bitte.«
Aylin atmet genervt aus und dreht ihren Kopf zu mir. Ich drücke ihr sanft einen Kuss auf den Mund. Sie dreht sich wieder weg:
»Nacht, Daniel.«
»Nacht … Ich … also das soll jetzt keine Kritik sein, aber du hast ja einfach nur deine Lippen hingehalten. Das zählt nicht als Kuss. Also nicht von deiner Seite …«
Aylin atmet genervt aus.
»… Ich meine, ein richtiger Kuss ist es erst, wenn deine Lippen auch was machen, also sich irgendwie anspannen oder ein bisschen saugen oder so was. Aber so … da hätte ich auch ein warmes Wiener Würstchen küssen können.«
Aylin atmet genervt aus. Dann küsst sie mich abrupt und dreht sich wieder auf die Seite:
»Zufrieden? Na wunderbar! Nacht.«
Und noch ein genervtes Ausatmen. Ich überlege einen Moment, ob ich tatsächlich zufrieden bin – und komme zu folgendem Schluss: nein.
»Tut mir leid, Aylin, aber der Kuss war aggressiv. Das ist nicht der Sinn eines Gutenachtkusses.«
Genervtes Ausatmen.
»Ein Gutenachtkuss ist ein zärtliches Ritual, wonach man mit einem entspannten Gefühl einschlafen kann.«
Genervtes Ausatmen.
»Deshalb heißt es ja auch *Gute*nachtkuss und nicht Aggronachtkuss oder Fahr-zur-Hölle-Kuss.«
Sehr genervtes Ausatmen.
»Aylin?«
Sehr genervtes Ausatmen.
»Aylin???«
Noch genervteres Ausatmen. Ich stehe auf, gehe um das Bett

herum und sauge – inzwischen ebenfalls leicht genervt – an Aylins Oberlippe.

Extrem genervtes Ausatmen. Pause. Dann plötzlich ein Lachkoller:

»Oh, Mann, du bist so bescheuert, Daniel. Weißt du das eigentlich?«

»Äh ... ja. Und ich glaube, genau deshalb liebst du mich.«

»Jetzt sei nicht auch noch überheblich. Also los, komm schon.«

Aylin nimmt meinen Kopf in beide Hände, und wir küssen uns zärtlich. Dann lächelt sie mich an und ist in nicht einmal zehn Sekunden eingeschlafen. Ich lege mich neben sie und schaue fasziniert ihr wunderschönes Gesicht an, das sanft vom Mondlicht gestreichelt wird. Wie friedlich sie schlummert ... Wahrscheinlich nur, weil sie immer noch an Tante Emines Prognose glaubt. Das kann doch nicht wahr sein, dass meine Frau aufgrund eines absurden Aberglaubens schläft wie ein Stein, während ich mir völlig zu Recht Sorgen mache. Das ist so unfair.

Eine Stunde später liege ich immer noch wach. Wenn es eine höhere Intelligenz im Universum gibt, müsste die doch sagen: Guck mal, der Typ sieht die Sache realistisch, den lassen wir jetzt mal schlafen, damit er die Probleme morgen in Ruhe angehen kann. Und die Frau kann ruhig wach liegen, die hat sowieso keinen Plan. Aber nein, nur wer die Realität leugnet, wird mit einem 1-a-Wellnesspaket belohnt. Danke, Universum! Vielen lieben Dank!

Jetzt lächelt Aylin auch noch im Schlaf. Will sie mich verhöhnen? Bestimmt träumt sie von fliegenden rosa Elefanten, auf deren Rücken silberne Kängurus Ballett tanzen. Oder von ähnlichem Unsinn, der genauso wirklichkeitsnah ist wie diese verdammte Kaffeesatzfarce. Ich verspüre das starke Bedürfnis, meine Frau unsanft wach zu rütteln. Oder einen Eimer kaltes Wasser über ihr auszugießen. Oh, dein Ehemann ist verrückt geworden? Ha, das hat sie wohl *nicht* im Kaffeesatz gesehen, deine Tante!

Anschließend liege ich eine weitere Stunde wach, in der ich mich angemessen für meine Aggressionen schäme. Dann schlafe ich unruhig ein und werde mit einem Schreck wieder wach.

Meine Gedanken rasen: Ist die TV-Branche nicht genauso verdorben wie die Werbung? Kann uns dieser Typ überhaupt helfen? Was ist, wenn wir tatsächlich Insolvenz anmelden müssen? Würde mit unserem Café-Traum auch unsere Ehe zerbrechen? Nach nur vier Wochen schon pleite – wie konnte es nur so weit kommen? Ich bin zu aufgewühlt, um zu schlafen, und starte meinen Laptop. Ich lese die bisherigen Blogeinträge. Vielleicht finde ich dort die Antwort.

41

DANIELS CAFÉ-BLOG

Mittwoch, 25. Mai 2016 – zweiter Tag nach der Eröffnung

10 Uhr 05: Gerade noch rechtzeitig vom Flughafen zurück, um pünktlich zu öffnen. Habe den Vater meiner Kellnerin Sibel in Terminal 2 abgeladen; an der Bar noch zwei »alkoholfreie« Jägermeister mit ihm getrunken.

10 Uhr 30: Warum öffnen wir eigentlich pünktlich, wenn sowieso keiner kommt?

10 Uhr 50: Bestimmt kommt niemand, weil ich zu sehr will, dass jemand kommt.

10 Uhr 58: Versuche vergeblich, nicht zu wollen, dass jemand kommt.

11 Uhr 07: Glaube, das ausgestopfte Eichhörnchen grinst mich hämisch an.

11 Uhr 17: Hurra, ein Kunde kommt rein!

11 Uhr 26: War doch kein Kunde, sondern Comedian Anfang 50, der eine Standup-Show im *3000 Kilometer* aufziehen will. Das würde uns viele Gäste bringen. Überreichte mir Autogrammkarte: Der *Frechdachs aus Frechen*. Angeblich ist er im Karneval und auf Betriebsfeiern sehr beliebt.

11 Uhr 31: Besteht auch nur die entfernteste Chance, dass jemand lustig ist, der sich *Frechdachs aus Frechen* nennt? Auf der Karte wirkt er schleimiger als Semino Rossi.

11 Uhr 37: Wenigstens unser Koch Chrístos freut sich: Sein virtueller Chihuahua hat einen Pokal im *Nintendogs*-Frisbee-Wettbewerb gewonnen.

11 Uhr 41: Denke ernsthaft darüber nach, den *Frechdachs aus Frechen* zu engagieren. Wie tief bin ich gesunken?

11 Uhr 43: Sibel spürt meine Verzweiflung und will mich mit der Nachricht trösten, dass das peinliche Video, auf dem ich die Hummel trocken puste, soeben die 1-Million-Klicks-Marke überschritten hat. Freue mich ironisch.

11 Uhr 44: Sibel versteht keine Ironie und zeigt mir meinen gestrigen Hustenanfall, der auch schon 123 714 Klicks hat.

11 Uhr 58: Schlange vor *Zachary's Burger Lounge*. Hassgefühle.

12 Uhr 03: Die Oma mit Mussolini macht ihre Stammkunden-Drohung wahr und bestellt schon wieder Irish Coffee.

12 Uhr 07: Denke darüber nach, die Oma mit Chloroform zu betäuben und dem Hund dann heimlich die Stimmbänder zu entfernen.

12 Uhr 16: Kauknochen für Mussolini gekauft, damit er nicht mehr am Tischbein knabbert. Ich bin ein guter Gastronom.

12 Uhr 31: Kauknochen alle. Jetzt knabbert er wieder am Tischbein.

12 Uhr 38: Auf meinem PC erscheint die Meldung »Erfahren Sie, wie Sie mit Google Ihre Privatsphäre schützen können«. Haha. Das ist so, als würde ich in Gesundheitsfragen einen Hai konsultieren.

12 Uhr 45: Mussolini fiept seit einer Viertelstunde. Halte mir alle zwei Minuten kurz die Ohren zu, um sicher zu sein, dass es nicht in meinem Kopf ist.

12 Uhr 50: Hurra, der erste Mittagsgast; legt einen Stapel Klassenarbeiten auf den Tisch: aha, also ein Lehrer. Er fragt Sibel, ob der Artischockensalat mit Artischocken ist ... und *der* bildet unsere Jugend aus?

12 Uhr 56: Jetzt will der Lehrer die Penne mit Schafskäse, Oliven und Kapern, aber *ohne* Schafskäse, Oliven und Kapern; bestellt stattdessen Rinderfiletstreifen dazu, natürlich zum selben Preis. Großartig!

13 Uhr 02: Chrístos meint, Rinderfiletstreifen passen nicht zu Penne und diskutiert seit fünf Minuten mit dem Lehrer, die Hysterie langsam steigernd; der Lehrer gibt schließlich klein bei, als Sibel ihm mit den Worten »Schafkasten sehr sehr leck« über den Arm streichelt.

13 Uhr 08: Die Oma bezahlt und geht – das Fiepen hat ein Ende. Der Lehrer atmet erleichtert auf: Er dachte, sein Tinnitus sei zurück.

13 Uhr 09: Umsatz Oma: acht Euro. Hätte ich den Kauknochen berechnen sollen? Glaube, ich bin zu gutmütig für einen Geschäftsmann.

13 Uhr 33: Der Lehrer beschwert sich, dass die Penne zu lange dauern. Sibel: »Penner kommt gleich.«

13 Uhr 40: Der Lehrer beschwert sich erneut, dass die Penne zu lange dauern. Sibel: »Penner ist schon in Kochtropf.«

13 Uhr 42: Der Lehrer droht zu gehen, wenn die Penne nicht sofort kommen. Versuche, ihn durch Small Talk abzulenken. Erfahre, dass er Rolf Griebel oder Ralf Robel heißt und Germanistik oder Geschichte studiert hat; dass er eine Obergrenze für Asylbewerber entweder befürwortet oder ablehnt, Helene Fischer für geil oder überschätzt hält und außerdem Fan von Borussia Dortmund oder Mönchengladbach ist. Leider höre ich nur mit halbem Ohr zu, weil ich Chrístos innerlich verfluche: Wie kann er vierzig Minuten für eine einzige Portion Penne mit Schafskäse brauchen?

13 Uhr 43: Warum zum Teufel schreibe ich eigentlich diesen Blog, anstatt in der Küche nachzuschauen, was los ist? Wäre das nicht mein Job?

13 Uhr 44: Zur Überzeugung gelangt, dass es mein Job *ist*.

13 Uhr 47: In der Küche nachgeschaut: Chrístos beim symmetrischen Arrangieren einzelner Kapern angetroffen, nachdem er bereits eine Portion Penne aufgrund »unbefriedigender Bissfestigkeit« und eine weitere wegen »ästhetischer Mängel in der Gesamtkomposition« in den Müll entsorgt hatte.
Darauf hingewiesen, dass wir ein Café betreiben und keine Galerie. Chrístos' Reaktion: Traurigkeit, dann Beleidigtsein, erneute Traurigkeit, Verzweiflung, Wut, Gleichgültigkeit,

erneute Wut, noch mal Beleidigtsein; dann Androhung der Kündigung, Hysterie, Kündigung, sofortige Rücknahme der Kündigung, Seufzen, Gleichgültigkeit.
Teller geschnappt und serviert.

13 Uhr 49: Der Lehrer findet die Penne auf Sibels Nachfrage »gut minus«, woraufhin Sibel ihm durchs Haar wuschelt.
Mein bester Freund Mark kommt rein, ohne Udo Lindenberg zu imitieren. Männer verstellen sich immer, wenn sie an eine Frau rankommen wollen.

13 Uhr 56: Der alte Chinese ist wieder da und hat erneut *Ti* bestellt.

14 Uhr 04: Der Lehrer gibt Sibel fünf Euro Trinkgeld; kriegt dafür von Sibel Schulterstreicheln und Zwinkern. Mark eifersüchtig. Umsatz Lehrer: 13 Euro.

14 Uhr 25: Mark bestellt schon das vierte Getränk, nur um mit Sibel ins Gespräch zu kommen. Meine alte Flirttaktik! (Bringt gar nichts und führt zu voller Blase.)

14 Uhr 27: Kurzer Schreck, weil ich dachte, der alte Chinese ist gestorben; war aber nur eingeschlafen.

14 Uhr 32: Mark muss seit fünf Minuten dringend aufs Klo; geht aber nicht, weil Sibel endlich mit ihm redet.

14 Uhr 35: Marks Blase steht offensichtlich kurz vor der Explosion, aber er wird zum Märtyrer, weil Sibel vom Schwarzen Meer erzählt. Was tun wir nicht alles, nur um irgendwann das Wort »Begehren« buchstabieren zu können.

14 Uhr 41: Romantischer Moment zwischen Sibel und Mark: Sie schaut ihm verführerisch in die Augen und legt ihre Hand auf seinen Unterarm.

14 Uhr 42: Mark hält es nicht mehr aus und rennt in gekrümmter Körperhaltung zum Klo.

14 Uhr 53: Hatte Idee für einen Sketch: Speed-Dating der Blasenkranken. Kichere bei der Vorstellung minutenlang vor mich hin; dann merke ich, dass der alte Chinese mich die ganze Zeit beobachtet. Er lächelt freundlich, ich lächle zurück.

15 Uhr 00: Chrístos hat seine Pause bis 18 Uhr angetreten; hat sich für seinen emotionalen Ausbruch entschuldigt und Besserung gelobt.

15 Uhr 02: Habe die Aufstelltafel vor dem Café mit einer Smiley-Sonne verziert. So kommt die Botschaft »täglich frische Tapas« viel sympathischer rüber.

15 Uhr 07: Mark schafft es einfach nicht, Sibels Signale zu deuten: Kuss halb auf den Mund zur Begrüßung; danach zwanzig Minuten Ignoranz; kurz darauf Kopfstreicheln beim Servieren einer Fritz-Kola; dann verführerisches In-die-Augen-Schauen plus An-den-Unterarm-Fassen; aber seit Marks Rückkehr vom Klo erneute Ignoranz. Mark mit den Nerven am Ende.

15 Uhr 14: Muskulöser tätowierter Türke Ende zwanzig steht an der Theke und flirtet mit Sibel; Mark sehr eifersüchtig.

15 Uhr 17: Wollte Mark helfen, indem ich den Türken in ein Gespräch verwickle. Heißt Faruk und arbeitet als Türsteher in der Stammdisco der Cousinen Yasemin und Emine; offenbar haben sie ihn darauf hingewiesen, dass Sibel noch zu haben ist. Wie nett.

15 Uhr 21: Faruk überlegt minutenlang, woher er mich kennt. Dann platzt es aus ihm raus: »Ey, du bist doch der Doofkopp, der die Hummel trocken pustet!«

15 Uhr 23: Nach einer Beinahe-Ohnmacht wieder zu mir gekommen. Faruk hatte mir für ein Selfie den Arm um den Hals gelegt und mir dabei für einige Sekunden die Halsschlagader abgedrückt.
Ein Selfie? Mit mir? Weil er mich aus YouTube kennt? Toll, ich bin jetzt auf einem Level mit Sky-Reporterin Jessica Kastrop, deren Berühmtheit darauf fußt, dass ihr ein Ball an den Schädel flog.

15 Uhr 25: Habe Idee für eine Graphic Novel: Der Ball, der Jessica Kastrop an den Schädel flog, gründet eine Schauspielagentur, weil er felsenfest überzeugt ist, auch jeden anderen zum Star machen zu können. Kichere wieder minutenlang vor mich hin – und stelle erneut fest, dass der alte Chinese mich beobachtet. Er lächelt. Wahrscheinlich hält er mich für geisteskrank.

15 Uhr 26: Faruk packt Mark im Nacken und dreht seinen Kopf zu Sibel: »Guck doch mal, wie gut ihr das Top steht. Voll krass geil, oder?« Mark lächelt gequält. *Voll krass geil* – wie schön, wenn Menschen ihrem Klischee entsprechen. Das macht die Welt übersichtlicher.

15 Uhr 28: Faruk bringt Sibel wiederholt zum Lachen. Beruhige den leidenden Mark: Als Kellnerin ist es Sibels Job, über Kundenwitze zu lachen.

15 Uhr 34: Endlich: Faruk will zahlen. Umsatz: 1 Euro 80 (ein Wasser). Präsentiert 2-Euro-Münze, aber als Sibel sie nehmen will, hält er sie zurück und gibt Sibel Zeichen, dass sie sich das Geld mit einem Kuss auf Faruks Wange erst verdienen muss. Sibel schüttelt genervt den Kopf und will sich das Geld nehmen, doch Faruk hält es fest. Schließlich gibt sie Faruk seufzend den Kuss auf die Wange.
Will Mark sagen: »Siehst du: *So* flirten Profis«, spreche es aber nicht aus. Mark kocht vor Eifersucht.

15 Uhr 36: Habe Mark wieder beruhigt: Eine intelligente junge Frau wie Sibel würde nie etwas mit jemandem anfangen, dessen geistiges Limit mit der Gebrauchsanleitung von Kraftmaschinen erreicht ist.

15 Uhr 37: Sibel knutscht leidenschaftlich mit Faruk.

15 Uhr 37 und 1 Sekunde: Mark verlässt fluchtartig das Café.

15 Uhr 39: SMS von Mark: »Glückwunsch zu deiner Menschenkenntnis.«
Meine Antwort: »Deine Chance wird kommen, wenn sie sich über ihn ausheulen will.« Überlege eine Minute lang, ob ich einen Smiley hinzufüge, entscheide mich dagegen.

15 Uhr 41: Marks Deckel – zwei Fritz-Kola, eine Fritz-Limo, zwei Kölsch und drei Latte macchiato (Umsatz: neunzehn Euro) – aus eigener Tasche bezahlt.

15 Uhr 43: Faruk gegangen; Sibel umarmt mich euphorisch; ist dankbar, dass ich sie nach Deutschland geholt habe. Freue mich, dass ich helfen konnte – auch, wenn es nicht meine Absicht war, Aylins Cousine einem tätowierten Schrank zuzuführen, dessen Vorstellung von Glück höchstwahrscheinlich Prostitution, illegale Autorennen und Anabolika beinhaltet.

15 Uhr 44: Mark tut mir leid … aber vielleicht hat er ja Glück, und Faruk schluckt tatsächlich Anabolika. Dann hätte der bald eine Körperbehaarung wie Chewbacca.

15 Uhr 46: Der Chinese legt zwei Euro für den *Ti* auf den Tisch. Zahle erneut die zwanzig Cent drauf.

15 Uhr 48: Sibel seit sieben Minuten euphorisch; plant schon ihre Hochzeit mit Faruk. Tja. Hm. Tja. Hm. Tja. Ach, was soll's? Wenn sich unsere Gesellschaft so weiterentwickelt, kann es nicht schaden, einen Türsteher in der Familie zu haben.

16 Uhr 41: Seit einer Stunde kein Kunde mehr da; erneut meinen eigenen Deckel bezahlt, um Umsatz zu generieren: immerhin achtzehn Euro mehr in der Kasse.

17 Uhr 04: Immer noch kein Kunde. Zwanzig Minuten lang im Keller die Getränkekisten nach Verfallsdatum sortiert; das alkoholfreie Weizenbier ist nur noch drei Monate haltbar – ob wir das vorher loswerden? Und was ist mit den Lebensmitteln in der Küche? Kurzer Anflug von Panik.

17 Uhr 09: Betrachte goldenen Ring, den ich eben unter dem alkoholfreien Weizenbier gefunden habe. Vielleicht ist es ein magischer Gegenstand, ein Geschenk des Universums, um Kunden anzulocken?

17 Uhr 11: Ring angezogen mit dem Wunsch, dass er Kunden herbeizaubert. Herzlichen Glückwunsch, Daniel. Du bist dabei, den Verstand zu verlieren.

17 Uhr 14: Mein Vater und Dimiter Zilnik sind gekommen, um den Umsatz zu steigern – Magie?

17 Uhr 25: Versuche verkrampft, vor meinem Vater wie ein Profi-Gastronom zu wirken; Sibel unsinnige Anweisungen gegeben und ebenso sinnlos die Blumenvasen auf den Tischen neu arrangiert.

17 Uhr 32: Aufstelltafel auf dem Bürgersteig neu beschriftet: »täglich traumhafte Türken-Tapas zu tollen Top-Tarifen«; hoffe, dass mein Vater beim Rausgehen die Alliteration bemerkt.

17 Uhr 36: Tafelaufschrift wieder in »täglich frische Tapas« geändert.

17 Uhr 41: Fühle mich vom ausgestopften Eichhörnchen *und* von meinem Vater beobachtet.

17 Uhr 57: Schichtwechsel: Aylin übernimmt; Sibel will sich mit Faruk treffen.

18 Uhr 05: Auch Chrístos und die Mutti sind wieder an Bord; Gisela begrüßt Dimiter Zilnik mit den Worten »Wo haben Sie denn Ihr wandelndes Irrenhaus jelassen?«; Dimiter: »Ihre Metaphorik ist unsauber: Ein wandelndes Irrenhaus würde Schizophrenie implizieren, aber Ingeborgs Aus-dem-Rahmen-Fallen ist Resultat ihrer ureigenen Persönlichkeit«; darauf Gisela: »Also, wenn isch so verquer denken tät wie Sie, dann würde isch die Zahncreme auf Klopapier schmieren und mir mit der Bürste den Hintern abwischen.« Dimiter: »Interessante Idee. Könnte von Luis Buñuel sein.«

18 Uhr 11: Dimiter Zilnik lässt sich von Aylin die Handynummern ihrer Cousinen Yasemin und Emine geben. Er habe bei ihnen eine enorme archaische Kraft und Ausstrahlung gespürt, die man für das Theater nutzen könne. Mir fällt spontan ein Zitat aus meiner Lieblings-Sitcom *Frasier* ein: »Tut mir leid, ich konnte dich nicht hören, dein Penis hat alles übertönt.«

18 Uhr 15: Dimiter erklärt meinem Vater, dass er Yasemin und Emine in seine Inszenierung von Dürrenmatts »Der Besuch der alten Dame« einbauen will, in der Ingeborg Trutz die Titelrolle spielt. Es gebe in dem Stück zwei kastrierte Männer – daraus könne er zwei Transsexuelle machen.

18 Uhr 18: Tafelaufschrift in »Hier pflastern Tapas den Weg ins Reich kulinarischer Ekstase« geändert. Viel niveauvoller! Und nicht so billig wie vorhin die Alliteration. Mein Vater wird begeistert sein.

18 Uhr 20: Aufschrift geändert in »Tapas sind die Bausteine unserer Kathedrale des kulinarischen Erwachens«. Doppelter Genitiv – sensationell.

18 Uhr 22: Aufschrift zurückgeändert in »täglich frische Tapas«.

18 Uhr 23: Fühlt sich irgendwie falsch an, dass mein Vater an meinem Arbeitsplatz abhängt. Wie kann ich verhindern, dass meine Eltern Stammgäste werden? Soll ich ihre Fotos auf ein Schild »Wir müssen draußen bleiben« kleben?

18 Uhr 31: Verpächter Gramich schon wieder unter fadenscheinigem Vorwand aufgetaucht: Diesmal wollte er die Dichtung an der Spülarmatur auswechseln, weil gestern angeblich der Hahn getropft hat. Wie sich herausstellte, war er nur nicht richtig zugedreht.

18 Uhr 46: Gramich erzählt Witz von Fips Asmussen: »›Herr Doktor, ich kriege meine Vorhaut nicht zurück‹ – ›Ja, so was verleiht man ja auch nicht‹« ... Die Mutti lacht nicht wie üblich, sondern kichert.

19 Uhr 01: Schöne-Waden-Kalle gekommen; hat wieder türkisch-griechische Versöhnungsplatte bestellt. Flirtet mit Aylin. Bin nicht eifersüchtig. (Ehrlich.)

19 Uhr 13: Studentischer Toilettenbesucher vom Eröffnungsabend gekommen; flirtet auch mit Aylin. Bin nicht eifersüchtig. (Nicht ganz so ehrlich.)

19 Uhr 51: Auf Restaurantbewertungsportalen gesurft. Bei www.tripadvisor.de haben wir schon zweimal fünf von fünf Punkten bekommen – hurra!

1. Erika H.: »Stilvolles Ambiente, großartige Gerichte und mein Sohn ist Geschäftsführer. Besser geht's nicht!«

2. Mark S.: »Panikmäßig genialer Schuppen. Preis – Leistung Top! Der Geheimtipp des Jahres. Muss man hingehen!«

Das sind meine Mutter und mein bester Freund, aber fünf Punkte sind fünf Punkte.
Auch schon eine Bewertung bei www.yelp.de – immerhin vier von fünf Sternen. Rolf G. lobt Penne mit Schafskäse, Kapern und Oliven. Zieht zwei Sterne ab für mangelnde Flexibilität und lange Wartezeit; vergibt aber Extrastern für Kellnerin Sibel.

19 Uhr 58: Bemerke knisternde Spannung zwischen Gisela und Gramich. Freue mich.

20 Uhr 01: Bemerke *keine* knisternde Spannung zwischen Aylin und dem Studenten. Freue mich. Oder ist da doch etwas? Lacht Aylin jetzt professionell oder privat? Bilder der knutschenden Sibel kommen mir in den Kopf.

20 Uhr 06: Versucht, mich in Aylins Gespräch mit dem Studenten zu drängen, meine Unreife registriert und zum Laptop zurückgekehrt.

20 Uhr 10: Erneute Diskussion zwischen Kalle und Chrístos zum Thema Oliven. Mein Vater schlägt sich auf Chrístos' Seite; sieht in Kalles Abneigung gegen Oliven versteckten Rassismus: »Mit Oliven fängt es an, als Nächstes folgen die Asylanten.« Darauf Kalle: »Mit dummen Bemerkungen fängt et an, als Nächstes folgt ein Schlag in die Fresse«; darauf Dimiter Zilnik: »Könnten Sie sich vorstellen, diesen Satz auf der Bühne zu sagen – als Schauspieler?«; darauf Kalle: »Schauspielerei, dat is für misch, wenn einer den sterbenden Schwan mimt, um 'ne rote Karte zu provozieren. Und dat finde isch Scheiße.«

20 Uhr 24: Wurde von Hipster-Philipp zum Thema »Musikkonzept« belehrt. Angeblich ist unser Mix aus Pop,

Rock und Soul total Neunzigerjahre und außerhalb von
Ü-50-Partys ein absolutes No-Go. Lange Liste mit Bands
entgegengenommen, von denen ich keine einzige kenne.
Wer zum Teufel sind *Feeling B* und *First Arsch*?

20 Uhr 26: Noch eine Sketchidee: Typ reist mit Zeitmaschine
in die Neunzigerjahre und findet dort alles »total
Neunzigerjahre«. Kichere wieder minutenlang vor mich hin.
Wenigstens werde ich diesmal nicht vom alten Chinesen
beobachtet.

20 Uhr 31: Ingeborg Trutz und meine Mutter eingetroffen.
Letztere hat eine Sinnkrise: Sie bringt seit Kurzem einem
afghanischen Flüchtling die deutsche Sprache bei, und sein
erster korrekter Akkusativsatz war: »Ich liebe den Adolf
Hitler.«
Ingeborg Trutz konnte wegen des Kardamomstreits mit
Chrístos zwei Nächte nicht schlafen und hatte dann bei
der Lektüre von Rudolf Steiner die Eingebung, dass ihr
Aufgewühltsein gar nicht im Streit wurzelt. Vielmehr habe
die Strenge im Geschmack der Kardamomsamen sie an die
Strenge ihres Stiefvaters erinnert; nun ist sie überzeugt, dass
eine Aussöhnung mit Kardamom ihr den lang ersehnten
Seelenfrieden beschert. Mit Pathos in der Stimme und
der üblichen Gäääänsehaut bestellt sie »irgendwas mit
Kardamom, egal was«.

20 Uhr 36: Meine Mutter merkt an, dass ich blass bin;
fühle mich beobachtet. Irgendwie seltsam: Der letzte
Job, bei dem mich meine Eltern beobachtet haben, waren
Mathehausaufgaben. Scheint so, als wäre ich wieder
Teenager.

20 Uhr 50: Fast eine Viertelstunde auf dem Klo verbracht
und im Kopf die Vereinshymne des 1. FC Köln gesungen.

21 Uhr 01: Ingeborg Trutz lässt alle Café-Gäste an ihrem Kampf mit dem Geschmack von Kardamom teilhaben; es hört sich an wie eine Frau in den Wehen, die kurz vor der Entbindung zum Verzehr von gegorenem Lebertran gezwungen wird. Kommentar Kalle: »Dat is kein Sprung in der Schüssel mehr, dat sind nur noch Scherben.«

21 Uhr 17: Kalle lacht 30 Sekunden, bevor er den selben Fips-Asmussen-Witz erzählt wie eben die Mutti.

21 Uhr 25: Die Stimmung zwischen Gisela und Gramich wird intimer. Sie reden sehr leise, und ich höre die Mutti immer wieder kichern.

21 Uhr 32: Wutrede Kalle. Themen diesmal:

1. Rote-Karten-Schinder
2. Schauspieler allgemein
3. ein unbegründeter Hass auf Hannelore Elsner
4. Spam-Mails
5. Geltungssüchtige, die ihre Genitalien auf Facebook posten
6. die Sorge, dass Borussia-Mönchengladbach-Fans in den Kölner Zoo eindringen und Geißbock Hennes VIII. töten
7. Terroristen
8. der Düsseldorfer Rosenmontagszug
9. mangelnde Arbeitsmoral von Straßenbauangestellten
10. sinnlose Parkverbote
11. Wwwschhhnnnlllll (ab hier nicht mehr verständlich)

22 Uhr 14: Meine Eltern, Dimiter Zilnik und Ingeborg Trutz müssen das Café verlassen, weil sich die Aussöhnung mit Kardamom bei der stark alkoholisierten Ingeborg in Heulkrämpfen äußert. Umsatz: 96 Euro – Rekord!
An der Schwelle reißt sich Ingeborg kurz zusammen: »Keine Sorge, mir geht es gut, der Eiter muss einfach abfließen ... aber ich hatte eine Katharsis ... als hätte Sophokles diesen Abend geschrieben.«

Bin sicher: Hätte Sophokles den heutigen Abend erlebt, wären uns in *König Ödipus* Vatermord und Hochzeit mit der Mutter erspart geblieben, weil der Held vorher durch den Verzehr von Kardamom zur Besinnung gekommen wäre.

00 Uhr 10: Aufgewacht, als Kalle lallend nach draußen wankt. War wohl erschöpft auf meinem Platz eingeschlafen. Kann mich noch daran erinnern, wie mir Aylin im Halbschlaf eine Decke über die Schultern legte. Sollte meine Arbeitszeit überdenken.

Immerhin: Tagesgesamteinnahmen 174 Euro. Es geht bergauf!

42

Ich überfliege die nächsten Seiten meines Café-Blogs und stelle fest, dass die Tage alle irgendwie ähnlich verlaufen sind: Warten auf Gäste, Mussolinis Hundegebell, einmal täglich *Ti*, ich kichere, der alte Chinese beobachtet mich, Sibel flirtet mit dem Lehrer und knutscht mit dem Türsteher, Mark ist eifersüchtig, ich bin nur ein kleines bisschen eifersüchtig, meine Eltern sorgen mit Dimiter Zilnik und Ingeborg Trutz für den Hauptumsatz, Philipp belehrt mich, Kalle besäuft sich, und ab und zu ertönt Schostakowitsch. Der Umsatz schwankt zwischen hundert und zweihundert Euro, und diese verfluchte *Burger Lounge* platzt jeden Tag aus allen Nähten.

Besonders bitter: Aus meinem *Creative-Brains-Unit*-Team hat sich seit der Eröffnung keiner mehr blicken lassen – dabei hatte Karl nach der Eröffnung getönt, sie würden auf jeden Fall Stammgäste.

Dafür kommen inzwischen fast jeden Tag irgendwelche jungen Türken und wollen ein Selfie mit mir. Aylin hat Sibel zwar verboten, weitere Videos ins Netz zu stellen, aber in der türkischen Internet-Community bin ich inzwischen der berühmte *üffleyen yumuşak Alman* – die blasende deutsche Schwuchtel. Und was das Schlimmste ist: Der ganze Hype hat bisher zu null Komma null Umsatz geführt! Im Gegenteil, die meisten türkischen »Fans« spazieren nach dem Selfie mit mir schnurstracks rüber in die verfluchte Burger-Hölle. Oder noch schlimmer: Sie kommen gerade aus dieser Zweigstelle von Mordor, um mir dann beim Selfiemachen das Geschmacksverstärker-Aroma der Burger-Soßen direkt in die Nase zu hauchen.

Wenigstens hat sich Marks Laune wieder verbessert, weil Sibel nach gut zwei Wochen mit dem Türsteher Schluss machte, weil sie ein Facebook-Foto entdeckt hatte, das diesen knutschend mit 9,9-auf-der-Jennifer-Lopez-Skala-Hatice in einer Disco zeigt – und zwar an einem Abend, an dem er angeblich einen wichtigen Geschäftstermin bei den *Hells Angels* hatte.

Das Foto hatte ausgerechnet Hatices 9,99-auf-der-Jennifer-Lopez-Skala-Schwester Emine gepostet. Als mir Sibel völlig verzweifelt Emines Facebook-Seite präsentierte, sah ich zu meiner Überraschung zudem Probenfotos aus dem Schauspielhaus: Offenbar hatte Dimiter Zilnik seine Ankündigung wahr gemacht, Hatice und Emine in seine Inszenierung von Dürrenmatts *Der Besuch der alten Dame* einzubauen. Auf einem der Fotos ist Dimiter intensiv damit beschäftigt, einen lesbischen Zungenkuss der beiden Schwestern zu inszenieren – das Foto hatte bereits mehrere tausend Likes. Der angehängte Link zu YouTube hingegen war gesperrt – mit der Warnung »möglicherweise für einige Nutzer unangemessen«.

Als Dimiter Zilnik an dem Abend ins Café kam, konnte ich mir eine Bemerkung nicht verkneifen:

»Warum besetzt du Emine und Hatice nicht als alte Dame? Zusammen sind sie ja immerhin über fünfzig.«

Das war eigentlich als Scherz gemeint. Aber Dimiter bewies einmal mehr, dass die Realität meistens bescheuerter ist, als man es sich ausdenken kann:

»Ich hatte eine bessere Idee: Das ganze Stück spielt jetzt im Kopf der alten Dame. Emine und Hatice spielen die rechte und die linke Gehirnhälfte: Die eine sinnt auf Rache, die andere hat Mitleid.«

»Und der lesbische Zungenkuss?«

»Die rachsüchtige Hälfte verführt das Mitleid. Dabei sind sie natürlich nackt, weil es um die nackte Wahrheit geht.«

»Natürlich.«

»Allerdings tragen sie hochhackige Lackstiefel, die das Patriarchat symbolisieren.«

»Absolut plausibel. Aber was ist mit Ingeborg? Ich dachte, sie spielt die alte Dame?«

»Sie liegt die ganze Zeit in einem Sarg, der drei Meter über der Bühne schwebt. Ihr Gesicht wird von einer kleinen Kamera gefilmt und auf einen Kirchturm projiziert. Alles Metaphern für das Scheitern des Glaubens.«

Wenn man seine Lebenspartnerin in einen Sarg steckt und darunter lesbische Sexspiele inszeniert, ist das für mich eher eine Metapher für Altersgeilheit – aber das ist selbstredend eine Interpretationsfrage. Warten wir ab, was *Theater heute* dazu schreibt.

Und wer weiß, vielleicht fördert es ja das allgemeine Kulturbewusstsein, dass man jetzt auf eine Dürrenmatt-Inszenierung stößt, wenn man »lesbische Zungenküsse« googelt. Trotzdem finde ich es bedenklich, dass jeder Idiot einfach jeden Pups ins Internet stellen darf. So zog eine Userin namens *Lila Lilo* unseren *tripadvisor.de*-Punktedurchschnitt mit einem dümmlichen Kommentar nach unten, der nur einen einzigen Satz enthielt: »Die Kellnerinnenkostüme sind sexistisch.« Woraufhin ich ihr folgende Mail zukommen ließ:

> Sehr geehrte *Lila Lilo*,
> das kann doch einfach nicht wahr sein: An jeder Kreuzung hängen heutzutage zehn Werbeplakate mit magersüchtigen Mädchen in Unterwäsche; es gibt keinen Krimi mehr, in dem der Kommissar nicht irgendwann die Klamotten abwirft, um irgendeine exotische Terroristin zum Geständnis zu bumsen, während der Pathologe gleichzeitig der Wasserleiche einer ukrainischen Prostituierten in Großaufnahme an den sekundären Geschlechtsmerkmalen rumschnibbelt; Heidi Klum zeigt auf ProSieben achtzehnjährigen Mädchen, dass man besser nicht studieren sollte, weil es in dieser beschissenen Welt tausendmal besser ankommt, wenn man seine Möpse präsentiert und sich permanent demütigen lässt; und Sie regen sich allen Ernstes über die Kostüme unser Kellnerinnen auf? Hallo?
> Abgesehen davon: Vier Punkte Abzug nur wegen des Kellnerinnen-Outfits??? Das ist absurd! Genauso gut können

Sie vor einer London-Reise warnen, weil Prince Charles abstehende Ohren hat.
Schwer genervte Grüße
Daniel Hagenberger

Natürlich hat diese *Lila Lilo* bis heute nicht geantwortet. Wahrscheinlich verreißt sie auf *tripadvisor.de* gerade den Kölner Zoo, weil ihr die nackten Hintern der Pavianweibchen sauer aufstoßen.

Dabei war *Lila Lilo* nur Platz zwei in der Liste unserer ärgerlichsten Internetbewertungen. Auf Platz eins schaffte es ein Mann namens *Gerd F.*, der uns auf *yelp.de* nur einen Stern gab – mit folgender Begründung:

»War noch nicht da, habe aber im Vorbeigehen gesehen, dass niemand drinsitzt ... Das sagt ja wohl alles.«

Meine Antwort-Mail ...

Böser Gerd. F.,
kenne Sie nicht, habe aber im Vorbeilesen gemerkt, dass in Ihrem Hirn nichts drinsitzt ... Das sagt ja wohl alles.

... habe ich nie abgeschickt. Auf ein gewisses Niveau sollte man sich gar nicht erst begeben. Immerhin bekamen wir auch einige gute Bewertungen – vor allem von Freunden und Familienmitgliedern –, sodass wir es aktuell auf beiden Portalen im Schnitt auf vier von fünf Sternen beziehungsweise Punkten bringen. Aber allein die Tatsache, dass irgendwelche Vollidioten einem mutwillig den Ruf versauen können, macht mich einfach kirre.

Am liebsten hätte ich das gesamte Internet verflucht – wäre da nicht der Café-Blog gewesen. Es machte mir zunehmend Spaß, Gäste und Mitarbeiter zu beobachten und ihre Marotten zu beschreiben.

Aylin meinte zunächst, ich hätte lediglich die Fotokamera durch den Laptop ersetzt und würde mal wieder versuchen, alles festzuhalten. Stattdessen sollte ich mich lieber ums Café kümmern. Aber zwei Tage später – ich tippte gerade die Idee in meinen Blog, dass unser russischer Geiger die Karriere des Filmkomponisten Hans Zimmer zerstört, indem er immer dann, wenn Zimmer ein musikalisches Thema im Kopf hat, plötzlich auftaucht und Schostakowitsch spielt – kam meine Frau und sah, wie ich mir Lachtränen aus den Augen wischte:

»Es tut mir leid, Daniel, ich nehme alles zurück, was ich gesagt habe. Du solltest weiterschreiben. Ich habe das Gefühl, es macht dich glücklich.«

Und offenbar interessierte sich sogar der ein oder andere für das, was ich da schrieb. Als der erste Kommentar auf meiner Seite erschien (Gerald007: »Für den Pudel braucht ihr 'nen Hundekorb mit Lärmschutzwand, haha«), war ich total euphorisch. Bis dahin hatte ich gedacht, niemand würde das Zeug lesen.

Dann kamen täglich mehr Rückmeldungen, und irgendwie wurde das ausgestopfte Eichhörnchen zum Liebling meiner Leser: Nachdem ich mehrfach aufgefordert worden war, ein Foto des Eichhörnchens auf die Seite zu stellen, tat ich es schließlich und erhielt dafür siebenundzwanzig Kommentare (Rekord), was mich zu einer Kurzgeschichte inspirierte: Batman kämpft gegen einen neuen Superschurken, der eine unschlagbare Waffe mit sich führt – ein ausgestopftes Eichhörnchen, das durch seine Hässlichkeit sämtliche Gegner auf der Stelle kampfunfähig macht, weil sie vor Ekel kotzen.

Die unerwartet euphorische Resonanz meiner Leser inspirierte mich zu weiteren Kurzgeschichten:

– Horrorhörnchen versus Superman (Superman stellt fest, dass seine Superkräfte nicht nur durch Kryptonit, sondern auch durch ausgestopfte Eichhörnchen blockiert werden)
– Invasion der Horrorhörnchen (Aliens erobern die Erde, indem sie Millionen ausgestopfte Eichhörnchen abwerfen)
– Horrorhörnchen 666 (der Teufel verliebt sich unsterblich in das ausgestopfte Eichhörnchen und vernachlässigt deshalb das Böse in der Welt – woraufhin zum Beispiel IS-Terroristen auf Attentate verzichten, weil sie die neue Folge von *Kunst & Krempel* nicht verpassen wollen)

So kam es, dass ich neben dem Blog auch noch die Horrorhörnchen-Geschichten schreiben musste, was zugegebenermaßen meine Aufmerksamkeit für den Cafébetrieb beeinträchtigte.

Dann vor zwei Wochen mein erster heftiger Streit mit Aylin: Sie hatte die Frühschicht von Sibel übernommen. Wie üblich kam gegen zwölf die Oma mit Mussolini, und wie üblich ging der Pudel seinem Bedürfnis nach, die maximale Belastungsfähigkeit seiner Stimmbänder zu testen. Aylin schaute mich auffordernd an: Tu was! Also riss ich mich zusammen und wählte eine altbewährte Konfliktlösungsstrategie: Ich imitierte Udo Lindenberg:

»Hammermäßig rockige Kläffe. Hört sich an wie das neue Lied von Herbert Grönemeyer.«

Aylin zog drohend die Augenbrauen hoch – Botschaft: Wenn du jetzt nichts unternimmst, unternehme *ich* etwas. Also schritt ich zur Tat: Ich schrieb in meinen Blog, dass Stammgäste und Ehefrauen schwer unter einen Hut zu bringen sind. Wenige Sekunden später stand Aylin neben der Oma:

»Also, es gibt jetzt zwei Möglichkeiten: Entweder Ihr Hund hört sofort auf zu bellen. Oder Sie verlassen das Café.«

Die Oma schaute zunächst Aylin hochempört an, dann wandte sie ihren Kopf hilfesuchend zu mir. Während ich noch abwog, wessen Partei ich in diesem Dilemma ergreifen sollte, stand die Oma auf:

»So was müssen wir uns nicht bieten lassen, Mussolini.«

»Kläff! Kläff! Kläff!«

»Das sehe ich ganz genauso. Komm!«

Als sie das *3000 Kilometer* für immer verließ, bedachte sie mich mit einer Mischung aus moralischer Entrüstung und tiefer persönlicher Enttäuschung. Aylin schaute der Oma kopfschüttelnd hinterher:

»Unfassbar, wie gestört manche Leute sind.«

»Die Frau war mein Stammgast. Du kannst doch nicht einfach meine Gäste rausschmeißen!«

»Der Hund war geisteskrank.«

»Ja, schon, aber ...«

»Du kannst keine Grenzen setzen, Daniel. Sei froh, dass *ich* es kann.«

»Ach, darum geht's hier. Dass ich konfliktscheu bin. Das ist ja mal was ganz Neues. Na, zum Glück bist *du* ja da! Am besten schmeißt du die anderen Stammgäste auch noch raus – das wär doch 'ne Superidee. Was in einem Café nämlich am meisten stört, das sind bekanntlich die Gäste!«

»Daniel ...«

»Ich hab's: Wir hängen ein Gäste-müssen-draußen-bleiben-Schild in die Tür. Problem gelöst!«

Zugegeben, meine Nerven waren zu dem Zeitpunkt schon ein klein wenig angegriffen. Und ja, das hatte vielleicht auch ein klitzekleines bisschen mit dem Hundegebell zu tun.

»Daniel, gib doch zu, dass das Kläffen unerträglich war.«

»Ach, hat der Hund gebellt? Ist mir gar nicht aufgefallen.«

Aylin und ich haben uns lange gestritten und schließlich nach einem halbherzigen Versöhnungskuss darauf geeinigt, dass wir uns beim nächsten Konflikt vorher absprechen – und *ich* dann das Konfliktmanagement übernehme.

Der Ernstfall kam bereits am Mittag danach: Durch den Briefträger erfuhren wir, dass sich die Pudel-Oma im ganzen Viertel über unsere Tierfeindlichkeit beschwert hatte – nach den Prostitutionsgerüchten immerhin mal was Neues. Und es hatte sogar einen positiven Effekt: Der Vater mit dem fünfjährigen Sohn, den Mussolini knapp zwei Wochen zuvor aus dem Café gekläfft hatte, gab unserem Laden eine neue Chance.

Ich war sehr froh über die wiedergewonnene Kundschaft und versorgte den Jungen mit dem Set aus Malblock und Buntstiften, das ich für Kinder bereitgelegt hatte. Eine halbe Stunde lang lief alles glatt: Der Vater las den *Spiegel*, und sein Sohn bewies, dass er schon seinen Namen schreiben konnte: Jonas-Hortensius. Aylin hatte bereits zwei Milchkaffee und zwei Apfelschorlen serviert. Über zehn Euro. Ein guter Kunde – im Gegensatz zu der Studentin, die zwei Tische weiter das Kunststück fertigbrachte, dreieinhalb Stunden mit einem grünen Tee zu verbringen.

Dann wurde es Jonas-Hortensius offenbar langweilig, und er begann, die Buntstifte gegen das Fenster zu werfen. Erst einen (klonk!), dann noch einen (klonk!), dann zwei auf einmal (klaklonkk!). Aylin und ich tauschten irritierte Blicke aus, weil der Vater die Randale seines Zöglings nicht zu bemerken schien. Es heißt ja immer, *Spiegel*-Leser wissen mehr, doch scheint sich dieses Wissen eher auf die Weltpolitik zu beziehen als auf das, was in der unmittelbaren Umgebung geschieht.

Aylin schaute mich wieder auffordernd an; ich zog die Unterlippe nach vorne, entschied mich aber im letzten Moment doch gegen eine Udo-Lindenberg-Imitation und schritt zum Tatort. Jonas-Hortensius grinste mich an und warf dann einen Stift mit doppelter Wucht gegen das Fenster:

KLONK!

Ich räusperte mich konsterniert, und der Vater sah kurz auf:

»Äh, ein Mineralwasser bitte, mit Zitrone, aber ohne Eis.«

»Gern. Aber ...«

»Ja?«

»Ihr Sohn wirft Buntstifte gegen das Fenster.«

KLONK!

»Stimmt. Er ist sehr kreativ. Andere brauchen eine Zielscheibe oder Basketballkörbe. Jonas-Hortensius denkt sich seine Spiele einfach selbst aus.«

KLONK!

Ich drehte mich ratsuchend zu Aylin um, die genervt mit den Augen rollte. Nein, ich brauchte ihre Hilfe nicht.

KLONK!

»Also ganz ehrlich, ich bewundere den Einfallsreichtum Ihres Sohnes sehr, aber ... es wäre großartig, wenn er die Stifte *nicht* gegen die Scheibe werfen würde.«

»Warum denn nicht? Die anderen Gäste stört es doch auch nicht.«

KLONK! KLONK! KLAKLONKK!

Jetzt meldete sich die Inhaberin des Guinness-Rekordes für das langsamste Grünteetrinken:

»Äh, also, ehrlich gesagt, ich lerne gerade für eine Psychologieprüfung, und das stört mich schon irgendwie.«

Der Vater wurde nun wütend:

»Das gibt's doch gar nicht! Gerade eine angehende Psychologin sollte doch wohl wissen, wie schädlich sich das Unterdrücken kreativer Impulse in der Früherziehung auswirkt.«

Ich unterdrückte meinen kreativen Impuls, dem Vater Jonas-Hortensius' Apfelschorle ins Gesicht zu schütten, und übte mich einmal mehr in Diplomatie:

»Sie haben sicher recht, aber ... äh ... die Minen! Die brechen, wenn man die Stifte wirft.«

»Da könnten Sie recht haben.«

Er fasste seinen Sohn nun an den Schultern:

»Jonas-Hortensius, das war eine ganz tolle Idee, die Stifte gegen die Scheibe zu werfen. Aber jetzt hör bitte damit auf.«

»Und warum?«

»Weil die Minen der Stifte brechen könnten.«

»Und warum sollen die nicht brechen?«

»Weil man dann nicht mehr damit malen kann.«

»Aber Werfen macht sowieso viel mehr Spaß.«

»Wie wär's, wenn du ein Bild für Mama malst? Erinnerst du dich, wie ich dir letzte Woche den Expressionismus erklärt habe?«

»Expressionismus ist doof. Ich will werfen.«

»Nimm einfach die Wut über das Nichtwerfendürfen und pack sie in das Bild.«

Widerwillig schnappte sich Jonas-Hortensius einen der wenigen verbliebenen Stifte und griff seine Maltätigkeit wieder auf.

Als ich zurück zu meinem Laptop ging, applaudierte Aylin mir pantomimisch. Irgendwie war mir seltsam zumute: Ich war selbst antiautoritär erzogen worden und hatte insofern ein gewisses Grundverständnis für Vater und Sohn. Allerdings wurde mir noch nie so deutlich vor Augen geführt, wie bescheuert dieses Erziehungsmodell eigentlich ist. Bis zu dem Tag hielt ich Tante Maria für eine unerträgliche Spießerin, weil sie mir damals verboten hatte, ihre japanische Seidentapete mit Filzstiften künstlerisch aufzuwerten.

Die Begeisterung von Jonas-Hortensius für expressionistische Malerei hielt exakt drei Minuten.

KASCHEPPER!!

Der Junge hatte nun einen Löffel gegen das Fenster geschmis-

sen und lachte sich kaputt. Der Vater las unbeeindruckt weiter den *Spiegel*. Ich ging wieder zu ihm:
»Ihr Sohn hat jetzt einen Löffel gegen das Fenster geworfen.«
»Klug, nicht wahr? Er weiß jetzt, dass die Minen kaputtgehen können, also hat er vollkommen selbstständig eine alternative Lösung gefunden. Löffel gehen nicht so leicht kaputt.«
KASCHEPPER!!
»Aber das Fenster! Das Fenster kann kaputtgehen!«
KASCHEPPER! KASCHEPPER! KASCHEPPER! KASCHEPPER!
Jonas-Hortensius schlug nun mit dem Löffel rhythmisch auf das Fenster ein. Der Vater wendete sich seelenruhig wieder dem *Spiegel* zu. Ich war sprachlos. Und Aylin nahm dem Jungen den Löffel aus der Hand:
»Das ist kein Spielzeug, kapiert? So, und jetzt sammelst du die Stifte auf und malst weiter. Alles klar?«
Für einige Sekunden verschlug es Vater und Sohn gemeinsam die Sprache. Dann knallte der Vater empört den *Spiegel* auf den Tisch:
»Also, das ist ja wohl ... gerade von einer Südländerin hätte ich ja wohl etwas mehr Verständnis für Kinder und ihre Bedürfnisse ...«
Weiter kam er nicht, weil Jonas-Hortensius nun einen hysterischen Schreikrampf bekam, bei dem ich mich nach der besinnlichen Stille von Mussolinis Kläfflauten zurücksehnte. Der Vater warf unaufgefordert einen Zwanzigeuroschein auf den Tisch, nahm seinen Sohn an der Hand und zog ihn nach draußen:
»Ich werde im gesamten Viertel rumerzählen, was für ein kinderfeindlicher Laden das hier ist! Schönen Tag noch.«
Ich sammelte die Buntstifte ein, und Aylin deckte den Tisch ab. Ich wusste zwar irgendwie, dass es nicht Aylins Schuld war, sondern dass Jonas-Hortensius ebenso reif für die Klapse war wie sein Vater. Aber ich musste meinen Frust irgendwie loswerden:
»Herzlichen Glückwunsch, Aylin. Am besten hängst du noch ein Schild ins Fenster: ›Übrigens: Wir schlachten auch Robbenbabys‹.«

Es folgte eine lange Diskussion darüber, warum wir dieses verdammte Café überhaupt aufgemacht hatten. Dass die Studentin nach über vier Stunden einen kostenfreien zweiten Aufguss für ihren grünen Tee haben wollte, verbesserte unsere Laune auch nicht unbedingt. (Wahrscheinlich war sie *Lila Lilo* und wollte sich für die sexistischen Kellnerinnen-Outfits rächen.)

Es folgten ein paar billige Mutmach-Sprüche meinerseits, die mich auf die Idee brachten, dass ein depressiver Motivationstrainer einen guten Romanhelden abgeben würde. Schließlich schlossen wir erneut mit einem halbherzigen Versöhnungskuss Frieden und arbeiteten die nächsten Tage auf Autopilot weiter. Zwar wurde die Grünteestudentin zur Stammkundin, aber da hätten wir mehr Umsatz gemacht, wenn ich mich einfach mit einem »Ich habe Hunger«-Schild vors Café gesetzt hätte.

Vorher hatte bereits die Fußball-Europameisterschaft angefangen, und wir hatten uns entschieden, auf TV-Übertragungen zu verzichten, um das Geld für einen Flachbildfernseher zu sparen. Wir hatten gehofft, dass besonders die weiblichen Gäste dankbar wären, wenn sie bei uns eine fußballfreie Zone vorfinden würden. Was nicht der Fall war. Die einzige Konsequenz bestand darin, dass wir *noch* weniger einnahmen, weil nun selbst unser bester Trinker, Glanztrainingshosen-Kalle, nicht mehr kam. Einzig Hipster-Philipp hielt uns die Stange (»Fußball ist ja nur noch Kommerz, das geht echt gar nicht mehr«).

Und zu meiner Schande muss ich eingestehen, dass ich insgesamt 57,90 Euro in *Zachary's Burger Lounge* verpulverte, weil das der einzige Ort in der Nähe war, wo ich die deutschen Spiele sehen konnte. Nader Foumani empfing mich jeweils mit übertriebener Höflichkeit, während Bernd Brellers Hauptbeschäftigung darin bestand, über Thomas Müller und die Freundin von Mats Hummels zu schimpfen. Den Rest der EM kriegte ich nur aus der Zeitung mit; immerhin wurde ich dank YouTube Zeuge des isländischen Originalkommentars beim Siegtreffer gegen Österreich – der sich anhörte, als würde ein dreijähriges Mädchen von einem Tyrannosaurus Rex attackiert.

Beim Überfliegen weiterer Blog-Einträge fällt mir auf, dass mein Humor zunehmend sarkastischer wird. Irgendwie bin ich stolz auf mich, dass ich meinen Frust künstlerisch kanalisieren konnte. Allerdings habe ich über das Wichtigste, das in dieser Zeit passiert ist, nicht eine Zeile geschrieben: Giselas Herzinfarkt.

43

Es war am Ende des dritten Abends, nachdem Kalle nach draußen gewankt war: Ich machte mit Aylin die Abrechnung, während Gisela die Theke aufräumte. Sie hatte sich von Gramich mit einer längeren innigen Umarmung verabschiedet und machte den Eindruck eines verliebten Teenagers. Seit dem Tod ihres Mannes hatte ich sie zum ersten Mal so erlebt. Da erblickte sie plötzlich auf der Theke den goldenen Ring, den ich im Keller gefunden hatte, und ihre Fröhlichkeit war wie weggeblasen. Es stellte sich heraus, dass es ihr Ehering war. Sie hatte ihn auch Jahre nach der Beerdigung weitergetragen, dann vor acht Monaten verloren, in der Folge wochenlang gesucht und schließlich aufgegeben.

Dass ihr Ehering nun ausgerechnet am selben Tag wieder auftauchte, an dem sie zum ersten Mal einem anderen Mann nahegekommen war, sah sie als Zeichen. Da Aylin bei esoterischen Themen wie Zeichen, Karma und Mobilfunktarifen kompetenter ist als ich, überließ ich ihr das Reden:

»Gisela, natürlich ist das ein Zeichen. Ein Zeichen, dass Harvey sich für dich freut.«

»Meinst du?«

»Auf jeden Fall. In der Türkei haben wir sogar ein Sprichwort dafür: Ein wiedergefundener Ring ist das Tor zu einer neuen Welt.«

»Ehrlisch?«

»Ja klar. Das musst du auf jeden Fall positiv sehen!«

Ich war mir nicht sicher, ob es dieses Sprichwort wirklich gab:

oder ob Aylin es in dem Moment erfunden hatte. Aber so oder so schien es die Mutti zu beruhigen:

»Dann ist ja jut. Isch dachte nämlisch ... also, für misch war der Ring halt eine Erinnerung, dat Harvey und isch ... also, dat der Ring uns für immer verbindet.«

Gisela bekam feuchte Augen. Aylin nahm ihre Hand und legte den Ring hinein:

»Such dir einen schönen Platz für den Ring, Gisela, aber zieh ihn nicht wieder an. Betrachte ihn ab und zu, und erinnere dich daran, dass Harvey immer einen Platz in deinem Herzen haben wird. Einen Platz, den ihm niemand nehmen kann. Aber dann lege den Ring wieder weg, denn du bist eine lebenshungrige Person und hast noch viel vor. Wenn du ein neues Glück findest, wird dir Harvey von da oben zulächeln und sich für dich freuen.«

Ich bekam eine Gänsehaut, ohne dies jedoch auf Ingeborg-Trutz-Art nach außen zu tragen. Ich war stolz auf Aylin: Wenn die Grammatik nicht so korrekt gewesen wäre, hätte der Rat glatt von Meister Yoda stammen können. Als Sohn eines Germanistikprofessors habe ich eine angeborene Scheu vor Worten wie »Herz« und »Glück«. Was für ein Unsinn – als würde ich vorm Jüngsten Gericht angeklagt:

»Sie waren zwar ein guter Mensch, Herr Hagenberger, aber beim Trösten von Gisela Gallagher haben Sie sich auf Groschenromanniveau artikuliert. Ewige Verdammnis, tut mir leid.«

Gisela umarmte Aylin lange und bedankte sich. Am nächsten Abend schien sie zunächst wieder die Alte zu sein, aber als Gramich auftauchte – diesmal ganz ohne Vorwand –, verhielt sie sich kühl und sachlich. Als hätten Aylins Worte keine Wirkung gehabt. Gramich war merklich irritiert. Ich hätte ihm so gern den Grund für Giselas abweisende Haltung erklärt, aber Aylin und ich mussten auf das Leben von Hennes VIII. schwören, den wiedergefundenen Ehering unserem Verpächter gegenüber niemals zu erwähnen.

So versuchte Gramich zwei Tage lang vergeblich, Gisela wieder zum Kichern zu bringen, bis ihm schließlich der Kragen platzte: Er warf der Mutti vor, mit seinen Gefühlen zu spielen, und zog sich wütend in seine Wohnung zurück. An den nächsten drei Abenden kam er nicht wieder. Aylin und ich redeten auf die Mutti ein, sie solle dem armen Gramich endlich offenbaren, was ihren Gefühlsumschwung bewirkt hatte – aber sie blieb stur: Das sei eine Sache zwischen ihr und ihrem verstorbenen Harvey. Im Nachhinein fiel mir ein, dass sich Gisela an dem Abend öfter an die linke Schulter gefasst und gelegentlich tief atmend die Arbeit unterbrochen hatte. Aber diese Signale waren in meinem mentalen Spam-Filter gelandet.

Als die Mutti am Abend danach um Viertel nach sechs noch nicht zur Arbeit erschienen war, irritierte mich das: Sie war noch nie zu spät gekommen. Um zwanzig nach sechs traf auf Aylins Handy eine schlichte SMS ein:

Hatte Herzinfarkt. Keine Sorge. Mir wurde Stent gesetzt. Kann schon wieder ohne Schnappatmung Lieder der Bläck Fööss singen. Kommt mich bloß nicht besuchen, sonst werde ich fies.

Das war ein interessanter Kontrast zum Herzinfarkt von Aylins Tante Emine vor fünf Jahren, als die gesamte Familie mit spontaner Hysterie reagiert und die Herzkranke mit einem Höchstmaß an emotionalem Druck eingefordert hatte, man möge sie gefälligst besuchen, und zwar jeden verdammten Tag.

Aylin und ich machten uns trotz Giselas Verbot sofort auf zum Herzzentrum der Kölner Uniklinik. Wir hängten ein »Wegen Krankheit geschlossen«-Schild ins Café, besorgten einen Strauß Rosen und begaben uns zum Infoschalter. Dort saß, genau wie fünf Jahre zuvor, ein Mann namens Hermann Töller. Damals hatte er Probleme mit dem türkischen weichen G gehabt. Ich klopfte an die Scheibe, und er schreckte aus dem Schlaf:

»Oh Mann, isch hatte so einen schönen Traum ... da war so eine Brünette ... Dat jibt et doch jar nit! Die sah fast so aus wie die junge Dame neben Ihnen ... Moment, isch kenne Sie doch.«

»Ja, Sie waren bei uns auf der Hochzeit.«

»Ah ja, stimmt. Jijantische Tüllmengen und zehntausend Türken. Na, die Ehe scheint ja jehalten zu haben – Jlückwunsch, dat is ja heute nit mehr normal. Die Leute wechseln die Ehepartner öfter als die Bettwäsche. Da wird nach jedem Seitensprung direkt der Scheidungsanwalt jeholt – so ein Quatsch!«

»Tja. Wir würden gern Gisela Gallagher besuchen.«
»Jisela wer?«
»Gisela Gallagher.«
»Jisela ... Jellejer ... Beides mit Je?«
»Mit G, exakt.«
»Isch mein, bei Jisela isset ja klar, dat et mit Je jeschrieben wird, aber Jellejer ist ja ein englischer Name. Da frag isch lieber nach. Komisch, isch finde die nit.«
»Wie haben Sie denn Gallagher geschrieben?«
»Je – e – el ...«
»Nein. G – *a* – el...«
»Ach stimmt ja, der Engländer sprischt ja dat A wie E aus. Eijentlisch bescheuert: Wenn isch E sage, warum schreibe isch dann A?«
»Tja.«
»Also Je – a – el... und dann noch ein A?«
»Exakt. Aber davor ein Doppel-el.«
»Doppel-el ... für misch persönlisch Quatsch, aber wat soll's?«
»Und Achtung: Nach dem zweiten G kommt ein H.«
»Wie jetzt?«
»G – a – el – el – a – g – *h* – e – r.«
»Darf isch jetzt mal ehrlich wat sagen? Die Engländer machen misch bekloppt. Dat H erjibt doch an der Stelle überhaupt keinen Sinn.«
»Doch. Das G wird im Englischen vor E und I so gesprochen: dsch.«
»Ach so. Wie beim Jungelcamp oder Jinghis Khan.«
»Exakt. Soll aber das G wie G gesprochen werden, fügt man ein H ein.«
»Also mal unter uns Pastorentöschtern: Wenn isch will, dat ein Je als Je jesprochen wird, dann würde isch einfach Je schreiben. Punkt. Aus. Feierabend.«
»Das leuchtet ein.«
»Weil, wenn man Jot sagen will wie Jungelcamp, dann schreibt man ja auch einfach Jot.«
»Aber Dschungelcamp wird mit D – s – c – h geschrieben.«
»Escht? Die da oben machen doch, wat se wollen.«

»Interessanterweise schreibt sich das englische Jungle tatsächlich nur mit Jot.«
»Ehrlisch? Dat muss isch mal jujeln.«
»Jujeln? Ach Googeln.«
»Jenau.

Fünf Minuten später, als wir Giselas Zimmer betraten, erwartete uns ein wunderbarer Anblick: Die Mutti schlief friedlich und ließ sanfte Schnarchgeräusche hören; Hartmut Gramich saß, uns den Rücken zugewandt, neben dem Bett und hielt ihre Hand. Unwillkürlich legte Aylin ihren Kopf an meine Schulter und seufzte aus tiefster Seele. Wir hielten beide eine Weile den Atem an. Dann deponierten wir die Blumen und die Karte bei der Stationsschwester und gingen. Wir wollten das herzerwärmende Bild von Gisela und Gramich mit nach Hause nehmen.

44

Der Wecker klingelt erbarmungslos um sieben Uhr morgens, und ich bin sofort hellwach: Der Tag der Entscheidung ist gekommen: Heute steigt der Dreh für *Auf Zack mit Schlack*. Das Duschgeräusch aus dem Badezimmer verweist darauf, dass Aylin schon aufgestanden ist. Sie hat die Tür offen gelassen, und ihre nackte Silhouette schimmert durch die beschlagene Duschkabine. Dieser Anblick wirkt auf mich in 99,9 Prozent der Fälle wie ein Doppelpack Viagra. Aber heute bin ich so gerädert, dass ich nicht einmal mehr weiß, welches Geschlecht ich habe.

Als ich, immer noch im Halbschlaf, meine E-Mails checke, erwartet mich eine faustdicke Überraschung: *Lila Lilo* hat geantwortet:

> Sehr geehrter Herr Hagenberger,
> es tut mir leid, dass ich Ihnen nur wegen der Kellerinnen-Outfits vier Sterne abgezogen habe. Hatte schweres PMS und war hysterisch. Bin zwar immer noch der Ansicht, dass die Blusen zu offen und die Röcke zu kurz sind, habe aber meine Bewertung entfernen lassen und eine neue geschrieben.
> Herzliche Grüße
> Ihre Lila Lilo

Ich checke sofort unsere Bewertungen bei *tripadvisor.de,* und tatsächlich: *Lila Lilo* schreibt jetzt: »Sehr leckeres Essen und charmantes Personal – ein Punkt Abzug für zu offenherzige Kellnerinnen-Outfits«. Vier Punkte! Na bitte, wenn das kein gutes Zeichen ist. Allerdings bin ich zu müde, um mich wirklich zu freuen.

Beim Frühstück flirtet Aylin mit mir wie lange nicht mehr – und das ohne Worte. Sie strahlt mich einfach nur an und schiebt sich frivol eine Cherry-Tomate in den Mund. Als ich das Gleiche mit einer Olive tue, mindert sich der Coolness-Faktor in dem Moment, als ich draufbeiße: Ein lautes Knackgeräusch weist darauf hin, dass die Olive entgegen meiner Annahme *nicht* entkernt ist. Der stechende Schmerz ist zum Glück nur von kurzer Dauer. Dafür bin ich endlich wach. Während ich kurz darauf den Schafskäse zurück in den Kühlschrank räume, packt Aylin mich an der Hüfte und dreht mich um:

»Daniel, ich weiß, das waren deprimierende Wochen. Aber jetzt kommt ein Profi und zeigt uns, wie's geht. Die von der *Burger-Lounge* werden sicher Augen machen, wenn sie das TV-Team bei uns sehen!«

»Du hast recht. Dieser Sven Schlack wird uns bestimmt zum Erfolg führen. Adrenalin pulsiert in meinen Adern – ich bin bereit für die große Schlacht.«

Das war gelogen. Ich bin müde und zutiefst pessimistisch. Ohne den verdammten Kaffeesatz wäre Aylin das auch. Wir schauen einander an. Ich weiß, dass Aylin meine Gedanken errät, und spüre zum ersten Mal, dass auch ihr Optimismus auf wackeligen Beinen steht. Dann umarmen wir uns fest, ganz fest. Mindestens zwei Minuten lang. Mir wird plötzlich klar, wie selten wir das in letzter Zeit getan haben. Ich küsse Aylin ein paar Tränen von den Augen, dann machen wir uns auf den Weg.

Beim Passieren des Zeitungskiosks sehen wir, dass es das Zungenkuss-Foto von Aylins Cousinen auf die Titelseite der Kölner Boulevardpresse geschafft hat, mit der Schlagzeile »Lesbensex im Schauspielhaus« sowie dem Untertitel »Alle Vorstellungen schon vor Premiere ausverkauft«. Meiner Meinung nach wäre es zwar ehrlicher, sich gleich einen Porno anzuschauen, aber das ist wohl ein Vorurteil – warten wir die Besprechung in der *Süddeutschen Zeitung* ab.

Bereits hundert Meter vor dem Café werden wir von Turbo-TV-Janina mit künstlicher Begeisterung in Empfang genommen:

»Heeeeyyyy, suuuuper, dass ihr da seid. Da drüben ist die Maske!«

Sie führt uns zu einem mindestens zehn Meter langen Wohnmobil mit der Aufschrift »Maske«, wo uns eine junge rothaarige Frau erwartet.

»Das ist Trixi, unsere Maskenbildnerin. Trixi, das sind Daniel und Aylin, die Geschäftsführer. Daniel sieht schon schön verpennt aus, aber das könnte noch ein bisschen extremer sein. Und Aylin braucht dicke Ränder unter den Augen.«

Eine Stunde später sehen wir aus, als hätten wir die vergangenen drei Nächte im Park verbracht. Während Sibel und Chrístos nun ebenfalls der Verwahrlosungsmaßnahme zugeführt werden, hält ein schwarzes Porsche-Cabriolet mit quietschenden Reifen mitten auf der Straße. Sven Schlack steigt aus. Er trägt einen schwarzen Anzug mit weißem Hemd sowie eine Ray-Ban-Sonnenbrille. Das hupende Auto hinter ihm ignorierend, geht er zu Janina und wirft beiläufig einem Praktikanten den Schlüssel zu, der den Wagen daraufhin in eine reservierte Parklücke steuert. Janina begrüßt ihren Star mit Wangenküsschen:

»Hey Sven, du siehst sooooooooooo toll aus, ehrlich, du, pass auf, das hier sind Daniel und ...«

»Wo ist das Klo? Ich muss kacken.«

Janina weist den Weg ins Café, und Sven Schlack verschwindet fluchend im Gastraum:

»Scheiß *Veuve Cliquot!* Ey, ich hab *so* einen Schädel!«

Die Kunst des wirkungsvollen Auftritts – das haben sie einfach drauf, diese Stars. Janina lächelt uns entschuldigend an:

»Tja, unser Sven ist halt ein Morgenmuffel. Aber eigentlich ist er total süß, echt.«

Janinas Worte werden von einem herzhaften Rülpser des Starkochs abgerundet.

Eine halbe Stunde später läuft die Kamera, und der zum Strahlemann geschminkte Morgenmuffel kommt mit jeder Menge positiver Energie zur Tür herein:

»Guten Morgen allerseits!«

Aylin, Sibel, Chrístos und ich tun wie verabredet so, als wären wir überrascht und begrüßen Sven Schlack, der anschließend seine Arme um meine Frau und ihre Cousine legt:

»Also, ihr habt mich um Hilfe gebeten. Wo drückt denn der Schuh? Hm?«

Aylin schaut mich auffordernd an, und ich merke, dass es sich seltsam anfühlt, vor laufender Kamera zu sprechen:

»Na ja ... also ... es ist so ... unsere Umsätze ... die sind irgendwo ... ja, also nicht so hoch ... irgendwie.«

»Na, dann gucke ich mich doch erst mal um – *irgendwo, irgendwie*, hahaha ...«

Ich lache gequält mit und muss an die Mutti denken. Sie ist noch eine Woche in der Reha, sagte aber, sie hätte »den Quatsch sowieso nicht mitgemacht«. Sie habe es mit vierzig Jahren Berufserfahrung nicht nötig, sich von einem TV-Fuzzi erklären zu lassen, wie ihr Job funktioniert – und diesen Möchtegern-Starkoch würde sie nicht einmal als Spülhilfe einstellen.

Sven Schlack geht nun mit gespielt sorgenvoller Miene durch das Café:

»Der erste Eindruck von einer Location ist ja immer der entscheidende. Und wisst ihr, was das ganze Ambiente hier sagt? Billig, billig, billig. Das Inventar sieht aus wie die Sonnenterrasse eines runtergerockten Altenheims und diese Kitschbilder da, also das geht echt gar nicht, hahaha, also holy shit ... Sorry, Leute, das klingt vielleicht hart, aber wisst ihr, wenn das hier funktionieren soll, dann muss ich ehrlich sein. Und wenn ihr meine ehrliche Meinung hören wollt: Dann habt ihr leider überhaupt keinen Geschmack.«

Na bravo. Jetzt werde ich vor einem Millionenpublikum für Dinge gedemütigt, die ich nicht im Geringsten zu verantworten habe. Sven Schlack fasst sich nachdenklich ans Kinn:

»Also, wenn ich mir diese Theke so ansehe, wisst ihr, was ich denke? Goldene Kacheln!«

Ich kann mir einen ironischen Unterton nicht verkneifen:

»Ach, wirklich?«

»Ja. Gold, das würde hier strahlen. Das Inventar schmeißen

wir auf den Sperrmüll – und diese schrecklichen Kitschbilder direkt dazu. Ich habe da so eine Vision. Schwarz-Weiß-Fotos von August Sander!«

In diesem Moment öffnet sich die Tür, und die Pudel-Oma kommt mit ihrem Mussolini herein. Ich bin freudig überrascht:

»Oh, das ist ja schön, dass Sie uns nach langer Zeit mal wieder ...«

»Mein Enkel hat gelesen, was Sie in diesem Internet über mich geschrieben haben. Schämen sollten Sie sich was! Erst wollte ich Sie ja verklagen, aber dann habe ich im ganzen Viertel rumerzählt, dass Sie Ihre Gäste öffentlich beleidigen.«

»Moment mal. Ich habe Sie nicht beleidigt. Ich habe doch nur liebevoll-ironisch geschildert, dass Ihr Hund manchmal ein klein wenig ...«

»Stopp! Stopp! Aus!«

Sven Schlack unterbricht die Dreharbeiten und wendet sich nun an die Oma:

»Das war großartig! Genau solche Szenen wollen die Zuschauer sehen. That's real life! Das Problem war nur, dass die Kamera Sie nicht eingefangen hat. Kommen Sie einfach noch mal rein und sagen dann genau dasselbe.«

Die Oma ist kurz irritiert:

»Moment, ich kenne Sie doch. Sie sind doch dieser ... Christian Rach.«

»Sven Schlack.«

»Sind Sie sicher? Ich meine, Sie sind Christian Rach.«

Sven Schlack atmet genervt aus. Dann legt er der Oma die Arme auf die Schultern:

»Nein, ich bin nicht Christian Rach. Aber Sie würden uns allen eine große Freude machen, wenn Sie jetzt einfach noch mal reinkommen und genau dasselbe sagen, was Sie gerade gesagt haben.«

»Ach, komme ich dann ins Fernsehen?«

»Ja, genau. Dann kommen Sie ins Fernsehen.«

»Och, das ist ja toll. Aber wenn ich das gewusst hätte, wäre ich vorher zum Friseur gegangen, Herr Rach ...«

»Schlack. Und nein, Sie sehen bezaubernd aus.«
»Kläff!«
»Aus!«
»Kläff!«
»Aus!«
»Kläff! Kläff!«
»Aus!«
»Kläff! Kläff! Kläff! Kläff! Kläff! Kläff!«

Fünf Minuten später hat die Oma Mussolini widerwillig einem Praktikanten überlassen und kommt, nachdem der Aufnahmeleiter die Szene wieder freigegeben hat, zurück ins Café:
»Guten Tag, Herr Rach, das ist ja schön, dass ich Sie treffe. Ich gucke immer Ihre Sendung.«
Sven Schlack atmet genervt aus:
»Stopp! Sie sollen mich nicht begrüßen. Sie sollen sich beschweren, so wie gerade eben.«
»Ach so. Also, das ist eine Unverschämtheit, was Sie da ...«
»Nein, kommen Sie bitte noch einmal herein und *dann* beschweren Sie sich, ja?«
Der Aufnahmeleiter zieht die Oma wieder nach draußen und schickt sie kurz darauf zurück. Die Oma wendet sich an Sven Schlack:
»Das ist eine Unverschämtheit, was Sie da in diesem Internet über mich geschrieben haben!«
»Stopp! Sie müssen sich beim Café-Betreiber beschweren, nicht bei mir.«
»Ach so. Entschuldigung, ich mache so was ja zum ersten Mal. Wissen Sie, mein verstorbener Mann, der Heinrich, der hat mal bei der Lindenstraße als Statist mitgespielt. Der hätte jetzt gewusst, was zu tun ist.«
»Großartig. Aber Sie müssen einfach nur ...«
»Der hat da in diesem griechischen Restaurant gesessen, und an dem anderen Tisch hat sich Erich Schiller mit Mutter Beimer gestritten ...«
»Das ist ja wahnsinnig interessant, aber ...«
»Also wenn Sie mich fragen: Ich war auf der Seite von Erich

Schiller. Diese Beimer ist manchmal einfach überfürsorglich, das mögen Männer nicht. Der Heinrich zum Beispiel ...«

»Danke. So, wir machen's einfach noch mal.«

Sven Schlack steht kurz vor der Explosion, und der Aufnahmeleiter bugsiert die Oma erneut nach draußen. Als sie wieder reinkommt, wendet sie sich korrekterweise an mich:

»Und? Was sagen Sie jetzt dazu?«

»Stopp! Aus! Sie müssen *erst* die Beschwerde vorbringen. *Dann* können Sie fragen, was er dazu sagt.«

»Mein Gott, das geht aber kompliziert zu beim Fernsehen.«

Sven Schlack würde die Oma am liebsten erwürgen, reißt sich aber noch einmal zusammen. Zwei Minuten später wird die Oma zum x-ten Mal vom Aufnahmeleiter ins Café geschickt:

»Wussten Sie, dass ich die *Bürgschaft* von Schiller auswendig kann? Das wäre für die Zuschauer doch bestimmt interessanter, als wenn ich mich beschwere ...«

Sven Schlack verzweifelt langsam:

»Nein, das wäre nicht interessanter. Entweder beschweren Sie sich jetzt oder Sie können gehen!«

»Passen Sie auf Ihren Tonfall auf, junger Mann!«

»Würden Sie jetzt *bitte* Ihre Beschwerde vorbringen!«

»Also bitte ... Ich habe eine Beschwerde: Das war eine Unverschämtheit, was Sie da in diesem Internet ...«

Nun kommt Mussolini, der sich offenbar losgerissen hat, mitsamt Leine ins Café gestürmt:

»Kläff! Kläff! Kläff!«

»Aus!«

»Kläff!«

»Aus!«

»Kläff!«

»Aus!

»Kläff! Kläff! Kläff! Kläff! Kläff!«

Sven Schlack platzt nun endgültig der Kragen:

»So, das reicht. Ich kann so nicht arbeiten. Raus hier! Beschweren Sie sich von mir aus morgen oder auch nie, das ist mir scheißegal.«

»Also komm ich jetzt ins Fernsehen?«

»Nein! Nehmen Sie Ihren verfluchten Köter und verschwinden Sie!«

»Unverschämtheit! Ich werde Ihre Sendung nie wieder gucken, Herr Rach.«

45

Fünf Minuten später ist der blutende Finger des Praktikanten, der von Mussolini gebissen worden war, verarztet und das Kläffen weit genug entfernt, sodass der Toningenieur den Dreh wieder freigibt. Sven Schlack gibt uns bei laufender Kamera jede Menge Tipps zur Umgestaltung unseres Cafés, die alle darauf hinauslaufen, es wieder in den Zustand zu versetzen, den es vor der Invasion der *Turbo-TV*-Ausstatter hatte.

Ich habe die ganze Zeit das Gefühl, neben mir zu stehen. Aylin und Chrístos scheint es ähnlich zu gehen. Aylins Lächeln wirkt eingefroren, und Chrístos knüpft die ganze Zeit seinen obersten Hemdknopf auf und wieder zu. Nur Sibel entpuppt sich als Showtalent: Sie flirtet erfolgreich mit Sven Schlack und der Kamera.

»So, jetzt will ich mal was von euch hören. Was meint ihr? Warum läuft der Laden nicht?«

Sven Schlack schaut mit hochmütigem Grinsen in die Runde. Die Kamera schwenkt über Sibel, Chrístos und Aylin zu mir. Wir stehen zu viert vor der Theke wie Schüler, die zum Direktor zitiert wurden. Ich versuche, meine immer schlechter werdende Laune zu überspielen:

»Na ja, ich denke, man braucht einfach etwas Zeit, bis ...«

»Falsch. Man braucht eine *Vision* ... und Power, um diese Vision durchzusetzen. Wisst ihr, was mir hier fehlt? Der *Spirit*.«

Vision, Power, Spirit. Da hätte ich auch gleich in der Werbung bleiben können! Mein Magen krampft sich immer mehr zusammen. Sven Schlack nimmt nun für die Kamera eine bedeutungsschwangere Pose ein:

»Erinnert ihr euch an die vier Typen, die hier gestern saßen? Die eine Rechnung über zweihundert Euro hatten?«

Stimmt, die kamen mir irgendwie seltsam vor, weil sie die ganze Zeit so komisch getuschelt haben.

»Das waren Mitarbeiter von *Turbo TV*. Wir haben euch gestern Abend mit versteckter Kamera beobachtet.«

Oh nein! In meinem Hirn blitzen verschiedene Erinnerungsfetzen auf. Ich ahne, dass uns eine weitere Demütigung bevorsteht.

»Und das Ergebnis ist äußerst aufschlussreich: Die eine Kellnerin filmt die Gäste mit ihrem Smartphone; die andere ist müde, weil sie noch als Hebamme arbeitet; der Koch kann keine Kritik vertragen und arbeitet langsamer als eine Schildkröte auf Valium; und der Besitzer tippt die ganze Zeit kichernd irgendwelches Zeug in seinen Laptop ... Also wisst ihr, warum der Laden nicht läuft?«

Jetzt grinst er arrogant in die Runde:

»Der Laden läuft nicht, weil ihr totale Scheiße baut.«

Und wieder filmt die Kamera nacheinander unsere Gesichter. Wir gucken angemessen betroffen. Ich spüre, dass in mir langsam, aber sicher Wut hochsteigt: Wir haben unser Bestes gegeben und geschuftet wie die Tiere. Und dieser arrogante Drecksack stellt uns als Vollidioten dar!

Sven Schlack reibt sich vorfreudig die Hände. Das verheißt nichts Gutes.

»Ich habe heute Morgen meine persönlichen Top Five zusammengeschnitten. Schaut euch das einfach mal an ... ganz objektiv.«

Er zwinkert in die Kamera, zückt ein iPad und hält es uns unter die Nasen. Dort sehen wir nun Szenen unseres Café-Alltags – passenderweise musikalisch untermalt mit »Spiel mir das Lied vom Tod« – und kommentiert von einer glucksenden Comedysprecherstimme:

»Auf Platz fünf: der stets aufmerksame Kundenservice ...«

Wir sehen, wie der Lehrer mit gezücktem Portemonnaie vor Sibel steht, die aber völlig in ihr Smartphone versunken ist und ihn nicht wahrnimmt.

»Der vierte Platz geht an die ebenso aufmerksame Geschäftsführung ...«

Während der Lehrer weiter vor Sibel wartet, schwenkt die Kamera zu mir: Ich tippe etwas in den Laptop und lache mich kaputt.

»Na Hauptsache, der Inhaber amüsiert sich. Auf Platz drei: die entspannte Atmosphäre beim Essen.«

Die nächste Aufnahme: Chrístos reißt Kalle den gerade servierten Teller weg, um den Feldsalat neu zu arrangieren; er stellt den Teller wieder hin; dann ändert Chrístos, während Kalle isst, noch die Position der Garnitur, bis ein böser Blick von Kalle ihn schließlich vertreibt.

»Auf Platz zwei hat es die lebensfrohe Partystimmung der Geschäftsführerin gebracht.«

Wir sehen mehrere Schnitte von Aylin, die an verschiedenen Orten jeweils kurz einnickt.

»Aber der erste Platz geht wieder an den Besitzer für seinen einzigartigen Geschäftssinn.«

Das iPad zeigt nun mich im Dialog mit Coca-Cola-geht-gar-nicht-Philipp:

»Das macht 18 Euro 70, bitte.«

»Weißt du was, Daniel? Ich biete dir einen Deal an: Ich mache Werbung für dich – dafür muss ich heute nicht zahlen.«

»Wie jetzt?«

»Guck hier: Ich nehme mein Smartphone ... und drücke auf Aufnahme: Hey, Leute, was geeeeeht? Ich bin hier im *3000 Kilometer* in der Südstadt. Der Laden ist echt gar nicht so scheiße. Okay, Fritz-Kola, hust, hust, aber was soll's? Dafür megacooles Interieur: ein totes Eichhörnchen auf der Theke, Plastikmöbel und an der Wand die hässlichsten Bilder der Welt – das heißt maximal kultiger Trash-Faktor. Und der Besitzer ist 'n netter Kerl, also kommt einfach mal vorbei – wenn ihr nix Besseres vorhabt. Sooo, Aufnahme beendet – und zack: gepostet auf meinem YouTube-Channel. Ich würde sagen: Wir sind quitt.«

»Na ja – weil du's bist.«

Man sieht mich noch schulterzuckend weggehen, dann folgt

eine Fotomontage, die mich als Mutter Theresa zeigt. Sven Schlack legt mir nun einen Arm um die Schultern:

»Und, Daniel? Was meinst du? War das eine gute Entscheidung?«

Wenn ich eins hasse, dann sind es rhetorische Fragen, die mit überheblicher Süffisanz gestellt werden. Nein, natürlich war es keine gute Entscheidung, du Pissnelke! Ich höre mich sagen:

»Och, Werbung kann ja nicht schaden.«

»Weißt du, im Gegensatz zu dir habe ich mir Philipps *YouTube*-Channel mal angesehen? Weißt du, wie viele Abonnenten er hat?«

»Nein.«

»23.«

»Immerhin.«

»Und das großartige Werbevideo hat sage und schreibe fünf Aufrufe – einer davon war ich.«

»Dann noch Aylin und ich. Also immerhin zwei Fremde.«

Jetzt meldet sich Chrístos:

»Äh, ich hab's auch geguckt.«

Ich höre mich sagen:

»Also immerhin einer. Vielleicht kommt der ja irgendwann.«

Sven Schlack schüttelt seufzend den Kopf:

»Wahnsinn – eine Werbekampagne, die exakt einen Menschen erreicht hat. Das ist die beste Vermarktungsstrategie seit *Star Wars!* Wach auf, Daniel! Dein Problem ist: Du kannst einfach keine Grenzen setzen.«

Er tippt mir nun mit seinem Zeigefinger auf die Brust:

»Hier! Hier muss wieder Power rein!«

Ich kontrolliere meinen Impuls, ihm mit Power mein Knie in die Weichteile zu rammen, und präsentiere der Kamera den nachdenklichsten Gesichtsausdruck, den ich in meiner Wut noch hinbekomme. Derweil schiebt Sven Schlack Aylins Mundwinkel nach oben:

»Und dieses hübsche Gesicht hier will ich wieder strahlen sehen!«

Verdammt noch mal – dieser pseudo-einfühlsame Schmierlappen soll seine schnöseligen Finger aus dem Gesicht meiner Frau nehmen!

»Und wie bringen wir's wieder zum Strahlen? Na?«

Sven Schlack schreitet mit der Attitüde eines amerikanischen Eroberers durch den Raum, der einem Stamm von primitiven Urwaldbewohnern die Zivilisation schenkt:

»Indem wir die Uhren wieder auf null setzen und einen Neuanfang wagen. Aber wie schaffen wir das?«

Meine Wut wird stärker. Noch eine einzige blöde rhetorische Frage und ich wage den Neuanfang mit einem frittierten TV-Starkoch. Sven Schlack schnappt sich nun das ausgestopfte Eichhörnchen:

»Am besten fängt man immer mit einer symbolischen Kleinigkeit an: Dieses versiffte Vieh hat hier nichts verloren.«

Er schmeißt das Eichhörnchen mit zackiger Geste in den Mülleimer. So, jetzt reicht's. Nicht Horrorhörnchen. Das ist mein Star! Ich höre mich brüllen:

»So, es reicht! Verlassen Sie auf der Stelle unser Café, Sie arrogantes Arschloch! Raus! RRRRAAAAAAAAAAAUUUUUUUUS!«

Sven Schlack grinst dümmlich in die Kamera:

»Uuuuh, da hab ich wohl einen Nerv getroffen!«

Nun legt Sven Schlack mir wieder den Arm um die Schulter und behandelt mich wie einen psychisch labilen Selbstmordkandidaten, der gerade von der Brücke springen will:

»Soooo ... jetzt beruhigen wir uns alle erst mal wieder.«

»Finger weg!«

Ich befreie mich aus seiner Umarmung und schubse ihn von mir weg. Er stolpert und kracht gegen die Wand, wo er sich den Kopf stößt. Als er sich den schmerzenden Schädel reibt, schaut er mich böse an. Der Aufnahmeleiter schaut nervös zur Uhr, pustet einmal durch und klatscht in die Hände:

»Fünfzehn Minuten Pause.«

Aylin schaut mich irritiert an:

»Was ist nur los mit dir, Daniel?«

»Mit ... *mir*? Verdammt, ich habe doch nicht die verfluchte Werbebranche verlassen, um mich dann von diesem Kotzbrocken hier zu einem TV-tauglichen Gastronomieäffchen dressieren zu lassen.«

»Daniel, jetzt sei nicht so ein Sturkopf! Na los, entschuldige dich! Du weißt doch, das ist unsere letzte Chance!«

Aylin hat recht. Reiß dich zusammen, Daniel! Wirf jetzt nicht aus einer Laune heraus dein ganzes Leben weg! Na los, komm schon!

Ich versuche, klar zu denken, aber alles dreht sich. Als ich benommen zu Sven Schlack gehe, mit der festen Absicht, mich zu entschuldigen, höre ich mich sagen:

»So, und jetzt beweg deinen Medienarsch aus meinem Café und lass dich hier nie wieder blicken.«

Sven Schlack schüttelt fassungslos den Kopf, rappelt sich auf und gibt Aylin die Hand:

»So, das war's hier für mich. Tut mir leid, dir hätte ich gern geholfen, Aylin. Ich glaube, du hast großes Talent. Aber dein Mann hat offensichtlich kein Interesse, und ich ehrlich gesagt auch nicht mehr.«

Er verlässt das Café, ohne mich eines weiteren Blickes zu würdigen. Aylin schaut mich wütend an:

»Toll, Daniel. Ganz, ganz toll. Großartig. Herzlichen Glückwunsch!«

»Tut mir leid, ich ...«

Wutschnaubend verzieht sich Aylin in den Innenhof, ohne mich ausreden zu lassen. Sie hat recht. Ich habe gerade mutwillig unseren letzten Strohhalm pulverisiert. Dennoch bleibt die übliche Aylin-ist-sauer-Panik interessanterweise aus. Mein Kopf hört auf, sich zu drehen, und ich fühle mich zu meiner eigenen Überraschung befreit. Ich muss mich bewegen!

Vorbei an *Turbo-TV*-Janina, vorbei an den Kamera- und Tonleuten, die das technische Equipment wegtragen, und den Ausstattern, die die Plastikmöbel wieder einpacken, eile ich nach draußen und kann gerade noch beobachten, wie Mussolini an den Porsche von Sven Schlack pinkelt, bevor dieser mit quietschenden Reifen auf Nimmerwiedersehen verschwindet. Bravo, Mussolini. Wir sind Brüder im Geiste.

Ziellos laufe ich durch die Stadt und fühle mich seltsam euphorisch – so wie vor einigen Wochen, als ich den Job bei der *Creative Brains Unit* geschmissen habe. Was ist eigentlich los mit mir? Fühle ich mich nur dann lebendig, wenn ich etwas gegen die Wand fahre?

Ich laufe weiter und warte darauf, dass sich ein klarer Gedanke in meinen Kopf verirrt, nur ein einziger! Aber da kommt nur wirres Zeug – wie die Idee, Sven Schlacks Adresse rauszufinden, damit ich auch gegen seinen Porsche pinkeln kann. Dann ein Showkonzept: das große ProSieben-Promi-Porsche-Pinkeln – präsentiert von Granufink. Muss ich mir merken ... Als ich an *H&M* vorbeigehe, spricht mich ein etwa fünfzehnjähriges türkisches Mädchen an:

»Ey, du bist doch der Typ mit der Hummel. Kann ich Selfie machen?«

Wie in Trance grinse ich mein Schwuler-Hummeltyp-Selfie-Standardgrinsen und zeige den gestreckten Daumen. Warum eigentlich? Damit mein Gesicht parallel auf zwanzig Smartphones einer WhatsApp-Gruppe der Oliver-Pocher-Gesamtschule Köln-Chorweiler erscheint – und dann irgendwelche pickeligen Teenager sagen: »Ey, guck mal, Ayşegül hat die Pusteschwuchtel getroffen – wie geil ist das denn?«? Das Universum muss verrückt geworden sein.

Ich laufe weiter auf Autopilot. Wie um mich zu demütigen, scheint in der Innenstadt *jedes* Café voll besetzt zu sein. Vor einer Galerie bleibe ich kurz stehen und überlege minutenlang, ob ich nicht ein paar Tausend Euro für ein New-York-Bild von Charles Fazzino ausgeben soll. Pleite oder *total* pleite – wo ist da der Unterschied? Schließlich gehe ich weiter, werfe einer Gruppe peruanischer Panflötenbläser fünf Euro in den Hut und wünsche mir *Wind of Change*. Anschließend warte ich vergeblich darauf, dass sich Gänsehaut, Freude und Erhabenheit einstellen. Oder dass ich zumindest weinen kann. Oder überhaupt *irgendetwas* empfinde. Stattdessen wird mir übel – was aber auch an der zehn Meter entfernten *McDonald's*-Filiale liegen kann, aus der es nach chemisch aufbereiteten Apfeltaschen duftet.

Als ich ins Café zurückkomme, ist die Theke wieder goldfarben und das Plastikinventar verschwunden. Ich habe keine Ahnung, wie lange ich weg war. Die Blase unter dem linken Fuß

zeugt von einem längeren Spaziergang. Sibel ist die einzige Person weit und breit. Ich seufze:
»Keine Gäste?«
»Nein. Heute vier Finale. Gucken alle Fußball, Bertengala.«
»Verdammt, das Viertelfinale! Deutschland gegen Italien!«
Das hatte ich in der Sven-Schlack-Aufregung völlig vergessen: Aylin und ich haben unsere Eltern zum Fußballgucken zu uns eingeladen. Ich muss dringend noch Bier besorgen:
»Sibel, du kommst hier doch allein zurecht, oder? Den Klassiker gegen Italien gucken sogar Menschen, die sonst *nie* Fußball gucken. Das heißt, die einzigen möglichen Gäste heute Abend sind Mormonen, Aborigines oder ...«
In diesem Moment kommt Mark von der Toilette.
»... Mark?«
»Daniel! Guckst du nicht Fußball?«
»Ja, ich bin spät dran. Aber du ...«
»Ich dachte, es wäre schade, wenn Sibel hier ganz allein ist.«
Mark schaut mich schuldbewusst an, als hätte ich ihn bei etwas Verbotenem erwischt. Und so ist es auch: Ein Mann, der auf das historische Viertelfinale gegen Italien verzichtet, um den Abend mit einer Frau zu verbringen, verrät gewissermaßen sein Geschlecht.

Aber ich bin gerührt: Mark meint es ernst mit Sibel. Er weiß, dass ich es verstanden habe. Und *ich* weiß, dass *er* es weiß. Exakt so läuft die männliche Kommunikation. Und wie immer in emotionalen Momenten zeige ich meine einfühlsame Seite:
»Ja, dann lasst es panikmäßig krachen. Habt einen hammermäßigen Abend und rockt die Bude. Ciao!«
Mark zeigt mir den gestreckten Daumen und setzt sich an die Theke. Ich hoffe nur, Sibel weiß zu schätzen, wie groß sein Opfer ist.

46

Als ich zu Hause eintreffe, schickt mir Aylin einen Blick voller Wut, Enttäuschung und Verzweiflung. Schätze mal, wir sollten reden. Ich gehe ihr hinterher in Richtung Wohnzimmer. Aylins Eltern sind schon da – das Gespräch muss warten. Herr Denizoğlu sitzt auf dem Sofa und wird Zeuge der schlechten Laune von Mehmet Scholl, während meine Schwiegermutter verzweifelt eine Lücke auf dem Couchtisch sucht, um einen Teller mit Schafskäse zu platzieren. Aber zwischen Oliven, Weinblättern, Peperoni, Blätterteig und Pasten in sämtlichen Nuancen der Farbpalette wäre nicht einmal mehr Platz für einen Zahnstocher. Als Aylins Mutter mich sieht, stößt sie einen Freudenschrei aus:

»Aaaaaah, Daniel, oğlum (mein Sohn), wie schön! Hast du noch eine Tisch? Diese hier ist viel zu klein.«

Mein Blick fällt auf einen XXL-Picknickkorb, der immer noch bis zum Rand mit eingelegten Auberginen, Bohnen, Bulgur, Fladenbrot, Köfte und Lammspießen gefüllt ist, also schiebe ich unseren Esstisch aus dem Nebenzimmer herbei. Selbstredend erweist sich auch dieser als zu klein, sodass Frau Denizoğlu kurzerhand anfängt, in die Höhe zu stapeln. Als wenig später meine Eltern mit Oma Berta eintreffen, bringen sie ebenfalls einen kulinarischen Beitrag mit: eine Tüte Chips.

Beim Abspielen der deutschen Nationalhymne fühlt sich mein Vater traditionell unwohl und bleibt verkrampft sitzen, während sich das Ehepaar Denizoğlu erhebt. Herr Denizoğlu schaut irritiert:

»Wolle Sie nix aufstehen? Ist deutsches Hymne.«

Zögernd erheben sich meine Eltern. Mein Vater windet sich:

»Wissen Sie, mein Verhältnis zu Hymnen ist dank der Nazizeit ambivalent.«

Das waren achtzehneinhalb Minuten vom Eintreffen bis zur ersten Erwähnung der Nazizeit – ein Durchschnittswert. Herr Denizoğlu jedoch scheint ambivalent weder als Wort noch als emotionalen Zustand zu kennen:

»So, heute machen wir platt die verdammte Spaghettifresser.«

Mein Vater zuckt kurz zusammen, bemüht sich aber um Harmonie:

»Ja, auch ich würde mich über einen Sieg gegen die *Italiener* freuen, wenngleich ich betonen muss, dass wir sie als große Kulturnation respektieren.«

Herr Denizoğlu bringt eine geringfügig abweichende Haltung zum Ausdruck, als er beim Abspielen der italienischen Hymne verächtlich in Richtung Fernseher spuckt:

»Alle Spaghettifresser klein, gehöre zu Mafia, und ihre Frauen sind dick wie eine Pottwal. Solle sie schmoren in Hölle!«

Mein Vater setzt zu einer Replik an, wird aber von meiner Mutter gestoppt, die ihm schnell ein gefülltes Weinblatt in den geöffneten Mund schiebt:

»Das musst du probieren, Rigobert. Einfach köstlich! Mmmmm, so ganz anders als Weinblätter aus der Dose. Wie schaffen Sie das nur?«

Frau Denizoğlu strahlt:

»Musst du kaufen richtige Sorte und ganz lange kochen, bis sind richtig weich.«

Ihr Mann ergänzt:

»Genau. Müssen kochen weich verdammte Itaker.«

Erneut will mein Vater etwas sagen – und kriegt prompt das nächste Weinblatt in den Mund geschoben. Dann bringt Oma Berta das Gespräch in eine neue Richtung:

»Der im Tor ist nicht Toni Turek. Und wo ist Fritz Walter?«

Mein Vater seufzt:

»Mutter, Fritz Walter und Toni Turek spielen schon lange nicht mehr.«

»Wirklich? Da hast du's: Alles geht den Bach runter. Erst stürzt Rex Gildo aus dem Fenster, dann stirbt der Führer, und jetzt müssen wir ohne Fritz Walter gegen die Itaker ran.«
»Mutter, das sind keine Itaker, sondern Italiener.«
Herr Denizoğlu schlichtet den Streit:
»Einige wir uns auf Spaghettifresser.«

Das Spiel ist für mich auf doppelte Weise spannend: Einerseits wünsche ich mir praktisch seit meiner Geburt einen Sieg über Italien; andererseits versuche ich vergeblich, mich wortlos mit Aylin zu versöhnen. Aber sie erwidert mein Lächeln nicht und entfernt meine Hand, als ich ihr den Rücken streicheln will.

Bei Özils 1:0 in der 65. Minute brandet euphorischer Jubel auf, und Herr Denizoğlu wischt sich eine Freudenträne aus dem Auge:
»Schießt eine Türke Tor für Deutschland. So muss gehe Integration.«
Mein Vater will ihm gerade beipflichten, als Aylins Vater ergänzt:
»Ohne Türke, in Deutschlande läuft gar nix. Muss auch eine Türke werde Bundeskanzler, dann hört endlich auf mit Überweisen Geld an verdammte Griechen.«
Als es wenig später Elfmeter für Italien wegen Boatengs Handspiel gibt, ist Oma Berta die Erste, die das fassungslose Schweigen bricht:
»Wie kann das Elfmeter gegen Deutschland sein? Das hat doch jeder gesehen, dass der Neger schuld war.«
»Oma, das ist Jérôme Boateng. Erstens ist der ein Deutscher, und zweitens sagt man nicht mehr *Neger*, sondern *mit Migrationshintergrund*.«
Oma Berta mustert mich skeptisch:
»Du hast wieder zu viel getrunken, Karl.«

Mitten in der Verlängerung klingelt plötzlich mein Smartphone. Der Name Sibel erscheint auf dem Display. Ich hatte ihr gesagt, in Notfällen kann sie mich anrufen. Ausgerechnet jetzt? Das darf doch wohl nicht wahr sein. Ich lasse es klingeln, bis der Ball im Seitenaus ist, dann gehe ich dran:

»Sibel, gibt's ein Problem?«

»Nein, keine Problem.«

»Warum rufst du dann mitten in der Verlä...«

Ich halte inne, als Draxler eine Riesenmöglichkeit vergibt. Sibel fragt nach:

»Was ist Verlä?«

»Egal. Warum rufst du an?«

»Will eine Gast unbedingt Chef sprechen.«

Während Buffon abschlägt, reicht Sibel ihr Smartphone weiter, und Coca-Cola-geht-gar-nicht-Philipp lallt angetrunken in die Leitung:

»Dannniellll, ich hhhabe einnnne Idee. Sch ... schsch ... schschsch ...«

»Was?«

»Sch...paghetti Bolognese.«

»Was?«

»Spaghetti Bolognese issss lecker ... und irgendwie totallll geiler Retro-Scheiß. Das mmmm...muss unbedingt auf eure Karte.«

»Sag mal, hast du sie noch alle? Hier läuft die Verlängerung von Deutschland gegen Italien, und du willst mit mir über Spaghetti reden?«

Nun schaltet sich Herr Denizoğlu ins Gespräch ein:

»Genau, jetzt zeigt's den Spaghettifressern!«

Philipp ist noch nicht fertig:

»Ich kommmm morgen in deine Küche und mach dir die Sssssoße. Mmmach ich gern, weil ich dich mmmmag. Da brauchst du nur Hhhackfleisch, Ttttomaten und ... Hackfleisch.«

Ich schalte entnervt mein Smartphone aus und erlebe mit, wie das Spiel in Richtung Elfmeterschießen taumelt.

Als es so weit ist, sind die Nerven aller Anwesenden zum Zerreißen gespannt. Aylin hat vergessen, dass sie sauer auf mich ist, und krallt ihre Finger in meinen Oberschenkel.

122. Minute: 1:2 Insigne
Große Enttäuschung, dass Neuer den Ball nicht hält. Als Toni Kroos zum Elfmeterpunkt schreitet, beißt sich Frau Denizoğlu auf die Zunge, zieht sich am Ohrläppchen und klopft auf Holz. Aylin tut es ihr nach.
Oma Berta: »Es hat geklopft. Wollen wir denn nicht aufmachen?«

123. Minute: 2:2 Kroos
Erleichtertes Aufatmen, geballte Fäuste.

124. Minute: Zaza läuft seltsam tänzelnd an, schießt über das Tor.
Alle jubeln.
Oma Berta: »Das war doch gar kein Tor. Ihr braucht alle eine Brille.«
Müller nähert sich dem Punkt.
Frau Denizoğlu *(flüstert Aylin ins Ohr):* »Wir diesmal besser nix klopfen, sonst Daniels Oma ist verwirrt.«
Aylin und ihre Mutter beißen sich auf die Zunge und ziehen sich am Ohrläppchen.

125. Minute: Buffon hält gegen Müller
Fassungsloses Entsetzen.
Aylin *(vorwurfsvoll zu ihrer Mutter):* »Das ist deine Schuld. Ohne Klopfen funktioniert das nicht!«

126. Minute: 2:3 Barzagli
Oma Berta *(jubelt):* »Toooooor!«
Mein Vater: »Mutter, das waren die Italiener.«
Oma Berta: »Das kann gar nicht sein. Italiener sehen viel hässlicher aus.«
Dann legt sich Özil den Ball zurecht.
Aylin und ihre Mutter setzen zu den Ritualen an, werden aber von Herrn Denizoğlu gestoppt: »Spart euch das für später. Wird keine Problem, er ist Türke.«

127. Minute: Özil schießt Elfmeter gegen den Pfosten
Erneut fassungsloses Entsetzen. Aylin und ihre Mutter schauen

Herrn Denizoğlu vorwurfsvoll an.
Oma Berta: »Warum schießt der den nicht einfach ins Tor rein? Das wär doch klüger – gerade jetzt, wo's so knapp ist.«
Herr Denizoğlu: »Ich glaube, Özil hat sich zu viel integriert. Eine echte Türke hätte einfach geschossen in die Mitte so hart, dass Torwart fliegt mit Ball ins Tor.«

128. Minute: Pellè schießt neben das Tor
Großer Jubel. Bin mit den Nerven völlig am Ende. Gott, wie ich Elfmeterschießen hasse! Habe ich Gott gesagt? Da sieht man, wie fertig ich bin. Nun nähert sich Draxler dem Strafraum. Frau Denizoğlu beißt ihre Zunge, zieht sich am Ohrläppchen und klopft auf Holz. Aylin ebenso.
Oma Berta *(ruft laut):* »Herein!«

129. Minute: 3:3 Draxler
Alle bis auf Oma Berta springen auf und liegen sich in den Armen.
Meine Mutter *(erstaunt):* »Das funktioniert wirklich mit diesen Ritualen. Zweimal haben sie's gemacht, und die Elfer waren drin. Zweimal haben sie's nicht gemacht, und die waren nicht drin.«

130. Minute: Neuer hält gegen Bonucci
Alle springen auf: »Jaaaaaaaaaaaaaaaaaaaaaaaa!«
Nun kommt Schweinsteiger zum Elferpunkt. Wenn er trifft, ist es vollbracht. Bittebittebittebittebittebitte! Mach ihn rein, Schweini! Aylin und ihre Mutter beißen, ziehen und klopfen.
Oma Berta: »Warum macht denn keiner auf? Vielleicht ist es ja die Gestapo. Die mögen das gar nicht, wenn man sie warten lässt.«
Mein Vater: »Nein, Mutter, die haben auf Holz geklopft. Das bringt Glück.«
Nun beißt sich meine Mutter auf die Zunge, zieht sich am Ohrläppchen und klopft auf Holz. Dann schaut sie erwartungsvoll in die Runde, ob man ihre Anpassung an die türkische Kultur zu schätzen weiß.
Aylin: »Sehr gut, Erika. Jetzt musst du nur noch beim Ohrläppchenziehen ein Kussgeräusch machen, dann ist's perfekt.«

131. Minute: Schweinsteiger schießt Elfmeter über das Tor
Ungläubiges, fassungsloses, gelähmtes Entsetzen.
Mein Vater *(vorwurfsvoll zu meiner Mutter):* »Warum zum Teufel hast du beim Ohrläppchenziehen kein Kussgeräusch gemacht?«
Meine Mutter: »Seit wann bist du abergläubisch?«
Mein Vater *(ungehalten):* »Ich bin nicht abergläubisch. Und du bist es auch nicht. Aber diese Rituale muss man den Orientalen überlassen, denn wenn wir Deutschen so was tun, bringt es offensichtlich Unglück!«

132. Minute: 3:4 Giaccherini
Stummes Entsetzen. Hummels muss jetzt treffen, sonst ist es vorbei. Frau Denizoğlu und Aylin vollziehen ihren Aberglaubens-Dreiklang. Meine Mutter will es ihnen gleichtun, wird aber von einer energischen Geste meines Vaters gestoppt. Hummels legt sich mit ernster Miene den Ball zurecht. Die Spannung ist kaum noch auszuhalten.
Oma Berta: »Immer wieder dasselbe. Also langsam wird's langweilig.«

133. Minute: 4:4 Hummels
Eher erleichtertes Aufatmen als Jubel. Mein Vater öffnet seinen Hemdkragen, Herr Denizoğlu trinkt eine Flasche Kölsch auf ex. Ich bin kurz davor, wahnsinnig zu werden. Bitte, Gott, erlöse uns von dieser Höllenqual! Habe ich gerade gebetet? Ach, was soll's?

134. Minute: 4:5 Parolo
Ich bin kurz vorm Durchdrehen. Als der jubelnde italienische Trainer gezeigt wird, platzt es aus mir heraus: »Ich kann diesen schmierlappigen Spaghettifresser* nicht mehr sehen!«
Schon wieder muss der nächste Deutsche treffen, damit es nicht vorbei ist. Ich halte das nicht mehr aus. Ich – halte – das – nicht – mehr – aus!

---

* Ich weiß, ich habe an anderer Stelle versprochen, so was niemals zu sagen. Aber wie können Sie in dieser Situation Political Correctness von mir erwarten?

Kimmich löst sich aus dem Mittelkreis. Frau Denizoğlu und Aylin beißen, ziehen und klopfen.
Oma Berta: »Tür ist offen!«
Nun klopft meine Mutter abwesend auf Holz.
Oma Berta *(steht auf und geht in den Flur):* »So, ich guck jetzt mal nach.«
Aylin *(zu meiner Mutter):* »Zunge und Ohrläppchen. Schnell!«
Kimmich läuft an. Meine Mutter beißt sich auf die Zunge und zieht sich am Ohrläppchen.
Ich *(panisch):* »Kussgeräusch!«
Meine Mutter macht ein Kussgeräusch.

135. Minute: 5:5 Kimmich

Große Erleichterung, leicht hysterischer Jubel.
Aylin: »Na bitte. Mit Kussgeräusch klappt's.«
Mein Vater: »Aber du hättest es fast vergessen. Das war unverantwortlich.«
Meine Mutter: »Ich fasse es immer noch nicht, dass du plötzlich abergläubisch bist.«
Mein Vater *(kurz vorm Explodieren):* »Ich - bin - nicht - abergläubisch.«
Oma Berta *(kommt zurück):* »Komisch. Da war gar keiner an der Tür.«

136. Minute: 5:6 De Sciglio

Ich kann nicht mehr. Ich will einfach nur, dass es aufhört. Warum hilft mir denn keiner? Schon wieder muss der nächste Deutsche unbedingt treffen. Boateng legt sich den Ball zurecht.
Oma Berta: »Ich wusste gar nicht, dass Roberto Blanco Fußball spielt.«
Boateng ist zum Schuss bereit. Aylin und Frau Denizoğlu praktizieren ihre Rituale: Beißen, Ziehen, Klopfen.
Oma Berta *(ruft zur Tür):* »Ich kaufe nix!«

137. Minute: 6:6 Boateng

Hysterische Erleichterungsschreie.
Der Italiener Darmian läuft an. Alle außer Oma Berta rufen:

»Manu! Manu! Manu! Manu! Manu!« Aylin kann nicht mehr hingucken und vergräbt ihr Gesicht hinter meinem Rücken.

138. Minute: Neuer hält gegen Darmian
Noch hysterischerer Jubel. Aylin schüttelt mich euphorisch und drückt mir dann einen Kuss auf die Lippen. Ich werte das mal als Versöhnung.
Nun geht Jonas Hector in Richtung Strafraum. Ein Spieler meines Lieblingsvereins. Wenn er trifft, glaube ich ab sofort an Gott, Auf-Holz-Klopfen, Zungenbeißen, Ohrläppchenziehen mit Kussgeräusch und Kaffeesatzlesen!
Aylin und ihre Mutter beißen, ziehen und klopfen.
Hector legt sich den Ball zurecht.
Meine Mutter *(beißt und zieht):* »Habt ihr gehört? Mit Kussgeräusch.«
Hector läuft an.
Aylin *(panisch):* »Hat sie auf Holz geklopft?«
Meine Mutter denkt verwirrt nach, dann klopfe ich schnell auf Holz.
Oma Berta: »Kann es sein, dass ein Specht in der Wohnung ist?«
Hector schießt.

139. Minute: 7:6 Hector
Alle *(außer Oma Berta):* »Jaaaaaaaaaaaaaaaaaaaaaaaaaaaaaaaa! Siiiiiiiiiiiiiiiiiiiiiiiiiiiiiiiiiieeeeeeeeeeeeeeeeeeeg!«
Oma Berta: »Oh. Ist der Krieg vorbei?«

Ich und Aylin klatschen euphorisch mit Herrn Denizoğlu ab, während bei meinen Eltern der spontane Jubel schnell von Nachdenklichkeit abgelöst wird.
  Meine Mutter: »Och, guck doch mal, wie traurig die armen Italiener jetzt sind. Also, da kann man sich gar nicht richtig freuen.«
  Ich hüpfe jubelnd durch den Raum und habe mich meiner Mutter noch nie so fremd gefühlt.
  Mein Vater *(seufzt):* »Unser Glück basiert nur allzu oft auf dem Leid anderer.«

Herr Denizoğlu: »Genau. Wenn die Spaghettifresser leiden, unser Glück ist noch vieles größer, hahahaha.«

Ich bin fertig mit den Nerven, aber glücklich und stolz, denn es war eindeutig mein letztes Klopfen, das Deutschland den Sieg gebracht hat. Ich bin der Held. Na schön, ich und die Spieler. Ich sinke freudetrunken ins Sofa und werde in einer halben Sekunde dreißig Kilo schwerer.

Als sich meine Eltern, Oma Berta und die Denizoğlus verabschieden, habe ich keine Kraft mehr aufzustehen und brauche all meine Energie für ein schlaffes Winken.

Wenig später putzt sich Aylin die Zähne und begibt sich dann in Richtung Schlafzimmer. Mit letzter Kraft gehe ich ihr entgegen:

»Aylin ... ich ...«

Ich will »Es tut mir so leid wegen Sven Schlack« sagen, aber die Worte bleiben irgendwo zwischen Stimmbändern und Zäpfchen stecken. Aber sie hat mich eben auf den Mund geküsst, also hat sie mir längst verziehen. Am besten umarme ich sie einfach ... Rummms! Die Schlafzimmertür knallt vor meiner Nase zu. Ich höre, wie Aylin den Schlüssel umdreht. Tja. Sie hat mir doch nicht verziehen. Mein Herz setzt einige Schläge aus und holt das Versäumte anschließend mit wildem Pochen nach. Dann schließt Aylin wieder auf. Puh, ich dachte schon ... Mir fliegt mein Schlafanzug entgegen, und der Schlüssel dreht sich erneut. Ich trotte benommen ins Wohnzimmer. Auf die Couch verbannte Ehemänner kannte ich bisher nur aus amerikanischen Sitcoms.

Fünf Minuten später liege ich auf dem Sofa und schaue der bitteren Wahrheit ins Gesicht: Zum ersten Mal nach fünf Jahren Ehe gibt es keinen Gutenachtkuss.

47

Nach Stunden des sinnlosen Hin- und Herwälzens döse ich in einen unruhigen Schlaf und träume, dass Aylin inmitten eines begeisterten Konzertpublikums steht und ihren BH auf die Bühne wirft, wo Sven Schlack steht und extrem schief *Wind of Change* singt. Der Traum wird interessanterweise von Peter Urban kommentiert, der sarkastisch über die Gesangsleistung und den Geschmack des Publikums herzieht.

Dann verfolgen mich auf einmal Hunderte von Eichhörnchen mit gruseligen Fratzen, bis ich vor einem Abgrund stehe. Dort erscheint mein Vermögensberater mit einer Tüte *Crubble's Crunchies* und erklärt mir, dass das Crubblecrispycruncharoma böse Eichhörnchen vertreibt, aber ich zeige ihm den Stinkefinger, lasse mich freiwillig von Jonas Hector in den Abgrund schießen und erlebe anschließend meine eigene Beerdigung, auf der ausgerechnet Coca-Cola-geht-gar-nicht-Philipp die Grabrede hält:

»Die Blumengestecke sind so Old School, dass es schon fast wieder hip ist, aber Kiefernsarg – sorry, das geht echt gar nicht mehr.«

Als der Sarg gerade in die Grube gelassen wird, schrecke ich aus dem Schlaf. Aylin sitzt im Pyjama vor mir und schaut mich traurig an:

»Warum, Daniel? Was ... was sollte das?«

»Es tut mir so leid, ich ... ich ... ich weiß auch nicht, warum ich so reagiert habe. Aber dieser Sven Schlack – ich hatte einfach einen Flashback. Dieses Gefasel über *Power* und *Spirit,* da hätte ich auch gleich in der Werbung bleiben können.«

»Aber es ging doch nicht um eine fremde Firma, Daniel. Es ging um *unser* Café!«

»Ja, ich weiß, aber ich habe den Werbejob hingeschmissen, weil ich da nicht das machen konnte, was mich begeistert. Und jetzt ... im Café ... ist es ... genau das Gleiche.«

Plötzlich löst sich irgendein Knoten in mir, und ich kann wieder denken. Als wären einige Hundert Groschen gleichzeitig gefallen:

»Aylin, du hast doch die Szenen gesehen, wo Sven Schlack uns demonstriert hat, wie dilettantisch wir sind.«

»Klar.«

»Wo ich am Laptop saß und vor mich hin gekichert habe.«

»Sicher, das war ein bisschen gemein von denen, dass die dich so vorgeführt haben, aber ...«

»Nein. Das war nicht gemein. Das war ... die *Wahrheit.* Denn genau in diesem Moment ... kichernd am Laptop ... habe ich exakt das getan, was mich begeistert.«

»Du hast geschrieben.«

»Ja. Ich habe geschrieben.«

Jetzt fallen die Groschen auch bei Aylin:

»In der Planungsphase hast du an deiner Rede gefeilt. Und bei der Speisekarte hat dich das Vorwort tausendmal mehr interessiert als die Speisen – ich glaube, das ist inzwischen über vierzig Seiten lang.«

»Genau gesagt: einundsechzig.«

»Anstatt dich um Kunden zu bemühen, hast du stundenlang ... nein, *tage*lang deinen Blog geschrieben ... und Alliterationen für die Werbetafel ... und Horrorhörnchen-Storys.«

»Als Sven Schlack das Eichhörnchen weggeschmissen hat, das war ... Ich weiß, er hat das getan, weil er mir als Gastronomen helfen wollte. Aber ich ... ich bin einfach kein Gastronom.«

»Nein. Du bist ein Autor.«

Du bist ein Autor. Mit diesen schlichten Worten ist unser Traum vom eigenen Café Geschichte. Aylin lächelt mich an, dann umarmt sie mich fest. Unsere Augen füllen sich gleichzeitig mit Trä-

nen, und wir heulen einige Minuten lang. Als wir gerade fertig sind, geht es bei Aylin wieder los. Es bricht mir das Herz, sie so traurig zu sehen, aber ich reiße mich zusammen und versuche, sie zu trösten:
»Es tut mir leid, dass der Traum geplatzt ist.«
»Mir auch.«
Als sich Aylin gerade beruhigt hat, fange ich gegen meinen Willen wieder an zu schluchzen. Der wachsende Berg aus zerknüllten Tempo-Taschentüchern ähnelt dem Werk eines albanischen Künstlers, das meine Eltern kürzlich auf der Art Cologne gekauft haben.
»Bist du noch sauer auf mich?«
»Wie könnte ich sauer auf dich sein für das, was du *bist*?«
Es folgt eine weitere Schluchzattacke meinerseits, mit der ich mich problemlos bei einer brasilianischen Telenovela bewerben könnte; danach fühlt es sich an, als hätte Aylins Verständnis die Steine auf meinem Herz pulverisiert:
Ja. Jaaaa. Jaaaaaaaa! Ich bin nicht falsch. Ich bin nur falsch in diesem *Job*. Die Werbebranche hat mir die Luft zum Atmen genommen, und ich musste da raus. Aber ich habe das Kind mit dem Bade ausgeschüttet und vergessen, wer ich eigentlich bin.
»Ich ... ich bin ein Autor.«
Seltsam, das zum ersten Mal auszusprechen. Aylin nickt mir lächelnd zu. Traurig, aber lächelnd. Die Euphorie, die nach dem Streit im Café schon kurz aufflackerte, ergreift nun ganz Besitz von mir. Ich habe mich selbst »Werbetexter« genannt, danach »Cafébetreiber«. Und dabei die ganze Zeit das Gefühl gehabt, dass irgendetwas schiefläuft. Ich konnte es nur nie benennen.
Manchmal muss man einfach das richtige Wort finden.

48

DANIELS CAFÉ-BLOG

Dienstag, 28. Juni 2016

Liebe Leser/-innen meines Blogs,

diesmal gibt es leider eine schlechte Nachricht: WIR MACHEN ZU!
Als mein Vermögensberater mir vor anderthalb Monaten von der Gastronomie abriet, hatte ich nur drei Erklärungen:

1. Er ist neidisch, weil er eigentlich selbst schon immer ein Café eröffnen wollte.
2. Er hatte lange keinen Sex.
3. Er unterschätzt die Wirkung meiner Udo-Lindenberg-Imitation auf den Eierlikör-Umsatz.

Nach dem Praxistest muss ich sagen, es gibt noch eine weitere Möglichkeit:

4. Er kann es einfach besser beurteilen als ich.

Wie sich herausstellte, habe ich in der Gastronomie herausragende Qualitäten als *Kunde* – ich kann präzise und viel bestellen, ich esse stets meinen Teller leer und trinke immer brav aus. Auch auf dem Gebiet des Ab-und-zu-auf-die-Toilette-Gehens habe ich stets hervorragende Ergebnisse erzielt.

Diese nachweisbaren und TÜV-zertifizierten Qualifikationen kamen mir jedoch als *Betreiber* in deutlich geringerem Maße zugute als vermutet.

Zudem habe ich gestern Sven Schlack Lokalverbot erteilt und damit die mögliche Rettung sabotiert, wodurch ich jedwede Hoffnung auf eine Wende pulverisiert habe.

Aaaaaaber: Die gute Nachricht ist, dass ich mich nun voll und ganz meiner eigentlichen Bestimmung zuwenden kann, dem *Schreiben.* Insofern sage ich nicht tschüss, sondern bis bald!

Ich bedanke mich bei allen Gästen und Mitarbeitern. Vor allem aber danke ich von ganzem Herzen meiner Frau Aylin, die diesen kurzen Traum mit mir gelebt hat.

Euer Daniel

49

Eine Stunde nach dem Onlinestellen des finalen Café-Blogeintrags sitzen wir wieder vor meinem Vermögensberater, und es sprudelt nur so aus mir heraus:

»Wissen Sie, Herr Hartmann, ich habe ein Café verloren, aber ich habe meine Bestimmung gefunden, und das ist unbezahlbar!«

Herr Hartmann strahlt:

»Und Sie haben Sven Schlack gegen die Wand geschubst – herzlichen Glückwunsch; letzten Endes ist er doch ein arroganter Schnösel, hahaha. Also, ganz im Ernst: Ich freue mich sehr, dass Sie Ihre Bestimmung gefunden haben. Da stellt sich mir als Ihrem Vermögensberater nur eine einzige Frage: Können Sie mit Ihrer Bestimmung kurzfristig sehr viel Geld verdienen?«

»Was? Wieso?«

»Also: Ich bin alle Unterlagen durchgegangen, da kämen wir dann insgesamt – inklusive ausstehender Löhne und Nebenkosten auf ein Minus von rund 35 000 Euro. Da der Kredit weiterläuft, wäre es zur Vermeidung der Zahlungsunfähigkeit am besten, wenn Sie sofort wieder ein Arbeitsverhältnis finden, Herr Hagenberger. Kaffee?«

Aylin bricht ansatzlos in Tränen aus. Herr Hartmann ist irritiert:

»Oder lieber Tee?«

Aylin nickt schluchzend. Herr Hartmann bestellt zwei Tee bei seiner Sekretärin, kramt kurz in seiner Schreibtischschublade, holt ein Taschentuch für Aylin heraus und stellt dann irritiert fest, dass sie die ganze Packung braucht. Ich dagegen reiße mich in Gegenwart eines anderen Mannes selbstverständlich zusammen:

»Tja, das Ganze hat Aylin ziemlich mitgenommen.«

»*Uns*, Daniel. Es hat *uns* ziemlich mitgenommen.«

»Na ja, zugegeben, ich bin auch etwas ... perplex.«

Aylin schnäuzt sich und seufzt:

»Er hat Rotz und Wasser geheult.«

»Ich war kurzfristig ein klein wenig sentimental, aber ...«

»Drei Packungen Tempo hat er verbraucht.«

»Zweieinhalb. Das hatte aber auch zum Teil mit meiner Stauballergie zu tun.«

Herr Hartmann räuspert sich:

»Vielleicht wechseln wir einfach von den Gefühlen zurück zu den Finanzen. Noch ein guter Rat: Am besten finden Sie so schnell wie möglich einen Nachpächter. Ansonsten kämen zu den 35 000 Euro noch pro Monat über 3000 Euro Pacht und Nebenkosten obendrauf, und das wäre dann ... tja, wie soll ich das mal schonend formulieren ... beschissen.«

Die Sekretärin kommt herein und stellt ein Tablett mit zwei Gläsern heißem Wasser und Teebeuteln auf den Schreibtisch:

»Wenn die Beutel drin sind, lassen Sie's drei bis vier Minuten ziehen.«

Herr Hartmann lächelt bitter:

»Sehr viel länger sollte es mit dem Nachpächter besser auch nicht dauern.«

VIERTER TEIL

50

Sibel, Chrístos, Aylin und ich sitzen mit hängenden Schultern am goldenen Tresen und starren ausdruckslos auf das »Geöffnet«-Schild. Wenn man innen »geöffnet« liest, steht draußen das Gegenteil. Nun ist es an Sibel und Chrístos, die Umsätze für Tempo-Taschentücher nach oben zu treiben. Die Schließung hat nicht nur Aylins und meinen Traum zerstört – auch Sibels Existenz in Deutschland und Chrístos' Kochkarriere stehen auf der Kippe. Und erst die Mutti! Das wird ein herber Schlag, wenn sie aus der Reha kommt. Ich hoffe nur, ihr frisch repariertes Herz steckt das weg.

Ich gehe im Kopf meine Optionen durch. Soll ich bei meinem Exchef Rüdiger Kleinmüller zu Kreuze kriechen? Mich bei einer anderen Werbefirma vorstellen? Oder bei einer TV-Produktion? Mein Magen krampft sich bei der bloßen Vorstellung zusammen. Da klopft es an die Tür. Es ist der alte Chinese. Ich öffne einen Spaltbreit:

»Es tut mir leid, wir machen dicht.«
»Ti?«
»No. No more Ti.«
»Oh.«

Er lächelt mich kurz an, klopft mir dann durch den Spalt mitfühlend auf die Schulter und geht. Ich möchte heulen, unterdrücke aber den Impuls und imitiere stattdessen Reiner Calmund:

»Ja, wenn jeschlossen is, dann jibbet keinen Ti mehr, dat is völlisch klar, da müssen wir gar nit drübber diskutieren ...«

Ich will die Tür gerade wieder abschließen, als mir ein junger Mann in kurzen Hosen und Leinenhemd entgegenkommt:

»Hey, Sie sind das doch ... oder? Sie sind doch dieser Typ.«

»Erwischt. Ich bin das Weichei, das die Hummel trocken gepustet hat. Aber ich bin jetzt wirklich nicht in der Stimmung für ein Selfie und möchte Sie bitten ...«

»Welche Hummel?«

»Na, aus dem YouTube-Video.«

»Keine Ahnung. Nee, ich bin hier, weil ich Daniel suche, den Typ mit dem Café-Blog.«

Mir bleibt kurz die Sprache weg. Konsterniert gehe ich nach draußen und gebe dem Typ die Hand:

»Ja. Ich bin Daniel. Hallo.«

»Hallo, ich bin Gerald.«

»Gerald? Moment ... Gerald007? Der erste Typ, der meinen Blog kommentiert hat? Hast du nicht geschrieben, wir brauchen einen Hundekorb mit Lärmschutzwand?«

»Exakt, haha. Wissen Sie ... oder darf ich dich duzen? Komisch, durch den Blog hab ich irgendwie das Gefühl, ich kenne dich.«

»Kein Problem.«

»Weißt du, ich hab deinen Eintrag heute gelesen, und da hab ich gedacht: Nee, ne? Das geht aber mal gar nicht. Jetzt gehst du schön dahin und steigerst den Umsatz.«

»Wow ... ich ... ich bin gerührt. Das ist total nett von dir, Gerald. Aber ...«

»Ich weiß, du bist kein Gastronom. Aber denk an dein Team. Was soll denn aus Sibel werden? Oder hast du dir die nur ausgedacht?«

»Nein, sie ist dadrin, aber ...«

Gerald drückt jetzt seine Nase an die Fensterscheibe und schirmt mit den Händen seine Augen ab:

»Hey, sie sieht wirklich hübsch aus. Und die andere ist Aylin, oder? Die könnte echt ein Model sein. Ich dachte, da hat er übertrieben, denn normalerweise schreibt doch keiner im Internet die Wahrheit. Ah, und der Typ da, ist das Chrístos, der beknackte Koch? Haha, den hab ich irgendwie ins Herz geschlossen. Und da ist Horrorhörnchen, haha!«

»Du hast dir alle Namen gemerkt?«
»Ja klar, Mann. Aber wo ist Gisela? Du hast so lange nichts von ihr geschrieben. Ich hab mir schon Sorgen gemacht.«
»Nein, ihr geht's gut. Wieder.«
»Also noch mal im Ernst: Du darfst nicht zumachen. Und deshalb hab ich eine Riesen-Rettungsaktion gestartet; ich hab eine Rundmail an meinen gesamten Freundes- und Bekanntenkreis geschickt, die kommen jetzt alle.«
Ich bin sehr gerührt:
»Echt? Das ... ist ja total lieb von dir, Gerald, aber ...«
»Jetzt isses nur so: Die Käthe hat heute eine Wurzelbehandlung, das ist ganz schlecht. Sascha und Heike sind ja letztes Jahr nach Berlin gezogen, sonst wären die auf jeden Fall gekommen. Oli und Mandy sind auf Teneriffa, Kay hat Yoga, Achim hat gerade 'nen Auftrag reinbekommen, und Hajo kommt irgendwie nicht aus den Puschen – also wenn du mich fragst: Der hat Burn-out.«
»Oh, das ... äh ... ist schade.«
»Bei Max, Elo und Steffi kam die Mail zurück, die haben wohl die Adresse geändert; Wolle, Kay, Simon und Jenny können nicht aus der Firma raus, Ivo spielt seit zwei Monaten ununterbrochen *World of Warcraft,* Herbert ist nach Washington geflogen, Andrea muss mit Severin und Antonia zum Fußball, Gerrit hat sich den Arm gebrochen, als er auf der *Pokémon*-Jagd von der Aussichtsplattform am Drachenfels gestürzt ist, und Christoph, Thomas, Fabienne und Sigrid haben sich noch nicht zurückgemeldet.«
»Tja. Auf jeden Fall hast du es versucht.«
»Aber viele von denen kommen bestimmt irgendwann mal vorbei – vor allem Wolle, Kay, Simon und Jenny, die lesen alle deinen Blog und sind echte Fans.«
»Danke, das bedeutet mir viel, ehrlich, aber wir machen zu. Das steht fest.«
Plötzlich höre ich eine vertraute Stimme in meinem Rücken:
»Gar nichts steht hier fest!«
Ich drehe mich um und schaue in die Augen meiner Ex-Schreibkollegen aus der *Creative Brains Unit.* Ich bin perplex:
»Lysa ... Karl ... Ulli ... Was macht ihr denn hier?«

Ulli legt mir mitfühlend die Hand auf die Schulter:
»Na, wir lassen doch unseren Chef nicht im Stich.«
Karl zieht leicht angewidert an einer E-Zigarette:
»Weißt du, in der Firma haben alle deinen Blog gelesen, jeden Tag ... Ehrlich, Hut ab, Alter – richtig geiles Zeug, was du da so raushaust. Wir haben uns immer weggeschmissen vor Lachen. Aber irgendwie war uns nicht klar, dass deine Lage so ... so verzweifelt ist.«
Lysa übernimmt:
»Aber weißt du, wir waren alle richtig stolz auf dich, dass du was riskiert hast und irgendwie ... bist du auch unser, na ja, Vorbild – dass man aus dieser Mühle auch aussteigen kann.«
Karl pustet ein paar Kringel in die Luft:
»Lange Rede kurzer Sinn: Bis dein Laden läuft, verlagern wir unseren Arbeitsplatz in dein Café, denn du weißt ja: Ein Café darf nie leer sein. Wenn keiner drinsitzt, kommt auch keiner rein.«
Irgendwie kommt mir dieser Satz bekannt vor. Stimmt, exakt das war der Ratschlag meines Exchefs. Ich protestiere:
»Moment mal, das sind doch eins zu eins die Worte vom Kleinmüller.«
Ulli wiegelt ab:
»Ja und? Er ist vielleicht ein Arsch, aber er versteht nun mal was von Marketing.«
»Was hat er denn dazu gesagt, dass ihr einfach aus der Firma raus seid?«
Karl lacht höhnisch:
»Na was wohl? Er hat getobt. Und weißt du, was ich geantwortet habe? Ich habe ihm diesen verdammten nikotinfreien Rauch ins Gesicht geblasen und gesagt: ›Bitte, dann feuern Sie uns doch!‹«
Lysa lächelt mich stolz an:
»Und anschließend sind wir einfach gegangen. Ob du's glaubst oder nicht, Daniel, das war ein richtig, richtig, richtig geiles Gefühl.«
Erst jetzt bemerke ich, dass Ulli Angstschweiß auf der Stirn hat:
»Alles okay, Ulli?«

»Ja, klar, ich habe zwar irgendwie einen trockenen Mund und Schwindelgefühle, und ich glaube, dass ich meine Zehen nicht mehr spüre. Aber ich weiß einfach, dass es das Richtige ist. So, dann gehen wir am besten mal rein und fangen an zu arbeiten.«

Karl klatscht in die Hände und geht voran:
»Jeder an einen anderen Tisch, damit es voll aussieht.«

Dem »Geschlossen«-Schild zum Trotz spazieren die drei ins Café, und mein Blog-Bewunderer Gerald trottet hinterher. Aylin kommt irritiert nach draußen:

»Was ... ich dachte ...«

»Mein Team will mir helfen. Was meinst du, ein letzter Versuch: Wenn wir heute die 600 Euro knacken, machen wir weiter?«

»Das wäre doch großartig. Vielleicht bewahrheitet sich der Kaffeesatz ja doch noch.«

Ich seufze. Ich hatte zwar vor Hectors Elfmeter geschworen, ab sofort an Gott, Zungenbeißen, Ohrläppchenziehen, Holzklopfen und Kaffeesatz zu glauben. Aber soll ich meinen guten alten deutschen Pessimismus einfach so über Bord werfen?

In diesem Moment kommt eine Gruppe von fünf jungen Männern auf mich zu:

»Das ist er! Das ist der Typ aus dem YouTube-Video!«

Ich seufze:

»Ja, erwischt. Ich habe die Hummel trocken gepustet.«

Die fünf schauen mich irritiert an:

»Welche Hummel?«

»Na, dieses Video, wo ich eine Hummel trocken puste und dann ...«

»Keine Ahnung, wovon du sprichst, Mann. Wir meinen das Video von gestern, wo du Sven Schlack gegen die Wand schubst.«

»Was?«

»Das hat eine Mitarbeiterin von *Turbo TV* heimlich ins Netz gestellt. Ist seit einer Stunde der Megahit in allen sozialen Netzwerken!«

Aylin und ich schauen uns überrascht an. Ich muss lachen:

»Das heißt, ihr seid jetzt hier, weil ...«

»Hey, wir halten Sven Schlack schon ewig für ein arrogantes Arschloch! Du bist jetzt unser Held. Männer, auf in unser neues Stammlokal!«

Die fünf marschieren schnurstracks am »Geschlossen«-Schild vorbei ins Café. Ehe ich mich sammeln kann, haut mir Aylin ihren Ellenbogen in die Hüfte:

»Daniel! Da kommen Mama, Papa und Cem!«

Sekunden später werde ich von meinen Schwiegereltern und meinem Schwager mit orientalischem Pathos geküsst. Dann wendet sich Herr Denizoğlu vorwurfsvoll an mich:

»Daniel! Wenn ihr habt Probleme, warum muss ich das erfahren von eine Cousin, der das liest in Internet?«

Aylin springt mir zur Seite:

»Aber Papa, Daniel und ich, wir ... das ist *unser* Projekt.«

»Ja und? Sind wir deshalb nicht mehr Familie?«

»Aber wir wollten das allein schaffen.«

»*Allein schaffen,* Allah, Allah ... du bist so deutsch geworden, Aylin! Wenn das geht so weiter, du rufst die Polizei, wenn ich nicht bremse an Zebrastreifen.«

»Aber Papa!«

»Aber, aber, aber! Wir sind Familie, und Familie ist Familie. Und wenn Mitglied von Familie hat Problem, Familie ist da. So geht nun mal Familie.«

Ich verkneife mir den *Dalli-Dalli*-Gag »Das Wort Familie war doppelt, das müssen wir leider abziehen« und versuche zu vermitteln:

»Außerdem meinte Aylin, dass das problematisch werden könnte mit dem Bezahlen, weil du eventuell sauer werden könntest, wenn wir euch einladen.«

»Warum sollte ich werden sauer? Ihr mich nix einladen, ich nix werden sauer – so einfach ist das.«

»Aber –«

»Allah, Allah – jetzt ist aber endgültiges Schluss mit diese verfluchte *Aber*. Weißt du, Daniel, gibt türkische Sprichwort: Wenn Café ist leer, niemand geht rein. Wenn Café ist voll, alle wollen rein.«

»Das ist ein türkisches Sprichwort?«

»Ja, hat immer so gesagt meine Vater, wenn er hat gesehen leere Café. Hadi yalla (los, auf geht's)!«

Herr Denizoğlu geht, ohne zu zögern, ins Café; seine Frau kneift mir in die Wange und geht hinterher; Cem hebt entschuldigend die Arme und folgt seinen Eltern. Aylin und ich schauen uns ein wenig überrumpelt an, doch da nähert sich schon wieder ein Kunde. Er trägt Hipster-Bart und Hipster-Brille – aber es ist nicht Coca-Cola-geht-gar nicht Philipp. Er schaut irritiert auf das »Geschlossen«-Schild:

»Geschlossen? Wieso das denn?«

»Na ja, das ist so ... wie sind Sie überhaupt auf unseren Laden gekommen?«

»Philipps YouTube-Channel.«

»Dann sind Sie Nummer fünf!«

»Was?«

»Na, das Video wurde fünfmal angeklickt. Einmal Sven Schlack, dann Aylin, ich und Chrístos. Und Sie sind Nummer fünf.«

»Aha. Also – ist jetzt geöffnet oder nicht?«

Aylin und ich schauen uns unschlüssig an. Da kommt eine größere Gruppe Chinesen auf uns zu: zwei Kinder, zwei jüngere Frauen, eine alte Frau, drei junge Männer und der alte Mann, der immer *Ti* bestellt hat. Er sagt etwas auf Chinesisch, und einer der jüngeren Männer wird zum Dolmetscher:

»Mein Vater fragt, was der Grund für die Schließung Ihres Cafés ist.«

Ich antworte:

»Unser Umsatz war zu gering.«

»Das hat er sich auch schon gedacht.«

Nun redet der alte Chinese eine ganze Weile in seiner Muttersprache. Seltsam, ich dachte immer, er kann nur »Ti« sagen. Sein Sohn übersetzt wieder:

»Mein Vater sagt, er wollte schon lange mit Ihnen sprechen, aber leider kann er weder Deutsch noch Englisch. Er wollte Ihnen mitteilen, dass Sie einen großen Fehler machen. Eine alte chinesische Weisheit sagt: Ein Café darf nie leer sein. Wenn keiner drinsitzt, kommt auch keiner rein.«

»Ach, das ist eine *chinesische* Weisheit?«

»Ja. Und mein Vater sagt, dass dieses Café sein Lieblingsort in Köln ist, seit er mit meiner Mutter vor sechs Wochen zu uns gezogen ist. Denn er hat Sie in sein Herz geschlossen.«

Ich bin perplex:

»Mich?«

»Ja. Weil Sie die ganze Zeit am Laptop gesessen und gekichert haben. Das hat ihn an seinen Vater erinnert. Der hat auch die ganze Zeit vor sich hin gekichert.«

Der alte Mann lächelt mich an und verbeugt sich kurz. Ich verbeuge mich zurück.

»Und deshalb möchte mein Vater Ihnen mit seiner Familie helfen, damit Ihr Café nicht mehr leer ist.«

»Oh, das ist ja ... bitte sagen Sie ihm, dass ich sehr gerührt bin. Und dankbar.«

Der Sohn übersetzt. Dann klopft mir der alte Chinese auf die Schulter und führt seine Familie ins Café. YouTube-Werbefilmgucker Nummer fünf zuckt mit den Schultern und geht hinterher. Ich lächle Aylin an. Mit einem herzergreifenden Strahlen in den Augen nickt sie mir zu, dann drehe ich das Schild wieder um: »Geöffnet«. Spontaner Jubel brandet auf. Ich sorge für Ruhe und begrüße die Gäste:

»Herzlich willkommen zur Wiedereröffnung des *3000 Kilometer!* Nachdem wir vor über einer Stunde die Schließung offiziell vollzogen haben, geht diese lange Phase der Ungewissheit nun endlich zu Ende. Ich danke euch allen ... ich ... ich ... sorry, das kann ich nur als Udo Lindenberg sagen: Ich bin hammermäßig ergriffen. Eure geile Panikenergie hat mein kleines Rockerherz wieder zum Schlagen gebracht. Ihr seid ... äh ... dübndüdüüüü ... äh ...«

Wenn mir selbst als Udo Lindenberg die Stimme versagt, dann muss ich *wirklich* sehr gerührt sein. Karl übernimmt:

»Halt die Klappe und bring uns erst mal drei Latte macchiato, du Penner!«

51

Fünf Latte macchiato, vier Kaffee, drei türkische Tee, einmal *Ti*, sieben Mineralwasser, eine Cola, eine Fassbrause, zwei Kakao, sechs deutsch-türkische Versöhnungsfrühstücke, vier Schafskäse-Knoblauchwurst-Toasts, drei Früchtemüslis und zwei Schinken-Käse-Toasts – das mit Abstand größte Bestellvolumen, das wir jemals hatten. Während Aylin serviert und gleichzeitig Chrístos in der Küche hilft, bedient Sibel im Akkord die Espressomaschine – und ich renne zur nächsten Bäckerei, weil wir zu wenige Brötchen auf Lager haben.

Als ich wiederkomme, sind drei weitere Tische besetzt: noch ein Blogleser, drei Tanten von Aylin sowie zwei junge Frauen, die reinkamen, weil es voll und damit offenbar »in« ist – jetzt füllt sich sogar noch der Innenhof. Doch meine Freude währt nicht lange, weil mir eine aufgeregte Aylin entgegenkommt:

»Wir brauchen Eier! Schnell!«

Ich laufe zur nächsten Rewe-Filiale. Dort stehe ich minutenlang ratlos vor dem Eierregal und ärgere mich, dass die Bodenhaltungseier ein Biosiegel haben, die Freilandeier jedoch nicht. Freiland ist doch mehr bio als Bodenhaltung – warum haben die dann kein Biosiegel? Und ist das überhaupt ein echtes Biosiegel oder nur ein Pseudostempel der Hühnermafia? Außerdem: Muss es nicht »Eier aus Freilandhaltung« heißen statt »Freilandeier«? Und was unterscheidet »Bioeier« von »Bodenhaltungseiern« mit Biosiegel? Sind alle Eier mit Biosiegel »Bioeier«, oder sind »Bioeier« noch mehr bio? Aaaaaaaaaaaaah! Als Kompromiss nehme ich je einen Karton Bodenhaltungs- und Freilandeier, habe aber dennoch Angst, das Universum gegen unser Café aufzubringen, weil ich ungewollt Tierquäler unterstütze.

An der Kasse muss ich mich ausgerechnet hinter der Oma mit Mussolini anstellen. Der Pudel sitzt im Einkaufswagen und kläfft mich nicht wie üblich an, weil er gerade damit beschäftigt ist, ein ganzes Biohähnchen aus seiner Verpackung zu befreien. Die Oma kriegt davon nichts mit und wendet sich an mich:

»Also, ich muss ja sagen, gestern war ich wirklich sauer auf Sie. Aber wissen Sie, was heute passiert ist? Mein Enkel hat mich zum ersten Mal freiwillig besucht! Weil seine Freunde mich treffen wollten. Die hatten alle dieses Zeug von Ihnen gelesen und finden mich und Mussolini plötzlich irgendwie interessant. Die haben mich sogar mit ihrem Telefon gefilmt. Früher war ich Luft für die.«

Derweil hat Mussolini bereits große Teile des Biohähnchens verspeist und protestiert lautstark, als die Oma ihm die traurigen Reste wegnimmt.

»Kläff! Kläff! Kläff! Kläff! Kläff! Kläff! Kläff! Kläff! Kläff!«

»Überredet, du Schlawiner. Aber nur noch einen Schenkel.«

Fünf Minuten später kehre ich ins Café zurück, und mich trifft fast der Schlag: Es ist voll. Drinnen *und* im Innenhof. Es ... ist ... voooooooooooollllllllllllllll! Jaaaaaaaaaaaaaaaa! Olé, olé, olé, oléeeeeee – we are the champions – oléeeeeeeeeeeeee! Ich fühle dieselbe Euphorie wie gestern nach dem entscheidenden Elfer zum 7:6.

Da sehe ich ein junges Paar, das in der Tür steht und sich ratlos umschaut. Ich schreite mit Kribbeln im Bauch zu ihnen und sage zum allerersten Mal einen wunderbaren Satz:

»Im Moment sind alle Plätze belegt, aber Sie können gern an der Theke warten, bis etwas frei wird.«

Aylins Vater winkt aufgeregt:

»Keine Problem! Wir zahlen. Aylin, hesap (die Rechnung)!«

Schon macht Cem seinen Platz frei, und das Paar setzt sich zu Herrn und Frau Denizoğlu. Meine Schwiegermutter zwinkert mir zu: Es läuft!

Aylin kommt und küsst ihren Vater auf die Stirn:
»Danke für eure Hilfe, Baba – ihr seid natürlich eingeladen.«
»Was? Ich habe gesagt: hesap, also will ich auch hesap.«
»Das wäre ja noch schöner, dass ich Geld von meinen eigenen Eltern kassiere.«
»Wenn ich will bezahlen, ich bezahle. Das interessiert dich überhaupt nicht.«
»Danke, Baba. Tschüss!«
Cem will seiner Schwester helfen und versucht vergeblich, Herrn Denizoğlu aus dem Stuhl zu ziehen:
»Komm, Baba, lass Aylin einfach, du weißt doch, wie stolz sie ist.«
»Denkst du, ich bin nix stolz? Ich nix gehen, bis ich bekommen hesap!«
Herr Denizoğlu haut mit der Faust auf den Tisch. Die anderen Gäste werden aufmerksam. Aylin scheint das nicht zu stören:
»Tja, Pech gehabt, Baba, ich habe eure Bestellung gar nicht bonniert. Wie schade!«
Herr Denizoğlu knallt einen Fünfzigeuroschein auf den Tisch:
»Schitimmt so.«
Aylin nimmt den Schein und steckt ihn in die Hemdtasche ihres Vaters. Der nimmt den Schein wieder heraus und knallt ihn auf den Tisch. Aylin will den Schein ihrer Mutter geben, aber die hebt schnell die Arme, als wäre das Geld vergiftet. Dann steckt Aylin den Schein zurück in Herrn Denizoğlus Hemdtasche, der knallt ihn erneut auf den Tisch, steht auf und geht. Aylin hebt den Schein auf, rennt hinterher und steckt ihn in die hintere Hosentasche ihres Vaters. Dieser greift den Schein und will ihn zu Boden werfen; der Schein bleibt jedoch an seinen Fingern kleben, sodass er den Schein mit der anderen Hand wegwerfen will. Als die Banknote auch dort kleben bleibt, knüllt Herr Denizoğlu den Schein zusammen und wirft ihn wütend in Richtung Theke, doch aufgrund einer Fehlberechnung der Flugbahn landet er im *Ti* des alten Chinesen. Dieser lächelt und sagt einen Satz, den sein Sohn übersetzt:
»Geld kommt zu dir auf Wegen, die du nicht beeinflussen kannst.«
Durch das Fenster beobachte ich, wie Aylins Streit mit ihrem

Vater in die nächste Runde geht: Sie zieht eine Fünfzigeuronote aus ihrem Kellnerportemonnaie und schiebt sie ihrem Vater in den Kragen seines Unterhemdes, wo dieser sie so hektisch wieder herauszerrt, dass mehrere Hemdknöpfe abspringen. Anschließend leckt er den Schein an, klebt ihn mit lautem Klatschen an unsere Fensterscheibe und stapft wütend von dannen. Ein Wunder, dass das Glas heil geblieben ist. Aylin zieht den Schein von der Scheibe, schüttelt genervt mit dem Kopf, kommt zurück ins Café, ignoriert den Bestellwunsch des neu eingetroffenen Paares und verschwindet mit einem verächtlichen Schnauben in der Küche. Interessant. Die Abwesenheit von Aylins Familie war *tatsächlich* eine große Hilfe für uns.

Eine Stunde später sind meine Exkollegen und die Chinesen wieder gegangen; auch meine neuen Du-hast-Sven-Schlack-geschubst-Fans haben gerade bezahlt – und trotzdem warten fünf Personen an der Theke auf freie Plätze. Wie durch Magie kommen ständig neue Gäste. Ob es nun die Erkenntnis meines Exchefs ist, ein türkisches Sprichwort oder eine chinesische Weisheit – es scheint zu stimmen: Leer bleibt leer und voll bleibt voll. So einfach ist das. Und ich habe mich wegen H-Milch, grünen Tees, des Musikkonzepts oder der Hippigkeit von Colamarken und türkischen Tapas verrückt machen lassen.

Als ich gerade zwei Wartende von der Theke zu einem frei werdenden Platz führe, taucht zu meiner größtmöglichen Überraschung das Gesicht von Sven Schlack im Eingang auf:

»Daniel, können wir kurz sprechen?«

52

Ich gehe mit einem undefinierbaren Grummeln im Bauch vor die Tür, wo Sven Schlack mit leicht zerknirschter Miene vor mir steht:

»Also, Daniel, äh, es ist so: Offenbar ist mein Produzent der Ansicht, dass unser Streit gut für die Einschaltquote ist – zumal er ja auch in den sozialen Netzwerken Furore macht. Und na ja, wir hatten in letzter Zeit so ein kleines Quotenloch. Insofern haben wir beschlossen, dass wir ... äh ... also, dass der Dreh weitergeht.«

Mir fällt die Kinnlade nach unten:

»Tatsächlich?«

Innerhalb weniger Sekunden schafft es Sven Schlack, von der zerknirschten Haltung in seine übliche Arroganz zurückzuwechseln – als gäbe es da einen Schalter: Arschloch on/off:

»Pass auf, wir machen das wie folgt: Zuerst drehen wir noch mal nach, wie ich gegen die Wand krache. Der Kameramann sagte, es würde besser kommen, wenn ich mir dabei eine Platzwunde hole.«

»Stimmt. Blut hatte mir auch irgendwie gefehlt.«

»Dann tupft Aylin mir mit der Küchenrolle das Blut ab. Anschließend bietest du mir die Hand an, ich nehme sie zögerlich und stehe wieder auf. Du bittest mich um Verzeihung, ich schaue noch ein paar Sekunden böse und nehme dich schließlich in die Arme. Alles klar?«

»Lass es mich so sagen: nein.«

»Wenn es dir schwerfällt, gerührt zu sein, kann dir die Maske Tränenflüssigkeit geben, kein Problem. Aber das drehen wir eh separat in Großaufnahme – da legen die später noch Geigen drunter. Aber jetzt schmeißt du am besten erst mal alle Gäste raus. Das Café muss am Anfang natürlich leer sein.«

Da sehe ich, dass das TV-Team bereits die Plastikstühle wieder anschleppt. Ich atme einmal tief durch und lege Sven Schlack mitfühlend den Arm um die Schulter:

»Weißt du, Sven, ich habe deine Sendung verfolgt, und weißt du, warum sie nicht läuft?«

»Wie jetzt?«

»War 'ne rhetorische Frage. Damit kennst du dich ja aus. Und soll ich's dir sagen, hm?«

»Also, ich ...«

»Hey, das war auch 'ne rhetorische Frage. Klar sag ich's dir. Also pass auf: Deine Sendung läuft nicht, weil hier drin ...«

Ich tippe ihm mit dem Zeigefinger aufs Herz:

»... weil da nichts ist.«

»Aber ...«

»Sorry, ich habe ein Café zu leiten. Ich hätte dir ja was zu trinken angeboten, aber, tja, wir sind leider voll, so ein Pech! Tut mir leid. Tschüss!«

Mit diesen Worten kehre ich zurück ins Café und sehe durchs Fenster, wie Sven Schlack seinen Mitarbeitern Anweisung gibt, das Plastikmobiliar wieder wegzutragen. Er schaut noch einmal erstaunt auf unsere vielen Gäste und geht schließlich mit hängenden Schultern weg.

Ich kann diesen Triumph eine knappe halbe Minute genießen, dann kommt Aylin mit der nächsten Hiobsbotschaft:

»Schafskäse ist alle!«

Oh nein! Als Fetaterminatophobikerin muss Aylin jetzt durch die Hölle gehen. Während Chrístos gerade zu viel zu tun hat, um hysterisch zu werden, checkt Aylin die Vorräte und schreibt mir eine Einkaufsliste, die ich auf dem Großmarkt abarbeiten soll.

»Und beeil dich, Daniel! Wir brauchen dich dringend hier im Service.«

»Momentschen mal, isch bin ja auch noch da!«

Wir drehen uns um und blicken in das erholte Gesicht der Mutti. Ich bin – nicht zum ersten Mal heute – perplex:

»Gisela? Ich dachte, du kommst erst nächste Woche zurück.«

»Isch hab es nit mehr ausjehalten. Dat war mitten auf dem Land, aber so wat von tote Hose, sag isch eusch – und um misch herum nur kranke Leute, da wirst du doch bekloppt.«

Aylin zwinkert der Mutti zu:

»Oder hattest du auch ein bisschen Sehnsucht nach einem gewissen Hartmut Gramich?«

»Ach, hör mir auf mit dem! Wir haben uns jestritten. Der kann misch mal.«

Aylin und ich schauen uns enttäuscht an. Wir hatten nach der schönen Szene im Krankenhaus damit gerechnet, dass die beiden inzwischen ein Paar sind. Aylin nimmt mitfühlend Giselas Hand:

»Was? Aber warum denn? Was ist denn passiert?«

»Dat tut hier nix zur Sache. So, isch übernehme die Theke, und Sibel jeht in den Service – der Rubel muss rollen.«

53

Bei meinem Einkauf auf dem Großmarkt gerate ich mitten in einen Polizeieinsatz: Während ich abwäge, ob ich den Schafskäse beim Türken oder beim Bulgaren kaufen soll, hält ein Streifenwagen mit Blaulicht vor dem bulgarischen Geschäft, und der Verkäufer wird in Handschellen abgeführt. Immerhin wird mir so die Qual der Wahl abgenommen.

Erst jetzt fällt mir auf, dass der Kölner Großmarkt eine gewisse kriminelle Energie hat. Da ich der Einzige bin, der hier nicht einfach kauft, sondern seine Entscheidungen minutenlang abwägt, hält man mich wahrscheinlich für Zivilpolizei. Gut möglich, dass ich hier der einzige Mensch ohne Mafiakontakte bin. Mit mulmigem Gefühl und fünf Kilo Schafskäse kehre ich zum Café zurück.

Acht Stunden später brenne ich auf meinem höchsten Adrenalin-Level: Ich renne ununterbrochen von einem Tisch zum anderen, öffne Cola-, Saft- und Mineralwasserflaschen, räume benutzte Teller und Gläser ab und versuche, Chrístos zu beruhigen, der aufgrund von Schimmel in einer Packung Kalamata-Oliven kurz vorm Nervenzusammenbruch steht. Noch immer sind alle Plätze belegt, und wir haben Wartende am Tresen, als Mark ins Café kommt:

»Dübndüdüüüüüü!«

»Dübndüdüüüüüü! Ey, Mark, alter Penis – wie ist der Abend mit Sibel so emotionstechnisch gelaufen?«

»Tja, ich würde mal sagen: Ich lass es panikmäßig langsam

angehen und mach erst mal einen auf El Verständnisvollo, um dann im richtigen Moment so coole-Socken-technisch ... äh ...«

Ich schalte um auf normale Stimme:

»Soll sagen, du hast dich wieder nicht getraut.«

»Was heißt getraut? Wir hatten einen wunderbaren Abend. Sie hat mir ihr ganzes Leben erzählt. Ihre Gefühle. Ihre Gedanken. Sogar, was *Bertengala* bedeutet.«

»Und? Was?«

»Schwer zu erklären. Sie dachte, das sagen Deutsche, wenn sie freudig erregt sind. Aber auch zur Betonung von anderen Wörtern. Oder einfach so, wenn sie Lust drauf haben.«

»Das heißt, sie hat keine Ahnung, was es heißt.«

»Exakt. Und warum sie es immer sagt, weiß sie auch nicht.«

»Und die Verabschiedung?«

»Sie hat mich auf den Mund geküsst, aber nicht so lange, dass ich sagen kann: Wir haben uns geküsst. Es war einfach ... tja ...«

Plötzlich entscheidet er sich wieder für die Udo-Stimme:

»Aber der Laden hier geht ja hammermäßig ab – wie bei Onkel Pü mit der Rentnerband, uuuuh! Wahrscheinlich liegt's daran, dass diese Paniktante *Lila Lilo* endlich ihre behämmerte Bewertung bei *tripadvisor.de* korrigiert hat.«

Ich bin irritiert:

»Ach, du hast das gelesen?«

»Klar, Mann, aber nach deiner Bodo-Ballermann-technisch gepfefferten E-Mail hat sie sich wahrscheinlich gedacht: Ey Lilo, Vorsicht, mit dem Krachertyp legst du dich besser nicht an, der hat die Panikpanther-Power.«

Ich stutze: Moment mal, ich habe Mark nichts von der Mail erzählt, und sie ging an *Lila Lilos* Privatadresse. Mir fällt die Kinnlade nach unten:

»Moment mal, Mark ... *du* bist Lila Lilo!«

Mark steht immer noch mit der Lindenberg-mäßig runtergezogenen Unterlippe vor mir und schaut mich bedröppelt an:

»Tja, das ist jetzt panikmäßig peinlich ... Aber weißt du, Daniel ... Eifersucht eine schwierige Sache sie ist ... Auf die dunkle Seite sie führt.«

Normalerweise hätte ich mich kaputtgelacht, wenn jemand

Yodas Weisheiten mit der Stimme von Udo Lindenberg verkündet. Aber ich bin noch zu schockiert, dass mein bester Freund mich derart hintergangen hat:
»Sag mal, hast du sie noch alle? Das hat unser komplettes Profil nach unten gezogen. Und ich hatte zwei Wochen lang völlig zu Unrecht einen Hass auf Feministinnen.«
Endlich redet Mark wieder mit seiner echten Stimme:
»Aber ich hab's ja wieder korrigiert.«
»Auf vier Punkte. Warum nicht auf fünf?«
»Das wäre mir unrealistisch vorgekommen, weil die Kritik an den Kellnerinnen-Outfits ja nicht ganz unberechtigt war. Aber hast du nicht die positive Kritik gelesen, die ich unter meinem echten Profil veröffentlicht habe? Da hab ich die volle Punktzahl gegeben.«
»Ja, schon, aber ... oh Mann, Mark! Das ist doch ... oh Mann!«
»Gib's zu, dich macht es auch eifersüchtig, dass Aylin so sexy rumläuft.«
»Ja schon, aber so was muss man als moderner Mann nun mal aushalten – sonst können wir ja gleich nach Afghanistan ziehen und eine von diesen wandelnden schwarzen Kleiderständern heiraten.«
»Hast ja recht, tut mir leid. Auf jeden Fall freut es mich, dass der Laden endlich mal voll ist. Was ist denn los?«
»Weiß auch nicht, aber seit wir heute Morgen geschlossen haben, rennt man uns die Bude ein!«
»Wie, ihr habt geschlossen?«
Offenbar hat mein Blog-Fan Gerald das Gespräch mitbekommen – er ruft quer durchs Café:
»Wie, du liest Daniels Blog nicht? Du bist doch Mark, oder? Der als Comedy-Kellner auf Feiern und Events arbeitet.«
»Hey, ich bin jung und brauche das Geld.«
»Dann bist du doch eine der Hauptfiguren.«
»Hä?«
Mark setzt sich neugierig an Geralds Tisch. Gerald senkt die Stimme und redet auf ihn ein:
»Der Moment, wo du so dringend aufs Klo musstest, als du mit Sibel geflirtet hast, da hab ich mich weggeschrien vor

Lachen! Ich bin schon so gespannt, ob das mit euch beiden klappt. Wenn nicht, würde ich übrigens selbst Interesse an Sibel anmelden.«

Mark dreht sich überrascht zu mir um:

»Moment mal, Daniel – Du hast einen Blog? Und schreibst über mich ... und Sibel?«

»Na ja, so gesehen – ja.«

»Sag mal, spinnst du? Du kannst doch nicht meine privatesten, äh, Dinge einfach so veröffentlichen?«

»Ehrlich gesagt: Aus der Perspektive hab ich das jetzt noch gar nicht ... Tja, wenn man das gegen Lila Lilo aufrechnet, sind wir dann wohl quitt.«

»Von mir aus. Aber ... oh mein Gott, hat Sibel das gelesen?«

Gerald ruft zum Tresen:

»Sibel, hast du Daniels Blog gelesen?«

Sibel gesellt sich zu uns:

»Nein, wieso?«

Gerald legt Mark die Hand auf die Schulter:

»Siehst du, sie weiß gar nicht, dass du in sie verliebt bist.«

Eine Pause entsteht. Sibel und Mark schauen einander mit großen Augen an. Mark erstarrt zu Eis und wird kurz darauf wieder zu Udo Lindenberg:

»So, damit isses panikmäßig raus – yeah.«

Sibel kichert kurz, läuft knallrot an, dann gibt sie Mark einen Kuss auf die Wange und verschwindet in der Küche.

Eine Stunde später ist Sibels Schicht beendet, und sie sitzt mit Mark in Ermangelung eines freien Tisches bei Gerald, zu dem sich inzwischen auch seine Partnerin Käthe gesellt hat, die nach ihrer Zahnwurzelbehandlung zwar noch nichts essen darf, mir aber versichert hat, dass sie ein ebenso großer Fan meines Blogs ist wie ihr Freund.

Als unser Stammgast, Glänzender-Trainingsanzug-Kalle, seinen Platz am Tresen einnimmt, kann er sein Erstaunen kaum verbergen:

»Wat is denn hier los? Gibt et Freibier? Oder hat Aylin einen Bauchtanz anjekündigt?«

Ich habe keine Zeit, ihm zu antworten, denn ich führe meine Eltern und Dimiter Zilnik, die seit zwanzig Minuten an der Theke warten, zu einem gerade frei werdenden Tisch. Meine Mutter ist sehr aufgeregt:

»Also eigentlich hat es mir ja besser gefallen, als nicht so viele Leute hier waren, da kam das Ambiente besser zur Geltung. Aber für den Umsatz ist es natürlich praktisch, wenn es voll ist.«

Dimiter Zilnik hustet zwanzig Sekunden lang, dann fügt er an:

»Erfolg hat immer den Beigeschmack von Anbiederung. Da muss man skeptisch sein.«

Mein Vater stimmt zu:

»Das ist richtig. Misserfolg bedeutet, dass man es nicht allen recht gemacht hat. Und das ist positiv.«

Dimiter hasst es bekanntlich, wenn man ihm zustimmt. Er schaut meinen Vater verächtlich von der Seite an und murrt:

»Unsinn. Misserfolg ist ein Zeichen von Inkompetenz.«

Zehn Minuten später stehe ich neben Gisela an der Theke und warte darauf, dass sie Getränke auf ein Tablett stellt. Die Mutti lacht kopfschüttelnd:

»Wahnsinn! So voll hatten Harvey und isch den Laden nur an Karneval. Weißte wat, Jung, dat gönn isch eusch. Ihr habt dat Herz auf dem rischtigen Fleck ... Trotzdem bin isch fies für den Hartmut Jramisch – der soll verdammt noch mal runterjehen mit der Pacht, dat is doch viel zu hoch.«

»Wie jetzt? Ging's darum bei eurem Streit? Um die Pacht?«

»Ja klar. Isch hab dem jesagt: ›Hartmut, isch kenne disch jetzt besser, du bist escht en netter Kerl. Du siehst doch, dat die dat schwer haben mit ihrem Café, jetzt sei doch nit so.‹ Und weißt du, wat der jeantwortet hat?«

»Was?«

»Dat wär der Jrund, warum Frauen keine Jeschäfte machen sollten, weil die immer alles mit Jefühlen versauen. Jeschäft wär Jeschäft, und privat wär privat. Da hab isch jesagt: Danke für die Belehrung, Herr Kackaasch. So, meine private Meinung ist: Du bist ein knüsseliger Büggelschnigger*! Und mit solschen Leuten will isch nix zu tun haben.«

»Danke Gisela, das war supernett, dass du dich für uns eingesetzt hast, aber ich dachte, du und Hartmut, das ... das würde vielleicht ...«

»Hier, Jetränke sind fertisch. Ab dafür!«

Ich bin gerade dabei, die Getränke zu servieren, als Onkel Abdullah das Café betritt. Sibel springt wie von der Tarantel gestochen von Marks Schoß hoch, auf dem sie wenige Minuten zuvor Platz genommen hatte:

»Baba!«

»Eine alkoholfreie Jägermeister, bitte.«

* Beutelschneider, Wucherer

54

Als ich mit Gisela in der Küche seit einer gefühlten Ewigkeit auf fünf Teller warte, die Chrístos »nur noch ganz schnell« mit je einer Blaubeere und drei Pfefferkörnern garnieren will, platzt ein aufgedrehter Mark herein:
»Das geht so nicht! Ich kann nicht mehr! Das macht mich fertig!«
»Was denn?«
»Diese unklaren Signale. Jetzt ist es raus, dass ich was von ihr will – und ich habe keine Ahnung, woran ich bin: Erst flirtet sie mit mir. Sie setzt sich auf meinen Schoß und haucht mir ins Ohr, dass sie mich süß findet. Dann kommt ihr Vater, und jetzt tut sie seit einer halben Stunde so, als wär ich ein entfernter Bekannter. Das macht mich krank. Ich muss einfach wissen, ob sie mich auch will!«
Nun stürzt Sibel aufgeregt in die Küche:
»Mark, wir uns müssen verloben. Sofort.«
Die Mutti klopft Mark auf die Schulter:
»Tja, isch denke mal, dat war deutlisch jenug.«
»Was? Aber ... ich ... was?«
Sibel seufzt aus tiefstem Herzen:
»Mein Vater ... er ist so ein ... wie sagt man in Deutsch ... Esel-Sohn-Esel! Oh Mann, ich zu ihm gesagt, dass wir sind zusammen ...«
»Wir sind zusammen? Oh, das ... das ist erfreulich.«
»... aber er nix akzeptieren. Weil du kein Moslem.«

Nun bringe ich meine Erfahrung ein:

»Als ich Abdullah kennengelernt habe, hat Aylin einfach erzählt, dass ich Moslem *bin*. Das hat Wunder gewirkt.«

Sibel fasst sich an den Kopf:

»Oh, Mann, stimmt, ich einfach nur lügen, das wäre gewesen so leicht. Ich sehr dumm. Aber ist vorbei. Also, was ist, Mark? Wenn wir sind verlobt, er vielleicht nix glücklich, aber Diskussion ist vorbei.«

Chrístos stößt einen griechischen Fluch aus, weil ein Pfefferkorn einfach nicht auf der vorgesehenen Position bleiben will. Mark pustet tief durch:

»Na ja, ich hatte mir das Ganze zwar etwas romantischer vorgestellt, so mit Kerzenlicht und schöner Musik und so, aber das sind ja auch ziemlich ausgelutschte Klischees. Meine absolute Traumfrau will sich mit mir verloben, also worauf warte ich eigentlich?«

Mark schaut sich kurz um, schnappt sich dann einen Zwiebelring und kniet sich vor Sibel hin.

»Sibel ...«

»Stopp! Jetzt warte mal. So jeht dat nit.«

Mit feuchten Augen zieht sich die Mutti den Ring vom Finger und reicht ihn Mark:

»Isch weiß, dat der Harvey dat so jewollt hätte.«

Mark steht wieder auf und nimmt den Ring:

»Oh wow, das ist einfach ... danke, Gisela. Ich danke dir, das ...«

Nun versagt ihm vor Rührung die Stimme:

»... das ist wirklich sehr ... sehr ... Oh Mann, willst du wirklich so ein Weichei heiraten, Sibel?«

»Egal, mein Familie macht auf jeden Fall eine Macho aus dich.«

Ich sehe, wie Mark die Unterlippe runterzieht, und flüstere ihm ins Ohr:

»Kleiner Tipp: Mach den Heiratsantrag nicht mit der Stimme von Udo Lindenberg. Und in der Macho-Sache, da kann ich später noch Tipps geben.«

Mark lächelt und kniet sich vor Sibel:

»Sibel, vom ersten Moment an, als ich dich sah, da ... keine

Ahnung, ich wusste es einfach: Du bist es. Du bist die Frau, die ich heiraten will. Ich hatte nie wirklich einen Zweifel, dass wir füreinander bestimmt sind – von den Tagen, wo du mit diesem Muskelhirn geknutscht hast mal abgesehen. Aber jetzt weiß ich endgültig, dass ich mit dir leben will. Also: Willst du meine Frau werden?«

»Ja. Ja, ich will.«

Mark steckt Sibel den Ring an die linke Hand. Sibel stutzt:

»Moment, verloben rechts, heiraten links.«

»Ach so. Bei uns isses umgekehrt ... Na ja, dann ... ene mene muh und raus bist ... äh ... also rechts.«

Mark nimmt den Ring wieder ab und steckt ihn nun auf den rechten Ringfinger. Daraufhin küssen sich die beiden leidenschaftlich. Die Mutti und ich applaudieren. Christos schaut zufrieden auf seine Teller:

»Danke, danke. Ich finde auch, das Arrangement ist mir diesmal besonders gelungen.«

55

Als Onkel Abdullah von der Verlobung seiner Tochter mit einem Deutschen erfährt, reagiert er in alter Schwarzmeertradition: Was einem nicht in den Kram passt, aber nicht zu ändern ist, wird ignoriert.

Dank eines gestiegenen Alkoholpegels sitzt er aber seit einer halben Stunde angeheitert mit Sibel und Mark am Tisch und tut so, als würde er nicht bemerken, dass sie Händchen halten. Stattdessen erzählt er, dass er, nachdem Aylins Vater ihn über unsere Probleme informiert hatte, sofort seine Goldreserven von der Bank geholt und sich ins nächste Flugzeug gesetzt habe, um seiner Tochter beizustehen:

»Aber eins, ich nix verstehen. Haben gesagt: Café nix funktioniert. Ich komme her, alles ist voll.«

Ich setze gerade zu einer Antwort an, als die Stimme von Ingeborg Trutz aus dem Eingang ertönt.

»Ruhe! Darf ich um Ruhe bitten? RUUUHEEEEEEEEE!«

Da ihr Tonfall keinen Zweifel daran lässt, dass sie jeden, der noch einen Mucks von sich gibt, persönlich kastrieren würde, ersterben alle Gespräche, selbst im Innenhof, auf der Stelle. Man könnte eine Stecknadel fallen hören. Ingeborgs Stimme nimmt nun einen bittersüßlichen Tonfall an:

»Ich wollte die Anwesenden nur davon in Kenntnis setzen, dass dieser Mann dort der Teufel in Menschengestalt ist.«

Nun zeigt sie auf Dimiter Zilnik.

Aufgeregtes Gemurmel, das Ingeborg mit einer herrischen

Geste und einem lauten »Pschscht« im Keim erstickt. Sie macht einige torkelnde Schritte auf den Tisch von Dimiter und meinen Eltern zu, die einen hohen Alkoholpegel vermuten lassen, und bleibt in der Mitte des Raumes stehen:

»Dieser Mann hat nicht nur den *Besuch der alten Dame* zu einer pornografischen Posse verstümmelt – oooooh nein. Er hat auch seinen Penis nicht unter Kontrolle! Ja, es ist wahr, liebe Gäste, dieser Mann hat eine Affäre mit Aylins Cousine Emine.«

Alle Anwesenden schauen irritiert zwischen Ingeborg und Dimiter hin und her. Aylin kriegt eine Hustenattacke; Sibel steht der Mund offen; und Onkel Abdullah ist schlagartig wieder nüchtern. Während sich Dimiter spontan eine Zigarre anzündet, setzt Ingeborg mit ansteigendem Pathos ihren Monolog fort, wobei sie sich gleichzeitig Stück für Stück entkleidet:

»Aber wer bin ich, moralisch zu verurteilen, dass dieser Mann sein – unter uns Pastorentöchtern – winzig kleines Gürkchen in den Intimbereich einer Frau befördert, die seine Enkeltochter sein könnte. Schließlich gehen wir seit zehn Jahren getrennte Wege. Und deshalb dürfte es Dimiter ebenso wenig interessieren, dass ich diesen Körper ...«

Sie reißt sich ihren BH vom Leib und gibt den Blick auf ihre nicht mehr ganz taufrischen Brüste frei.

»... heute Nacht unserem Chefdramaturgen zur Verfügung stellen werde. Vielen Dank für Ihre Aufmerksamkeit.«

Ingeborg torkelt zurück zur Tür und verlässt das Café. Fassungslose Stille bleibt zurück. Das einzige Geräusch im Raum verursacht Onkel Abdullah, der ein Gebet murmelt. Dann öffnet sich die Tür erneut, aber es ist nicht Ingeborg, sondern unser Briefträger, Herr Reuter:

»Kann es sein, dass gerade eine nackte Frau aus diesem Café gelaufen ist?«

56

Es ist exakt zwei Uhr vierunddreißig, als der letzte Gast, Fußballtrainer-Kalle, mit einer Wutrede gegen leuchtende Werbebanden in Fußballstadien das *3000 Kilometer* verlässt. Meine Mutter ist Ingeborg Trutz mit einer Jacke hinterhergelaufen und musste sie mithilfe eines herbeigerufenen Polizisten gewaltsam davon abhalten, die Pflastersteine einer Baustelle auf ein Werbeplakat des Kölner Schauspielhauses zu werfen; Onkel Abdullah hat sich entschlossen, den Vorfall mit Ingeborg zu ignorieren; und Dimiter Zilniks Kommentar zu Ingeborgs Ausraster lautete schlicht: »Schauspieler sollten nicht improvisieren.«

Nun beobachten Aylin, ich, Gisela und der völlig erschöpfte Chrístos gebannt, wie die Registrierkasse von *Kassen Förster* den Beleg mit dem Tagesumsatz ausspuckt. Als wir den Betrag sehen, können wir es kaum glauben: 2147,80 Euro. Wahnsinn! Wir haben unseren bisherigen Top-Umsatz um das Fünffache übertroffen. Jubel bricht aus, und wir liegen uns in den Armen. Ich bin zwar zu müde, um mich richtig zu freuen, aber spätestens als die Mutti einen Sektkorken knallen lässt und »Jetzt geht's los – wir sind nicht mehr aufzuhalten« von den *Höhnern* anstimmt, wird auch mir bewusst: Das ist in der Tat ein Grund zum Feiern. Da ist nur eine Frage: War das ein Strohfeuer – nur eine spontane Reaktion darauf, dass wir schließen wollten? Oder haben wir im letzten Moment doch noch die Kurve gekriegt?

DANIELS CAFÉ-BLOG

Mittwoch, 29. Juni 2016, 3 Uhr 04 nachts

Liebe Leser/-innen meines Blogs,
leider fehlt mir gerade die Kraft, um all das in Worte zu fassen, was heute im Café passiert ist, deshalb in aller Kürze:
WIR HABEN WIEDER GEÖFFNET!
Ich danke allen, die spontan gekommen sind, um mich zu unterstützen. Ihr seid der Wahnsinn. Sorry, wollte noch was Witziges schreiben, sind auch krasse Sachen passiert, hole ich alles nach, versprochen, jetzt fallen mir die Augen zu.
Gute Macht, Euer Dannuel

Mittwoch, 29. Juni 2016, 3 Uhr 05 nachts
Sorry, wollte schreiben: Gute Nacht, Euer Daniel

Knapp vier Wochen später sitzen wir wieder bei unserem Vermögensberater, Herrn Hartmann. Dieser schaut mit ungläubigem Staunen zwischen uns und unseren Bilanzen hin und her:
»Also, ich muss ganz ehrlich sagen: herzlichen Glückwunsch! So eine drastische Wende zum Positiven habe ich in meinen zwanzig Jahren als Vermögensberater noch nicht erlebt. Und das ohne die Hilfe von Sven Schlack.«
Er kann einen gewissen Ärger darüber, dass sich seine Prognose als falsch erwiesen hat, nicht verbergen. Ich muss grinsen:
»Tja, Tante Emine hat's im Kaffeesatz gesehen. Also war's doch von vornherein klar.«
Herr Hartmann schaut mich fassungslos an. Aylin kichert und drückt mir einen Kuss auf die Wange. Habe ich das gerade ernst gemeint oder wollte ich nur Herrn Hartmann ärgern? Egal. Bin ich halt ab sofort abergläubisch. Gegen Italien hat's auch geholfen. Es muss nicht für alles im Leben eine logische Erklärung geben. Ich füge an:
»Aber ehrlich gesagt: Ganz ohne die Hilfe von Sven Schlack war's dann doch nicht ...«

In meinem Kopf tauchen die Bilder der letzten Ereignisse auf: Am ersten Tag nach der Wiedereröffnung kam nicht nur mein Ex-Team aus der *Creative Brains Unit* wieder, sondern auch Gerald und Käthe sowie die chinesische Familie. Zudem schauten vereinzelt Leser meines Blogs herein, aber gut eine Woche lang verdankten wir rund fünfzig Prozent des Umsatzes der Anti-Sven-Schlack-Fraktion. Durch das An-die-Wand-Schubsen ihres Hassobjektes war ich für einige Menschen kurzfristig zum Idol geworden.

Dieser Trend war zwar nach einer Weile ebenso rückläufig wie meine Hummelpustepopularität – inzwischen feierte die YouTube-Community einen betrunkenen Dreizehnjährigen, der im Schloss Neuschwanstein ins Himmelbett von Ludwig II. kotzt –, aber irgendwie hatte es sich rumgesprochen, dass unser Laden »in« ist, und die meisten Gäste äußerten auf die Frage, warum sie ins *3000 Kilometer* gekommen sind, Sätze wie »Hat mir eine Freundin empfohlen«, »Hab gehört, es wär irgendwie kultig«, oder »Keine Ahnung, bin einfach spontan reingegangen«.

Unterdessen hatte Deutschland das Halbfinale gegen Frankreich verloren, obwohl – diesmal im Wohnzimmer der Denizoğlus – reichlich in Zungen gebissen, zu Kussgeräuschen an Ohrläppchen gezogen und auf Holz geklopft wurde. Hinterher hatte Aylin die Erklärung, dass ihre Mutter eine Plastikdecke über dem Tisch hatte, sodass das Auf-Holz-Klopfen fehlerhaft war. Wenn Jogi Löw wüsste, dass das Halbfinal-Aus nicht der Verletzung von Mario Gomez, sondern der Tischdecke meiner Schwiegermutter geschuldet war ...

Als dann, nach Ende der EM, auch Glanztrainingshosen-Kalle wieder täglich an der Bar saß, stellten wir ziemlich schnell fest, dass wir mehr Personal brauchen. Coca-Cola-geht-gar-nicht-Philipp bekam das mit, kündigte augenblicklich bei *Zachary's Burger Lounge* und wechselte auf unsere Straßenseite. Er wollte uns zwar überreden, die Plastikmöbel zurückzuholen, aber obwohl wir ihm den Wunsch nicht erfüllten, freute er sich, nun auf der »guten Seite der Macht« zu arbeiten. Zudem stellten wir das mit Chrístos und Cem verheiratete türkisch-griechische Lesbenpärchen als Hilfsköchinnen ein, was zwar zu gelegentlichen hysterischen Streitereien, aber auch zu einer gleichbleibenden Qualität der Speisen geführt hat.

Bei allem Stress mussten wir uns auch noch um einen neuen Getränkelieferanten kümmern, da Aylins Cousin, Getränke-und-Schilder-Kenan, zunächst verhaftet und dann von der Kölner Polizei als Experte für Fälschungen eingestellt worden war.

Dimiter Zilnik beendete die Affäre mit Aylins Cousine Emine, nachdem diese mit ihrer Schwester Hatice von der RTL2-Serie *Köln 50667* engagiert worden war. Aufgrund von abendlichen Dreharbeiten ließen die beiden eine Vorstellung vom *Besuch der alten Dame* platzen, woraufhin man 400 verärgerte Zuschauer nach Hause schicken musste. Die Versöhnung Dimiters mit Ingeborg fand in unserem Café statt, wobei Ingeborg ein Pathos herstellte, gegen das sämtliche Verdi-Opern wie unterkühlte Kopfgeburten anmuten. Frau Denizoğlu wäre begeistert gewesen, aber Aylins Familie tauchte seit dem Vorfall mit dem Fünfzigeuroschein sicherheitshalber nicht mehr im Café auf.

Ob Ingeborg tatsächlich mit dem Chefdramaturgen geschlafen hat, ließ sie offen: »Was im theaterpädagogischen Archiv passiert ist, bleibt im theaterpädagogischen Archiv.«

Onkel Abdullah flog nach vier Tagen und zwei Alkoholvergiftungen zurück in die Türkei und schließt Mark als zukünftigen Ehemann seiner Tochter nicht mehr aus, seit Mark auf mein Anraten behauptet, Trabzonspor sei der beste Fußballclub der Welt.

Unsere Umsätze haben sich zwischen 1500 und 2000 Euro eingependelt, mit dem Rekord von 2476,30 Euro am 18. Juli. Trotz der frischen Hilfskräfte war es die arbeitsintensivste Zeit meines Lebens – was ein Blick auf meine Blog-Einträge verdeutlicht:

Donnerstag, 30. Juni 2016
9 Uhr 55: Gleich geht's los. Bin gespannt, ob's wieder so läuft wie gestern.
2 Uhr 55 nachts:
Super Tag. Sorry, muss ins Bett. Bis morgen!

Freitag, 1. Juli 2016
3 Uhr 11 nachts: Heute total lustige Sachen passiert. Schreibe ich demnächst auf. Gute Nacht!

Samstag, 2. Juli 2016
4 Uhr 31 nachts: Gähn!

Sonntag, 3. Juli 2016
1 Uhr 37 nachts: Total lustig: Meine Eltern kamen vorbei, und mein Vater wollte mir erklären, warum Kaffeehausliteratur und Smartphones eine unvereinbare ... Sorry, muss ins Bett.

Und so weiter und so fort. Kurz: Ich habe in den letzten vier Wochen nicht einen einzigen vernünftigen Blog-Eintrag geschrieben. Gestern hat Gerald einen ersten Negativkommentar gepostet: »Freut mich echt, dass ihr Erfolg habt, aber Deine Leser brauchen dringend neuen Stoff!« Ich war zu müde, um ihm zu antworten.

Dann, heute Mittag, zwei Stunden vor dem Termin bei unserem Vermögensberater, machte ich eine merkwürdige Beobachtung: keine Schlange vor *Zachary's Burger Lounge*. Und der Laden wirkte irgendwie so dunkel. Irritiert ging ich über die Straße. Als ich zum Eingang kam, konnte ich es kaum glauben: Er war verschlossen.

57

Ich rüttelte vergeblich an der Tür – mein Gehirn ließ die Möglichkeit, Mordor könnte geschlossen haben, noch nicht zu. Endlich fiel mein Blick auf ein großes Pappschild direkt vor meinen Augen: »Closed«. Direkt daneben hing ein ausgedruckter Zettel, der mit Tesafilm von innen an die Scheibe geklebt war:

> Liebe Kunden,
> diese Filiale schließt mit sofortiger Wirkung. Wir bedanken uns für Ihre Treue und wünschen Ihnen alles Gute.
> Das Team von Zachary's Burger Lounge.

Normalerweise gönne ich niemandem Schlechtes, aber dass diese Kapitalistenklitsche dichtmachen musste, während unser Alternativcafé zum Hotspot wurde – diese Schicksalswendung schien einfach zu schön, um wahr zu sein. Ich war am Ziel aller Träume angekommen. Eine tiefe innere Zufriedenheit und Genugtuung machte sich in mir breit. Für zwei Minuten.

Dann fiel mir ein, dass ich noch zum Großmarkt musste, dann zum Vermögensberater und anschließend bis zwei Uhr nachts für zunehmend besoffene Klienten den Gastgeber spielen durfte.

Ich wollte gerade gehen, als ich durch die Scheibe von *Zachary's Burger Lounge* die Silhouette des *Burger-Lounges*-Deutschland-Chefs, Tote-Fischaugen-Breller, erkannte. Aus einem unerklärlichen Impuls klopfte ich. Nach einer gefühlten Ewigkeit stand Breller auf und kam zur Tür. Als er mich sah, deutete er auf das

»Closed«-Schild und wollte wieder gehen, aber ich rief durch die Scheibe:
»Was ist denn passiert? Was ... was ist los?«
Tote-Fischaugen-Breller kämpfte einen Moment mit sich, dann öffnete er mir die Tür und ließ mich rein. Wir waren allein. Kurz darauf saßen wir an einem der Tische, und Breller erklärte mir, dass sein Geschäftsführer Nader Foumani in die eigene Tasche gewirtschaftet und sich dann spurlos aus dem Staub gemacht hatte. Die Nachforschungen ergaben, dass »Nader Foumani« der Name eines iranischen Tischlers aus Rheda-Wiedenbrück war, der seit zwei Jahren tot ist.
Da er, Breller, die Misswirtschaft der Filiale Köln zu verantworten habe, sei er heute Morgen mit sofortiger Wirkung von allen Aufgaben entbunden worden. Ich gab mir Mühe, mich über die Neuigkeiten zu freuen, aber irgendwie gelang es mir nicht. Breller tat mir leid – der Schock war ihm sichtlich anzumerken; das Sprechen fiel ihm schwer:
»W... was soll ... ich denn jetzt machen?«
Ich sagte eine Weile nichts. Dann hatte ich eine Eingebung:
»Ich hoffe, Sie nehmen mir meine Ehrlichkeit nicht übel, Herr Breller, aber ich habe Ihre Augen immer als kalt empfunden, irgendwie fischig.«
»Danke, das baut mich jetzt wirklich auf.«
»Nein, lassen Sie mich ausreden: Heute Morgen sind Ihre Augen nicht fischig. Sie sind traurig, aber nicht fischig. Irgendwie ... halt nicht mehr so wie eine tote Makrele.«
»Vielen Dank für dieses großartige Kompliment.«
»Und hinter der Traurigkeit, da ist irgendwie so ein fernes Leuchten, und das habe ich erst einmal bei Ihnen gesehen: als Sie von dieser Fotografin in Berlin erzählt haben, in die Sie mal verliebt waren ...«
»Bettina.«
»... als Sie schon Ihre Kündigung geschrieben hatten, weil Sie dachten, dass das Leben mehr zu bieten hat als Systemgastronomie.«
»Ist das nicht ironisch? Ich schmeiße mein Leben weg für diese Aasgeier, und jetzt – vielleicht hatte ich recht damals. Viel-

leicht hat das Leben wirklich mehr zu bieten als Systemgastronomie.«

In Breller bewegte sich etwas. Zum ersten Mal huschte ein kurzes Lächeln über seine Lippen:

»Vielleicht könnte ich noch einmal neu anfangen.«

»Haben Sie denn seitdem mal was von dieser Fotografin gehört?«

»Nein. Wissen Sie, ich habe immer heimlich davon geträumt, in Friedrichshain ein kleines Eckcafé zu betreiben. Mit nur vier oder fünf Tischen. Ich habe das nie jemandem erzählt, na ja, ich hab's immer als dumme Spinnerei abgetan. Aber wenn ich mich da mal umgucke, vielleicht gäbe es ja eine Möglichkeit. Und *wenn* es eine Möglichkeit gäbe, dann ... würde ich schöne Fotos brauchen, künstlerisch wertvolle, für die Wände.«

»Ja. Vielleicht.«

»Wissen Sie, ich habe immer ein bisschen neidisch auf Ihre August-Sander-Bilder geschaut.«

»Moment mal, *Sie* haben neidisch auf *mich* geschaut?«

»Ich wollte weiß Gott nicht der hundertste Burgerladen mit billigen New-York-Graffiti an den Wänden sein. Aber der Mutterkonzern ließ da nicht mit sich reden. Tja, ich denke mal, ich war neidisch, weil *Sie* Ihren Traum leben.«

Er lächelte mich an. Immer noch schockiert, aber nicht mehr ohne Hoffnung. Ich klopfte ihm auf die Schulter und ging. Er rief mir hinterher:

»Ich glaube, ich fahre morgen nach Berlin ... Nein, *heute*.«

Ich drehte mich nicht noch einmal zu ihm um. Irgendwie fühlte ich mich seltsam unwohl. *Ich war neidisch, weil Sie Ihren Traum leben.* Stimmte das? Lebte ich wirklich meinen Traum? Was war überhaupt mein Traum?

Als ich ins *3000 Kilometer* zurückkam, setzte ich mich in Gedanken versunken an die Theke und sinnierte über diese Fragen. Da fiel mein Blick auf den alten Chinesen, der wie immer an einem Tisch saß und schweigend seinen *Ti* trank. Unsere Blicke trafen sich. Er lächelte nicht. Als ich darüber nachdachte, wurde mir klar, dass er seit Tagen nicht gelächelt hatte. Oder seit Wochen? Plötzlich trat eine Erkenntnis in mein Gehirn und schob alles andere beiseite: Ich hatte eine unfassbare Trendwende geschafft, ich hatte unseren Betrieb aus den roten Zahlen geholt, und ich hatte sogar die kapitalistische Konkurrenz besiegt, aber ich hatte seit Wochen nicht mehr *gekichert*.

Seit ich festgestellt habe, dass ich kein Gastronom bin, bin ich ein erfolgreicher Gastronom. Diese ironische Erkenntnis sprach ich – in Ermangelung meines Laptops, den ich inzwischen gar nicht mehr mit ins Café nehme – in die Diktiergeräte-App meines Smartphones, weil ich dachte, es wäre ein Superanfang für einen Blogeintrag. Dann musste ich über den Widersinn des Satzes kichern. In diesem Moment hellte sich das Gesicht des alten Chinesen auf – er strahlte mich regelrecht an. Und ich bin sicher, einen Seufzer der Erleichterung vernommen zu haben.

Jetzt sitze ich mit Aylin vor meinem Vermögensberater und traue mich nicht, den entscheidenden Satz zu sagen. Aus Angst, meine Frau unglücklich zu machen. Aus Angst, alles wegzuschmeißen, wofür wir in den vergangenen drei Monaten so hart geschuftet haben. Aus Angst vor einer ungewissen Zukunft. Herr Hartmann ist weit davon entfernt, meine Gedanken zu erraten:

»Also ganz ehrlich: Ich bin sehr sehr optimistisch: Wenn Sie so weitermachen, können Sie bald eine zweite Filiale eröffnen.«

Achtung, Daniel, jetzt oder nie. Du hast das mit dem Café geschafft. Das schaffst du jetzt auch. Ich hole tief Luft:

»Es tut mir leid, aber ich steige aus. Ich bin kein Gastronom.«

Herr Hartmann lacht:

»Ja, ich finde auch: Erfolg wird überschätzt, haha. Davon sollte man sich umgehend frei machen, haha. Ich finde ... äh ...«

Als er mich anschaut, merkt er, dass ich es ernst meine, und verstummt. Er kann sein Entsetzen nur schwer verbergen. In einem Moment der Euphorie reiße ich eine Seite aus der *Millionärsformel* von Carsten Maschmeyer, falte einen Flieger daraus und lasse ihn in Richtung meines Vermögensberaters segeln, dem vor Staunen die Kinnlade nach unten klappt. Der Flieger segelt zwar knapp am geöffneten Mund vorbei, aber in meiner Vorstellung bleibt er exakt zwischen den gebleachten Zahnreihen stecken. Ich kriege einen Lachanfall.

Dann ein Adrenalinstoß, und ich schaue ängstlich auf Aylin. Wird sie sauer? Verzweifelt sie? Kriegt sie einen Tobsuchtsanfall? Eine Heulattacke? Einen Nervenzusammenbruch? Sie schaut mir tief in die Augen und lächelt mich an. Gefasst. Dann nimmt sie meine Hand:

»Ich verstehe dich. Als es nicht lief, war es schlimm. Aber seit es läuft, ist es die Hölle. Wir schaffen das, Daniel.«

58

»Also noch mal: Ich soll den Pachtvertrag wieder auf diese wandelnde Lärmbelästigung umschreiben, aber zu den alten Konditionen ...«

Hartmut Gramich schaut perplex zwischen mir und Aylin hin und her; den Blickkontakt mit Gisela vermeidet er:

»... warum sollte ich das tun? Das Café steht heute als Insider-Tipp im *Kölner Stadt-Anzeiger*. Der Laden brummt. Die Umsätze sind höher denn je.«

Er deutet auf die übrigen Tische im Innenhof, die alle belegt sind. Ich versuche es mit gehobener Diplomatie:

»Na ja, es geht darum: Wenn Aylin und ich uns aus dem Geschäft zurückziehen, dann ... es ist einfach so: Niemand kann garantieren, dass es so bleibt, und Gisela ist halt der Ansicht ...«

»... dat Hartmut Jramisch ein janz fiese Raafzäng* is.«

Aylin schaut die Mutti böse an und stöhnt auf. Gisela lamentiert:

»Aylin, warum machst *du* denn nit weiter? Der Daniel muss schreiben, dat versteh isch ja, aber du hast Talent für die Jastronomie, ehrlisch. Ohne Partner trau isch mir dat nit zu, mit der hohen Pacht.«

»Gisela, es tut mir leid, aber ... es geht einfach nicht.«

Ich bin ein wenig irritiert. Ich dachte die ganze Zeit, das Café war auch Aylins Traum. Hat sie das Ganze etwa nur mir zuliebe

---

* Raffzahn

auf sich genommen? Hartmut Gramich unterbricht meine Gedanken:

»Kann ich Sie kurz unter vier Augen sprechen, Herr Hagenberger?«

Wir gehen ins Treppenhaus. Unser Verpächter muss sich kurz sammeln, dann pustet er einmal kurz durch und legt los:

»Also, es ist so ... Ich weiß, dass Gisela recht hat. Ich wusste es schon, als sie für euch die Pacht runterhandeln wollte. Aber ... das ist nicht so einfach in meinem Alter, wissen Sie? Ich war mein Leben lang ein guter Geschäftsmann, und plötzlich kommt so eine ... Person daher und schleppt da auf einmal irgendwelche Emotionen mit rein, die da sonst nie ... Ich kann so was einfach nicht. Ich kann verhandeln, aber so was kann ich einfach nicht.«

»*Was* können Sie nicht?«

»Halt fragen, ob Gisela vielleicht ... akzeptieren könnte ... also dass wir vielleicht Geschäftspartner werden.«

»Geschäftspartner?«

»Wissen Sie, die einzige Gefühlsbindung, die ich in den letzten Jahren hatte, das war Michelle.«

»Michelle? Wer ist Michelle?«

»Mein Wellensittich. Ich habe ihn Michelle genannt, weil er so eine Piepsstimme hat wie die Schlagersängerin.«

»Ah.«

»Jedenfalls, ich dachte, dass ... also wenn die Geschäfte gut laufen und man sich irgendwie aneinander gewöhnt hat ... dass man dann eventuell ... auch privat ... also dass man da unter Umständen ... auch ... auf die ein oder andere Art ... irgendwie ... zusammenkäme ... oder so.«

Hartmut Gramich erschrickt, weil er merkt, dass Gisela im Türrahmen steht:

»Gisela! Oh mein Gott! Hast du das etwa alles ...«

Gisela verhindert das Einschießen von Tränenflüssigkeit mit purer Willenskraft, sodass lediglich rote Äderchen und ein etwas zu langes Einatmen Rückschlüsse auf ihren Gemütszustand zulassen. Dann gibt sie sich cool:

»Tut mir leid, isch bin halt neugierig. Isch kann dat nit haben, wenn hinter meinem Rücken jeredet wird.«

»Tja, dann ... äh ... ist wohl alles gesagt.«

»Janz ehrlisch, Hartmut: Isch bin escht froh, dat dat raus is – weil, wenn du schon hinter meinem Rücken rumeierst wie ein CDU-Politiker, der sich bei Frank Plasberg über die Homo-Ehe äußert, dann kann isch mir ja ausmalen, wie dat läuft, wenn du mir dat ins Jesischt sagen willst. Da säßen wir morgen früh noch da, und am Ende wüsst isch nit, ob du mir 'nen Heiratsantrag jemacht oder 'n Jahresabo für *Schöner Wohnen* verkauft hast.«

»Ich öffne hier mein Herz, und du trampelst nicht nur drauf rum, du tanzt Flamenco. Ein einfaches ›Nein, danke‹ hätte es auch getan.«

»Wat heißt denn hier ›nein‹? Natürlich fänd isch dat toll, wenn wir Jeschäftspartner werden ... Und natürlich würde isch misch auch freuen, wenn ... *man privat unter Umständen auf die eine oder andere Art irjendwie zusammenkäme oder so,* hahaha! Aber du musst disch natürlich entscheiden: isch oder Michelle?«

Die beiden lächeln sich an. Ich verlasse diskret das Treppenhaus, kriege aber aus dem Augenwinkel noch mit, wie sie einander in die Arme nehmen.

Fünf Wochen später sitze ich als Kunde im Innenhof unseres ehemaligen Cafés, das nach wie vor *3000 Kilometer* heißt. Die Mutti und Hartmut Gramich finden, dass der Name auch auf die neuen Betreiber zutrifft, weil sie zwar seit Jahren nur drei Stockwerke, aber gefühlt 3000 Kilometer voneinander entfernt waren.

Sibel bringt mir das von Chrístos zubereitete Frühstück, das ebenso auf der Karte belassen wurde wie die Tapas. Einzig Fish & Chips sind wieder hinzugekommen.

»Einmal türkisch-griechische Versöhnungsfrühstück. Guten Appetit, Exchef.«

»Wow, Sibel – dein Deutsch wird immer besser!«

»Ja, Mark und ich üben jedes Tag ... nein, jede*n* Tag. Gestern, ich habe von ihn ... nein von ih*m* ... gelernt eine neue Satz. Bist du bereit?«

»Klar.«

»Also: Guck mir nicht in den Ausschnitt, sonst kommt mein Verlobter und poliert dir deine notgeile Fresse.«

»Ich muss sagen: Ich bin beeindruckt.«
Da höre ich die Stimme von Karl:
»Morgen, Daniel. Packst du eben mit an?«
Wie immer in den letzten Wochen schieben wir zwei Tische zusammen, damit Platz für unser Schreibkollektiv und unsere Laptops ist.

Zwei Tage nachdem ich beschlossen hatte, mit der Gastronomie Schluss zu machen, waren Lysa, Karl und Ulli plötzlich im Café aufgetaucht, und Lysa hatte mit leuchtenden Augen bekannt gegeben:
»Wir haben gekündigt!«
Karl klopfte mir auf die Schulter:
»Lass es mich so sagen, Kumpel: Das ist *deine* Schuld.«
»Was?«
»Weißt du, wir waren ja ein paar Tage hier, um Kunden anzulocken, und ich hatte zu Kleinmüller gesagt, er kann uns feuern, wenn er will. Na ja, er hat uns *nicht* gefeuert. Und ich habe irgendwie gemerkt, dass ich nicht erleichtert war, sondern im Gegenteil: enttäuscht. Dann habe ich die Kollegen gefragt, ob es ihnen auch so geht.«
Ulli nahm den Gesprächsfaden auf:
»Lysa und ich fühlten das *exakt* genauso. Am ersten Tag, als wir wieder in der *Creative Brains Unit* saßen, hatte ich eine Niesattacke, die hörte gar nicht mehr auf – als wäre ich gegen die Firma allergisch.«
Dann erzählte Lysa aufgeregt weiter:
»Unser einziger Trost bestand darin, dass wir gesehen haben, wie gestresst du hier immer warst, da haben wir gesagt: ›Daniel ist zwar selbstständig, aber der muss auch Scheiße fressen.‹ Doch dann die Nachricht, dass du alles hinschmeißt, damit du wieder schreiben kannst. Das hat mich erst irgendwie deprimiert, und Karl und Ulli ging's genauso. Wir dann so: ›Das ist doch super, was Daniel macht – warum deprimiert uns das?‹ Na ja, und dann war ziemlich schnell klar: Wir müssen raus aus dieser Werbe-Hölle, und zwar sofort.«
Ulli hatte einen Kloß im Hals, als er mir auf die Schulter klopfte:

»Na ja, auf jeden Fall – danke, Daniel.«
»Ja, danke, dass wir jetzt alle arbeitslos sind, haha!«
Karl zündete sich – wie in jedem emotionalen Moment – sofort eine Zigarette an, und Lysa strahlte:
»Jetzt kann ich endlich den Krimi weiterschreiben, den ich vor vier Jahren angefangen habe.«

Wie sich herausstellte, hatten auch Karl und Ulli Herzensprojekte in der Schublade, die sie immer wieder verschoben hatten, weil ihre kreativen Kapazitäten für Chips, Deoroller, koffeinfreien Kaffee, Damenbinden oder Unfallversicherungen reserviert waren.

Karl hatte beeindruckende zehn Seiten einer Graphic Novel über einen Heavy-Metal-Sänger im Altenheim gezeichnet, und Ulli plante den heiteren Schicksalsroman eines Hypochonders, der an einer Lungenentzündung verendet und dann als Grippevirus wiedergeboren wird.

Seitdem sind wir zu viert. Vier Literaten im Café, die jeden Tag gemeinsam frühstücken und sich dann jeder für sich ans Werk begeben. Zwischendurch lesen wir uns gegenseitig Texte vor oder geben uns dramaturgische Tipps.

Eine halbe Stunde später fahre ich meinen Laptop hoch und spüre beim Blick auf meine To-do-Liste ein vorfreudiges Kribbeln:

1. Blog weiterschreiben
2. Antalya-Roman 7. Kapitel anfangen
3. Hochzeitsroman?
4. Café-Roman?
5. Sitcom über die Beziehung von Ingeborg und Dimiter
6. Boulevardkomödie über schwulen Nazi
7. Sammelband mit 20 Horrorhörnchen-Storys

Ein ganzes Universum voller Möglichkeiten liegt vor mir, und ich muss an eine Zeile aus der neuen CD von Udo Lindenberg denken: »Hab 'n Visum für das unerforschte Land«.

Ich schaue in die Runde: Lysa hämmert wie im Rausch auf die Tastatur ihres Laptops ein, Karl zeichnet eine Sprechblase, und

Ulli wuschelt, wie immer, wenn er nachdenkt, in seinen Haaren. Plötzlich muss ich kichern. Lysa hält im Schreiben inne:
»Achtung, Daniel hat eine Idee!«
Ulli reibt sich die Hände:
»Für deinen Blog? Oder den Antalya-Roman?«
»Weder noch. Mir kam nur gerade der Gedanke, dass wir hier gerade exakt das tun, was mein Vater die ganze Zeit eingefordert hat: Wir führen die Tradition der Wiener Kaffeehausliteraten fort.«

Ich schaue in die Augen meiner Kollegen. Das geht ihnen runter wie Öl. Bisher waren wir ein Haufen Bekloppter, die mit ihren Laptops im Café abhängen. Aber von diesem Moment an führen wir die Tradition der Wiener Kaffeehausliteraten fort. Manchmal muss man einfach nur die richtigen Worte finden. Und das ist schließlich unser Beruf.

Ich weiß noch nicht, ob ich vom Schreiben leben kann. Lysa, Ulli und Karl wissen es auch nicht. Keiner kann sagen, was das Leben für ihn bereithält: Vielleicht zerbricht das junge Glück von Mark und Sibel, wenn die erste Euphorie verflogen ist; vielleicht entdeckt Christos irgendwann, dass er bildender Künstler sein will statt Koch; und vielleicht verlässt Gisela ihren Hartmut irgendwann, weil sie ihn nicht mit einem Wellensittich teilen will.

Manche Träume erfüllen sich und manche Träume zerplatzen. Manche Träume laufen auch ganz anders als geplant. So wie Aylins und mein Traum vom Café.

Wir können das Glück nicht erzwingen, und jeder Traum hat sein eigenes Geheimnis. Aber eins wissen wir: Wir wollen nicht die Träume von anderen Menschen leben. Die Träume von Aktionären, Konzernchefs oder Vermögensberatern. Wir wollen *unsere* Träume leben. Denn so, und *nur* so, können wir sicher sein: Wer uns anschaut, blickt nicht in die Augen von toten Makrelen.

Als mir gerade die ersten Sätze des Tages aus den Fingern fließen, merke ich, dass zwei Tische weiter eine junge Frau sitzt, die mich verliebt anschaut. Es ist Aylin.
»Aylin – wie schön! Ich dachte, du musst heute in der Klinik arbeiten.«

»Ich war ja auch da. Aber dann habe ich gedacht, ich nehme mir den Nachmittag frei. Ich wollte dir unbedingt etwas zeigen.«

Sie zeigt mir ein schwer definierbares Foto auf ihrem Smartphone, das ich nicht so recht einordnen kann:

»Ist das abstrakte Kunst? Ein Bild von Jackson Pollock? Oder ein ganz später Monet?«

»Nein, du Dussel. Das ist ein Ultraschall.«

Mein Herz fängt wild an zu pochen:

»Du meinst, dieser helle Fleck da, das ist ... Ach, *deshalb* hast du Gisela gesagt, du kannst das nicht mit dem Café.«

»Ich sag' mal so: Mein Kundenstamm wird sich auf eine Person reduzieren, und auf der Karte steht nur noch Milch.«

Glückshormone schießen durch meinen Körper: Wir werden Eltern. Genau, wie Tante Emine es vorhergesagt hat. Und ich bin voller Vorfreude, ein kleines Wesen kennenzulernen, das zu uns kommen will, obwohl in seinem Zimmer die schrecklichste Ansammlung von Kitsch lauert, die die Welt je gesehen hat.

Ohne es auszusprechen, wissen wir beide, wann es passiert ist: nach der Eröffnungsfeier. Als wir auf so wunderschöne Weise das Wort »Begehren« buchstabierten. Irgendwann werde ich meinem Kind die Geschichte erzählen, dass seine Mutter ein Kellnerinnen-Outfit trug, kurz bevor es gezeugt wurde. Weil seine Eltern vor langer Zeit einmal den Traum hatten, ein Café zu betreiben. Ein Traum, der mehr Früchte trug, als sie sich jemals vorstellen konnten.

Wir umarmen uns lange. Als wir uns lösen, nehme ich Aylins Gesicht in die Hände:

»Aylin, ganz ehrlich: Das ist der schönste Augenblick meines Lebens!«

Da ertönt eine wohlbekannte Stimme:

»Für schönste Augenbliick, ich spiiiele Schostakchooowitsch.«

ENDE

NACHWORT und DANK

In der euphorischen Stimmung nach dem Erfolg meines Romans *Macho Man* habe ich tatsächlich den Café-Traum wahr gemacht und gemeinsam mit meiner Frau Hülya sowie meinem Schwager Ferhat das *Macho Café* eröffnet – das Café zum Buch. Wir hatten die Speisen der Familie Denizoğlu auf der Karte, und Tante Emine hat (gespielt von Hülya oder meiner Schwägerin Selda) einmal im Monat aus dem Kaffeesatz gelesen.

Was folgte, war eine sehr interessante Zeit mit vielen wertvollen Erfahrungen, die ich unter einem Oberbegriff zusammenfassen kann: Pleite.

Ich musste nicht nur wütenden Feministinnen erklären, dass der Name *Macho Café* ironisch gemeint war, ich habe auch schmerzliche Verluste erlitten – sowohl meine Finanzen als auch den Glauben an meine Überlebensfähigkeit im »richtigen« Leben betreffend. So zog ich im Mai 2011 nach nur acht Monaten die Notbremse.

Aber dann kam mir ein schöner Gedanke: Wenn ich einen Roman schreiben würde, der auf diesen Erfahrungen basiert ... dann wäre das Ganze keine Geschäftspleite mehr, sondern einfach nur sehr, sehr teure Recherche.

Die Ereignisse in diesem Roman sind vom »Macho Café« inspiriert, aber dennoch frei erfunden, ebenso wie die handelnden

Personen. Ich danke allen, die mich in der Café-Zeit unterstützt haben: besonders meinem Schwager Serhat, der alles versucht hat, damit wir es schaffen; seinem Bruder Ferhat, dass er den Mut hatte, die Türkei für unser Projekt zu verlassen. Ich danke unseren Kellnerinnen Georgia und Elli: Wenn dann doch mal ein Kunde kam, waren sie großartig! Mein Dank gilt auch Chris und Monika, die als Gastronomieprofis unseren Dilettantismus minimiert haben; unserem Nachpächter Stéphane, dass er uns aus dem Pachtvertrag erlöst hat; sowie Daniela Große, die uns in den ersten Café-Wochen unterstützte und mir für das Buchprojekt ihre gesammelten Erlebnisse als Kellnerin erzählte.

Ich danke auch dem gesamten Team des *Filos*, besonders Costa und Georgios, dass sie mir die Gastronomie nähergebracht haben, als Griechen meine türkische Familie respektieren und mit ihrem exzellenten Schafskäse seit Jahren unsere Fetaterminatophobie lindern.

Beim Schreiben des Romans war einmal mehr Martin Breitfeld ein wertvoller Mitarbeiter. Er hat mich in der Anfangsphase vor einem dramaturgischen Fehler bewahrt und ist als »Autorenflüsterer« quasi der Robert Redford unter den Lektoren. Ihm gebührt mein Dank ebenso wie allen anderen Mitarbeiterinnen und Mitarbeitern von *Kiepenheuer & Witsch*, besonders der Grafikabteilung und dem Illustrator für das einmal mehr hervorragende Cover.

Aber allen voran danke ich von ganzem Herzen meiner Frau Hülya. Sie hat beim Café-Projekt über ihre Grenzen hinaus Zeit und Liebe investiert. Sie war in den schweren Phasen nach der Café-Pleite für mich da. Und schließlich hat sie das Romanprojekt veredelt mit ihrer unschlagbaren Mischung aus dramaturgischem Sachverstand, Liebe zu allen Figuren und der Bereitschaft, sich immer wieder schlappzulachen. Außerdem hat sie durch Zungenbeißen, Ohrläppchenziehen (mit Kussgeräusch) und Auf-Holz-Klopfen den Sieg über Italien im Viertelfinale ermöglicht.

Weitere Titel von Moritz Netenjakob bei Kiepenheuer & Witsch

Macho Man. Roman. Taschenbuch. Verfügbar auch als E-Book

Der Boss. Roman. Taschenbuch. Verfügbar auch als E-Book

Von den 68ern erzogen, lebte Daniel dreißig Jahre als Weichei. Jetzt verliebt er sich in eine Türkin, die bezaubernde Aylin. Aber wie überlebt ein Frauenversteher in einer Welt voller Machos? Moritz Netenjakob zündet in seinem rasanten Comedyroman ein Gagfeuerwerk ohnegleichen.

Aylin hat endlich Ja gesagt. Daniel ist am Ziel seiner Träume. Aber auf das, was jetzt passiert, hat ihn niemand vorbereitet: Plötzlich hat er 374 türkische Familienmitglieder. Figuren zum Liebhaben und ohne Ende geniale Pointen – Moritz Netenjakob erzählt so witzig und warmherzig vom deutsch-türkischen Kulturclash, dass man am Ende selbst eine türkische Familie haben möchte.

Leseproben und mehr unter www.kiwi-verlag.de

Moritz Netenjakob. Mit Kant-Zitaten zum Orgasmus.
Klappenbroschur. Verfügbar auch als E-Book

Moritz Netenjakob erzählt die lustigsten Geschichten aus dem deutschen Alltag: Es geht um Lehrerehepaare, die mal Fesselsex probieren wollen, Urlauber, die beim Stierrennen in Pamplona auf DIN-Normen pochen, und um verliebte Siebzehnjährige, die beim Anbaggern von ihren Helikopter-Eltern gecoacht werden. Moritz Netenjakob setzt unseren menschlichen Schwächen ein brüllend komisches Denkmal.

Leseproben und mehr unter www.kiwi-verlag.de

Kiepenheuer & Witsch